WARCROSS

- **Título original:** *Warcross*
- **Dirección editorial:** Marcela Luza
- **Edición:** Leonel Teti con Erika Wrede
- **Coordinadora de arte:** Marianela Acuña
- **Diseño:** OLIFANT - Valeria Miguel Villar
- **Arte de tapa:** CREAM3D
- **Diseño de tapa:** Theresa Evangelista

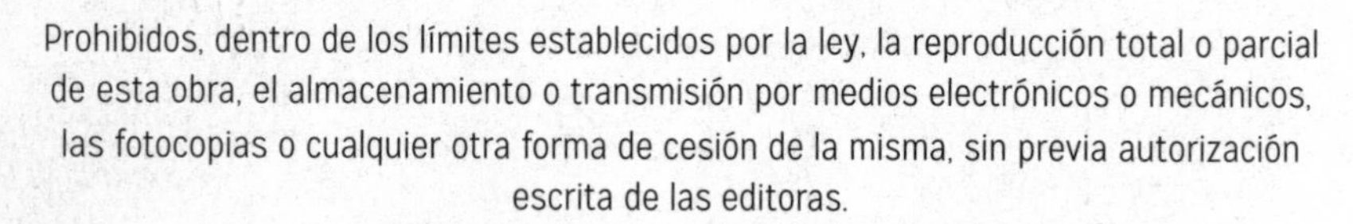

ARGENTINA:
San Martín 969 piso 10 (C1004AAS)
Buenos Aires
Tel./Fax: (54-11) 5352-9444
y rotativas
e-mail: editorial@vreditoras.com

MÉXICO:
Dakota 274, Colonia Nápoles CP 03810,
Del. Benito Juárez, Ciudad de México
Tel./Fax: (5255) 5220-6620/6621
01800-543-4995
e-mail: editoras@vergarariba.com.mx

ISBN: 978-987-747-342-1

Impreso en México, octubre de 2017

Litográfica Ingramex S.A. de C.V.

Lu, Marie
Warcross / Marie Lu. - 1a ed. - Ciudad Autónoma de Buenos Aires: V&R, 2017.
520 p.; 21 x 15 cm.

Traducción de: Silvina Poch.
ISBN 978-987-747-342-1

1. narrativa juvenil China. 2. Novelas de Ciencia Ficción. I. Poch, Silvina, trad.
II. Título.
CDD 895.139283

LIBRO UNO

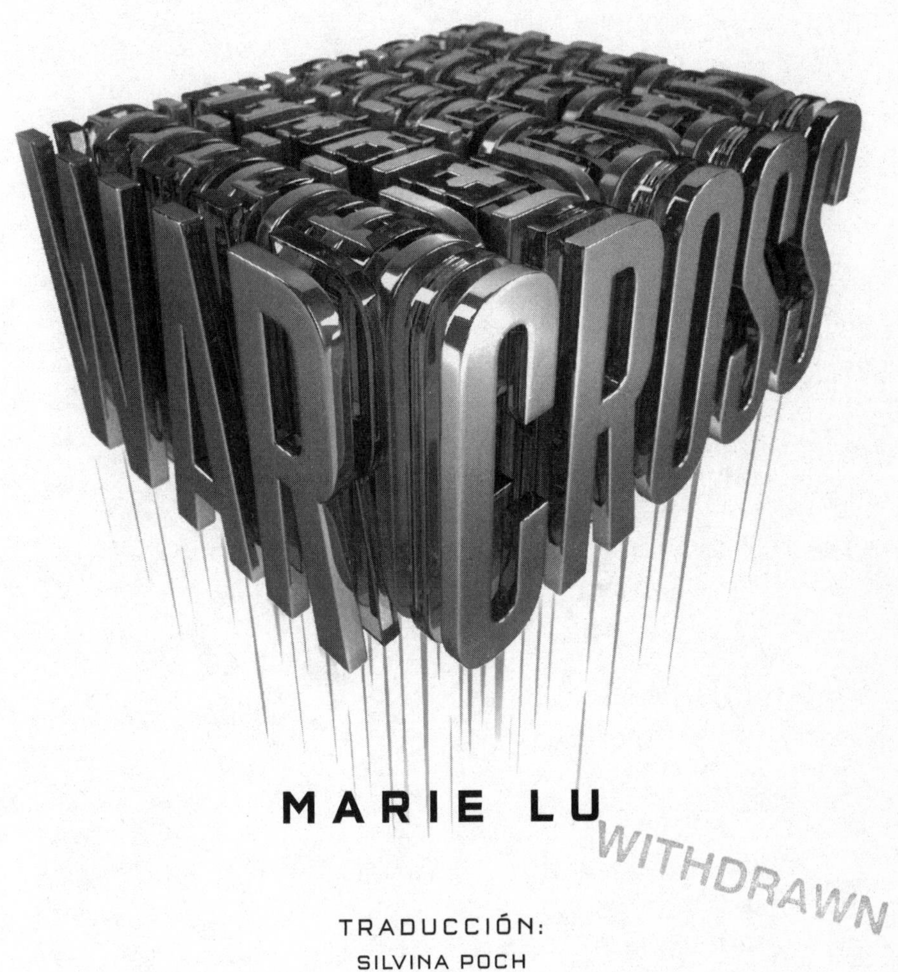

MARIE LU

TRADUCCIÓN:
SILVINA POCH

PARA KRISTIN Y JEN.
GRACIAS POR HABER CAMBIADO MI VIDA
Y POR CONTINUAR AQUÍ LUEGO DE TODOS ESTOS AÑOS.

No existe una sola persona en el mundo que no haya oído hablar de Hideo Tanaka, el cerebro que inventó Warcross cuando apenas tenía trece años. Una encuesta mundial aparecida hoy brinda una cifra asombrosa: un noventa por ciento de las personas de entre doce y treinta años juega habitualmente o, al menos, una vez por semana. Se espera que el campeonato oficial de Warcross de este año atraiga a más de doscientos millones de espectadores. [...]

Corrección:
Una versión anterior de esta historia describió erróneamente a Hideo Tanaka como millonario. En realidad, es multimillonario.

–THE NEW YORK TIMES DIGEST

MANHATTAN

Nueva York, Nueva York

Es un día condenadamente frío para salir de cacería.

Me estremezco, levanto la bufanda para cubrirme más la boca y me quito unos copos de nieve de las pestañas. Luego, deposito con fuerza la bota sobre mi patineta eléctrica. La tabla está vieja y usada, como todo lo que tengo, y asoma el económico plástico plateado por debajo de la desgastada pintura azul. Pero todavía no está muerta y, cuando doy un pisotón con más energía, finalmente responde y me lanza hacia adelante. Me deslizo entre dos hileras de autos, mi cabello brillante y teñido con los colores del arcoíris me azota el rostro.

–¡Ey! –un conductor me grita mientras paso junto a su automóvil con una ágil maniobra. Echo una mirada por encima del hombro y veo que agita el puño hacia mí a través de la ventanilla–. ¡Casi me chocas!

Me doy vuelta y lo ignoro. Normalmente, soy una persona más agradable… o, al menos, le habría gritado una disculpa. Pero al despertar esta mañana, había encontrado un papel amarillo pegado a la puerta del apartamento, las palabras impresas en el tamaño de letra más grande que puedan imaginarse.

TIENE 72 HORAS PARA
PAGAR O DESOCUPAR
EL APARTAMENTO

Traducción: llevo casi tres meses de atraso en el pago de la renta. De modo que, a menos que consiga 3.450 dólares, estaré viviendo en la calle antes de que termine la semana.

Eso le arruina el día a cualquiera.

El viento me hace arder las mejillas. Detrás de la línea de altísimos edificios, el cielo se está poniendo cada vez más gris. En pocas horas, esta nevisca se convertirá en una nevada continua. Las calles están atestadas de autos, hay una estela constante de luces de frenado y cláxones de aquí hasta Times Square. El chillido ocasional del silbato de un agente de tránsito atraviesa el caos. El aire es denso por el olor de los gases de los escapes, y el vapor sale en forma de nube de un conducto de ventilación cercano. Enjambres de personas pululan por las aceras. Es fácil detectar a los estudiantes que vuelven de la escuela, las mochilas y los gruesos auriculares salpicando la multitud.

En realidad, yo debería ser uno de ellos. Este debería haber sido mi primer día en la universidad. Pero comencé a faltar a clases después de que papá murió, y dejé la escuela por completo hace varios años. (Bueno, de acuerdo... técnicamente, me expulsaron. Pero juro que hubiera abandonado de todas maneras. Más temprano que tarde).

Mi mente retorna a la búsqueda, y observo otra vez el teléfono. Dos días atrás, había recibido el siguiente mensaje de texto:

¡ALERTA de la policía de Nueva York!
Orden de captura para
Martin Hamer. Pago: $5.000.

Actualmente, la policía está tan ocupada con el constante aumento del delito en las calles que no tiene tiempo para perseguir a los que cometen delitos menores... Como Martin Hamer, por ejemplo, buscado por apostar en Warcross, robar dinero y, supuestamente, vender drogas para financiar sus apuestas. De modo que, una vez por semana, la poli envía un mensaje como este, con la promesa de pagarle a cualquiera que atrape al delincuente en cuestión.

Ahí entro yo. Soy una cazadora de recompensas, una de tantas en Manhattan, y estoy luchando por capturar a Martin Hamer antes de que otro cazador lo haga.

Quienquiera que haya pasado por momentos difíciles comprenderá el casi constante torrente de números que fluyen por mi mente. La renta mensual en el peor apartamento de Nueva York: $1.150. La comida de un mes: $180. Electricidad e Internet: $150. Cajas de espaguetis, ramen y carne enlatada Spam en la alacena: 4. Y así sucesivamente. Además de todo eso, debo $3.450 de alquiler impago y tengo $6.000 de deuda en la tarjeta de crédito.

La cantidad de dólares que queda en mi cuenta bancaria: $13.

No son las preocupaciones normales de una chica de mi edad. Yo debería estar enloquecida con exámenes, entregando trabajos y despertando temprano.

Pero mi adolescencia no ha sido precisamente normal.

Cinco mil dólares es fácilmente la recompensa más grande en varios meses. Para mí, bien podría ser todo el dinero del mundo. Por lo tanto, durante los dos últimos días, solo me he dedicado a rastrear a este tipo. Este mes, perdí cuatro recompensas seguidas. Si también pierdo esta, estaré en serios problemas.

Los turistas siempre obstruyendo las calles, pienso mientras un desvío me obliga a tomar un camino que lleva directamente a Times Square, donde quedo atrapada detrás de un grupo de bici-taxis que atascan un pasaje peatonal. Me inclino hacia atrás en la patineta, me detengo y comienzo a retroceder lentamente. Mientras me muevo, miro otra vez el teléfono.

Un par de meses atrás, había logrado hackear exitosamente la principal guía telefónica de los jugadores de Warcross en Nueva York, y la había sincronizado con los mapas de mi teléfono. No es difícil, especialmente si uno recuerda que, en el mundo, todos están conectados con todos de alguna manera. Solo lleva mucho tiempo. Te introduces furtivamente en una cuenta, luego te extiendes a las de sus amigos, después a los amigos de sus amigos y, en poco tiempo, puedes rastrear la ubicación de todos los jugadores de la ciudad de Nueva York. Ahora, finalmente, conseguí localizar la posición física de mi objetivo, pero mi teléfono está viejo, roto y usado, y tiene una antiquísima batería que está exhalando sus últimos suspiros. Siempre intenta dormirse para ahorrar energía, y la pantalla está tan oscura que casi no veo nada.

"Despierta", mascullo mientras miro los píxeles con los ojos entornados.

Finalmente, el pobre teléfono lanza un penoso zumbido y, en el mapa, se actualiza la marca roja de localización.

Me abro camino a través del embotellamiento de taxis y apoyo el talón en la patineta. Protesta un momento, pero luego me lanza deprisa hacia delante, un puntito en medio de la marea de gente que se mueve.

Una vez que llego a Times Square, las pantallas se yerguen sobre mi cabeza y me veo rodeada de un mundo de neón y sonido. Cuando llega la primavera, comienza el campeonato oficial de Warcross con una gran ceremonia, y dos equipos formados por los jugadores de más alto nivel compiten en la primera ronda del Warcross de las estrellas. La ceremonia inaugural de este año se lleva a cabo esta misma noche en Tokio, de manera que hoy, todas las pantallas están al servicio de

Warcross, mostrando una frenética transmisión de célebres jugadores, comerciales e imágenes de las jugadas más importantes del año pasado. Al costado de un edificio, pasan el más reciente y desquiciado video musical de Frankie Dena. Va vestida como su avatar de Warcross –una edición limitada de traje y capa brillante con diseño de tela de araña– y baila con un grupo de ejecutivos con trajes color rosa intenso. Debajo de la pantalla, un conjunto de turistas excitados se detiene a tomarse fotos con un tipo vestido con un equipo falso de Warcross.

Otra pantalla muestra a cinco de las superestrellas que compiten en la ceremonia de apertura de los juegos de esta noche: Asher Wing, Kento Park, Jena MacNeil, Max Martin y Penn Wachowski. Estiro el cuello para admirarlos. Están vestidos de pies a cabeza con la ropa más de moda de esta temporada. Miran hacia abajo y me sonríen, las bocas suficientemente grandes como para devorarse la ciudad y, mientras sigo mirando, levantan latas de refrescos y declaran que Coca-Cola es su bebida elegida durante los juegos. Un letrero con texto se desplaza debajo de ellos:

LOS MEJORES JUGADORES DE WARCROSS LLEGAN A TOKIO, DISPUESTOS A DOMINAR EL MUNDO

Luego, atravieso el cruce de avenidas y me meto por una calle más pequeña. En el teléfono, el puntito rojo de mi objetivo cambia otra vez. Parece que tomó por la Calle 38.

Me deslizo a través de varias manzanas de tráfico antes de llegar a destino, y me detengo en el borde de la acera, junto a un puesto de periódicos. Ahora, el punto rojo flota encima del edificio que se halla frente a mí, justo arriba de la puerta de un café. Jalo de la bufanda y lanzo un suspiro de alivio. Mi respiración forma una nube en el aire gélido.

"Te atrapé", susurro, permitiéndome sonreír mientras pienso en la recompensa de cinco mil dólares. Me bajo de la patineta, estiro las correas y la lanzo por arriba de mi hombro de tal forma que golpea contra la mochila. Todavía está caliente por el uso, y el calor se cuela a través de mi sudadera. Arqueo la espalda y lo disfruto.

Al pasar frente al puesto de periódicos, echo una mirada a las portadas de las revistas. Tengo la costumbre de fijarme en ellas buscando información acerca de mi persona preferida. Siempre hay algo. Como era de esperar, una de las revistas lo presenta de manera destacada: un joven alto, apoltronado relajadamente en una oficina, vestido con pantalones oscuros y camisa reluciente, las mangas levantadas despreocupadamente hasta los codos, el rostro oscurecido por las sombras. Debajo de él, se encuentra el logo de Henka Games, el estudio que controla Warcross. Me detengo para leer el titular.

HIDEO TANAKA CUMPLE 21

UN VISTAZO EN LA VIDA PRIVADA
DEL CREADOR DE WARCROSS

Al ver el nombre de mi ídolo, el corazón me da un vuelco familiar. Es una lástima que no tenga tiempo de detenerme a hojear la revista. Tal vez más tarde. Me marcho a mi pesar, acomodo la mochila y la patineta en los hombros, y me subo la capucha para que me cubra la cabeza. Los escaparates por los que paso reflejan una visión distorsionada de mí: el rostro alargado, los jeans oscuros demasiado estirados, guantes negros, botas gastadas, bufanda roja y descolorida alrededor de mi sudadera negra. Mi cabello del color del arcoíris se desparrama por debajo de la capucha. Intento imaginar a esa chica del reflejo en la tapa de una revista.

No seas estúpida. Aparto el ridículo pensamiento mientras me encamino hacia la entrada del café y concentro la mente en la lista actualizada de las herramientas de mi mochila.

1. Esposas
2. Lanza cable
3. Guantes con puntas de acero
4. Teléfono
5. Muda de ropa
6. Pistola paralizante
7. Libro

En una de mis primeras cacerías, mi objetivo me había vomitado encima después de que le aplicara la pistola paralizante (6). Después de eso, comencé a traer una muda de ropa (5). Dos objetivos consiguieron morderme, de modo que después de darme varias veces la inyección antitetánica, agregué los guantes (3). El lanza cable (2) es para llegar a sitios de difícil acceso y atrapar a personas de difícil acceso. El teléfono (4) es mi asistente de hackeos portátil. Esposas (1) son para... bueno, es obvio.

Y el libro (7) es para cuando la cacería implica mucha espera. Siempre resulta útil un entretenimiento que no consuma batería.

Ingreso al café, absorbo el calor y miro otra vez el teléfono. Los clientes están alineados a lo largo de una barra que exhibe pasteles, esperando que abra alguna de las cuatro cajas automáticas. Estantes llenos de libros decoran las paredes; un diverso surtido de estudiantes y turistas ocupan las mesas. Cuando apunto la cámara del teléfono hacia ellos, puedo ver sus nombres encima de sus cabezas, lo cual implica que ninguno de ellos está configurado como Número Privado. Tal vez mi objetivo no se encuentre en este piso.

Mientras paso delante de los estantes, mi atención se traslada de una mesa a la siguiente. La mayoría de la gente no observa lo que la rodea; pregúntenle a cualquiera cómo estaba vestida la persona sentada en una mesa cercana y lo más probable es que no puedan responder. Pero yo, sí. Puedo enumerar los atuendos y el aspecto de cada una de las personas de la fila del café, puedo decir exactamente cuántas personas hay en cada mesa, describir la forma precisa en la que alguien baja los hombros, a las dos personas sentadas una junto a la otra sin decirse ni una palabra y al sujeto que se cuida de no hacer contacto visual con nadie. Puedo abarcar una escena como un fotógrafo podría abarcar un paisaje: relajo los ojos, analizo toda la escena de una sola vez, busco el punto de interés y tomo una foto mental para recordar todo.

Busco lo que rompe el esquema, el clavo que sobresale.

Mi mirada se posa en un grupo de cuatro muchachos que leen en los sillones. Los observo un momento, a la espera de señales en la conversación o indicios de notas pasadas a mano o por teléfono. Nada.

Mi atención se dirige hacia la escalera que conduce al primer piso. No hay duda de que otros cazadores también se están acercando a este objetivo: tengo que llegar antes que los demás. Mis pasos se apresuran por la escalera.

No hay nadie arriba, o eso parece. Pero luego noto el sonido débil de dos voces en una mesa del rincón más alejado, escondida detrás de un par de estanterías, que hacen que resulte casi imposible distinguirla desde la escalera. Me acerco con paso silencioso y luego espío a través de los estantes.

Hay una mujer sentada a la mesa, la nariz sepultada en un libro. Un hombre está parado junto a ella, arrastrando los pies nerviosamente. Levanto el teléfono. Como era de esperar, ambos están configurados como Números Privados.

Me deslizó hacia el costado de la pared para que no puedan verme y escucho con atención.

–No puedo esperar hasta mañana por la noche –dice el hombre.

–Lo siento –repone la mujer–. Pero no hay mucho que yo pueda hacer. Mi jefe no le dará esa cantidad de dinero sin tomar especiales medidas de seguridad, teniendo en cuenta que la policía tiene orden de arrestarlo.

–Pero usted me lo *prometió*.

–Y lo *siento*, señor –la voz de la mujer es serena y cínica, como si ya hubiera repetido lo mismo innumerables veces–. Es la temporada de los juegos. Las autoridades están en alerta máxima.

–Tengo conmigo *trescientos mil billetes*. ¿Tiene idea de a cuánto podría cambiarlos?

–Sí. Saberlo es mi trabajo –responde la mujer con la voz más seca que escuché en mi vida.

Trescientos mil billetes. Eso es alrededor de doscientos mil dólares al cambio actual. Este sí que es un gran apostador. En Estados Unidos, apostar en Warcross es ilegal; es una de las tantas leyes que aprobó el gobierno recientemente, en un intento desesperado de no quedar detrás de la tecnología y el delito informático. Si ganas una apuesta en un juego de Warcross, ganas créditos llamados billetes. Pero esta es la cuestión: puedes cambiar esos billetes online o llevarlos a un lugar físico y encontrarte con una cajera como esta señora. Le cambias los billetes por dinero de verdad y ella se queda con una parte para su jefe.

–Es *mi* dinero –insiste el sujeto.

–Tenemos que protegernos. Las medidas especiales de seguridad llevan tiempo. Si regresa mañana por la noche, podremos cambiarle la mitad de los billetes.

–Se lo dije, *no puedo esperar hasta mañana por la noche*. Tengo que marcharme de la ciudad.

La conversación vuelve a repetirse otra vez. Contengo la respiración mientras escucho. La mujer ha confirmado casi por completo su identidad.

Entrecierro los ojos y mis labios se tuercen hacia arriba en una ávida sonrisita de suficiencia. Este es, exactamente, el momento que justifica una cacería: cuando los fragmentos que fui descubriendo convergen en un punto perfecto, cuando veo a mi objetivo físicamente delante de mí, como una fruta madura para cosechar. Cuando armé el rompecabezas.

Te atrapé.

Mientras la conversación se torna más desesperada, doy dos golpecitos en el teléfono y envió un mensaje de texto a la policía.

Sospechoso bajo custodia.

Obtengo una respuesta casi inmediata.

NYPD EN ALERTA.

Extraigo la pistola de la mochila. Por un instante, se engancha con el borde de la cremallera y produce un levísimo roce.

La conversación se interrumpe. A través de los estantes, tanto el hombre como la mujer alzan la cabeza hacia mí como un ciervo ante los faros de un auto. El hombre ve mi expresión. Tiene el rostro brillante de sudor y el cabello pegado a la frente. Transcurre una fracción de segundo.

Disparo.

Echa a correr, lo pierdo por un pelo. *Buenos reflejos*. La mujer también sale disparando de la mesa, pero ella no me importa en absoluto. Salgo tras él. Baja corriendo los escalones, de tres en tres, casi se cae y deja desparramados detrás de él su teléfono y un puñado de bolígrafos en la huida. Se precipita hacia la entrada mientras yo llego al piso de abajo. Pegada a sus talones, atravieso violentamente la puerta giratoria de vidrio.

Salimos a la calle. Las personas lanzan gritos de sorpresa mientras el hombre las aparta con fuerza: golpea con rudeza en medio de la espalda a una turista con cámara de fotos. De un movimiento, descuelgo la patineta eléctrica del hombro, la dejo caer, salto sobre ella y descargo el talón con todas mis fuerzas. Emite un silbido agudo y me lanzo hacia delante, deslizándome a toda velocidad por la acera. El hombre mira hacia atrás y ve que me acerco con rapidez. En medio del frenesí y del pánico, gira precipitadamente hacia la izquierda.

Doblo en dirección a él en un ángulo tan cerrado que el borde de la patineta se queja contra el pavimento, dejando una larga línea negra. Apunto la pistola paralizante hacia su espalda y disparo.

El hombre se retuerce y trastabilla. Al instante, intenta levantarse con dificultad, pero lo alcanzo. Me sujeta el tobillo. Me tambaleo y le doy una patada. Tiene los ojos desorbitados, los dientes apretados y la mandíbula tensa, cuando destella la hoja de un cuchillo. Veo su brillo bajo la luz justo a tiempo. Lo aparto de una patada y ruedo por el piso justo antes de que pueda clavármelo en la pierna. Le aferro la chaqueta con las manos. Disparo la pistola paralizante de nuevo, esta vez desde más cerca. Le da de lleno. Su cuerpo se queda rígido y se desploma en la calle, temblando.

Salto sobre él. Presiono la rodilla con fuerza en su espalda mientras él solloza en el suelo. El sonido de las sirenas de la policía dobla la esquina. Un círculo de personas se ha congregado a nuestro alrededor, los teléfonos y las gafas ya están afuera, grabando lo que ocurre.

–No hice nada –gimotea una y otra vez a través de la mandíbula apretada. Su voz brota confusa por la fuerza con la que lo presiono contra el suelo–. La mujer que estaba adentro... puedo darles su nombre...

–Cierra la boca –lo interrumpo mientras deslizo las esposas en su muñeca.

Para mi sorpresa, lo hace. No es común que escuchen y hagan caso. No aflojo hasta que un auto de policía se detiene, y veo luces rojas y azules destellando contra la pared. Recién entonces me levanto y me alejo, asegurándome de estirar las manos hacia delante, para que los policías las vean claramente. Un cosquilleo me recorre la piel por el ajetreo de una cacería exitosa, mientras observo a los dos policías que levantan al hombre bruscamente.

¡Cinco mil dólares! ¿Cuándo fue la última vez que tuve siquiera la mitad de esa suma toda junta? Nunca. Podré estar

menos desesperada durante un tiempo, cancelaré la deuda de la renta, lo cual debería calmar a mi arrendador por el momento. Luego me quedarán $1.550. Una *fortuna*. Mi mente repasa mis otras deudas. Tal vez, esta noche pueda comer algo que no sean fideos instantáneos.

Quiero dar un salto de triunfo en el aire. Estaré bien, hasta la próxima cacería.

Me toma un momento darme cuenta de que los policías, un hombre y una mujer, se están alejando con el nuevo prisionero sin siquiera dar un vistazo en mi dirección. Mi sonrisa flaquea.

–¡Ey, oficial! –grito mientras corro hacia la mujer, que se encuentra más cerca–. ¿Me llevan a la estación de policía para recibir el pago, o qué? ¿Nos encontramos allá?

La agente me echa una mirada que no parece congeniar con el hecho de que acabo de atrapar a un delincuente en lugar de ellos. Se la ve exasperada, y los círculos oscuros debajo de sus ojos me dicen que no ha descansado mucho.

–No fuiste la primera –dice.

Me sobresalto y parpadeo.

–¿Qué? –pregunto.

–Otro cazador dio la alerta antes que tú.

Por un instante, lo único que puedo hacer es observarla.

Luego escupo una maldición.

–Esa es una grandísima *estupidez*. Tú viste cómo sucedió todo. ¡Ustedes confirmaron mi alerta! –levanto el teléfono para que la policía pueda ver el mensaje de texto que recibí. Como no podía ser de otra manera, en ese momento la batería finalmente se agota.

Tampoco es que la prueba hubiera cambiado nada: la mujer ni siquiera le echa un vistazo al teléfono.

–Era solo una respuesta automática. Según *mis* mensajes, recibí el primer aviso de otro cazador que se encontraba en el lugar. La recompensa va para el primero, sin excepción –dice y se encoge de hombros con expresión compasiva.

Ese es el tecnicismo más tonto que escuché en toda mi vida.

–¡Al diablo con eso! –me quejo–. ¿Quién es el otro cazador? ¿Sam? ¿Jamie? Ellos son los únicos que recorren este territorio –agito las manos en el aire–. ¿Sabes algo? Estás mintiendo: no *hay* otro cazador. Simplemente no quieren desembolsar el dinero –se aleja y yo la sigo–. Les ahorré el trabajo sucio. Ese es el trato, ese es el motivo por el cual cualquier cazarrecompensas persigue a personas que ustedes no atrapan por ser demasiado holgazanes. Me deben este y…

El compañero de la agente me toma del brazo y me empuja con tanta fuerza que casi me caigo.

–*Retrocede* –dice con un gruñido–. Emika Chen, ¿verdad? –la otra mano aprieta con fuerza la funda de su pistola–. Sí, te recuerdo.

No estoy dispuesta a discutir con un arma cargada.

–De acuerdo, *de acuerdo* –me obligo a dar un paso hacia atrás y alzo las manos en el aire–. Ya me voy, ¿ok? Me estoy yendo.

–Sé que todavía tienes que cumplir un tiempo en prisión, niña –me echa una mirada fulminante, los ojos duros y brillantes, antes de reunirse con su compañera–. No me obligues a lastimarte otra vez.

Escucho la radio de la patrulla, que los convoca hacia otra escena del crimen. Se amortigua el ruido a mi alrededor y la imagen en mi mente de los cinco mil dólares comienza a desdibujarse, hasta que finalmente se transforma en algo que ya no reconozco. En un lapso de treinta segundos, mi victoria cayó en las manos de otro.

DOS

Me marcho de Manhattan en silencio en mi patineta. Está refrescando, y las ráfagas de nieve se han convertido en una nevada constante, pero el azote del viento en mi rostro es justo lo que mi estado de ánimo necesita. En las calles, comenzaron a brotar grupos aquí y allá, y personas ataviadas con camisetas azules y rojas empiezan a hacer la cuenta regresiva para el comienzo de los juegos, a voz en cuello. Los observo mientras sus festejos se van desvaneciendo. A lo lejos, cada lado del edificio Empire State está iluminado y pasa enormes imágenes de Warcross.

En aquella época en que todavía vivía en Brooklyn, en

el hogar de crianza, podía ver el Empire State si trepaba a la terraza. Me sentaba allí y me quedaba mirando durante horas las imágenes de Warcross que rotaban en los costados del edificio, balanceando las piernas delgadas, hasta que llegaba el amanecer y la luz del sol delineaba en dorado el contorno de mi figura. Si miraba mucho tiempo, podía verme a mí misma allá arriba. Aun ahora, siento esa antigua puntada de emoción al ver el edificio.

Mi patineta eléctrica emite un pitido y me arranca de la ensoñación de una sacudida. Miro hacia abajo: queda la última barra de la batería. Suspiro, me detengo y me cuelgo la tabla al hombro. Luego, busco algunas monedas en el bolsillo y bajo en la primera estación de metro que encuentro.

El atardecer se transformó en una noche azul-grisácea para cuando llego a Hunts Point, un derruido complejo de apartamentos del Bronx al que llamo mi hogar. Este es el otro lado de la ciudad rutilante. Los grafitis cubren un lado del edificio. Una jaula de barras de hierro herrumbradas encierran las ventanas de la planta baja. La basura está apilada cerca de los escalones de la entrada principal: vasos de plástico, envoltorios de comida rápida, botellas de cerveza rotas; todo parcialmente oculto debajo de una fina capa de nieve. Aquí no hay pantallas encendidas ni autos elegantes recorriendo las calles agrietadas. Se me encorvan los hombros y los pies parecen de plomo. Todavía ni siquiera cené, pero, a esta altura, no tengo claro si prefiero comer o dormir.

Un poco más adelante, en la misma calle, un grupo de

indigentes se está acomodando, extendiendo las mantas y armando las carpas en la entrada de una tienda cerrada. Bolsas de plástico forran el interior de sus ropas harapientas. Con el corazón roto, aparto la mirada. Hubo un tiempo en que ellos también fueron jóvenes y tal vez tuvieron familias que los querían. ¿Qué los llevó a este estado? ¿Cómo me vería yo en su lugar?

Finalmente, me obligo a subir los escalones de la entrada y camino por el pasillo hasta mi puerta. El corredor apesta, como siempre, a pis de gato y alfombras mohosas, y, a través de las delgadas paredes, puedo oír a los vecinos gritándose unos a otros, un televisor a todo volumen, el llanto de un bebé. Me relajo un poquito. Si tengo suerte, no me toparé con el arrendador en camiseta, pantalones de gimnasia y con la cara roja. Quizá pueda pasar una noche tranquila de sueño antes de tener que lidiar con él en la mañana.

Hay un nuevo aviso de desalojo en mi puerta, justo donde estaba el anterior que rompí. Exhausta, lo observo durante unos segundos y lo leo varias veces.

AVISO DE DESALOJO DE NUEVA YORK
NOMBRE DEL ARRENDATARIO: EMIKA CHEN
TIENE 72 HORAS PARA PAGAR O
DESOCUPAR EL APARTAMENTO

¿Era necesario que regresara y colocara un nuevo aviso, como si quisiera asegurarse de que se enterara todo el edificio? ¿Para humillarme más? Arranco la nota de la puerta, la arrugo con el puño y me quedo quieta durante unos segundos mirando el espacio vacío donde estaba pegado el papel. Dentro de mí, hay una desesperación que me resulta familiar, un pánico creciente que palpita estruendosamente en mi pecho, tecleando con fuerza todo lo que debo. Los números en mi cabeza vuelven a comenzar. Renta, comida, facturas, deuda.

¿Dónde voy a conseguir el dinero en tres días?

–¡Ey!

Doy un salto al oír la voz. El señor Alsole, el arrendador (que es tan idiota como parece indicar su apellido), emergió de su apartamento y se dirige hacia mí con paso airado, el ceño semejante al de un pez, su fino cabello anaranjado todo revuelto. Un vistazo a sus ojos inyectados en sangre me indica que está bajo los efectos de alguna droga. Genial. Otra discusión. *No puedo enfrentar otra pelea en el día de hoy.* Busco a tientas las llaves, pero es demasiado tarde. En su lugar, enderezo los hombros y levanto el mentón.

–Hola, señor Alsole –me gusta pronunciar su apellido como si fuera *Asshole*. En verdad es un idiota.

Me mira con expresión enfurruñada.

–Has estado evitándome toda la semana.

–No a propósito –insisto–. Ahora tengo un trabajo como camarera en las mañanas, en la cafetería de acá cerca, y…

–Ya nadie necesita camareras –sus ojos entrecerrados me miran con desconfianza.

–Bueno, este lugar, sí. Y es el único trabajo que existe. No hay nada más.

–Dijiste que pagarías *hoy*.

–Sé lo que dije –respiro profundamente–. Puedo pasar más tarde a conversar…

–¿Acaso yo dije más tarde? Lo quiero *ahora*. Y tendrás que agregar otros cien dólares a la deuda.

–*¿Qué?*

–Este mes aumenta la renta. En todo el edificio. ¿No crees que se trata de una propiedad valiosa?

–No es justo –digo, mientras mi enojo aumenta–. No puede hacer eso… ¡lo aumentó en *este mismo* instante!

–¿Sabes qué cosa no es justa, pequeña? –el señor Alsole entorna los ojos y se cruza de brazos. El gesto estira las pecas de sus brazos–. El hecho de que estás viviendo gratis en mi edificio.

Levanto las dos manos. La sangre sube a mis mejillas. Puedo sentir el fuego.

–Lo sé… es que solo…

–¿Y qué tal si me das billetes? ¿Tienes más de cinco mil de esos?

–Si así fuera, se los daría.

–Entonces ofréceme otra cosa –escupe, extendiendo un dedo que parece una salchicha hacia mi patineta–. Si veo eso otra vez, lo destrozaré con un martillo. Véndela y dame el dinero.

–¡No cuesta más de cincuenta dólares! –doy un paso adelante–. Mire, haré lo que sea, se lo juro, se lo prometo –las palabras brotan de mí en un confuso embrollo–. Solo deme unos días más.

–Escucha, niña –levanta tres dedos para recordarme exactamente cuántos meses le debo–. Ya estoy harto de los pedidos de compasión –luego me observa de arriba abajo–. ¿Cuántos años tienes ya? ¿Dieciocho?

Me pongo rígida.

–Sí.

Hace un gesto con la cabeza hacia el pasillo.

–Ve al Rockstar Club y consigue un empleo. Las chicas ganan cuatrocientos dólares por noche solo por bailar en algunas mesas. Es probable que *tú* saques quinientos. Y ni siquiera les va a importar que tengas un prontuario oscuro.

Entrecierro los ojos.

–¿Cree que no averigüé? Tengo que tener veintiuno.

–No me importa lo que hagas. *Jueves*. ¿Está claro? –el señor Alsole habla de manera tan enérgica que su saliva vuela hasta mi rostro–. Y quiero este apartamento vacío. Impecable.

–¡No estaba impecable cuando yo entré! –le grito, pero ya está de espaldas y camina con paso airado por el pasillo.

Exhalo débilmente mientras él cierra su puerta de un golpe. El corazón me late contra las costillas y las manos me tiemblan.

Mi mente regresa a los indigentes, con los ojos hundidos y los hombros caídos, y luego a las mujeres que había visto salir ocasionalmente del Rockstar Club, oliendo a humo, sudor y perfume barato, el maquillaje corrido. La amenaza del señor Alsole es un recordatorio de adonde podría terminar yo si no tengo suerte pronto. Si no empiezo a tomar algunas decisiones difíciles.

Encontraré la forma de que se compadezca de mí. Lo ablandaré. *Solo deme una semana más, lo juro, y conseguiré la mitad del dinero. Lo prometo.* Repito esas palabras en mi cabeza mientras empujo la llave en la cerradura y abro la puerta.

Adentro está oscuro. Luces azules de neón brillan afuera de la ventana. Enciendo las luces, dejo caer las llaves en la mesada de la cocina y arrojo la nota de desalojo arrugada en la basura. Luego me detengo para echar una mirada al apartamento.

Es un estudio pequeño, atestado de cosas. Hay grietas en el revoque pintado de las paredes. Se ha quemado una de las bombillas de la única luz del techo de la habitación, y la segunda se está apagando de a poco, esperando que alguien la reemplace antes de que también expire. Mis gafas de Warcross se hallan en la mesa rebatible. Las había rentado por poco dinero, porque eran un modelo más viejo. Dos cajas de cartón llenas de cosas están apiladas junto a la cocina, hay dos colchones en el suelo junto a la ventana, y una antigua TV y un viejo sofá color mostaza ocupan el resto del espacio.

–¿Emi?

Una voz amortiguada brota de debajo de la manta, en el sofá. Mi compañera de apartamento se sienta, se frota la cara y se pasa la mano por su nido de cabello rubio. *Keira*. Se había quedado dormida con las gafas de Warcross puestas, y una leve marca le atraviesa las mejillas y la frente. Me mira y arruga la nariz.

–¿Trajiste otra vez a un chico?

Sacudo la cabeza de un lado a otro.

–No, esta noche estoy solo yo –respondo–. ¿Le diste hoy al señor Alsole tu mitad del dinero, como me dijiste?

–Oh –evita mi mirada mientras balancea las piernas sobre el costado del sillón y toma una bolsa de patatas fritas a medio comer–. Se lo daré antes del fin de semana.

–¿Te das cuenta de que el jueves nos va a echar, verdad?

–*Nadie* me lo dijo.

Mi mano se tensa contra el respaldo de la mesa del comedor. Keira no salió del apartamento en todo el día, por lo tanto nunca vio el aviso de desalojo pegado en la puerta. Respiro profundamente y me recuerdo que ella tampoco ha podido encontrar un trabajo. Después de casi un año de intentarlo, se dio por vencida y se encerró en sí misma y, en su lugar, pasa los días holgazaneando en Warcross.

Es una sensación que conozco muy bien, pero esta noche estoy demasiado exhausta como para ser paciente con ella. Me pregunto si caerá finalmente en la cuenta de lo que es vivir en la calle cuando terminemos ahí, con nuestras pertenencias en una bolsa.

Me quito la bufanda, la sudadera y me quedo con mi top sin mangas preferido, entro en la cocina y pongo a hervir una cacerola con agua. Luego me dirijo hacia los dos colchones, que se encuentran contra la pared.

Keira y yo mantenemos nuestras camas separadas por un divisor improvisado, hecho con viejas cajas de cartón pegadas con cinta de embalar. Yo había arreglado mi lado tan ordenado y cálido como pude, decorando el espacio con cordeles de lucecitas doradas y titilantes. Clavado en mi pared, hay un mapa de Manhattan cubierto con mis garabatos, junto con cubiertas de revistas con Hideo Tanaka, una lista de las actuales tablas de clasificación del Warcross amateur y un adorno navideño de cuando era pequeña. Mi última posesión es una de las viejas pinturas de mi padre, la única que me quedó, que está apoyada cuidadosamente al costado del colchón. La tela explota de color, las pinceladas gruesas y texturadas dan la sensación de que todavía están húmedas. Solía tener más obras de él, pero tuve que ir vendiéndolas cada vez que la situación se volvía más desesperante, destruyendo gradualmente su recuerdo para sobrevivir a su ausencia.

Me dejo caer en el colchón, que emite un fuerte chirrido. Las paredes y el techo están inundados de luces azules de neón, que provienen de la licorería de enfrente. Me quedo quieta escuchando el lejano y constante ulular de las sirenas que viene del exterior, los ojos fijos en una vieja mancha de agua del cielorraso.

Si papá estuviera aquí, andaría moviéndose por todos lados con su estilo de profesor de moda, mezclando pinturas y lavando pinceles en frascos. Quizá reflexionando acerca del programa de sus clases o sus planes para la Semana de la Moda de Nueva York.

Volteo la cabeza hacia el resto del apartamento y finjo que está aquí, en su versión sana y saludable. La silueta alta y esbelta delineada por la luz de la puerta, el abundante pelo teñido de azul emitiendo destellos plateados en la oscuridad, el vello facial cuidadosamente recortado, los lentes con montura negra enmarcando sus ojos, y su rostro de soñador. Llevaría una camisa negra, que dejaría a la vista los coloridos tatuajes que subían y bajaban por su brazo derecho, y su apariencia sería increíblemente ordenada; los zapatos lustrados y los pantalones planchados impecablemente, salvo algunas salpicaduras de pintura en las manos y el cabello.

Esbozo una sonrisa ante el recuerdo de estar sentada en una silla, balanceando las piernas y observando los vendajes en mis rodillas mientras mi padre colocaba mechas de color temporarias en mi cabello. Las lágrimas todavía humedecían mis mejillas del momento en que había regresado corriendo de la escuela, sollozando, porque alguien me había empujado en el recreo y se me habían agujereado mis jeans favoritos. Papá tarareaba mientras trabajaba. Cuando terminó, me acercó un espejo y lancé un grito ahogado de placer. *Muy Givenchy, muy a la moda*, dijo dándome un golpecito en la nariz. Yo solté una risita. *Especialmente cuando lo recogemos así. ¿Ves?* Sujetó mi cabello en una alta cola de caballo. *No te acostumbres mucho, se irá en pocos días. Ahora vayamos a comprar una pizza.*

Papá solía decir que mi viejo uniforme de la escuela era un granito en el rostro de Nueva York. Solía decir que yo me vestía como si el mundo fuera un lugar mejor de lo que realmente era. Compraba flores cada vez que llovía y llenaba la casa con ellas. Se olvidaba de limpiarse las manos durante las sesiones de pintura y terminaba dejando huellas de colores por toda la casa. Despilfarraba su escaso salario en regalos para mí, en materiales de arte, obras de caridad, ropa y vino. Se reía con mucha frecuencia, se enamoraba con mucha rapidez y bebía con mucha libertad.

Pero una tarde, cuando yo tenía once años, volvió a casa, se sentó en el sofá y se quedó con la mirada perdida. Acababa de regresar de una cita con el médico. Seis meses después, se marchó.

La muerte tiene la terrible costumbre de cortar todas las líneas que uno trazó cuidadosamente entre el presente y el futuro. La línea que conduce hasta tu padre llenando tu dormitorio de flores el día de tu graduación. O diseñando tu vestido de novia. O yendo a cenar todos los domingos a tu futura casa, donde su canto desafinado te haría reír tanto que terminarías llorando. Yo tenía cientos de miles de esas líneas y, en un solo día, fueron amputadas, dejándome sin nada más que una pila de facturas médicas y deudas de juego. La muerte ni siquiera me dio algún lugar hacia dónde dirigir mi ira. Lo único que pude hacer fue observar el cielo.

Después de que papá murió, comencé a copiar su aspecto: el cabello salvaje y artificialmente colorido (la única cosa en la que estoy dispuesta a gastar dinero es en cajas de tintura para el pelo) y el brazo cubierto de tatuajes (hechos gratis y de lástima por el tatuador de mi padre).

Giro ligeramente la cabeza y echo un vistazo a los sinuosos tatuajes que recorren mi brazo izquierdo, y luego deslizo la mano suavemente por encima de las imágenes. Comienzan en la muñeca y llegan hasta el hombro, brillantes tonos de azul y turquesa, rosa y dorado: peonías (la flor preferida de mi padre), edificios al estilo Escher brotando de olas marinas, notas musicales y planetas en el espacio, un recuerdo de las noches en que papá me llevaba al campo en auto para ver las estrellas. Por último, terminan con una fina línea de palabras que recorren el lado izquierdo de la clavícula, un mantra que papá solía repetirme todo el tiempo, un mantra que me recito a mí misma cuando me siento muy desalentada.

Todas las puertas cerradas tienen una llave.

Todos los problemas tienen una solución.

Todos los problemas, excepto el que se lo llevó a él. Excepto este en el que yo me encuentro ahora. Y ese pensamiento basta para que me acurruque y cierre los ojos, para que me acomode en un lugar oscuro y familiar.

El sonido de agua hirviendo me sacude justo a tiempo de mis pensamientos. *Levántate, Emi,* me digo a mí misma.

Me arrastro fuera de la cama, enfilo hacia la cocina y busco un paquete de fideos instantáneos. (Costo de la cena de esta noche: $1). Mi provisión de comida se ha reducido a tres cajas. Le echo una mirada asesina a Keira, que continúa sentada en el sofá, pegada a la TV (TV usada: $75). Con un suspiro, rasgo el paquete de fideos y los arrojo al agua.

Desde algún lugar del edificio, llega el ruido sordo de música y fiesta. Todos los canales locales están transmitiendo algo relacionado con la ceremonia inaugural. Keira detiene el televisor en un canal que muestra las imágenes de los momentos más destacados del año pasado. Luego, pasa a cinco comentaristas de los juegos, sentados en el nivel superior del Tokio Dome, en un debate acalorado sobre qué equipo ganará y por qué. Debajo de ellos, hay un estadio con cincuenta mil fans gritando, iluminado en forma tenue por un barrido de luces rojas y azules. Papel picado de color dorado llueve del techo.

–¡Una cosa en la que todos vamos a coincidir es que nunca hemos visto un reparto de jugadores amateurs como el de este año! –dice una analista, el dedo hundido en el oído para poder oír por encima del ruido–. Uno de ellos ya es una celebridad por derecho propio.

–¡Sí! –exclama un segundo analista mientras los demás asienten. Detrás de ellos, aparece un video que muestra a un joven–. DJ Ren fue noticia por primera vez como uno de los nombres más prometedores de la escena musical underground de Francia. ¡Ahora, Warcross lo convertirá en un hombre aboveground, lo expondrá a la luz!

Mientras los comentaristas continúan discutiendo acerca de los jugadores más nuevos, me invade una oleada de envidia. Cada año, una comisión secreta nomina a cincuenta jugadores amateurs para ser ubicados en el comité de selección de equipos. Por lo que a mí respecta, son las personas más afortunadas del mundo. Por mis antecedentes penales quedo automáticamente descalificada para las nominaciones.

–*Y hablemos del* movimiento *que están provocando este año los juegos. ¿Creen que romperemos algunos récords?* –pregunta la mujer.

–*Parecería que ya lo hicimos* –responde un tercer analista–. *El año pasado, el torneo final fue visto por un total de trescientos millones de personas. ¡Trescientos* millones! *Tanaka debe estar orgulloso* –mientras habla, el fondo cambia otra vez a un logo de Henka Games, seguido de un video de Hideo Tanaka, el creador de Warcross.

El clip lo muestra vestido con un esmoquin impecable mientras abandona una fiesta benéfica del brazo de una joven, su chaqueta sobre los hombros de ella. Él es demasiado elegante para tener veintiún años y, mientras las luces destellan a su alrededor, no puedo evitar inclinarme un poco hacia delante. Durante los últimos años, Hideo se ha transformado de un desgarbado genio adolescente a un elegante joven de ojos penetrantes. *Educado* es lo que dice la mayoría a la hora de describir su personalidad. Nadie puede asegurar nada más, a menos que pertenezca a su círculo íntimo. Pero ahora no pasa una semana sin que aparezca en la portada de algún periódico sensacionalista, saliendo con esta o aquella celebridad, poniéndolo número uno de cualquier lista que puedan imaginar. El más joven, el más hermoso, el más adinerado, el candidato más codiciado.

Desde luego que he estado con una buena cantidad de muchachos. Muchas noches enganché a un chico guapo en el restaurante o en una cafetería y luego lo llevé a mi casa para distraerme de mis problemas. Los muchachos iban y venían sin mayores consecuencias. Pero la imagen de Hideo permanecía siempre en mi mente.

–*¡Echemos un vistazo a nuestra audiencia del juego de apertura de esta noche!* –prosigue el comentarista. Aparece un número, y todos estallan en aplausos. *Quinientos veinte millones*. Y eso es solo para la ceremonia inaugural. Warcross es oficialmente el mayor evento del mundo.

Llevo la cacerola de fideos al sofá y como en piloto automático mientras miramos más videos. Hay entrevistas con fans chillones entrando al Tokio Dome, los rostros pintados y las manos aferrando afiches caseros. Hay tomas de trabajadores volviendo a revisar todas las conexiones. Hay documentales como los de las olimpíadas, que muestran fotos y videos de cada uno de los jugadores de esta noche. Después, vienen imágenes sobre la mecánica de juego: dos equipos compiten en los infinitos mundos de Warcross. La cámara panea hacia la entusiasta multitud, luego hacia los jugadores profesionales, que están esperando en una habitación privada entre bastidores. Esta noche, sus sonrisas son amplias, sus ojos están llenos de vida e ilusión mientras saludan a la cámara.

No puedo evitar sentir un poco de amargura. Yo también podría estar allí, ser tan buena como ellos, si tuviera el tiempo y el dinero para jugar durante todo el día. Lo sé. En cambio, estoy aquí, comiendo fideos instantáneos de una cacerola, preguntándome cómo haré para sobrevivir hasta que la policía anuncie otra recompensa. ¿Cómo será tener una vida perfecta? ¿Ser una superestrella amada por todos? ¿Poder pagar las cuentas a tiempo y comprar todo lo que quieres?

–¿Qué vamos a hacer, Em? –pregunta Keira, y rompe el silencio. Su voz suena hueca. Siempre me hace la misma pregunta cada vez que nos hundimos en territorio peligroso, como si yo fuera la única responsable de salvarnos a ambas. Pero esta noche continúo observando la TV, sin ganas de contestarle. Teniendo en cuenta que, en este momento, tengo exactamente trece dólares a mi nombre y estoy en la situación más desesperada de toda mi vida.

Echo la espalda hacia atrás y dejo que las ideas den vueltas por mi cabeza. Soy una buena –buenísima– hacker, pero no puedo conseguir trabajo. Soy demasiado joven o demasiado delincuente. ¿Quién quiere contratar a una criminal condenada por usurpación de identidad? ¿Quién quiere que le arregles sus dispositivos si piensa que podrías robarle la información? Eso es lo que sucede cuando tienes en tus antecedentes cuatro meses de detención juvenil que no pueden borrarse, junto con una prohibición de dos años de no tocar computadoras. Claro que eso no me detuvo a la hora de utilizar furtivamente mis gafas y mi teléfono hackeados, pero sí evitó que solicitara algún empleo real que sé que puedo hacer bien. Casi no nos permiten rentar este apartamento. Lo único que encontré hasta ahora es alguna caza de recompensa ocasional, y un trabajo de medio tiempo como camarera... un trabajo que se esfumará apenas el restaurante compre una camarera automatizada. Cualquier otra cosa, seguramente implicaría trabajar para una pandilla o robar.

Algo que podría suceder.

Respiro hondo.

–No lo sé. Venderé la última pintura de papá.

–Em… –dice Keira, pero no continúa la frase. De todas maneras, ella sabe que es una propuesta sin sentido. Aun cuando vendiéramos todo lo que hay en nuestro apartamento, probablemente solo lograríamos reunir quinientos dólares. Y eso está muy lejos de ser suficiente para impedir que el señor Alsole nos eche a la calle de una patada.

Una conocida sensación de náuseas se instala en mi estómago, y me estiro para frotar el tatuaje que me recorre la clavícula. *Todas las puertas cerradas tienen una llave*. Pero ¿y si esta no la tiene? ¿Y si no logro salir de esto? No hay forma de que pueda conseguir el dinero suficiente a tiempo. Me quedé sin opciones. Lucho para contener el pánico, tratando de impedir que mi mente se desmorone, y me obligo a calmar mi respiración. Mis ojos se apartan de la TV y se dirigen hacia la ventana.

No importa en qué lugar de la ciudad esté, siempre sé exactamente en qué dirección se encuentra mi viejo grupo del hogar de crianza. Y si me lo permito, puedo imaginar que nuestro apartamento se desvanece y aparecen los oscuros y estrechos pasillos del hogar y el empapelado amarillo despegado. Puedo ver a los chicos mayores persiguiéndome por el corredor y pegándome hasta que sangro. Puedo recordar las picaduras de los insectos en las camas. Puedo sentir el ardor en mi rostro por las bofetadas de la señora Devitt. Puedo oírme llorar en silencio en cama marinera al imaginar a mi padre rescatándome de allí. Puedo sentir el alambre del cerco metálico contra los dedos al trepar por encima de él y escapar.

Piensa. Tú puedes encontrar una solución. Una vocecita estalla dentro de mi cabeza, ofuscada. *Esta no será tu vida. No estás destinada a permanecer aquí para siempre. Tú no eres tu padre.*

En la TV, se apagan finalmente las luces del Tokio Dome. Los vítores aumentan hasta convertirse en un rugido ensordecedor.

–*¡Y este es el final de nuestra cobertura previa a los juegos de la ceremonia inaugural de Warcross!* –exclama un comentarista con la voz ronca. Él y los demás levantan las manos, haciendo la V de la victoria–. *¡Para aquellos que nos están mirando desde sus hogares, es hora de calzarse las gafas y unirse a nosotros en el evento del año!*

Keira ya se puso las gafas. Echo una mirada hacia la mesa del comedor, donde se encuentran las mías.

Algunas personas todavía afirman que Warcross no es más que un juego estúpido. Otras dicen que es una revolución. Pero para mí y otros millones de personas, es la única forma infalible de olvidar nuestros problemas. Perdí la recompensa, el señor Alsole regresará mañana por la mañana para reclamarme a los gritos su dinero, iré arrastrándome hasta mi trabajo como camarera y me quedaré en la calle en un par de días, sin tener a donde ir... Pero esta noche, puedo unirme a todos los demás, colocarme las gafas y disfrutar de la magia.

TRES

Todavía recuerdo el momento exacto en el que Hideo Tanaka cambió mi vida.

Yo tenía once años, y mi padre había muerto hacía pocos meses. La lluvia golpeaba contra la ventana del dormitorio que compartía con otros cuatro chicos en la casa de crianza. Estaba acostada en la cama, incapaz, una vez más, de juntar fuerzas para levantarme e ir a la escuela. La tarea inconclusa estaba desparramada sobre la manta desde la noche anterior, cuando me había quedado dormida con la mirada clavada en las hojas en blanco. Había soñado con mi hogar, con papá cocinando huevos fritos y panqués bañados de miel de maple para los dos, el cabello brillante con pegamento y purpurina, la risa fuerte y familiar llenando la cocina y saliendo hacia afuera a través de la ventana abierta. *Bon appètit, mademoiselle!*, había exclamado con su cara dormida. Y yo había gritado de alegría mientras él me envolvía entre sus brazos y me agitaba el cabello.

Después, me había despertado y la escena se había desvanecido, dejándome en una casa extraña, oscura y silenciosa.

No me moví. No lloré. No había llorado ni una sola vez desde la muerte de papá, ni siquiera en el funeral. Las lágrimas que habría podido derramar fueron reemplazadas por una conmoción cuando me enteré de toda las deudas que papá había acumulado. Cuando supe que había estado apostando en secreto en foros online durante años. Que no había recibido ningún tipo de tratamiento en el hospital porque había estado tratando de cancelar sus deudas.

De modo que pasé la mañana como lo había hecho todos los días en los últimos meses: perdida en una nebulosa de silencio e inmovilidad. Las emociones habían desaparecido hacía mucho tiempo dentro de mi pecho, detrás de una cavidad llena de niebla. Pasaba cada minuto del día con la mirada perdida: en la pared del dormitorio, en la pizarra blanca del salón de clases, en el interior de mi armario, en los platos de comida desabrida. Mis libretas de calificaciones eran un océano de tinta roja. Una constante sensación de náuseas se agitaba en mi estómago, llevándose consigo mi apetito. Los huesos de las muñecas y los codos sobresalían de manera pronunciada, y círculos oscuros enmarcaban mis ojos, algo que todos notaban menos yo.

De todas maneras, ¿por qué habría de importarme? Mi padre ya no estaba, y yo me sentía *tan cansada*. Tal vez, la niebla de mi pecho podría crecer, volverse cada vez más densa hasta que un día me tragaría a *mí*, y yo podría irme también. De modo que permanecí hecha un ovillo, observando la lluvia azotar la ventana, el viento tironear de las siluetas de las ramas de los árboles, preguntándome cuánto tiempo le tomaría a la escuela notar que otra vez yo no estaba allí.

El radio despertador –lo *único* que había en el dormitorio además de las camas– estaba encendido, una pieza de tecnología de segunda mano, donada al hogar por un centro de beneficencia. Una de las otras chicas no se había molestado en apagarlo cuando sonó la alarma. Desanimada, escuché las noticias recitadas en forma monótona acerca del estado de la economía, las protestas en las ciudades y en el campo, la ineficiencia de la policía para controlar el delito, el comienzo de las evacuaciones en Miami y Nueva Orleans.

Luego, comenzó un especial de una hora acerca de un muchacho llamado Hideo Tanaka, que en ese entonces tenía catorce años y era un desconocido para el público. Mientras se desarrollaba el programa, comencé a prestar atención.

–*¿Recuerdan cómo era el mundo justo antes de los teléfonos inteligentes?* –preguntaba el conductor–. *¿Cuando vacilábamos en el umbral de un cambio sideral, cuando la tecnología ya casi había llegado y solo hizo falta que apareciera un dispositivo* *revolucionario para que nos lanzara más allá de los límites conocidos? Bueno, el año pasado, un niño de trece años llamado Hideo Tanaka nos llevó todavía más allá, empujó otra vez los límites.*

Inventó unos delgados lentes inalámbricos, con brazos metálicos y auriculares retráctiles. Pero no se confundan. No se parecen en nada a las gafas que hemos visto antes, las que parecían ladrillos gigantescos sujetos a tu rostro. No, estos lentes ultra delgados se llaman NeuroLink, y son tan fáciles de llevar como cualquier par de gafas comunes. Tenemos los lentes más nuevos aquí en el estudio –hizo una pausa para colocárselos–, *y les aseguramos que es lo más* sensacional *que hemos usado.*

NeuroLink. Los había oído nombrar antes en las noticias, pero ahora presté atención mientras el programa de radio explicaba qué eran.

Durante mucho tiempo, para poder crear un ambiente realista en la realidad virtual, había que reproducir un mundo lo más detallado posible. Eso requería mucho dinero y esfuerzo. Pero por más que mejoraran los efectos, aun así podías notar –si observabas atentamente– que no era real. En el rostro humano, hay miles de pequeños movimientos por segundo, miles de temblores diferentes en la hoja de un árbol, millones de cosas diminutas que posee el mundo real, que no tiene el mundo virtual. Tu mente lo sabe de manera inconsciente, de modo que algo le parecerá *raro*, aun cuando no pueda determinar bien qué.

De modo que a Hideo Tanaka se le ocurrió una solución más fácil. Para poder crear un mundo real perfecto, no era necesario dibujar la escena más detallada y realista posible en 3D.

Solo había que *hacerle creer a la audiencia que era real.*

¿Y adivinen qué podía hacer eso de la mejor manera? Nuestro propio cerebro.

Cuando sueñas, por más loco que sea el sueño, crees que es real. Como si tuviera sonido envolvente, alta definición, efectos especiales de 360°. Y nada de eso lo estás viendo realmente. Tu cerebro crea una realidad completa para ti, sin nada de tecnología.

Así que Hideo creó la mejor interfaz de computadora del cerebro construida hasta el momento. Un par de lentes ultra modernos: los NeuroLink.

Al usarlos, le ayudaban a tu cerebro a representar mundos virtuales que lucían y sonaban de manera *idéntica* a la realidad. Imaginen recorrer ese mundo, interactuando, jugando, hablando. Imaginen deambular por la ciudad de París más virtual y realista que nunca, o descansar en una simulación total de las playas de Hawaii. Imaginen volar a través de un mundo de fantasía de dragones y elfos. *Cualquier cosa*.

Presionando un botoncito que se encuentra en el costado, las gafas también podían ir y venir, como los lentes polarizados, entre el mundo virtual y el real. Y cuando mirabas el mundo real a través de ellos, podías ver cosas virtuales flotando encima de objetos y lugares de la vida real. Dragones volando sobre tu calle. Los nombres de tiendas, restaurantes y personas.

Para demostrar lo geniales que eran los lentes, Hideo había diseñado un videojuego que venía con las gafas. Ese juego se llamaba Warcross.

Warcross era bastante sencillo: dos equipos combatían uno contra otro, y cada uno trataba de quitarle el Emblema (una gema brillante) al equipo contrario, sin perder el propio. Lo que lo volvía espectacular eran los mundos virtuales en donde se llevaban a cabo las batallas, tan realistas que colocarte los lentes era como introducirte directamente en esos universos.

Mientras el programa continuaba, me enteré de que Hideo, nacido en Londres y criado en Tokio, había aprendido por sí mismo a codificar cuando tenía once años. *Mi edad*. No mucho después, construyó sus primeros lentes NeuroLink en el taller de reparación de computadoras de su padre, con el aporte de su madre, una neurocientífica. Sus padres le proveyeron los fondos para realizar una serie de mil lentes, y él comenzó a enviárselos a la gente. De la noche a la mañana, mil envíos se convirtieron en cien mil. Luego en un millón, diez millones, cien millones. Los inversores le hacían ofrecimientos increíbles y volaron las demandas sobre las patentes. Muchas personas criticaron la forma en la que el estímulo del NeuroLink cambiaría la vida diaria, los viajes, la medicina, el ejército, la educación. *Link up* fue el nombre de una exitosa canción pop de Frankie Dena, el gran hit del verano pasado.

Y todos –*todos*– jugaban Warcross. Algunos lo hacían

intensamente, formando equipos y batallando durante horas. Otros jugaban descansando y disfrutando en una playa o en un safari virtual. Y otros también lo hacían al llevar los lentes mientras caminaban por el mundo real, mostrando con orgullo sus mascotas de tigres virtuales o poblando las calles con sus celebridades preferidas.

Cualquiera fuera la forma en que jugaran, se convirtió en un estilo de vida.

Mi mirada se desvió de la radio a las hojas de la tarea de la escuela, desparramadas sobre las mantas. La historia de Hideo atravesó la niebla de mi pecho y removió algo dentro de mí. ¿Cómo podía ser que un chico solo tres años mayor que yo arrasara el mundo de esa manera? Permanecí donde me hallaba hasta que el programa terminó, y comenzó la música. Me quedé acostada durante otra larga hora. Luego, gradualmente, me estiré y tomé una de las hojas de la tarea.

Era de la clase de Introducción a la Informática. El primer problema era detectar el error en un simple código de tres líneas. Me puse a estudiarlo imaginándome a Hideo a los once años en la misma situación que yo. Él no estaría tumbado ahí mirando la nada. Él lo habría solucionado, y también el siguiente, y el otro.

El pensamiento evocó un antiguo recuerdo de mi padre sentado en mi cama mostrándome un acertijo impreso en la contratapa de una revista. Era una imagen de dos dibujos que parecían idénticos y le preguntaban al lector cuál era la diferencia entre ellos.

Es una pregunta capciosa, recordaba haber declarado cruzando los brazos. Con los ojos entornados, había observado de cerca cada rincón de la imagen. *Los dos dibujos son exactamente iguales*.

Papá se había limitado a esbozar una sonrisa torcida y a acomodarse los lentes. Todavía tenía pintura y pegamento en el cabello, pues había estado experimentando con telas unas horas antes. Más tarde, tendría que ayudarlo a cortarse los mechones pegoteados. *Mira con más atención*, me había dicho. Luego había tomado el lápiz que llevaba calzado detrás de la oreja y había hecho un gesto de barrido a través de la imagen. *Piensa en un cuadro colgando de una pared. Sin utilizar ninguna herramienta, igual puedes darte cuenta de si está torcido… incluso mínimamente. Sientes que algo no está bien. ¿De acuerdo?*

Yo había fruncido el ceño y sacudido la cabeza. *Sí, supongo que sí*.

Los seres humanos poseen esta sorprendente sensibilidad. Papá había señalado otra vez los dos dibujos con sus dedos llenos de pintura. *Tienes que aprender a mirar la totalidad de algo, no solo sus partes*. Se había echado hacia atrás. *Relaja los ojos. Abarca toda la imagen al mismo tiempo*.

Yo había prestado atención, echándome hacia atrás y relajando los ojos. Y ahí fue cuando finalmente distinguí la diferencia, la diminuta marca en uno de los dibujos. *¡Ahí!*, exclamé, señalándola excitada.

Papá me sonrió. *¿Ves, Emi?*, había dicho. *Todas las puertas cerradas tienen una llave*.

Bajé la mirada hacia la hoja de la tarea, las palabras de mi padre daban vueltas dentro de mi mente. Luego hice lo que él decía: me eché hacia atrás y abarqué el código completo, como si fuera un cuadro. Como si estuviera buscando el punto de interés.

Y casi inmediatamente, vi el error. Tomé la laptop de la escuela, la abrí y tecleé el código correcto.

Funcionó. *¡Hola, mundo!*, dijo el programa de mi computadora.

Hasta el día de hoy, no puedo describir adecuadamente cómo me sentí en ese momento. Ver que mi solución era correcta, verla en la pantalla. Darme cuenta de que, con tres breves líneas de texto, podía darle órdenes a una máquina para que hiciera *exactamente* lo que yo quería.

Los engranajes de mi cabeza, oxidados por la tristeza, comenzaron repentinamente a girar otra vez, suplicándome que les diera otro problema. Terminé el segundo, luego el tercero. Continué cada vez más rápido, hasta que concluí no solo esa hoja de la tarea, sino todos los problemas del libro de texto. La niebla de mi pecho cedió, poniendo al descubierto, debajo de él, un corazón ardiente y palpitante.

Si yo podía resolver esos problemas, entonces podía controlar algo. Y si podía controlar algo, podía perdonarme a mí misma ese problema que nunca podría haber solucionado, esa persona que nunca podría haber salvado. Todos tienen una manera diferente de escapar a la oscura quietud de su mente. Esta, descubrí, era la mía.

Terminé la cena esa noche por primera vez en varios meses. Al día siguiente y el día después de ese, y todos los días desde entonces, canalicé toda mi energía en aprender todo aquello que me interesaba sobre códigos, Warcross y NeuroLink.

Y con respecto a Hideo Tanaka… desde ese día, junto con el resto del mundo, se volvió mi obsesión. Lo observaba como si tuviera miedo de parpadear, como si fuera un mago, como si fuera a iniciar otra revolución en cualquier momento.

CUATRO

Mis gafas están viejas y usadas, son de hace varias generaciones, pero funcionan bien. Cuando me las pongo, los auriculares se ajustan a la perfección, cerrándose herméticamente para evitar que entre el sonido del tráfico exterior y las pisadas de arriba. Nuestro humilde apartamento –y con él, todas mis preocupaciones– es reemplazado por oscuridad y silencio. Exhalo, aliviada de abandonar el mundo real por un rato. Mi vista pronto se llena de una luz azul de neón y me encuentro arriba de una colina mirando las luces de la ciudad de una Tokio virtual que puede pasar como real. El único recordatorio de que estoy adentro de una simulación es un cuadro transparente que flota en el centro de mi vista.

Te damos la bienvenida, [null]
Nivel 24 | B430

Luego, esas dos líneas desaparecen. [null], por supuesto, no es realmente mi nombre: quiere decir nulo, desconocido. En mi cuenta hackeada, puedo deambular como una jugadora anónima. Otros jugadores que se crucen en mi camino me verán como un usuario generado aleatoriamente.

Cuando miro detrás de mí, veo mi habitación personalizada y decorada con variantes del logo de Warcross. Normalmente, esa habitación tiene dos puertas: jugar o mirar jugar a otras personas. Hoy, sin embargo, hay una tercera puerta, arriba de la cual se ve un texto:

Juego de la ceremonia inaugural de Warcross
En vivo

En la vida real, golpeo la mesa con los dedos. Al hacerlo, los lentes sienten los movimientos de mis dedos y un tablero virtual se desliza hacia afuera. Busco a Keira en la lista de jugadores. La encuentro enseguida, me conecto con ella y, unos pocos segundos después, acepta mi invitación y aparece a mi lado. Como yo (y la mayoría de los otros jugadores), diseñó su avatar para que parezca una versión idealizada de su ser real, adornado con algunos artículos geniales del juego, que había comprado antes: una pechera brillante y un par de cuernos.

"Ingresemos", dice.

Me adelanto, estiro la mano y abro la tercera puerta. La luz cae sobre mí. Entorno los ojos y el corazón da un salto familiar mientras el invisible rugido de los espectadores ahoga todo. Una banda de sonido va aumentando de volumen en mis auriculares. Estoy sobre una isla en medio de lo que parecen ser un millón de islas flotantes, mirando desde arriba el valle más hermoso que haya visto en mi vida.

Una amplia extensión de llanuras frondosas se convierte en una laguna de color azul cristalino, rodeada de altísimos acantilados y rocas suaves y escarpadas, las cimas cubiertas de vegetación. Grandes cascadas caen con estruendo a los costados. Cuando observo desde más cerca, descubro que las rocas son, en realidad, enormes esculturas esculpidas con la apariencia de los ganadores de los torneos anteriores. Rayos de sol danzan a través del valle e iluminan las llanuras, en medio de las zonas de sombra que producen las islas flotantes; bandadas de pájaros blancos desfilan chillando debajo de nosotros. En la distancia, sobre los acantilados, las torres de un castillo asoman a través de la neblina. Más lejos, hacia el horizonte, majestuosas criaturas del océano planean cual rayos en el aire. Ahí, el cielo es negro y los relámpagos se entrecruzan entre las nubes. Me estremezco como si pudiera sentir la electricidad en el aire.

Hasta la banda de sonido elegida para este nivel es épica

y completamente fuera de lo común, llena de cuerdas orquestales y tambores profundos, y hace que mi corazón vuele a toda velocidad.

En lo alto, una majestuosa voz resuena a través del mundo.

–Bienvenidos al juego de la ceremonia inaugural de Warcross.

Suena un suave *ding*, y una burbuja transparente aparece de repente en el centro de mi vista:

¡Inicio de sesión en la ceremonia inaugural!
+150 pts. Puntaje Diario: +150
Nivel 24 | B580

Luego, se desvanece. Mi recompensa por mirar el juego inaugural es de 150 puntos, que servirán para cambiar de nivel... excepto que no será así, ya que mi versión de Warcross es hackeada. Una pena. Si jugara como una persona normal, ahora probablemente estaría en el Nivel 90, o algo así. Pero todavía estoy en el Nivel 24.

"Siempre lo hacen mejor, ¿no es cierto?", la voz de Keira me hace parpadear. Tiene una expresión de asombro en el rostro.

Sonrío, respiro profundamente y extiendo los brazos. Salto de mi isla flotante y vuelo.

El estómago me da un vuelco, pues el cerebro cree que realmente estoy en el aire, a cientos de metros de altura. Lanzo un grito de alegría mientras sobrevuelo la planicie y la música me alienta. Existen restricciones para los jugadores que compiten oficialmente: algunos mundos permiten a los jugadores volar o nadar bajo el agua, mientras que otros deben obedecer la gravedad virtual. Pero los miembros de la audiencia siempre tienen libertad de deambular por el paisaje de la manera que deseen. Tenemos prohibido realizar cualquier alteración del paisaje o interferir con los jugadores, que tampoco nos pueden ver. Solo pueden oír el rugido de nuestros vítores y abucheos, así como las llamadas del árbitro.

Vuelo a través de las islas flotantes como un fantasma y me estiro hacia arriba para subir lo más alto que me resulta posible, hasta que ya no puedo alejarme más de la tierra. Después, giro y me lanzo hacia abajo como un meteorito. Finalmente, me detengo en una de las islas flotantes justo cuando los vítores del público se confunden con las voces de los comentaristas, que provienen de mis auriculares, como si los estuviera escuchando de una radio.

–¡Llegó la hora del juego de la ceremonia inaugural que se realiza todos los años! –exclama uno de ellos–. Nos hemos reunido aquí esta noche para ver esta actuación de las estrellas antes de que comience la verdadera temporada del torneo. ¡En el extremo más lejano, tenemos al Equipo Alfa, conducido por Asher Wing! ¡Y en el más cercano, al Equipo Beta, conducido por Penn Wachowski!

Finalmente, aparecen los jugadores, dispersos en los extremos opuestos del grupo de islas flotantes.

El Equipo Alfa, mi favorito, se encuentra en el extremo

más alejado de las islas. Me alejo volando de Keira y enfilo hacia allí, para verlos más de cerca.

La regla de los avatares para los jugadores oficiales y profesionales de Warcross dice que sus seres virtuales deben lucir como su ser real –sin ninguna de las locas personalizaciones que suelen usar los usuarios típicos– y que todos los miembros de un mismo equipo deben usar el mismo color. El color del Equipo Alfa es el azul. Está Jena, cabello rubio y extremidades largas y delgadas, con su armadura azul y ajustada de Warcross, textura de escamas de dragón, hecha a medida para combinar con el nivel. Es una de las jugadoras más jóvenes –solo tiene dieciocho años, igual que yo– y es de Irlanda. Mientras la observo, se echa el cabello sobre los hombros y apoya las manos en la cadera. Las protecciones de sus brazos son plateadas y brillan al sol, al igual que los cuchillos idénticos amarrados a los muslos. El público aúlla su aprobación.

De pie sobre una isla flotante cercana, se encuentra Max. Él, hijo de millonarios, es graduado de Harvard. Su posición en Warcross es la de Luchador –a fuerza de músculo y potencia– y su objetivo es derribar a los demás, en lugar de buscar el Emblema. Con veintiocho años, es el jugador de mayor edad de este torneo. La armadura de sus hombros es realmente descomunal, tan brillante que refleja el cielo y contrasta pronunciadamente con su piel oscura.

Luego está Asher, el capitán del equipo, que está en el extremo opuesto de donde me encuentro yo. Conocido originalmente como el hermano menor de Daniel Batu Wing, un actor y doble de riesgo, Asher es famoso ahora por sus propios méritos gracias a Warcross. Tiene cabello grueso y de un castaño tan claro que es casi rubio, y sus ojos son azules y juguetones; el mismo color de la laguna virtual que se encuentra debajo de él. Su armadura de un intenso color zafiro termina en hombreras de metal, y tiene correas de cuero que le recorren los brazos y la cintura.

Esboza una sonrisa amplia y descarada, cruza los brazos arriba del pecho y desafía al otro equipo, que se encuentra en el otro extremo del nivel, lo cual enloquece a la audiencia. Cuando alterno mi visión para mostrar al público en el Tokio Dome, están aullando su nombre y agitando bastones brillantes frenéticamente. ¡¡¡ASHER, CÁSATE CONMIGO!!!, gritan los afiches de sus fans. Asher dice algo a través de la línea segura, palabras que solo sus compañeros de equipo pueden oír. Encima de su cabeza, flota una piedra azul y resplandeciente: es el Emblema de su equipo.

La presentadora del juego ha comenzado el ritual oficial previo, leyendo algo acerca del espíritu deportivo y el juego honesto. Mientras tanto, mi atención se desvía hacia el Equipo Beta. Están vestidos con la usual armadura color rojo: el juego que inicia la competencia anual siempre está codificado por colores: el equipo rojo enfrenta al azul. Penn, el capitán del Beta, tiene un Emblema rojo centellante flotando sobre la cabeza. Asher y él se sonríen con suficiencia y los gritos de la audiencia aumentan una octava.

A través de los auriculares, la presentadora concluye su discurso con un recordatorio habitual de cuál es el objetivo, para conocimiento de los nuevos miembros del público que estén mirando.

–Recuerden, equipos, solo tienen una meta: ¡quitarle el Emblema al equipo contrario, antes de que ellos puedan quitarles el de ustedes!

Todos los jugadores alzan el puño derecho y lo golpean dos veces contra el pecho: la respuesta habitual al reconocimiento de las reglas. Luego se hace una breve pausa, como si todo en el nivel se hubiera congelado repentinamente.

–¡Preparados! –grita la presentadora, y la multitud corea al unísono–: ¡Listos! ¡A *pelear!*

El mundo tiembla por el rugido de la invisible audiencia y las nubes del cielo comienzan a moverse rápidamente. La tormenta que oscurece el horizonte se acerca a nosotros a una velocidad alarmante, los relámpagos serpentean cada vez más cerca con el correr de los segundos. Como en todos los mundos de Warcross, el juego se vuelve más duro cuanto más tiempo dura.

Al mismo tiempo, aparecen pequeñas esferas de brillantes colores flotando sobre varias de las islas. Son los poderes: ráfagas temporarias súper veloces, alas para ayudarte a volar por cortos períodos de tiempo, escudos de defensa que pueden detener un ataque enemigo, y cosas por el estilo. Hay decenas de poderes diferentes que pueden aparecer potencialmente en un juego, y se agregan nuevos todo el tiempo. Los poderes de bajo nivel (como, por ejemplo, algo que te ayude a saltar un poquito más alto) son abundantes. En este mismo instante, veo tres flotando sobre islas cercanas a mí. Pero los de alto nivel (como la habilidad para volar durante todo el juego) son muy raros y difíciles de conseguir. Algunos son tan valiosos que un equipo podría enviar a uno de sus jugadores en su búsqueda durante todo el juego.

Dentro de la comunidad de Warcross, los poderes pueden costar mucho dinero. En los juegos corrientes, puedes guardar en tu inventario de jugador los poderes sin uso que vas acumulando, y luego intercambiarlos o vendérselos a otros jugadores. Los que son muy valiosos se venden por miles de billetes.

Warcross está tan bien programado que nunca intenté robar un poder, pero, recientemente, encontré un error de seguridad que tal vez me permita tomar uno de la cuenta de algún usuario *justo* cuando esté por utilizarlo.

Miro a nuestro alrededor y me pregunto cuánto podría recibir si tomo suficientes poderes para reventa. Pero ninguno de los que alcanzo a ver es suficientemente valioso. Cincuenta billetes aquí, otros treinta allá; no justifican arriesgarse a hackear en el mayor juego inaugural de todos los tiempos. Y definitivamente no justifican arriesgarme a recibir otro golpe en mi prontuario.

–¡Asher está haciendo la primera jugada del partido! –la voz de un comentarista resuena en mis oídos–. Le está dando instrucciones a Jena para que se apropie de un poder.

Como no podía ser de otra manera, Asher detectó algo antes que nadie. Primero mira a Jena y luego hace un gesto con el brazo hacia una esfera distante, que está flotando muy arriba de una roca que sobresale, en el extremo más lejano de la laguna. Jena no vacila. De inmediato, se baja de su isla flotante y se sube a otra, en su camino hacia la roca. Detrás de ella, la isla en la que se encontraba previamente se hace pedazos.

–¡Asher vio algo! –interviene otro analista–. Es una decisión difícil enviar lejos a uno de sus compañeros de equipo.

Al mismo tiempo, Asher y Max, su Luchador, se lanzan hacia delante. El otro equipo ya salió tras ellos precipitadamente. Cada vez que un jugador salta de una isla a otra, la isla que abandona se deshace. Todos tienen que elegir los pasos a seguir con mucha inteligencia. Asher y Max se mueven como si fueran uno, la atención concentrada en Penn. Lo van a atacar de ambos lados.

Estiro el cuello hacia donde flota el objeto distante, en un intento de ver qué poder ha llamado la atención de Asher. Mi mundo hace zoom hacia delante. El poder es una esfera de mármol, tan roja que parece haber estado sumergida en sangre.

–¡Muerte súbita! –exclama un analista justo cuando yo profiero un grito ahogado.

Un poder inusual, sin dudas. La Muerte súbita puede dejar congelado por el resto del partido al jugador que elijas, inservible para sus compañeros de equipo. Nunca vi este poder en acción durante un partido común de Warcross, y solo un puñado de veces en un juego de un torneo oficial.

Debe costar por lo menos cinco mil… tal vez *quince* mil dólares.

Max, a pesar de su tamaño, es más rápido que Asher y alcanza primero a Penn, y luego se arroja hacia el Emblema rojo que está sobre su cabeza. Penn se aparta de su camino a tiempo. La isla en la que ambos se encuentran comienza a resquebrajarse, incapaz de soportarlos a ambos por mucho tiempo. Penn da un salto hacia la isla más cercana, pero la mano de Max se cierra sobre su brazo antes de que logre hacerlo. Max emite un rugido, lanza a Penn hacia atrás y este sale volando. Pero se las arregla para aferrar el borde de una isla antes de desplomarse hacia la laguna. Luego queda colgando, momentáneamente aturdido e indefenso. El público ruge mientras la barra de vida de Penn cae por el golpe de Max.

Penn Wachowski | Equipo Beta

Vida: -35%

Ahora Asher se une a la acción. Salta de su propia isla mientras se hace pedazos y aterriza de manera perfecta en la isla de la que Penn está colgando, que se sacude por el impacto. Se inclina, sujeta a Penn del cuello antes de que haya logrado recuperarse, y lo golpea contra la tierra de la isla, agrietando el suelo. Ante su ataque, brota de Asher un círculo de luz azul.

Penn Wachowski | Equipo Beta

Vida: -92% | ADVERTENCIA

La audiencia invisible aúlla mientras un comentarista exclama:

–¡*Penn quedará afuera!* Si no protege el Emblema de su equipo, Asher terminará este juego antes de tiempo…

Penn libera una mano y ataca a Asher con un poder de Rayo, antes de que este pueda descargar un golpe fatal. Un haz de luz cegador envuelve a Asher durante un instante. Luego, levanta las manos en vano, pero ya es demasiado tarde: el poder lo enceguecío durante cinco segundos completos y su propia barra de vida desciende un 20%. Penn se lanza hacia el Emblema de Asher. En el último segundo, Max salva el Emblema del equipo al tomarlo primero, de modo que ahora flota encima de su cabeza.

La multitud emite un rugido de vítores y abucheos. Los imito. Pero mi atención no se despega del poder de Muerte súbita.

No lo hagas.

–¡Esfuerzo tremendo de Beta! ¡Penn ha estado ejercitando su defensa! –grita un analista por encima del ruido. Mientras habla, las nubes de tormenta finalmente nos alcanzan, y el sol desaparece por arriba–. Todos perdimos a Kento durante un rato, pero parece que ahora está persiguiendo a Jena. ¡Ambos van tras el poder de Muerte súbita!

El viento nos azota a todos y hace que las islas flotantes se bamboleen en el aire. Empiezan a caer gruesas gotas de lluvia, que convierten a las islas en lugares resbaladizos, donde resulta difícil mantenerse en pie.

Desvío mi atención hacia Jena y Kento, que parecen dos figuras pequeñas y brillantes que se acercan rápidamente al poder que flota sobre la roca. Luego desciendo deprisa de las islas y me dirijo hacia ellos. Pronto, estoy flotando cerca del rojo sangre de la Muerte súbita, observando a Jena y Kent, que se acercan precipitadamente.

Me concentro en el poder. En teoría, si Jena o Kento ponen sus manos encima de él, es probable que pueda entrar en sus cuentas. Es probable que pueda robar ese poder de sus propias cuentas. Y luego podría venderlo.

Quince mil dólares.

Sin quererlo, mi cabeza gira de la emoción. ¿Podría funcionar? Hackear un juego común de Warcross es algo que nunca se hizo, pero ¿un juego del torneo del campeonato oficial? Eso sí que nunca lo escuché. Ni siquiera sé si puedo acceder a sus cuentas de la misma manera que lo hago en los juegos normales. Podría no funcionar en absoluto.

Si me atrapan y me arrestan, me acusarían como a un adulto.

Quebrar la ley no hizo más que acelerar la muerte de mi padre. No cabe duda de que no hizo que mi vida fuera más fácil.

Permanezco donde estoy, indecisa, la garganta seca.

¿Qué pasaría si *logro* robarlo con éxito? ¿Solo esta vez?

Es solo el poder de un juego; no estoy lastimando a nadie. Nunca puse a prueba mi habilidad para hackear Warcross en un ámbito como este, pero ¿y si funcionara? Podría revenderlo por miles de dólares. Podría tomar ese dinero de inmediato y entregárselo al señor Alsole y cancelar mis deudas. Podría salvarme. Y no lo haría nunca más.

La tentación me corroe por dentro, y me pregunto si así se sentía mi padre cada vez que se conectaba para hacer *solo una apuesta más.*

Solo una apuesta. *Solo esta vez.*

Jena llega primero al poder. Apenas logra tomarlo de arriba del risco antes de que Kento la derribe de un tacle.

Si no tomo una decisión ahora, será muy tarde.

Me muevo instintivamente. Mis dedos golpean enloquecidos contra la mesa; saco la lista de jugadores y busco el perfil de Jena. Mientras lo hago, ella se quita de encima a Kento mediante una patada y luego se zambulle en un arco perfecto hacia la laguna. Un trueno ensordecedor suena arriba de nuestras cabezas.

Finalmente, surge el nombre de Jena. No tengo más que unos pocos segundos para actuar. *No lo hagas.* Pero ya me puse en marcha. Aparece un inventario completo de sus pertenecías virtuales. Busco, hasta que veo en su cuenta la reluciente Muerte súbita, brillante y escarlata.

La única debilidad que encontré alguna vez en la seguridad de Warcross es una minúscula falla técnica cuando un usuario está por usar algún elemento. Cuando este pasa de una cuenta al juego, y se usa, hay una milésima de segundo en que es vulnerable.

Me tiemblan los dedos. Antes que yo, Jena busca su nuevo poder de Muerte súbita. En su inventario, lo veo emitir unos rápidos destellos dorados. Esta es mi única oportunidad. Tomo aire, espero *–no lo hagas–* y luego tecleo una sola orden justo cuando el poder de Jena abandona su mano.

Un hormigueo atraviesa mi cuerpo. Me paralizo. De hecho, dentro del juego, todos parecen paralizarse.

Luego, noto que Asher me está mirando fijamente. Como si pudiera *verme*.

Parpadeo. *Es imposible. Yo estoy en el público.* Pero Jena también me está mirando, los ojos muy abiertos. Después, me doy cuenta de que el poder de Muerte súbita está oficialmente en mi cuenta. Lo veo en el inventario, en el borde de mi vista.

Lo hice. Funcionó.

Pero, de alguna manera, capturar exitosamente el poder me hizo ingresar en el torneo, a través de una falla técnica.

El silbato de un árbitro reverbera a nuestro alrededor. Los gritos de la audiencia se transforman en susurros de conmoción. Me quedo donde estoy, repentinamente insegura de qué hacer. Tipeo frenéticamente otra orden, tratando de volver a ser parte del público. Pero es inútil.

Todos –los jugadores, los comentaristas, las millones de personas de la audiencia– pueden verme.

–¿Quién rayos eres *tú*? –me pregunta Asher.

Me quedo mirándolo, sintiéndome una tonta.

Un rayo de luz roja envuelve la escena, y la voz omnisciente resuena a nuestro alrededor.

–Descanso –anuncia–. Hubo una falla en el sistema.

De pronto, mi pantalla se queda oscura. Me arrancan del juego y regreso a la habitación donde empecé, frente a un paisaje virtual de Tokio. Las puertas de la habitación ya no están; el poder de Muerte súbita continúa brillando en mi inventario.

Sin embargo, cuando quiero tomarlo, se desvanece. Lo borraron de mi lista.

Me arranco las gafas, me reclino en el sillón y le doy una mirada intensa al apartamento. Mis ojos se posan en Keira, que se halla sentada frente a mí. Ella también se quitó las gafas y me observa con la misma expresión horrorizada que había visto en el rostro de Jena.

–Em –susurra–. ¿Qué hiciste?

–Y-yo –tartamudeo, y luego me detengo. Algo relacionado con el acceso a la cuenta de Jena había borrado mi anonimato. Quedé expuesta. Bajo la vista hacia la mesa, mi corazón golpea con fuerza.

Keira se inclina hacia delante.

–Pude verte en el juego –dice–. Em… Asher te *habló*. Él podía verte. *Todos* podían verte. Vieron tu nombre, tu rostro y todo –alza las manos con asombro–. ¡Produjiste una falla técnica en el juego!

Keira no tiene la más mínima idea del gran lío en el

que me he metido; piensa que todo esto no fue más que un sincero error. Debajo de mi creciente pánico, yace un enorme arrepentimiento. No sé lo que hace Henka Games cuando atrapa a un hacker, pero es seguro que me apartarán del juego. Iré a juicio por esto.

–Lo siento –respondo en medio de la confusión–. Tal vez ellos… no le den mucha importancia…

Mi voz se apaga. Keira respira profundo y se reclina en el sillón. Nos quedamos en silencio durante un rato. Después de haber estado tan inmersas en Warcross, el silencio del apartamento resulta abrumador.

–Tú eres inteligente, Em –dice finalmente, haciendo contacto visual conmigo–. Pero tengo la sensación de que en esto estás completamente equivocada.

Y, como si todo estuviera programado de antemano, suena mi teléfono.

CINCO

Las dos damos un salto ante el sonido. Cuando miro el aparato, el identificador de llamadas dice: *Número desconocido.*

–¿No vas a contestar? –pregunta Keira, los ojos tan grandes como los míos. Sacudo la cabeza repetidamente mientras observo el teléfono. No me muevo del lugar hasta que, después de lo que parece una eternidad, deja de sonar.

De inmediato, suena otra vez. *Número desconocido*.

Se me erizan los vellos de la nuca. Apago el sonido del teléfono y después lo arrojo en el sofá, donde puedo verlo. En el silencio, permanezco encorvada en el sillón y trato de no hacer contacto con la mirada desconcertada de Keira.

Esa llamada tenía que ser de la policía. ¿Vendrían a arrestarme ahora si no atendía? ¿Henka Games me haría una demanda? Me doy cuenta de que acabo de interrumpir un juego que observaban quinientos millones de personas, un juego que recibe millones de los patrocinadores. ¿Acaso el propio estudio del juego pondría una recompensa por mi cabeza para que otros cazadores dieran con mi paradero? De hecho, podrían estar enviando un mensaje de alerta en este mismo instante y, en toda la ciudad, los cazadores estarían trepando a sus motocicletas o a taxis, deseosos de atraparme. Aprieto con fuerza mis manos temblorosas en el regazo.

Podría escapar. Tendría que hacerlo. Tomaría el primer tren y saldría de la ciudad hasta que todo pasara. Pero de inmediato hice una mueca ante lo imposible de la idea. Si me escapaba, ¿a dónde iría? ¿Cuán lejos podría llegar con trece dólares? Y si –no, *cuando*– me atraparan, eso no haría más que empeorar mi delito. Es probable que fuera más seguro quedarme aquí mismo.

Keira se dirige al sofá.

–Sigue sonando, Em.

–Entonces, deja de mirarlo –le digo abruptamente, con más dureza de la que pretendía.

Me mira con el ceño fruncido.

–Muy bien, como quieras –sin otra palabra, se da vuelta y se encamina a su colchón. Cierro los ojos, pongo la cabeza entre las manos y me apoyo contra la mesa. El silencio de la habitación es abrumador y, aunque no puedo escuchar el teléfono, puedo *sentirlo*, puedo saber, de alguna manera, que aún está sonando. En cualquier momento, un puño golpeará la puerta.

Todas las puertas cerradas tienen una llave. Pero esta vez, llegué al fondo.

No sé durante cuánto tiempo permanecí sentada de esa manera, pensando ideas y planes hasta que quedaron todos enredados; o cuándo, en mi tremendo agotamiento, me quedé dormida. No me doy cuenta de que estaba dormida hasta que, en algún lugar de la oscuridad, un sonido me sacude.

Ding.

Ding.

Ding.

Adormilada, abro un ojo. ¿Es la alarma del despertador? Los rayos del sol entran a través de las cortinas e inundan la habitación. Por un instante, admiro la belleza de la luz brillante. De hecho, es el tipo de luz que me avisa que estoy llegando tarde a algo. Un mal presentimiento me golpea el estómago. Me había quedado dormida en la mesa del comedor.

Levanto la cabeza bruscamente. Me duele todo el cuerpo y tengo los brazos entumecidos y contraídos por haber dormido encima de ellos toda la noche. En medio del aturdimiento, echo una mirada a mi alrededor. Lo ocurrido la noche anterior vuelve atropelladamente. Mientras Keira se fue a dormir, yo me había quedado en la mesa, la cabeza entre las manos, preguntándome cómo había podido ser tan estúpida como para exponerme ante quinientos millones de personas. Debo haber tenido pesadillas... aun cuando no pueda recordar ninguna, estoy mortalmente cansada y el corazón late furioso.

Las llamadas. El identificador de llamadas con número desconocido. Se me detiene el corazón, y mis ojos se dirigen al teléfono, que continúa sobre el sofá. Había dormido varias horas y nadie había llamado a la puerta.

Se apaga algo del pánico de la noche anterior y se suaviza la conmoción de estar en el medio del juego inaugural. Tal vez no suceda nada. Hasta el evento parecía un sueño.

Ding.

Me vuelvo otra vez hacia el sonido. Vino de mi teléfono. De repente, recuerdo que es miércoles, y estoy llegando tarde a mi turno de camarera. Ese debe ser un mensaje de texto de mi jefe y, en mi teléfono, los mensajes de texto todavía producen un sonido. En un santiamén, mis preocupaciones pasan de la falla técnica al peligro de perder el único trabajo que tengo que da dinero.

Me levanto del sillón de un salto. Keira se mueve en el rincón, oculta parcialmente detrás del divisor de cartón. Entro apresurada al baño, encajo un cepillo de dientes en la boca y hago una rápida pasada de peine a través de la maraña arcoíris de mi cabello. Sigo con la misma ropa de la noche anterior. Tendrá que ser así; no tengo tiempo de cambiarme. Me maldigo a mí misma mientras termino de cepillarme los dientes. Me van a echar por llegar tarde. Inclino la cabeza al apoyarme en el lavabo mientras lucho contra el peso del mundo.

Ding.

¡Ding! ¡Ding!

–Ah, por el amor de… –profiero airadamente por lo bajo. Cuando el teléfono emite dos *ding* más, dejo de ignorarlo y salgo del baño deprisa–. Ya voy –mascullo, como si mi jefe pudiera oírme. Tomo el teléfono mientras continúa sonando.

Luego, observo la larga lista de mensajes.

Ochenta y cuatro mensajes de un número bloqueado. Todos dicen lo mismo.

Señorita Emika Chen, por favor llame al 212-555-0156 de inmediato.

Una sensación incómoda se instala en mi estómago.

–Em.

Al voltear, veo que Keira ya salió de la cama y mira a través de las cortinas. Recién ahora oigo el sonido de voces que proviene de la calle.

–Emi –dice–. Ven a ver.

Camino hasta ella con paso silencioso. Rayos de luz finos e inclinados atraviesan las cortinas, pintando rayas amarillas en mis brazos. Los labios de Keira están doblados en una expresión de perplejidad. Separo dos cortinas y miro hacia afuera.

Un grupo de personas ocupa los escalones que conducen a nuestro complejo de apartamentos. Llevan enormes cámaras. Veo siglas de identificación impresas a los costados de los micrófonos: son los canales de noticias locales.

El estómago me da un vuelco.

–¿Qué está pasando? –pregunto.

Súbitamente, Keira voltea hacia mí y luego hurga torpemente en los bolsillos, en busca de su teléfono. Escribe algo con rapidez mientras continúa escuchando el zumbido de las voces del exterior.

Luego mira los resultados de la búsqueda. El color desapareció de su rostro y tiene los ojos muy abiertos. Levanta el teléfono hacia mí para que pueda ver.

–Emi –dice–. Estás en todos lados.

Miro fijamente una lista de artículos periodísticos que muestran la misma foto: una captura de pantalla donde estoy *yo* con mi cabello multicolor adentro del juego inaugural de Warcross, y Asher observándome conmocionado. Keira sigue deslizando la pantalla. Los artículos pasan uno tras otro, y los titulares se confunden.

Miembro del público logra ingresar al Juego Inaugural de Warcross por falla técnica

---

¡HACKEARON WARCROSS!

HACKER INTERRUMPE TEMPORALMENTE LA INAUGURACIÓN DE WARCROSS

¿QUIÉN ES EMIKA CHEN?

Al ver mi nombre, se me seca la boca. Fui una tonta al creer que mi pequeña treta de anoche no había atraído los focos de los medios. Habían revelado mi identidad. Mi secreto había estallado en el aire. Y no solo eso, todos los fragmentos empapelaban ahora Internet, como si fueran calcomanías. Es demasiado tarde para escapar. Me quedo paralizada mientras Keira continúa buscando, la expresión cada vez más anonadada.

–No pueden estar hablando de mí –tartamudeo–. No puede ser. Debo estar dormida.

–No estás dormida –Keira vuelve a levantar el teléfono. Observo una transmisión que tiene mi nombre por todos lados–. Eres el tema más comentado del mundo: estás número uno en el *trending topic*.

Junto a la mesa del comedor, mi teléfono suena otra vez. Lo miramos al mismo tiempo.

–Keira –digo–, hazme un favor y busca un número por mí –me sigue hasta la mesa, donde tomo el teléfono y observo la sucesión interminable de textos idénticos–: 212-555-0156.

Lo pone en una búsqueda. Un segundo después, traga saliva y me mira.

–Es el número de la oficina central de Henka Games en Manhattan.

Un hormigueo de terror se desliza por mi espalda y por mis brazos: Henka Games me ha enviado más de noventa mensajes. Nos miramos unos segundos más mientras dejamos que la conmoción de afuera llene el silencio de nuestra habitación.

–Es probable que sean sus abogados –susurro. Puedo sentir que la sangre desaparece de mi rostro y, en su lugar, me invade el mareo, haciéndome tambalear. Una ráfaga de pensamientos pasa volando: sirenas de policía, esposas, juzgados, salas de interrogatorios. Experiencias familiares para mí–. Keira... van a demandarme.

–Es mejor que los llames. No sirve de nada esperar.

Tiene razón. Dudo un momento más antes de tomar finalmente el teléfono. Me tiemblan tanto las manos que me resulta difícil marcar el número. Keira se cruza de brazos y camina de un lado a otro.

–Ponlo en altavoz –indica. Lo hago, y luego sostengo el teléfono entre ambas.

Yo había esperado que apareciera el típico mensaje automático de "Gracias por llamar a Henka Games, para escuchar en inglés presione 1"; el típico saludo del número de una corporación. Pero, en cambio, el teléfono suena solo una vez y atiende una mujer.

–¿La señorita Emika Chen? –pregunta.

Me sorprende tanto el saludo personal que balbuceo durante toda mi respuesta.

–Hola, aquí estoy. Quiero decir, yo. Quiero decir que soy yo –me sobresalto. ¿Por qué estoy sorprendida? Es obvio que conocen mi número de teléfono, a juzgar por la avalancha de mensajes de texto: me deben haber dirigido directamente a un operador apenas mi teléfono discó el número de ellos. *Estaban esperando*.

–Excelente –dice la mujer–. El señor Hideo Tanaka está en línea. No corte.

Keira toma aire, deja de caminar y me observa con los ojos muy abiertos. Le devuelvo la mirada mientras presto atención solamente a la música de espera que se escucha en el teléfono. Perdí la razón.

–¿Acaso acaba de decir…?

Ambas saltamos cuando la música se interrumpe abruptamente y una voz de hombre aparece en la línea. Es una voz que reconocería en cualquier parte, una voz que escuché en innumerables documentales y entrevistas, una voz que pertenece a la última persona con la cual pensé que hablaría alguna vez.

–¿Señorita Chen? –dice Hideo Tanaka.

Tiene acento británico. *Asistió a una escuela internacional británica*, recuerdo febrilmente. *Estudió en Oxford*. Su voz, agradable y refinada, transmite la autoridad de alguien que maneja una enorme corporación. Solo atino a quedarme quieta, el teléfono en la mano, mirando a Keira como si pudiera ver a través de ella.

Mi amiga agita los brazos frenéticamente, recordándome que se supone que debería responder.

–Eh –logro proferir–. Hola.

–Un placer –dice Hideo, y el teléfono me tiembla en la mano. Keira se apiada de mí y lo sostiene.

Espero que las siguientes palabras de Hideo tengan que ver con el incidente del hackeo, de modo que comienzo a balbucear de inmediato una especie de disculpa, como si eso fuera a servir de algo.

–Señor Tanaka, acerca de lo de ayer... Bueno, lamento muchísimo lo ocurrido... Fue un accidente, lo juro... Quiero decir, mis gafas son bastante viejas y fallan mucho –me estremezco–. Lo que *quiero* decir... no es que estén mal hechas o algo por el estilo... ¡que además no es cierto! Ehh, lo que digo...

Me interrumpe.

–Sí. ¿Está ocupada en este momento?

¿Si estoy ocupada en este momento? ¿Hideo Tanaka está en el teléfono, preguntándome si *estoy ocupada en este momento*? Los ojos de Keira parecen estar a punto de salirse de las órbitas. *Trata de no sonar como una estúpida, Emika. Actúa con naturalidad.*

–Bueno –respondo–. En realidad, estoy llegando tarde a mi turno de camarera...

Keira se golpea la frente con la palma de la mano. Estiro las dos manos hacia ella en estado de pánico.

–Le pido disculpas por trastocar sus horarios –dice Hideo, como si mi respuesta fuera lo más natural del mundo–, pero ¿estaría dispuesta a saltearse el trabajo el día de hoy y venir a Tokio?

Mis oídos comienzan a zumbar.

–¿Qué? ¿Tokio... Japón?

–Sí.

Hago un gesto de enojo, agradecida de que no pueda ver

que me sonrojo de vergüenza. ¿Qué esperaba que dijera: Tokio, Nueva Jersey?

–Pero… ¿ahora mismo?

Un dejo de diversión tiñe su voz.

–Sí, ahora mismo.

–Hum… –la cabeza me da vueltas–. Me encantaría, pero mi amiga y yo estamos a punto de ser desalojadas de nuestro apartamento, de modo que…

–Sus deudas ya están pagas.

Keira y yo intercambiamos una mirada de confusión.

–Perdón… ¿qué? –murmuro–. ¿Ya… están pagas?

–Sí.

Los cálculos que repaso siempre en mi cabeza. Renta, facturas, deuda. $1.150, $3.450, $6.000. *Sus deudas ya están pagas*. De repente, así nomás, se diluyeron, fueron reemplazadas por un papel en blanco. ¿Cómo puede ser? Si fuera al apartamento del señor Alsole en este momento, ¿nos despediría diciendo que está todo bien? *¿Por qué* haría Hideo Tanaka algo así? De pronto, me siento mareada, como si pudiera salir flotando fuera de mi cuerpo. *No te desmayes*.

–No puede ser que estén pagas –me escucho decir–. Es mucho dinero.

–Le aseguro que fue muy sencillo. ¿Señorita Chen?

–Sí. Lo siento… Sí, sigo aquí.

–Genial. Hay un auto esperando afuera del apartamento, listo para llevarla al aeropuerto John F. Kennedy. Empaque lo que quiera. El auto la espera hasta que esté lista.

–¿Un auto? Pero… un momento… ¿cuándo es el vuelo? ¿Qué aerolínea? ¿Cuánto tiempo tengo para…?

–Es mi jet privado –responde despreocupado–. Despegará cuando usted esté dentro.

Su jet privado.

–Espere, pero… todas mis cosas. ¿Cuánto tiempo estaré allí? –mis ojos regresan a Keira. Se la ve pálida: todavía está procesando la idea de que nuestras deudas se esfumaron en un abrir y cerrar de ojos.

–Si quiere que se embalen algunas de sus pertenencias y se despachen a Tokio con usted –contesta–, no tiene más que decirlo y se hará hoy mismo. Mientras tanto, tendrá aquí todo lo que necesite.

–*Espere* –comienzo a sacudir la cabeza. ¿Enviar a Tokio mis pertenencias? ¿Cuánto tiempo quiere que me quede allí? Frunzo el entrecejo–. Lo que *necesito* es un minuto para pensar. No entiendo –finalmente, mis emociones salen disparando hacia afuera, un torrente de pensamientos queda liberado–. ¿De qué se trata todo esto? El auto, mis deudas, el avión… *¿Tokio?* –balbuceo–. Ayer alteré el juego más importante del año. Alguien debería estar enojado conmigo. *Usted* debería estarlo. ¿Para qué voy a ir a Tokio? –respiro profundamente–. ¿Qué quiere usted de mí?

Se hace una pausa en el otro extremo de la línea. De repente, me doy cuenta de que estoy hablándole de manera contundente y grosera a una de las personas más poderosas del mundo… A mi *ídolo*, alguien a quien he observado y seguido, alguien que ha sido una obsesión para mí durante años, alguien que había cambiado mi vida. Frente a mí, Keira observa el teléfono con atención, como si pudiera ver la expresión de Hideo. Trago saliva en el silencio, repentinamente asustada.

–Tengo un trabajo para ofrecerle –responde Hideo–. ¿Le agradaría saber más?

SEIS

Confesión: estuve una sola vez en un avión. Fue después de que mamá se fuera y papá decidiera que debíamos mudarnos de San Francisco a Nueva York. Lo que recuerdo de ese viaje en avión es lo siguiente: un diminuto monitor de TV donde se podían ver dibujos animados; una ventanilla a través de la cual podía ver las nubes; una bandeja de comida estilo Tetris con algo dudosamente llamado pollo; y una modificación del videojuego original de *Sonic 2* cargado en mi teléfono, el juego al que acudía cada vez que estaba estresada.

Por algún motivo, pienso que mi segundo viaje en avión será distinto del primero.

Después de que concluyó la llamada de Hideo, lo primero que hice fue correr por el pasillo y tocarle la puerta al señor Alsole. Un solo vistazo a su rostro perplejo era todo lo que necesitaba para confirmar que no había sido una alucinación.

La renta está paga hasta el fin del próximo año.

Empaco en medio del aturdimiento. No poseo una maleta, de modo que termino metiendo toda la ropa que entra en la mochila. Mis pensamientos se mezclan entre sí, todos acerca de Hideo. ¿Para qué me quiere? Debe ser algo importante, si implica llevarme en avión a Tokio de forma tan intempestiva. En el pasado, Hideo, efectivamente, había contratado a varios hackers para ayudarlo a encontrar errores dentro de Warcross. Pero ellos eran mucho más experimentados y, probablemente, no tenían antecedentes penales. ¿Y si ahora Hideo está enojado conmigo y espera mi llegada a Japón para asignarme un castigo? Es una idea ridícula, seguramente... Pero también lo es que me digan que empaque todo y vaya a Tokio. *Dicho por Hideo Tanaka*. Ese pensamiento calienta otra vez todo mi interior, y siento un cosquilleo ante el misterioso trabajo que me quiere ofrecer.

Los ojos de Keira me siguen mientras corro por el apartamento.

–¿Cuándo regresarás? –pregunta, aunque escuchó la misma conversación que yo.

Meto otra camiseta en la mochila.

–No lo sé –respondo–. Probablemente en poco tiempo –secretamente, espero estar equivocada.

–¿Cómo sabes que esto no es en realidad una gran broma? –dice, con un dejo de confusión en la voz–. Digo… *fue* transmitida por todo Internet.

Me detengo y la miro.

–¿Qué quieres decir?

–Lo que quiero decir es: ¿qué puede impedir que alguien marque tu número un millón de veces y luego te juegue la broma más grande de todos los tiempos?

Debe ser eso. Tiene que serlo. Un hacker pensó que sería gracioso. Alguien logró violar la débil seguridad de mi teléfono, fingió la voz de Hideo y me tendió una trampa… es probable que esté muriéndose de risa en este mismo momento.

Pero la renta se pagó. ¿Qué bromista gastaría su dinero de esa manera?

Lo único que atino a hacer es encogerme de hombros.

–Bueno, veré hasta dónde consigo llevar la broma. Tampoco tengo mucho que perder.

Mientras termino con mis últimas cosas, me acerco deprisa a la colección de objetos que se encuentra junto a mi cama. El adorno navideño, la pintura de papá. Tomo los dos, teniendo mucho cuidado con la pintura. Es una explosión de manchas azules, verdes y doradas y, si retrocedes un poco, parece que él estuviera sosteniéndome la mano y caminando conmigo a través de una fila de árboles en un atardecer en Central Park. Lo observo un momento más y luego lo guardo cuidadosamente en la mochila. No me vendría mal un poco de buena suerte en el viaje.

Una hora después, estoy lo más lista que puedo estar. Me cuelgo la mochila y la patineta de los hombros, y salgo del apartamento. Una vez en el corredor, echo una mirada hacia atrás y mis ojos se posan en Keira. De repente, tengo una extraña sensación de que estoy contemplando una vida a la que nunca regresaré. Que esta será la última vez que vea a mi amiga. Y me doy cuenta de que voy a extrañarla y deseo que le vaya bien. Tendrá un apartamento gratis hasta el final del año próximo; tal vez eso la ayude a recuperarse.

–Ey –le digo, sin saber cómo despedirme–. El restaurante de la esquina necesitará una camarera. Si estás buscando trabajo…

–Sí –repone ella en forma también evasiva–. Gracias.

–Buena suerte.

Asiente solo una vez con solemnidad, como si también supiera que esto podría ser permanente.

–También a ti –agrega.

Luego intercambiamos un incómodo saludo con la mano y cierro la puerta sin mirar atrás.

Apenas empujo las puertas de la entrada principal del edificio, me enceguece una explosión de flashes. Entorno los ojos y me cubro la cara con la mano mientras escucho un creciente rugido de voces.

–¡Señorita Chen! ¡Señorita Chen! ¡Emika! –por un instante, me pregunto cómo rayos me reconoce toda esta gente, antes de recordar que, con el arcoíris de colores en mi cabello, es bastante obvio que soy la misma chica de las fotos.

Una enorme figura sube saltando los escalones, mientras aparta reporteros a su paso.

–Permítame, señorita –dice en tono amistoso, y toma la mochila y la patineta. Estira el brazo delante de mí y comienza a abrirse paso por los escalones. Cuando un reportero se pone agresivo, lo aparta con un gruñido. Sigo a mi nuevo guardaespaldas obedientemente, ignorando las preguntas que me arrojan de todos lados.

Finalmente llegamos al auto: el coche más elegante y hermoso que he visto en mi vida. Apuesto a que es la primera vez que se ve uno así en esta calle. El guardaespaldas coloca mis pertenencias en la cajuela. Una de las puertas del auto se abre automáticamente para mí, espera a que me deslice en el interior y luego se cierra. El silencio repentino, la separación del alboroto exterior, es un alivio. Todo allí dentro se ve tan lujoso que siento que lo estoy arruinando con solo sentarme. El aroma a limpio de auto nuevo flota en el aire. Hay botellas de champán apoyadas en un bloque de hielo moldeado. A través de las ventanillas, puedo ver una imagen transparente con marcadores virtuales sobre las calles y los edificios. CALLE 40 ESTE, dice una tira de letras blancas colocada sobre la calle en que nos encontramos. Burbujas coloridas con textos breves surgen sobre cada uno de los edificios. COMPLEJO DE APARTAMENTOS GREEN HILLS, LAVADERO AUTOMÁTICO, COMIDA CHINA. Este auto tiene completamente integrado el NeuroLink dentro de él.

El interior del coche se enciende, y brota una voz.

–Hola, señorita Chen –dice, y me sorprendo.

–Hola –lo saludo, sin saber hacia dónde mirar.

–¿Alguna preferencia con respecto al ambiente del automóvil? –sigue diciendo la voz–. ¿Algo tranquilo, quizá?

Echo una mirada hacia afuera, a la multitud de periodistas, que continúan gritando hacia las ventanillas oscuras del auto.

–Algo tranquilo estaría bien, señor… auto.

–Fred –indica la voz.

–Fred –corrijo, tratando de no sentirme rara al estar hablándole a una botella de champán en un bloque de hielo–. Hola.

Súbitamente, todas las ventanillas cambian y los reporteros de afuera son reemplazados por un paisaje imponente: altas hierbas volando en el viento, riscos blancos a lo largo del horizonte, un mar transparente y espuma blanca, y un atardecer que tiñe las nubes de naranja y rosa. Incluso el caos de afuera ahora suena amortiguado, tapado por los gritos de las gaviotas y el romper de las olas del océano virtual.

–Me llamo George –dice el guardaespaldas mientras el auto comienza a moverse–. Debe haber tenido una mañana muy movida.

–Sí –repongo–. Bien… ¿Sabe por qué nos dirigimos al aeropuerto?

–Las instrucciones del señor Tanaka solo decían que la lleve de manera segura hasta el avión.

Continúo observando el paisaje virtual que pasa a nuestro lado. *Instrucciones de Hideo*. Después de todo, tal vez no se trate de una broma elaborada.

Media hora después, desaparecen las tranquilas escenas de las ventanillas y regresa el mundo real. Llegamos al aeropuerto. En lugar de entrar al círculo usual donde van todos los demás vehículos, el auto toma por una calle pequeña y sinuosa, y se dirige a una extensión de concreto que se encuentra detrás del aeropuerto. Nos detenemos en un garaje privado, que está situado junto a una breve hilera de jets.

Salgo rápidamente del interior oscuro del auto y entorno los ojos ante la luz. Distingo el avión que tiene HENKA GAMES escrito en el costado. Es enorme, casi del tamaño de un avión comercial, pero más delgado y reluciente, con una nariz elegante y afilada que lo distingue de los otros. Los paneles que se encuentran a los costados son extraños, como translúcidos. La puerta está abierta y tiene una escalerilla apoyada en el suelo, donde hay una alfombra roja y mullida. Este es el avión que el mismo Hideo Tanaka utiliza cuando viaja.

–Por aquí, señorita Chen –me dice George con una leve inclinación de cabeza. Estoy a punto de dirigirme a la parte de atrás del auto para tomar mi mochila, pero él me detiene–: En este viaje no es necesario que levante nada –agrega con una sonrisa. Me siento un poco incómoda con las manos vacías mientras George levanta mis pertenencias y me guía hacia el avión.

Subo los escalones. Arriba, dos asistentes de vuelo, vestidos con impecables uniformes, esbozan deslumbrantes sonrisas e inclinan la cabeza.

–El señor Tanaka le da la bienvenida a bordo –me dice

uno de ellos. Lo saludo con otra inclinación de cabeza, sin saber bien qué contestar. ¿Acaso Hideo está informado de dónde me encuentro en este mismo momento? ¿Sabe que estoy abordando su avión en este instante? Me quedo pensando en las palabras del asistente de vuelo… hasta que volteo para mirar el interior del jet.

Ahora comprendo por qué los paneles externos del avión se veían tan extrañamente translúcidos. El interior tiene paneles de vidrio a través de los cuales puedo ver el aeropuerto, la pista y el cielo. Al mirar por segunda vez, noto que los paneles tienen el logo de Henka Games tallado sutilmente en la superficie del vidrio. Relucientes líneas de luz enmarcan los paneles. Yo solo había visto los interiores de los aviones llenos de asientos… pero este tiene un amplísimo sofá de cuero en el extremo más lejano, una cama de verdad empotrada en cada uno de los lados, un baño completo con ducha y un par de sillones cómodos cerca del frente. En la mesa colocada entre los sillones, hay una copa de champán y un plato con fruta fresca. Por un momento, me quedo helada, súbitamente incómoda ante semejante extravagancia.

George coloca mi mochila en un armario de la parte trasera del avión, se lleva la mano al sombrero y me sonríe.

–Que tenga un hermoso viaje –dice–. Que lo disfrute –agrega, y antes de que pueda preguntarle a qué se refiere, se da vuelta y baja la escalerilla hacia el auto.

Mientras los asistentes cierran la puerta, uno de ellos me dice que me ponga cómoda. Me encamino hacia uno de los sillones, me hundo con cuidado en el cuero suave e inspecciono los apoyabrazos. ¿Cambiarán estos paneles de vidrio como las ventanillas del automóvil que me trajo al aeropuerto? Estoy a punto de preguntarle al asistente que se acerca a mí, pero mis palabras se interrumpen cuando él me alcanza un par de gafas. Las reconozco de inmediato como la generación actual de gafas Warcross, que se venden en las tiendas: mucho más poderosas que las viejas gafas rentadas que estuve usando hasta ahora.

–Para que te diviertas –me dice con una sonrisa–. Y para que tu experiencia de vuelo sea completa.

–Gracias –giro las gafas en mis manos, admirando el sólido metal dorado de las patillas. Mis dedos se detienen sobre el elegante logo que dice: *Alexander McQueen para Henka Games*. Esta es la versión de lujo y de edición limitada. Papá se habría quedado sin habla ante semejante maravilla.

Estoy por calzármelos, cuando el avión comienza a avanzar. Mis ojos se dirigen a los paneles de vidrio de los costados y de la parte de arriba de la aeronave. Puedo ver el concreto directamente a través de ellos, y hasta puedo distinguir el tren de aterrizaje delantero. Si observo con atención, parece como si los asientos estuvieran flotando arriba del suelo, sin nada que nos separe del aire exterior. El piso se desliza cada vez más rápido. Instintivamente, me aferro al asiento. Arriba de mí, está el cielo azul diáfano. El cerebro me dice que nos lanzaremos a una muerte segura.

Luego, el avión abandona la pista y mi cuerpo se aprieta

levemente en el asiento. A través de los paneles de vidrio, desaparece el piso que se encuentra debajo de nosotros y, de pronto, estamos en el aire. Contengo la respiración. Despegar en un avión normal es una experiencia en sí misma, pero solo llegas a ver lo que está sucediendo a través de un diminuto ojo de buey. Esto, en cambio, es como si realmente estuviéramos sentados adentro de nada.

No me doy cuenta de la fuerza con la que estoy aferrando el asiento hasta que el asistente me da un golpecito en el hombro. Levanto la vista y me encuentro con su sonrisa relajada.

–No hay nada de qué preocuparse, señorita –dice el hombre por encima del zumbido de los motores–, este es uno de los aviones más modernos del mundo. Es supersónico. Desde aquí, volaremos a Tokio en menos de diez horas –señala el apoyabrazos con la cabeza y, cuando sigo su mirada, noto que mis nudillos están completamente blancos. Respiro lentamente y aflojo los dedos.

–Claro –musito.

Mientras comenzamos a nivelar la altura, el mundo desaparece por completo tras un colchón de nubes. Ahora los paneles se vuelven opacos, dejando solamente dos rayas horizontales de vidrio transparente hacia el exterior.

El asistente de vuelo me pide que me ponga las gafas. Hago lo que me dice. De inmediato, percibo varias diferencias entre estas y las viejas. En primer lugar, las nuevas son más livianas y calzan más cómodamente en mi rostro. Al colocármelas, ensombrecen el mundo que me rodea con un matiz un poco más oscuro. Conecto los auriculares a mis oídos, y enseguida aparece una voz femenina.

–Bienvenida –dice. Los lentes se vuelven completamente oscuros y me aíslan de lo que me rodea–. Por favor, mire a su izquierda.

Cuando hago lo que me pide, veo materializarse una esfera roja en el campo izquierdo de mi vista, que flota en el espacio negro. Suena un placentero *ding*.

–Confirmado. Por favor, mire a su derecha.

La esfera roja se desvanece. Obedezco, y al mirar hacia la derecha, veo una esfera azul. Otro *ding*.

–Confirmado. Por favor, mire hacia arriba.

La esfera azul también desaparece. Miro hacia arriba y veo una esfera amarilla flotante. *Ding*.

–Confirmado. Por favor, mire hacia delante.

En la oscuridad, aparece una esfera gris, seguida de un cubo, una pirámide y un cilindro. Una vez más, suena un *ding*, seguido de un breve cosquilleo en las sienes.

–Por favor, toque los dedos medio y pulgar de ambas manos.

Obedezco, y realiza una rápida serie de pruebas para mis movimientos.

–Gracias –dice la voz–. Ya está calibrada.

Estas nuevas gafas tienen un sistema muchísimo mejor que las anteriores. Con esta simple calibración, los lentes deberían ser capaces de conocer las preferencias y variaciones de mi cerebro lo suficiente como para sincronizar todo lo de

Warcross para mí. Me pregunto distraídamente si mis hackeos funcionarán aquí. Los lentes se aclaran y se vuelven transparentes, para que pueda ver nuevamente el interior del avión. Esta vez, hay una capa de realidad virtual sobre mi visión, de modo que los nombres de los asistentes de vuelo flotan sobre sus cabezas. Al seguir mirando, aparecen textos blancos y transparentes en el centro de mi visión.

Bienvenida a bordo del jet privado
de Henka Games
+1.000 pts. Puntaje diario: +1.000
Nivel 24 | B1.580

Luego, el texto se desvanece y aparece una transmisión virtual de video, que muestra a un joven sentado a una larga mesa.

Se vuelve hacia mí y sonríe. He visto el rostro de este hombre suficientes veces en entrevistas como para reconocerlo casi de inmediato: Kenn Edon, el director creativo de Warcross y confidente más cercano de Hideo. Forma parte del Comité Oficial de Warcross: aquellos que eligen los equipos y los mundos que aparecerán en los torneos del campeonato de cada año. Se reclina en el asiento, se pasa la mano por el cabello dorado y me ofrece una sonrisa.

–¡Señorita Chen! –exclama. Agito débilmente la mano como respuesta.

Mira hacia algún lugar que se encuentra detrás de él.

–Está conectada. ¿Quieres hablar unas palabras con ella?

Está hablando con Hideo, me doy cuenta, y el corazón me salta en la garganta por el pánico que me produce pensar que podría verme en este mismo instante.

La voz inconfundible de Hideo responde desde un lugar a espaldas de Kenn, que no alcanzo a ver.

–Ahora no –contesta–. Dale mis saludos.

Mi momento de pánico se transforma en una puñalada de decepción. No debería sorprenderme: debe estar ocupado. Kenn voltea hacia mí y hace un gesto de disculpas.

–Tendrás que perdonarlo –dice–. Si parece un poco distante, te aseguro que no tiene nada que ver con su entusiasmo por ti. Nada puede apartarlo cuando está trabajando en algo. Quiere agradecerte por venir aquí habiéndote avisado con tan poca antelación.

Kenn suena como si estuviera acostumbrado a disculparse por su jefe. *¿En qué está trabajando Hideo?* De antemano, estoy tratando de descubrir qué tipo de nueva realidad virtual han instalado en la sede central. En primer lugar, Kenn no lleva ninguna clase de gafas. El hecho de que yo pueda escuchar la respuesta de Hideo de esa manera aunque él no esté conectado ni tenga gafas puestas, o que pueda ver a Kenn hablándome en directo, quiere decir que se trata definitivamente de nueva tecnología.

–Créeme –respondo, mirando explícitamente alrededor del avión–. No me molesta.

La sonrisa de Kenn se agranda.

–Todavía no puedo darte muchos detalles de por qué vienes

hacia aquí. Eso lo decide Hideo. Está muy ansioso por conocerte –otra oleada de calidez me inunda–. Pero me pidió que te diga un par de cosas, para prepararte.

Me inclino hacia delante.

–¿Sí?

–Tendremos un equipo listo para llevarte al hotel apenas llegues –alza ambas manos–. Es probable que algunos de tus nuevos admiradores se hayan reunido en el aeropuerto para saludarte. Pero no te preocupes: tu seguridad es nuestra prioridad.

Parpadeo. Había visto la lista de artículos que habían aparecido esta mañana y me había encontrado con una multitud de reporteros frente a mi apartamento. Pero ¿también en *Tokio*?

–Gracias –decido decir.

Kenn tamborilea los dedos una vez en la mesa. Lo oigo.

–Después de tu llegada, tendrás la noche para descansar. A la mañana siguiente, vendrás aquí, a la oficina central de Henka Games, y podrás conocer a Hideo. Él te contará todo lo que tienes que saber acerca de la selección.

Las últimas palabras de Kenn me dejan helada. Es una idea tan loca que, al principio, no sé cómo reaccionar.

–Espera –digo–. Un momento. ¿Acabas de decir… la *selección*?

–¿La selección para determinar qué jugadores irán al Campeonato oficial de Warcross? –me guiña el ojo, como si hubiera estado esperando que captara su indirecta–. Bueno, bueno, supongo que lo dije. Felicitaciones.

SIETE

Todos los años, ocho meses antes de que realmente comiencen los juegos oficiales, se realiza la Selección, más conocida como Wardraft: un evento observado por prácticamente todos aquellos interesados de alguna manera en Warcross. Ahí es donde los equipos oficiales de Warcross seleccionan a los jugadores que estarán en sus equipos para los juegos de este año. Todos saben, por supuesto, que los jugadores más experimentados probablemente serán elegidos otra vez. Personas como Asher y Jena, por ejemplo. Pero, dentro de la selección, siempre hay un puñado de jugadores adicionales, llamados *amateurs*, que son nominados por su buen desempeño en los juegos. Algunos de esos amateurs luego pasan a ser los jugadores elegidos regularmente.

Este año, *yo* seré una jugadora amateur.

No tiene sentido. Soy una buena jugadora de Warcross, pero nunca tuve el tiempo ni el dinero para acumular suficiente experiencia o suficientes niveles para llegar a las tablas de posiciones mundiales. De hecho, seré la única jugadora amateur en la selección de este año que *no* tiene clasificación internacional. Y que posee antecedentes penales.

Trato de dormir. Pero a pesar de que la enorme y lujosa cama es mejor que cualquiera de los colchones en los que he dormido, termino dando vueltas sin poder conciliar el sueño. Finalmente, me doy por vencida y saco el teléfono, cargo mi modificación de *Sonic 2* y empiezo un juego nuevo. Brota la familiar música metálica de Emerald Hill Zone. Al recorrer un sendero que memoricé hace mucho tiempo, puedo sentir que mis nervios se calman y los latidos de mi corazón se estabilizan un poco mientras me olvido del día y, en su lugar, me concentro en realizar un salto vertical sobre un robot de 16 bits en el momento adecuado.

Tengo un trabajo para ofrecerle. Eso era lo que Hideo había dicho, un ofrecimiento del que me explicaría más en persona. No sonaba como algo que haría para todos los jugadores amateurs de los juegos.

Mi mente regresa a las historias que escuché acerca de él. La mayoría de la gente nunca lo vio con otro atuendo que no fuera camisa y pantalones formales, o un elegante esmoquin.

Sus sonrisas son inusuales y reservadas. Un empleado había dicho en una nota de una revista que solo estabas calificado para trabajar en Henka Games si podías soportar el escrutinio de su mirada penetrante durante una presentación. Yo he visto a periodistas transmitiendo en vivo titubear en su presencia mientras él esperaba paciente y educadamente a que le formularan la pregunta.

Imagino cómo será nuestra reunión. Es posible que me eche una mirada y me envíe de regreso a Nueva York sin decir una sola palabra.

La hora que figura en el techo de mi cama me dice que son las cuatro de la mañana en el medio del océano Pacífico. Tal vez no pueda dormir nunca más. Mis pensamientos se arremolinan. Aterrizaremos en Tokio en pocas horas, y después hablaré con Hideo. Es probable que participe en los juegos oficiales de Warcross. La idea da vueltas y vueltas en mi cabeza. ¿Cómo es posible? Anoche, había hackeado la ceremonia inaugural de Warcross en un desesperado intento por conseguir dinero rápido. Hoy, me dirijo a Tokio en un jet privado, en un viaje que podría cambiar mi vida para siempre. ¿Qué pensaría papá?

Papá.

Entro en mi cuenta y despliego un menú que se desplaza; las palabras son de un blanco transparente. Me estiro para tocar un ítem flotante del menú.

Mundos del Recuerdo

Cuando lo selecciono, el menú abre subdivisiones. Cuando observo cada una por más de un segundo, las subdivisiones comienzan a mostrar un anticipo de un Recuerdo que guardé. Hay Recuerdos en los que estoy celebrando con Keira nuestra primera noche en el pequeño estudio que habíamos rentado, y otro en el que estoy sosteniendo el cheque de mi primera cacería de recompensa exitosa. Luego están los Favoritos Compartidos, Recuerdos creados por otras personas en los cuales disfruto inmiscuirme, como por ejemplo, estar en los zapatos de Frankie Dena mientras toca en el Superbowl, o ubicada en el lugar de un niño rodeado de muchos cachorritos, un Recuerdo compartido más de mil millones de veces.

Finalmente, voy al subgrupo que más atesoro: mis Recuerdos más antiguos, almacenados en una categoría separada, dentro de Favoritos. Son todos viejos videos que grabé con un teléfono aun antes de que apareciera el NeuroLink, videos que más tarde descargué en mi cuenta. Son de mi padre. Los voy pasando hasta que me quedo en uno. Es mi décimo cumpleaños y las manos de papá me tapan los ojos. Aun cuando se trata de un video del teléfono, viejo y borroso, inunda mi vista a través de los lentes como si fuera una pantalla gigante. Siento el mismo nerviosismo que había sentido aquel día, obtengo la misma explosión de júbilo mientras las manos de papá se abren y dejan ver una pintura que hizo de nosotros dos, caminando a través de un mundo de coloridas pinceladas que parece el Central Park al atardecer. Salto una y otra vez, giro la pintura y me trepo a una silla para sostenerla más alto. Mi padre me sonríe y luego estira los brazos para ayudarme a bajar. Continúa reproduciéndose hasta que se acaba y, automáticamente, pasa al segundo Recuerdo almacenado. Papá con chaqueta marinera negra y bufanda color rojo intenso guiándome por los corredores del Museo de Arte Moderno. Papá enseñándome a pintar. Papá y yo eligiendo peonías en el Mercado de las Flores mientras afuera llueve a cántaros. Papá y yo gritando *¡Feliz Año Nuevo!* en una terraza sobre Times Square.

Los Recuerdos pasan una y otra vez, hasta que ya no puedo distinguir si empezaron nuevamente desde el principio. Y, poco a poco, me voy quedando dormida, rodeada de fantasmas.

}{

En mis sueños, vuelvo a la escuela secundaria y repaso el hecho que terminó en mi registro de antecedentes penales.

Annie Pattridge era una chica torpe y tímida de mi escuela secundaria, una muchacha reservada, de ojos dulces, que almorzaba en un rincón de la pequeña biblioteca de la escuela. A veces, me topaba con ella allí dentro. No era su amiga exactamente, pero manteníamos una relación *amistosa*: habíamos charlado un par de veces acerca de nuestro amor compartido por Harry Potter, Warcross, League of Legends y las computadoras. Otras veces, la veía levantando sus libros del suelo, después de que alguien se los hubiera arrojado de un golpe; o la encontraba de espaldas contra los armarios mientras un grupo de chicos le pegaba goma de mascar en el cabello; o la veía de pasada saliendo del baño de mujeres con los lentes rotos.

Pero un día, un chico que trabajaba en un proyecto grupal con Annie consiguió tomarle una foto duchándose en la intimidad de su propia casa. A la mañana siguiente, la foto del desnudo había sido enviada a todos los alumnos de la escuela, compartida por todos los foros de tarea escolar y publicada en Internet. Después, vinieron las burlas, las impresiones de la foto, cruelmente dibujadas. Las amenazas de muerte.

Annie abandonó la escuela una semana después.

El día en que lo hizo, busqué la información de todos los alumnos (y algunos profesores) que habían compartido la fotografía. ¿Sistemas administrativos de la escuela? Tan fáciles de acceder como una PC con la palabra *Contraseña* como contraseña. Desde allí, entré a cada uno de sus teléfonos. Bajé toda su información personal: la data de las tarjetas de crédito de sus padres, el número del Seguro Social, los números de teléfono, todos los detestables correos electrónicos y mensajes de texto enviados a Annie en forma anónima y, por supuesto, todas las fotos privadas. Me dediqué especialmente a reunir toda la información del chico que había tomado la foto original. Luego publiqué todo eso en Internet bajo el título: "Trolls en el calabozo".

Pueden imaginar el alboroto que se armó al día siguiente. Alumnos llorando, padres furiosos, asamblea general en la escuela, notas en los periódicos locales. Después, la policía. Después, la expulsión. Después, yo sentada ante el juez.

Acceso a sistemas informáticos sin autorización; publicación intencional de información sensible; conducta temeraria. Cuatro meses en un instituto de menores y la prohibición de tocar computadoras durante dos años. Una marca roja permanente en mis antecedentes penales y al diablo con la edad debido a la naturaleza del delito.

Tal vez yo estaba equivocada, y tal vez algún día miraré hacia atrás y lamentaré haber realizado un ataque semejante que convirtió mi vida en un infierno. Todavía no estoy totalmente segura de por qué me arrojé al fuego por ese incidente específico. Pero, a veces, alguien te lanza al suelo en el recreo porque le parece que la forma de tus ojos es rara. Te atacan porque ven un cuerpo vulnerable o un color distinto de piel o un nombre difícil de pronunciar. Piensan que no vas a responder, que te limitarás a bajar la mirada y ocultarte. Y, a veces, para protegerte, para hacer que eso desaparezca, no respondes.

Pero, *a veces*, te encuentras ubicada en la posición correcta, empuñando el arma correcta, para responder por otro. Y yo lo hice. Respondí con rapidez, con dureza y con furia. Respondí solamente con el lenguaje susurrado entre circuitos y cables, el lenguaje que puede poner a la gente de rodillas.

Y, a pesar de todo, volvería a hacerlo.

}{

Cuando finalmente aterrizamos, estoy exhausta y hecha un desastre. Me pongo mi camisa arrugada, tomo la mochila que guarda mis pocas pertenencias y sigo al asistente de vuelo por la rampa. Mis ojos se desvían hacia el texto en japonés impreso arriba de la entrada a las terminales del aeropuerto. No entiendo nada, pero no tengo que hacerlo, porque una traducción aparece encima del texto en mi vista virtual.

¡BIENVENIDOS AL AEROPUERTO DE HANEDA! RETIRO DE EQUIPAJE. VUELOS CON CONEXIÓN INTERNACIONAL.

Un hombre de traje negro está esperándome al pie de la rampa. A diferencia de Nueva York, aquí puedo ver su nombre flotando sobre su cabeza: Jiro Yamada. Me sonríe a través de las gafas de sol, inclina la cabeza y luego mira detrás de mí, como esperando más maletas. Al no ver ninguna, toma mi mochila y mi patineta, y luego me saluda.

Me toma un segundo registrar que Jiro me está hablando en japonés… y que no es un problema, porque puedo ver texto blanco transparente justo debajo de su rostro, subtítulos que me traducen lo que está diciendo.

–Bienvenida, señorita Chen –dice el texto–. Tiene una autorización previa para pasar la aduana. Venga.

Mientras lo sigo hacia un auto, echo un vistazo a la pista: no hay periodistas esperándome. Eso me alivia. Entro en el auto –idéntico al que me había llevado al aeropuerto en Nueva York– y me conduce a la salida. Igual que antes, aparece una escena tranquila (esta vez, un bosque frío y silencioso) en las ventanillas del auto.

Aquí es donde se encuentra la multitud. Al aproximarnos a la puerta de salida, un grupo de personas se acerca deprisa a la cabina de los tickets y disparan sus cámaras hacia nosotros. Solo los veo a través de la ventanilla delantera. Aun así, me acurruco sin querer en el asiento.

Jiro baja apenas su ventanilla para gritarles a los reporteros que se aparten del camino. Cuando finalmente lo hacen, el auto sale disparando hacia delante, las cubiertas chirrían un poco mientras giramos bruscamente y tomamos la calle que conduce a la autopista.

–¿Podemos quitar los paisajes de las ventanillas? –pregunto–. Es la primera vez que estoy en Tokio.

En lugar de contestarme Jiro, es el auto quien lo hace.

–Por supuesto, señorita Chen –dice.

Por supuesto, señorita Chen. Creo que nunca me acostumbraré a eso. La escena del bosque desaparece y deja el vidrio transparente. Observo con asombro la ciudad a la que nos aproximamos.

He visto Tokio en TV, online y dentro del nivel de "Noche en Tokio" de Warcross. Fantaseé con estar aquí, la vi en mis sueños.

Pero ahora estoy realmente *aquí*. Y es todavía mejor que todo lo anterior.

Rascacielos que se desvanecen en las nubes del atardecer. Autopistas apiladas unas encima de las otras, inundadas de luces rojas y doradas de los autos. Trenes de alta velocidad que recorren el cielo y desaparecen bajo tierra. Publicidades en pantallas en edificios de ochenta pisos de altura. Caleidoscopios de color y sonido hacia donde mire. No sé qué observar primero. Mientras nos acercamos al corazón de Tokio, las calles se vuelven más concurridas, hasta que el mar de gente que atesta las aceras hace que, en comparación, Times Square parezca vacía. No me doy cuenta de que tengo la boca abierta hasta que Jiro voltea hacia mí y suelta una risita.

–Veo esa expresión con frecuencia –dice (o más bien, el subtitulado me lo dice).

Trago saliva, avergonzada de que me pescara en pleno asombro, y cierro la boca.

–¿Estamos en el centro de Tokio?

–Tokio es demasiado grande como para tener un solo centro. Hay dos docenas de distritos, cada uno con sus propias características. Ahora estamos entrando en Shibuya –se detiene para sonreír–. Le recomendaría ponerse las gafas.

Vuelvo a calzarme las gafas, doy un golpecito en el costado para ponerlas en modo transparente y, cuando lo hago, lanzo un grito ahogado.

A diferencia de Nueva York, o del resto de Estados Unidos, Tokio parece completamente rediseñada para la realidad virtual. Los nombres de los edificios en luces de neón se mantienen sobre cada uno de los rascacielos, y pasan publicidades brillantes y animadas en los costados de los edificios. Hay modelos virtuales frente a las tiendas de ropa, girando para mostrar gran variedad de atuendos. Reconozco a uno de los modelos virtuales como el personaje del último juego de Final Fantasy, una joven con cabello azul intenso, que ahora me saluda por mi nombre y me muestra su última cartera Louis Vuitton. Un botón que dice COMPRAR AHORA flota arriba de ella, esperando que lo opriman.

El cielo está cubierto de naves voladoras virtuales y esferas coloridas: algunas despliegan las noticias, otras, publicidades, y hay otras que parecen estar allí simplemente porque son bonitas. Mientras andamos, alcanzo a ver textos distantes y translúcidos en el centro de mi visión, que indican a cuántos kilómetros estamos del centro del distrito de Shibuya, así como la temperatura actual y el pronóstico del tiempo.

Las calles están atestadas de jóvenes de elaborada apariencia: enormes faldas de encaje, paraguas muy decorados, botas de veinticinco centímetros de altura, pestañas que parecen tener kilómetros de largo, máscaras que brillan en la oscuridad. Algunos muestran su nivel de Warcross sobre la cabeza, junto con corazones, estrellas y trofeos. Otros tienen mascotas virtuales trotando junto a ellos: perros de púrpura brillante o tigres de plateado chispeante. Y hay otros que llevan en la cabeza todo tipo de avatares virtuales, como orejas de gato o astas en la cabeza, enormes alas de ángel en la espalda, cabello y ojos de todos colores.

–Como ahora estamos oficialmente en la temporada de los juegos –explica Jiro–, verá esto muy a menudo –hace un gesto hacia la calle con la cabeza, donde hay una joven con la inscripción **Nivel 80** y **♥ 3.410.383** sobre la cabeza, sonriendo mientras muchas personas levantan la mano, chocan los cinco con ella y la felicitan por su alta clasificación. Una mascota virtual de halcón vuela en círculos encima de su cabeza, la cola en llamas–. Aquí, casi todo lo que hagas te da puntos para tu nivel en el Link. Ir a la escuela, al trabajo, preparar la cena, etcétera. Tu nivel puede hacerte ganar recompensas en el mundo real; desde popularidad con tus compañeros de clase hasta mejor servicio en los restaurantes, o una ventaja sobre los demás en una entrevista de trabajo.

Asiento mientras miro asombrada. Sabía que muchas partes del mundo estaban decoradas de esta manera. Y como si estuviera arreglado previamente, aparece una burbuja transparente en el centro de mi visión, con un agradable *ding*.

¡Primera vez en Tokio!
+350 pts. Puntaje Diario: +350
¡Subiste de nivel!

Mi nivel sube de 24 a 25. Al verlo, siento una corriente de excitación.

Atravesamos el corazón de Tokio y luego entramos en una calle privada, que sube por una colina. El auto se detiene finalmente en la cima, en un hotel. Miro hacia arriba y veo la dirección del hotel flotando sobre el techo. No habré estado antes en Tokio, pero incluso yo puedo darme cuenta de que se trata de un vecindario de clase alta, con aceras completamente limpias e hileras de cuidados cerezos que todavía no están florecidos. El hotel tiene por lo menos veinte pisos, de diseño impecable, con una imagen virtual de una carpa nadando a lo largo de todo el costado del edificio.

Jiro sostiene mi mochila mientras salgo del auto. Los bordes de las puertas corredizas de vidrio se encienden cuando nos aproximamos y, al ingresar, dos empleados nos hacen una reverencia desde ambos lados de la entrada. Inclino torpemente la cabeza como respuesta.

–Bienvenida a Tokio, señorita Chen –me dice la mujer que se encarga de registrarme en el hotel, cuando llegamos a la recepción. Arriba de su cabeza, figura su nombre: **Sakura Morimoto**, seguido de **Recepción** y **Nivel 39**. Inclina la cabeza hacia mí.

–Hola –respondo–. Gracias.

–El señor Tanaka nos pidió la mejor suite para usted. Por favor –dice, estirando el brazo hacia los elevadores–. Por aquí.

La seguimos hasta un elevador y oprime el botón para el último piso. Mi corazón comienza a latir con fuerza otra vez. Hideo pidió mi habitación personalmente. Ni siquiera puedo recordar la última vez que me quedé en un hotel de verdad: debió haber sido cuando papá se las había arreglado para conseguir una invitación para la Semana de la Moda de Nueva York, y nos quedamos en un minúsculo hotel boutique, porque yo había llamado la atención de un cazatalentos. Pero no se parecía a esto ni de lejos.

Cuando llegamos al último piso, la asistente nos conduce hasta una puerta al final del pasillo. La puerta más cercana está en el otro extremo. Luego me entrega la tarjeta de acceso.

–Que lo disfrutes –dice con una sonrisa. Pasa la tarjeta y me invita a entrar.

Es un penthouse. Entramos en un espacio que es varias veces más grande que cualquier lugar en el que yo haya vivido. En la mesa ratona de vidrio, hay una canasta de frutas y bocadillos con sabor a té verde. Hay un dormitorio y una sala con una ventana curva de vidrio desde el piso al techo, que da a una Tokio llena de luces. Desde aquí, con las nuevas gafas, puedo ver los nombres virtuales de las calles y los edificios titilando mientras recorro la habitación. Íconos –corazones, estrellas, pulgares levantados– se agrupan sobre varias partes de la ciudad, destacando áreas donde la mayoría de las personas han marcado lugares, tiendas o lugares de encuentro favoritos. Camino hacia la ventana hasta que mis zapatos chocan contra el vidrio y luego observo la ciudad, maravillada. La Tokio virtual de Warcross es un espectáculo para contemplar... Pero esto es *real*, y la noción de que *sea* real me marea.

Una burbuja transparente brota otra vez:

Registrada en la suite 1 del penthouse
del Crystal Tower Hotel
+150 pts. Puntaje Diario: +150
Nivel 25 | B2.080

–Es todavía mejor de lo que imaginaba –señalo.

La mujer sonríe, aun cuando debe resultarle un comentario bastante tonto.

–Gracias, señorita Chen –dice con otra inclinación de cabeza–. Si necesita algo durante su estadía, solo hágamelo saber y me encargaré personalmente.

Mientras cierra la puerta, hago otro recorrido completo alrededor de la habitación. Mi estómago ruge como si fuera la respuesta, recordándome que me vendría bien una comida decente.

Me dirijo a la mesa de café, donde flota una opción llamada CENA EN LA HABITACIÓN, y toco las palabras virtuales. Al hacerlo, me veo súbitamente rodeada de platos virtuales que flotan en el aire. Debe haber cientos de opciones: enormes hamburguesas que chorrean queso derretido, platos de espaguetis con albóndigas en una salsa espesa, un surtido variado de sushi, tazones humeantes de sopa de fideos en un suculento caldo, pollo frito y crujiente con arroz, esponjosos bollos de cerdo y *dumplings* de pan frito, guisos espesos con carne y vegetales, y los suaves y sedosos mochis: pastelitos de arroz, rellenos de frijoles colorados dulces de postre... etcétera, etcétera.

Mi cabeza da vueltas hasta que finalmente me decido por pollo frito y *dumplings*. Mientras espero, paso diez minutos tratando de descubrir cómo se usa el retrete y otros diez minutos más encendiendo y apagando las luces, agitando las manos delante de mí. Y cuando llega el pedido, todo sabe aún mejor de lo que aparenta. No puedo recordar la última vez que tuve una comida tan sofisticada como esta... Ni siquiera recuerdo la última vez que comí algo que no viniera en caja.

Cuando ya no puedo comer un bocado más, enfilo hacia la cama y caigo sobre ella con un suspiro de satisfacción. La cama es ridículamente cómoda, lo suficientemente firme como para que pueda hundirme lento en ella hasta que parece que estoy acostada en una nube. El colchón de nuestro minúsculo apartamento había sido rescatado de la acera, un viejo y roído colchón de resortes que chirriaba como el demonio cada vez que me movía. Ahora, aquí estoy, en esta vasta suite de un penthouse, que Hideo había pedido para mí.

Mi estado de satisfacción vacila y, abruptamente, tengo una sensación de *no pertenecer*. Una chica como yo no debería estar tocando estas sábanas lujosas, comiendo esta comida costosa, durmiendo en esta habitación más grande que cualquier casa en la que haya estado en toda mi vida. Mi mirada vaga hacia el rincón de la suite, buscando los colchones que yacen en el piso, la figura de Keira acurrucada bajo una manta en el sofá. Ella me habría mirado con sus ojos muy abiertos. *¿Puedes creer esto?*, diría.

Quiero contestarle a ella, a alguien. Pero no está aquí. No hay nada familiar aquí, excepto yo.

Mañana por la mañana, a las diez. Se me ocurre que ni siquiera tengo ropa apropiada para ponerme: ni trajes para entrevistas, ni blusas ni pantalones adecuados. Mañana entraré en Henka Games como una chica literalmente arrancada de las calles del Bronx. Así es cómo voy a conocer al joven más famoso del mundo.

¿Y si Hideo descubre que cometió un grave error?

OCHO

Un par de jeans rasgados, con ambas rodillas abiertas; mi vieja camiseta preferida, con una imagen vintage de Sega; el mismo par de botas gastadas que uso casi todos los días; una camisa roja de franela a cuadros, descolorida por los muchos lavados.

Papá estaría horrorizado.

A pesar de lo confortable que es la cama, había dado vueltas y vueltas toda la noche. Me había despertado apenas amaneció, medio dormida y desorientada, la cabeza atiborrada de pensamientos. Ahora tengo bolsas debajo de los ojos y mi piel ha conocido mejores momentos.

Había planchado mi pobre camisa a cuadros lo mejor que podía, *dos veces*, pero el cuello sigue luciendo arrugado y gastado. Levanto con cuidado las mangas hasta los codos y luego estiro la camisa para que quede lo más recta posible. En el espejo, trato de imaginar que es un elegante bléiser. Lo único que me agrada esta mañana es mi cabello, que parece estar colaborando conmigo. Se ve grueso y recto, y los colores del arcoíris brillan con la luz de la mañana. Pero no tengo nada de maquillaje para cubrir los círculos oscuros debajo de los ojos… y con exactamente trece dólares a mi nombre, no estoy en condiciones de salir a dilapidarlos en cremas faciales y corrector. Tanto la camiseta como la camisa de franela lucen irremediablemente viejas y descoloridas, comparadas con todo lo nuevo y brillante que hay en esta suite. La suela de la bota izquierda se está desgastando notoriamente, y los agujeros de los jeans se ven más grandes de lo que recuerdo.

Los estudios de los juegos virtuales no son precisamente famosos por poseer estrictos códigos de vestimenta, pero hasta *ellos* deben tener algún tipo de etiqueta para reunirse con los jefes más importantes.

Para reunirse con *el* jefe más importante de toda la industria.

Un agradable *ding* resuena alrededor de la suite, y una luz cercana a mi cama me avisa que hay una llamada entrante. Doy un golpecito para aceptarla y, un momento después, la voz de Sakura Morimoto brota a través de los parlantes ocultos por toda la habitación.

–Buenos días, señorita Chen –dice. Por los parlantes y sin subtítulos virtuales, ella cambia de idioma–. Cuando esté lista, su automóvil la está esperando afuera.

–Estoy lista –respondo, sin creer mis propias palabras.

–Nos vemos –saluda.

Jiro y el mismo auto de la noche anterior me están esperando afuera. Imagino que hará algún tipo de comentario acerca de mi ropa o que, al menos, alzará una ceja. Pero, en cambio, me saluda con calidez cuando me aproximo y me ayuda a entrar. Mientras avanza el auto, las ventanas muestran escenas de girasoles y del amanecer. El traje de Jiro es terriblemente elegante, un perfecto conjunto negro con una impecable camisa blanca, que debe ser de una marca costosa. Si así es cómo lucen los guardaespaldas de Hideo, ¿qué se supone que debería llevar *yo*? Me dedico a tironear de las mangas de mi camisa, tratando de cambiar mágicamente mi ropa por algo lindo al enderezarlas una y otra vez.

Imagino el rostro de papá si pudiera verme ahora. Tomaría aire y haría una mueca de dolor. *De ninguna manera*, diría. Tomaría mi mano y me arrastraría inmediatamente a la tienda más cercana, y al diablo con la tarjeta de crédito.

La idea hace que tironee las mangas con más fuerza mientras aparto el recuerdo.

Finalmente, el auto se detiene delante de un portón blanco. Escucho con atención mientras el guardaespaldas le dice algo a lo que parece una máquina automática. Por el rabillo del ojo, veo un logo al costado del portón: Henka Games.

Luego, el auto avanza y aparca en un espacio que se halla cerca de la acera del frente. Jiro da la vuelta para abrirme la puerta.

–Ya llegamos –anuncia con una sonrisa y una inclinación de cabeza.

Me guía a través de un grupo de grandes puertas corredizas de vidrio e ingresamos al vestíbulo más grande que vi en toda mi vida.

La luz entra por el techo de vidrio del atrio y cae en donde nos encontramos, en el medio de un espacio abierto, decorado con gigantescas enredaderas de interior. A lo largo de las paredes, cae agua de varias fuentes. Balcones blanquísimos se apilan rodeando el interior del edificio. Una sutil talla del logo de Henka Games cubre una de las paredes blancas. Colgando del techo como cortinas, hay pancartas coloridas de los equipos que compiten en Warcross, cada una despliega el símbolo de un equipo a modo de celebración de la actual temporada del campeonato. Me detengo un instante a admirar el entorno. Si llevara las gafas NeuroLink en este momento, estoy segura de que esas pancartas tendrían animación.

¡Bienvenida a Henka Games!
+2.500 pts. Puntaje Diario: +2.500
¡Subiste de nivel!
Nivel 26 | B4.580

–Por aquí –dice mi guardaespaldas, guiándome hacia delante.

Caminamos hacia una serie de cilindros de vidrio transparente, donde nos espera una mujer sonriente. Tiene un broche dorado que homenajea a los torneos actuales en su bléiser perfectamente planchado y un tablero sujetapapeles debajo del brazo. Su sonrisa se ensancha al verme, aunque noto que sus ojos parpadean levemente al mirar mi ropa. No dice nada al respecto, pero yo me sonrojo.

–Bienvenida, señorita Chen –dice, inclinando la cabeza en un gesto sereno. El guardaespaldas se despide de mí y me deja con la mujer–. El señor Tanaka está ansioso por conocerla.

Trago con fuerza mientras devuelvo la reverencia. *No lo estará cuando contemple el desastre que soy*.

–Yo también –mascullo.

–Hay unas pocas reglas que debe seguir –continúa–. Primero: no está permitido tomar fotografías durante la reunión. Segundo: tendrá que firmar un acuerdo donde declare que no debatirá en público lo que se le diga aquí dentro –me extiende el documento del tablero.

Nada de fotos ni de debates en público. No es una sorpresa.

–De acuerdo –respondo. Leo el papel del tablero detenidamente y luego firmo al final.

–Y tercero: debo solicitarle que no le haga preguntas al señor Tanaka acerca de su familia o sus asuntos personales. Se trata de una política de toda la empresa, que el señor Tanaka mantiene de manera muy estricta.

La miro. Es una solicitud más extraña que las dos primeras... pero igual decido asentir.

–Nada de preguntas sobre la familia. Entendido.

Se abren las puertas del elevador. La mujer me hace una seña para que entre, y luego cruza los brazos sobre el pecho mientras comenzamos a ascender. Echo una mirada al amplio estudio y mis ojos se demoran en las gigantescas pancartas de los equipos al pasar junto a ellas. Este edificio es una hermosa obra de arquitectura. Papá se habría sentido impresionado.

Continuamos subiendo hasta que arribamos al último piso. Unos pocos empleados pasan a nuestro lado, todos llevan camisetas de Warcross y jeans. Al verlos, me relajo un poco. Uno de los empleados me mira y noto una señal de reconocimiento en sus ojos. Tiene aspecto de querer detenerme, pero luego se sonroja y decide no hacerlo. Me doy cuenta de que todos los que trabajan aquí tienen que haber estado mirando la ceremonia inaugural… y me vieron ingresar en el juego por una falla técnica. Mientras lo pienso, diviso otros empleados abajo en el vestíbulo, los cuellos estirados con curiosidad en dirección a nosotros.

La mujer me conduce por un pasillo abierto hasta que llegamos a un vestíbulo más pequeño, donde hay otro grupo de puertas corredizas. El vidrio es completamente transparente, de modo que puedo ver parte de una sala que se encuentra más adelante, así como enormes pinturas de los mundos de Warcross en las paredes y una larga mesa de reunión. Mis piernas comienzan a entumecerse y el miedo trepa rápido por mi espalda. Ahora que me encuentro a pocos minutos de la reunión, me invade abruptamente la sensación de que, tal vez, después de todo, no quiero estar aquí.

–Un momento, por favor –dice la mujer cuando llegamos a la puerta. Luego oprime con suavidad un dedo contra una pantalla que se halla al costado de las puertas e ingresa cuando estas se abren. Desde donde me encuentro, veo que hace una gran reverencia y pregunta algo en japonés. Lo único que logro entender es *Tanaka-sama* y *Chen-san*.

Una voz tenue le responde desde algún lugar en el extremo más alejado de la sala.

La mujer regresa y abre la puerta corrediza.

–Entre –inclina la cabeza mientras paso–. Que la reunión sea agradable –luego se aleja por el pasillo por donde vinimos.

Me encuentro en medio de una habitación con una impresionante vista de Tokio. En un extremo, hay varias personas sentadas en sillones alrededor de una mesa de reunión: dos mujeres, una vestida con blusa y falda y otra con una camiseta de Warcross, bléiser y jeans. Hay un joven de cabello dorado sentado entre ellas, haciendo gestos en el aire con las manos. Lo reconozco, es Kenn, el que había hablado conmigo en el jet privado. Las mujeres discuten detrás, examinando atentamente algo acerca de uno de los mundos para los campeonatos de Warcross.

Mis ojos se apartan de ellos y se sitúan en la última persona que queda en la sala.

Está sentado en un elegante sillón gris, justo al lado de la mesa de reunión, los codos en las rodillas. Las otras tres personas dirigen su atención hacia él de manera inconsciente, esperando claramente que diga la última palabra. Está vestido con una camisa blanca, perfectamente hecha a medida, remangada hasta los codos, y con dos de los botones superiores desabrochados de manera informal, pantalones oscuros y entallados y zapatos Oxford de color escarlata. Lo único que lleva relacionado con los juegos es un par de simples gemelos de plata, que brillan con la luz del sol, con la forma del logo de Warcross. Tiene ojos muy oscuros y pestañas largas. Su cabello es grueso y negro, a excepción de un curioso mechón fino y plateado de un lado.

Hideo Tanaka en persona.

Después de años de admirarlo de lejos, no estoy segura de lo que esperaba. De alguna manera, me sorprende verlo sin un monitor o la portada de una revista obstruyendo la vista, como si lo viera nítidamente por primera vez.

Alza la mirada hacia mí.

–Señorita Chen –dice, levantándose del sillón con un movimiento elegante. Luego se aproxima hacia mí, inclina la cabeza una vez y estira la mano. Es alto, sus gestos son sencillos y relajados, y tiene expresión seria. Su única imperfección son los nudillos: magullados, con recientes cicatrices, como si hubiera estado en una pelea; sorprendentes en unas manos que, de otra manera, serían elegantes. Me doy cuenta de que estoy observando con mucha curiosidad y consigo detenerme justo a tiempo para extenderle la mano. Mis movimientos parecen los de un buey torpe y pesado. A pesar de que mi vestimenta no es tan diferente de la de los demás, me siento sucia y vestida inapropiadamente en comparación con su impecable estilo.

–Hola, señor Tanaka –exclamo, sin saber qué más decir.

–Llámame Hideo, por favor –señala con ese suave y sutil acento británico que lo caracteriza. Cierra la mano alrededor de la mía, la estrecha una vez y luego mira a los demás–. La señorita Leanna Samuels, nuestra productora principal para los campeonatos –suelta mi mano para estirar la suya hacia la mujer de blusa y falda.

Ella me sonríe y se acomoda los lentes.

–Encantada de conocerla, señorita Chen.

Hideo señala con la cabeza a la mujer de camiseta y bléiser.

–Mi mano derecha, la señorita Mari Nakamura, nuestra Directora de Operaciones.

Ahora la reconozco: la he visto en muchos anuncios relacionados con Warcross. Me saluda con una leve inclinación de cabeza.

–Es un gusto conocerla, señorita Chen –dice con una amplia sonrisa. Le devuelvo el saludo lo mejor que puedo.

–Y ya has sido presentada a nuestro Director Creativo –concluye Hideo, ladeando la cabeza hacia Kenn–. Uno de mis viejos compañeros de Oxford.

–No en persona –Kenn baja saltando de su sillón y aparece frente a mí en no más de dos pasos. Me estrecha la mano con energía. A diferencia de Hideo, su expresión es lo suficientemente cálida como para calefaccionar una habitación en invierno–. Bienvenida a Tokio. Has causado una muy buena impresión en todos nosotros –le echa una mirada a Hideo y su sonrisa se tuerce más hacia arriba–. No ocurre todos los días que haga volar a alguien medio mundo para una entrevista.

Hideo mira a su amigo y enarca una ceja.

–A *ti* te hice volar medio mundo para que te unieras a la compañía.

Kenn ríe.

–Eso fue hace años. Como dije... no ocurre todos los días –su sonrisa regresa a mí.

–Gracias –decido decir mientras mi cabeza gira como un remolino al saludar a cuatro legendarios creadores en diez segundos.

Mari, la Directora de Operaciones, se vuelve hacia Hideo y le pregunta algo en japonés.

–Continúen sin mí –responde Hideo en inglés, y sus ojos se vuelven a posar en mí. Me doy cuenta de que no ha sonreído desde que llegué. Tal vez mi ropa sea realmente inapropiada para él–. La señorita Chen y yo vamos a disfrutar de una agradable charla.

Una charla. Los dos solos. Siento que el calor sube a mis mejillas. Sin embargo, Hideo no parece notarlo y, en su lugar, hace un gesto con la cabeza para que lo siga fuera de la sala. Detrás de nosotros, los demás regresan a su conversación. Solo Kenn me observa cuando les echo una mirada por encima del hombro.

–No es su intención ser intimidante –exclama alegremente Kenn. Luego la puerta se cierra e interrumpe la frase.

–Bien –dice Hideo mientras recorremos el pasillo hacia el patio central–, es tu primera vez en Japón, ¿verdad?

–Es agradable –asiento. ¿Por qué todo lo que digo repentinamente suena estúpido?

Cada vez más empleados aminoran el paso para observarnos mientras pasamos.

–Gracias por hacer un viaje tan largo –comenta.

–Gracias a *ti* –contesto–. He seguido tu carrera desde el principio, cuando tuviste tu primer gran éxito. Esto es un gran honor para mí.

Asiente sin mucho interés y me doy cuenta de que debe estar cansado de escuchar eso de toda la gente con la que se encuentra.

–Te pido disculpas por interrumpir tu semana, pero espero que el viaje haya sido bueno.

¿Habla en serio?

–Eso es una especie de eufemismo –respondo–. Gracias, señor Tanaka, Hideo, por pagar mis deudas. No tenías que hacerlo.

Agita la mano con despreocupación.

–No me agradezcas. Considéralo un pequeño adelanto. Francamente, estoy sorprendido de que tuvieras deudas. A esta altura, estoy seguro de que alguna compañía tecnológica notó tus habilidades.

Siento una puntada de irritación ante la fácil desestimación de mi deuda por parte de Hideo. Supongo que seis mil dólares –para mí, una montaña inalcanzable– es algo insignificante para un multimillonario.

–Tengo un par de antecedentes –comento, tratando de evitar que el enojo tiña mi voz–. Me refiero a mis antecedentes *penales*. No es nada muy serio, pero no me permitieron tocar computadoras durante dos años –decido no mencionar la muerte de mi padre y la temporada en la casa de crianza.

Para mi sorpresa, Hideo no insiste.

–He contratado suficientes hackers como para reconocer a uno bueno cuando lo veo. Te habrían descubierto tarde o temprano –me echa una mirada de soslayo–. Y, bueno, aquí estás finalmente.

Dobla una esquina y se dirige a otro grupo de puertas corredizas. Entramos en una oficina vacía. Las ventanas van de piso a techo. En un rincón, hay un brillante mural, un colorido remolino de niveles de juego estilizados. En otro, hay elegantes sillones. Las puertas se cierran detrás de nosotros y quedamos solos.

Hideo se vuelve hacia mí.

–Sé que te has visto desparramada por todo Internet durante los últimos dos días –dice–. Pero ¿puedes adivinar por qué estás aquí?

Lo miro y frunzo el ceño.

–En el avión, el señor Edon dijo que entraría en la Selección, en Wardraft.

–Así es –asiente Hideo–, a menos que no quieras.

–¿Eso significa que quieres que compita en los campeonatos de Warcross de este año?

–Sí.

Contengo la respiración. Escuchar esa confirmación del creador de Warcross lo convierte en algo real.

–¿Por qué? –pregunto–. Digo, sé que soy una jugadora bastante buena, pero no estoy clasificada en las listas internacionales ni nada de eso. ¿Me pondrás en las clasificaciones como un ardid de marketing?

–¿Tienes alguna idea de lo que realmente hiciste cuando te metiste en el juego inaugural?

–¿Arruiné el juego más importante del año? –arriesgo.

–Lograste atravesar un escudo que prácticamente nunca había sido violentado.

–Lo siento. Nunca antes había intentado hacer algo así.

–Pensé que habías dicho que fue un accidente.

Posa en mí su mirada penetrante. Ahora me está provocando por la disculpa que balbuceé durante nuestra primera conversación telefónica.

–Nunca antes había intentado *accidentalmente* hacer algo así –reformulo la frase.

–No te estoy diciendo esto porque esté molesto por que hayas entrado ilegalmente –alza una ceja–. Aunque preferiría que no lo hicieras otra vez. Te lo estoy diciendo porque necesito tu ayuda.

Algo en sus palabras anteriores despierta mi interés.

–Dijiste que ese escudo de seguridad *prácticamente* nunca había sido violentado. ¿Quién más accedió?

Camina hacia los sillones, se sienta y reclina la cabeza. Me indica con un gesto que me siente frente a él.

–Es por eso que necesito tu ayuda.

–Estás tratando de atrapar a alguien –entiendo de pronto–. Y la mejor manera de hacerlo es que me hagas entrar en los juegos de este año.

Ladea la cabeza hacia mí.

–Escuché que eras una cazarrecompensas.

–Sí –respondo–. Atrapo jugadores de Warcross que deben grandes sumas de apuestas, y a cualquiera que la policía no tenga tiempo de atrapar.

–De modo que debes conocer el submundo que ha surgido desde que mis gafas aparecieron por primera vez en el mercado.

–Por supuesto –asiento.

Siempre ha existido un submundo floreciente por debajo de la Internet normal. Es la parte del mundo online que uno no ve, que ningún buscador te mostrará jamás. Al que ni siquiera puedes entrar a menos que sepas lo que estás haciendo. La *dark web* es donde se congregan los hackers, se trafican drogas, se vende sexo y se contratan asesinos. Eso no ha hecho más que aumentar con la explosión de popularidad de Warcross y de las gafas NeuroLink. Ese mismo submundo existe ahora en la realidad virtual, excepto que se llama Dark World: un peligroso sitio virtual que recorro con frecuencia, en busca de los delincuentes a quienes les gusta moverse por ahí.

–¿Y te sientes cómoda allí? –pregunta Hideo, observándome.

Su altivez me irrita.

–Si no fuera así, no sería de gran utilidad para cazar hackers, ¿no crees?

No reacciona ante mi sarcasmo.

–Tú serás una de muchos cazadores de recompensas que estoy contratando para este trabajo –se estira hacia la mesa baja que nos separa y toma una cajita negra que se encuentra sobre una pila de revistas del juego. Me la entrega–. Es para ti. Los demás también recibirán una.

Otros cazadores de recompensas. Como en todas mis cacerías, competiré contra otros. Vacilo y luego tomo la cajita que me extiende. Es liviana como el aire. Le echo una mirada a Hideo antes de abrirla. Adentro, hay un pequeño envase de plástico con dos compartimentos redondos. Giro uno para abrirlo.

–Lentes de contacto –digo mientras observo un disco trasparente que flota en un líquido.

–Versiones beta. Las lanzaremos al público a fines de esta semana.

Levanto la mirada hacia Hideo con emoción.

–¿La nueva generación de lentes NeuroLink?

Sus labios se curvan hacia arriba en un leve atisbo de sonrisa, la primera que he visto.

–Sí.

Bajo los ojos otra vez. Son iguales a todos los lentes de contacto, excepto que estos tienen en los bordes, en letras translúcidas y diminutas, las palabras *Henka Games* en un motivo recurrente. Es lo único que se necesita para identificarlos como diferentes de un par de lentes comunes. Cuando me muevo un poco, los lentes brillan con la luz, lo cual sugiere que probablemente su superficie esté recubierta con una fina red de circuitos microscópicos. Por un segundo, me olvido de mi enojo ante las respuestas de Hideo. En su lugar, siento que estoy otra vez en mi hogar de crianza, escuchando la radio, oyendo acerca de su impactante invento por primera vez.

–¿Cómo…? –comienzo a decir, mi fascinación brota como un ronco graznido–. ¿Cómo lo hiciste? ¿Cómo los *cargas*? No es que puedas enchufarlos a una pared.

–El cuerpo humano produce por lo menos cien watts de electricidad por día –responde–. El teléfono inteligente promedio solo usa de dos a siete watts para cargarse por completo. Estos lentes necesitan menos de un watt.

Lo miro con intensidad.

–¿Estás diciendo que pueden cargarse solo con la electricidad del cuerpo?

Asiente.

–Los lentes dejan una película inofensiva en la superficie del ojo, que solo tiene el grosor de un átomo. Esa película actúa como conducto entre los lentes y tu cuerpo.

–Usa el cuerpo como cargador –reflexiono. Se han hecho

muchísimas películas sobre este tema, y, sin embargo, aquí me encuentro, sosteniéndolos entre mis propias manos–. Pensé que esto no era más que un mito de ciencia ficción.

–Todo es ciencia ficción, hasta que alguien lo convierte en ciencia fáctica –dice Hideo. Ahora hay una intensidad especial en su mirada, un brillo que ilumina toda su expresión. Recuerdo haberlo visto la primera vez que lo vi en televisión, y ahora lo reconozco. *Este* es el Hideo que me atrae.

Señala una puerta en el extremo más lejano de la oficina.

–Pruébalos.

Tomo los lentes y me dirijo hacia la puerta, que conduce a un baño privado. Me lavo las manos y levanto uno de los lentes. Me lleva por lo menos doce intentos, pero finalmente consigo ponerme ambos mientras derramo algunas lágrimas en el proceso. Parecen helados. Al regresar al sofá, examino la habitación. A primera vista, todo parece igual. Pero luego noto que el mural de brillantes colores que se encuentra a espaldas de Hideo se mueve, como si la pintura estuviera viva: los colores giran y se transforman en un despliegue espectacular.

Mi mirada continúa vagando por la sala. Percibo cada vez más cosas. Capas de realidad virtual, liberadas de los límites de las gafas. Un viejo juego de Warcross se desarrolla en otra pared blanca de la habitación, cubriéndola desde el piso hasta el techo. El cielorraso ya no es un cielorraso. En su lugar, puedo ver un cielo azul oscuro y la rutilante estela de la vía láctea. Los planetas –Marte, Júpiter y Saturno– ampliados y con colores exagerados, cuelgan en el cielo como si estuvieran en órbita. Alrededor de la habitación, los objetos tienen etiquetas planeando encima de ellos. **Ficus en maceta** flota arriba de una planta verde, junto con el dato **Agua | +1**, dando a entender que ganaré un punto si la riego. **Sillón** pende sobre nuestros sillones, y **Hideo Tanaka | Nivel ∞** flota arriba del propio Hideo. Es probable que yo tenga **Emika Chen | Nivel 26** arriba de mi propia cabeza.

Unas palabras translúcidas aparecen en el centro de mi visión.

Jugar Warcross

Hideo se levanta, da la vuelta y se sienta junto a mí. Ahora noto que también lleva lentes. Con los míos puestos, puedo ver una ligera lámina de colores brillantes contra sus pupilas.

–Acompáñame en una sesión de Warcross –dice. Aparece un botón en el aire entre nosotros–. Te mostraré a quién estoy buscando.

Respiro profundamente y observo el botón que tengo delante durante unos breves segundos. Los lentes detectan mi mirada prolongada y el mundo real que nos rodea –la oficina, los sillones, las paredes–, se oscurece y desaparece.

Cuando el mundo regresa nuevamente, ambos estamos en un espacio blanco y esterilizado, de paredes blancas, que se extiende hasta el infinito. Lo reconozco como uno de los mundos iniciales de Warcross: "Nivel Paintbrush". Si estiras las manos y las deslizas a lo largo de las paredes blancas, se extienden manchas de pintura multicolor por las superficies. Doblo ligeramente los dedos de los pies e imagino que camino. Y con esa doble señal, mi avatar se mueve hacia delante. Mientras caminamos, deslizo distraídamente la mano por una de las paredes y observo cómo los colores brotan de mis dedos y van dejando manchas.

Hideo se dirige a un rincón del mundo, donde finalmente se detiene. Relajo los dedos y también me detengo. Me mira.

–Este es el primer mundo donde notamos que algo andaba mal –dice. Pasa una mano por la pared y deja huellas de verdes y dorados intensos. Luego, hunde los dedos contra la superficie y *empuja*.

La pared se abre, obedeciendo a su contacto.

Detrás de la pared, hay un mundo de líneas oscuras y manchas de luz, todas secuenciadas en detallados diseños. *El código que hace funcionar a este mundo*. Es un vistazo de la IPA (la Interfaz de Programación de Aplicaciones), que está funcionando en el juego. Hideo entra en la pared y luego me indica que me una a él. Vacilo solo un segundo antes de abandonar el mundo de paredes blancas manchadas de pintura, e ingreso en el oscuro caos de líneas.

Allí dentro, las líneas de luz arrojan una suave tonalidad azulina contra nuestra piel. Un golpe de excitación recorre mi cuerpo ante la visión y examino las columnas, analizando y absorbiendo todo lo que puedo. Hideo camina un poco y luego se detiene ante un segmento del código.

Mi instinto comienza a funcionar y mis ojos se relajan mientras asimilan el despliegue del código que tengo delante. De inmediato, veo cuál es el problema. Es sutil... fácilmente pasado por alto por alguien no experimentado en analizar la estructura del NeuroLink. Pero ahí está, una sección que se ve deformada, las líneas enredadas de manera tal que no combina con el patrón que tiene alrededor, una sección fuera de lugar en el resto del caos organizado que nos rodea.

Hideo asiente con aprobación cuando se da cuenta de que lo noté. Se acerca a la parte deformada.

–¿Puedes ver lo que hizo?

No está solo mostrándome lo que ocurrió: está poniendo a prueba mis habilidades.

–Fue recableado –contesto automáticamente mientras mis ojos recorren el código a toda velocidad–. Para recabar información.

Hideo asiente, luego se estira hacia la porción deformada y la golpea una vez. La sección titila antes de volver súbitamente a su lugar, limpia y ordenadamente, de la forma en que se supone que debe estar.

–Lo arreglamos. Estoy mostrándote un recuerdo de cómo se veía cuando lo encontramos. Pero la persona no dejó ningún rastro de sí misma y, desde entonces, cada vez oculta mejor sus huellas. Hemos tomado la costumbre de llamarlo Zero, ya que esa es la ausencia en el registro de acceso. Es el único indicador que deja –me mira–. Estoy impresionado de que lo hayas detectado.

¿Acaso piensa que *yo* soy Zero? Lo miro fijamente. ¿Acaso me trajo hasta aquí, me hizo preguntas –*¿Es tu primera vez en Japón? ¿Tienes idea de lo que hiciste?*– solo para ver si soy el sospechoso que está buscando?

Lo observo con el ceño fruncido.

–Si quieres averiguar si soy Zero, puedes preguntármelo.

Me mira con escepticismo.

–¿Y lo admitirías?

–Habría valorado que fueras directo conmigo, en lugar de andar con rodeos.

La mirada de Hideo parece capaz de penetrar hasta mi alma.

–Tú hackeaste el juego de la ceremonia inaugural. ¿Debería yo disculparme por sospechar de ti?

Abro la boca y luego la cierro.

–Está bien –admito–. Pero *esto* no lo hice yo.

Desvía la mirada con frialdad.

–Lo sé. No te traje aquí para obligarte a confesar.

Me enfurezco en silencio.

El mundo que nos rodea cambia repentinamente. Nos alejamos con velocidad tanto del código como del "Nivel Paintbrush". Ahora, nos encontramos sobre una isla flotante, rodeados de otras cien islas, sobre una hermosa laguna. Este fue el mundo utilizado en la ceremonia inaugural, al que yo había ingresado de forma ilegal.

Hideo jala del mundo como si lo estuviera haciendo girar bajo sus dedos, y este se aleja volando por debajo de nuestros pies. Trago con fuerza. La versión a la cual está conectada su cuenta es obviamente diferente de la mía, lo cual le da a él habilidades dentro del juego que yo no poseo. Resulta extraño estar dentro de este juego con el propio creador y verlo jugar con él como su dios. Hideo finalmente hace que nos detengamos en una zona de los acantilados. Se estira y empuja. Entramos de nuevo a un espacio de líneas y luz.

Esta vez, la sección deformada es mucho más difícil de hallar. Dejo que mi concentración se nuble, emerja mi subconsciente y busque la grieta en el patrón. Me toma unos minutos encontrarle la vuelta pero, finalmente, hallo la porción del código que está mal.

–Aquí –indico, el ceño fruncido–. La misma historia. Quienquiera que sea este Zero, armó este nivel para que le dé estadísticas acerca de cada uno de los miembros de la audiencia que esté observando el juego –el descubrimiento hace que un mal presentimiento me recorra la espalda como un escalofrío. Observo más detenidamente–. Espera… aquí hay algo más. Casi inhabilitó el nivel, ¿no es cierto? Este lugar… Descubrió que aquí el código era débil.

Como Hideo no responde de inmediato, aparto la vista del código y veo que me está estudiando.

–¿Qué? –digo.

–¿Cómo lo descubriste? –pregunta.

–¿Qué cosa? ¿El código estropeado? –me encojo de hombros–. No sé… lo noté.

–Creo que no entiendes –pone las manos en los bolsillos

y entorna los ojos–. A mis mejores ingenieros les tomó una semana hacer lo que acabas de hacer.

–Entonces tal vez necesites mejores ingenieros.

Parece que no puedo controlar mis réplicas cuando estoy con Hideo. Tal vez su temperamento aparentemente frío y distante se me esté contagiando. Pero se limita a mirarme con expresión pensativa.

–¿Y cómo arreglarías esto?

Mi atención se dirige al código en peligro.

–Mi padre me enseñó a abarcar todo al mismo tiempo –murmuro mientras extiendo la mano por el texto–. No tienes que analizar *cada* detalle. Solo tienes que observar el esquema general para encontrar dónde está la debilidad –me estiro para sujetar el código, jalo hacia delante un enorme bloque y lo aparto con rapidez. Luego lo reemplazo con una línea única y eficiente, y el resto se acomoda a su alrededor.

–Listo –digo, apoyando las manos en la cadera–. Así está mejor.

Cuando lo miro otra vez, Hideo está analizando mi cambio sin decir una palabra. Tal vez pasé la prueba.

–Decente –dice después de un momento.

Decente. *¿Decente?* Mi ceño se frunce más.

–¿Por qué alguien habría de estar interesado en reunir toda esa información y arruinar los juegos?

–Tu interpretación es tan buena como la mía.

–Te preocupa que vaya a sabotear otra vez los juegos.

–Me preocupa que esté haciendo algo mucho peor que

eso. Me niego a detener el campeonato solo para inclinarme ante la amenaza de un hacker… pero la seguridad de nuestra audiencia es algo que no quiero arriesgar –Hideo mira hacia el costado. El mundo desaparece a toda velocidad otra vez y, de pronto, volvemos a estar sentados en su oficina. Me sorprendo ante el cambio abrupto. Me tomará un tiempo acostumbrarme a estos lentes de contacto–. Con tu condición actual de celebridad, pensé que sería mejor que te ocultáramos a la vista de todos, que te pusiéramos en uno de los equipos. Eso te permitirá estar físicamente más cerca de los otros jugadores.

–¿Por qué me quieres cerca?

–La naturaleza de los ataques me hace sospechar que Zero es uno de ellos.

Uno de los jugadores profesionales. Sus nombres pasan volando por mi mente.

–¿Y por qué estaremos compitiendo los demás cazadores y yo? ¿Cuál es tu generosa recompensa?

–Cada uno de ustedes verá la cantidad de la recompensa como una cifra pendiente en sus cuentas bancarias –se inclina hacia delante, apoya los codos en las rodillas y me echa una mirada incisiva–. Si decides que quieres rechazarlo, que es más de lo que quieres enfrentar, te pondré en un vuelo privado a Nueva York. Puedes considerar esto como unas vacaciones antes de regresar a tu vida. De todas formas, te pagaré una suma de dinero por participar, por detectar una grave falla de seguridad en el juego. Tómate tu tiempo para pensarlo.

Una suma de dinero por participar. Es como si estuviera ofreciéndome dinero consuelo, una salida fácil por si no me siento a la altura del desafío de su recompensa. Me imagino tomando un vuelo de regreso a Nueva York, volviendo a mi antigua vida mientras algún otro cazador de recompensas atrapa a Zero. Me corre un hormigueo por el cuerpo ante la posibilidad de resolver este problema, posiblemente el mayor misterio que tuve la posibilidad de resolver. *Esta vez, voy a ganar.*

–Ya lo pensé –digo–. Acepto.

Hideo asiente.

–En breve, te llegarán instrucciones para Wardraft, así como una invitación a una fiesta de inauguración. Mientras tanto, haz una lista de todo lo que pienses que necesitarás de mí. Códigos de acceso, cuentas y demás –se pone de pie–. Extiende la mano.

Lo miro con preocupación y luego hago lo que me pide. Toma mi mano y la da vuelta, de modo que la palma queda hacia arriba.

Sostiene su mano dos centímetros arriba de la mía, hasta que aparece contra mi piel un rectángulo negro, semejante a una tarjeta de crédito. Después, apoya un dedo levemente sobre la palma de mi mano y firma con su nombre. La sensación de su piel moviéndose contra la mía me corta el aliento. La tarjeta de crédito virtual lanza destellos azules unos segundos, autorizando su firma, y luego desaparece.

–Esto es para ti, para que compres lo que necesites durante tu estadía –dice–. Sin límites, sin preguntas. Solo tienes que usar la palma de tu mano cada vez que necesites hacer una compra, y el gasto vendrá directamente aquí. Puedes cancelarla firmando con tu propio nombre contra la palma de tu mano –sus ojos se fijan en los míos–. Y sé discreta acerca de todo esto. Preferiría no transmitirle al público nuestra cacería.

Qué no habría dado, durante mis semanas más difíciles, por una tarjeta como esta. Retiro la mano, la sensación de su firma todavía me quema la palma.

–Por supuesto.

Hideo me ofrece su mano. Su expresión se vuelve seria otra vez.

–Entonces, espero con impaciencia nuestro próximo encuentro –dice, sin ninguna señal en su tono de que eso sea cierto. Mis ojos se deslizan velozmente por sus nudillos magullados antes de estrecharle la mano.

Los últimos instantes transcurren en medio de una nebulosa. Hideo regresa a la sala de reuniones sin echarme otra mirada. Me acompañan al vestíbulo del estudio, donde firmo más papeles antes de dirigirme al auto que está esperándome. Mientras me acomodo en el interior, exhalo una larga bocanada de aire, que no me había dado cuenta de que estaba conteniendo. El corazón continúa martillando dentro de mi pecho y mis manos tiemblan por el encuentro. Recién cuando dejamos atrás el estudio, meto la mano en el bolsillo, tomo el teléfono y entro en mi cuenta bancaria. Esta mañana, tenía trece dólares. ¿Con qué cantidad de dinero me estará tentando Hideo?

Finalmente, la página de la cuenta aparece en la pantalla. Me quedo mirándola en medio de un atónito silencio.

Depósito pendiente: USD 10.000.000

Tengo que actualizar la pantalla algunas veces más antes de poder confiar en el número que ahí figura. Como no podía ser de otra manera, no cambia. Diez millones.

Hideo está demente.

La recompensa más alta que vi en mi vida es quinientos mil dólares. Esta cantidad es completamente fuera de lo normal. Debe haber algo más detrás de este trabajo de lo que Hideo está dejando entrever: no puede ser tan sencillo como atrapar a un hacker que solo está intentando arruinar los juegos, aun cuando se trate de los campeonatos mundiales.

¿Y qué pasa si el trabajo es más peligroso de lo que pienso?

Meneo la cabeza. Warcross es la obra de Hideo de toda su vida. Su mayor pasión. Vuelvo a pensar en el destello de intensidad que vi en sus ojos cuando me mostró los lentes de contacto. Yo *realmente* tengo un conjunto específico de habilidades que le atraen: persigo delincuentes, hackeo, soy una fanática de Warcross que está muy familiarizada con gran parte del funcionamiento interno del juego. Tal vez le resultó verdaderamente difícil encontrar cazadores apropiados para este trabajo.

Mis pensamientos retornan a nuestra reunión. El Hideo perfecto que yo había creado a través de años de documentales y artículos periodísticos no se parecía al que acababa de conocer: altivo, incapaz de una sonrisa, frío; la realidad de una figura mítica que yo había construido en mi cabeza. *No es su intención ser intimidante*, había insistido Kenn. Sin embargo, los muros de Hideo están allí, haciendo que su cortesía parezca insultante, y sus intenciones, vagas. Tal vez tenga que ver con ser tan repugnantemente rico que no necesite abrirse a nadie.

O tal vez no le agrado mucho. Esa idea me enoja. De acuerdo. A mí tampoco me agrada demasiado.

Además, no tiene por qué agradarme un cliente para poder trabajar para él. Ciertamente no me agrada la policía, para quien trabajo con frecuencia. Lo único que tengo que hacer es mi trabajo, mantenerlo al tanto de mi progreso y atrapar a Zero antes de que lo haga otro. Lo único que tengo que hacer es tomar la recompensa.

Diez millones de dólares. Pienso en papá, tarde en la noche, cuando pensaba que yo estaba dormida, la cabeza apoyada cansinamente en las manos, observando una pila interminable de facturas vencidas. Pienso en él observando somnoliento una pantalla resplandeciente, haciendo otra apuesta más con dinero que no tenía, esperanzado de que esa vez, *esa vez*, ganaría una fortuna.

Diez millones de dólares. *Yo* podía ganar una fortuna. No tendría que preocuparme nunca más por las deudas. Estaría segura de por vida. Si gano esta recompensa, todo cambiará. *Para siempre*.

Al detenernos frente al hotel, un mensaje aparece en mi vista. Es de Kenn.

¡Emika Chen! No sé qué le dijiste allí dentro, pero... felicitaciones.

¿Felicitaciones por qué?

Deberías saber que Hideo nunca contrató tan rápido a nadie. Jamás.

¿En serio? Pensé que lo había hecho enfadar.

Todos piensan eso. No te preocupes por él. Busca un regalo frente a tu puerta. Hideo hizo que te lo enviaran apenas te marchaste de su oficina.

Después de esa reunión, es difícil creer lo que Kenn está diciendo.

Gracias.

Bienvenida al equipo.

Para cuando Jiro me deja en el hotel y subo hasta la suite en el penthouse, el regalo ya está allí: una hermosa caja negra de gamuza descansa frente a mi puerta. También hay un sobre satinado con un sello dorado del logo de Warcross. Lo observo durante un largo rato, luego me inclino y abro la caja.

Es una reluciente patineta eléctrica de edición limitada, elegante y liviana, blanca y negra. Incrédula, evalúo el peso en las manos, y luego la dejo caer y me subo de un salto. Me responde de maravillas.

Los guardaespaldas de Hideo deben haberle mencionado mi vieja patineta colgada de mi espalda. Esta cuesta fácilmente quince mil dólares. Yo la había observado antes en catálogos, fantaseado con cómo andaría.

Leo la tarjeta que viene en la caja.

Para ti. Nos vemos en Wardraft.
H. T.

Sin poder evitarlo, siento que el corazón me da un salto. Primero me interroga, y después me envía regalos. Mis ojos se deslizan desde la nota hacia el sobre sujeto contra la puerta. Hace tan solo un par de días, había estado parada frente a la puerta de mi apartamento, observando desesperada un aviso de desalojo color amarillo. Ahora tomo el sobre, lo rasgo y extraigo una gruesa y pesada tarjeta negra con letras doradas.

La señorita Emika Chen está
oficialmente invitada a participar
de Wardraft como jugadora amateur
el día 3 de marzo.

}{

He mirado la Selección de Warcross todos los años. Siempre se realiza en el Tokio Dome una semana después de la ceremonia inaugural, con un combinado de las estrellas, en un estadio repleto, y una multitud de cincuenta mil personas enardecidas. Todos los ojos están posados en los jugadores amateurs, sentados en las primeras filas del estadio que rodean el campo de juego principal. Uno por uno, los dieciséis equipos oficiales de Warcross eligen a sus preferidos entre los amateurs.

Los seguidores de Warcross conocen a la mayoría de los amateurs de memoria, porque estos jugadores suelen ser algunos de los que obtienen puntajes más altos en el juego, los que están constantemente en la tabla de posiciones y tienen millones de seguidores. El año pasado, Ana Carolina

Santos, representante de Brasil, fue la seleccionada en la primera ronda. El año anterior, Penn Wachowski, de Polonia, que ahora juega para el equipo Cazadores de Tormentas, fue elegido en primer lugar. Y el año anterior a *ese*, fue Ki-woon "Kento" Park, que actualmente está en el equipo Andrómeda.

Pero estoy acostumbrada a mirar el despliegue de esta locura desde mi casa, con las gafas puestas. Esta vez, estaré sentada en las primeras filas del Tokio Dome.

Cuando el auto toma por las calles cercanas al Dome, me tiemblan las manos. Mis ojos están transfigurados por la escena que se desarrolla afuera. Si Times Square había parecido una locura con Warcross, no es nada comparado con Tokio. A través de mis lentes de contacto, la principal intersección de avenidas de Shibuya está iluminada con pantallas colgantes, que rotan con las fotos de cada jugador amateur y muestran videos de selecciones pasadas. Miles de fans enardecidos se reúnen en las calles, debajo de las pantallas. El auto enfila a través de una sección especial, que está cercada, a través de la cual nos guía un escuadrón de la policía. Mientras pasamos, algunas personas en la acera saludan con la mano a cada uno de nuestros autos, los rostros encendidos del entusiasmo. No pueden vernos a través de las ventanillas oscuras, pero saben que esta es la ruta que toman los autos que llevan a los jugadores amateurs.

Arriba, aparece mi foto cubriendo todo el costado de un rascacielos. Es una foto vieja de segundo año de la escuela secundaria, el último año que pasé en la escuela antes de que me expulsaran. Se me ve seria, el cabello completamente lacio y de por lo menos doce colores brillantes y diferentes, la piel tan pálida que parece cenicienta. Hay titulares sobre mí esparcidos por todas partes.

ÚLTIMAS NOTICIAS:
EMIKA CHEN NOMINADA PARA WARDRAFT

¡De Hacker indigente a estrella amateur!
Detalles en la edición de esta semana

SALTAN LAS ACCIONES DE HENKA GAMES CON LA INCORPORACIÓN DE EMIKA CHEN

Ver mi rostro cubriendo ochenta pisos es suficiente para provocarme náuseas. Me obligo a apartar la vista de la locura exterior y, en su lugar, aprieto las manos con fuerza en mi regazo.

Piensa en los diez millones, me repito a mí misma. Miro otra vez hacia afuera y observo otra cartelera que muestra una foto de DJ Ren con sus gigantescos auriculares, inclinado sobre su equipo de DJ. De repente, se me ocurre que los otros dos cazadores de recompensas, sean quienes sean, probablemente estén mirándome durante la selección. Estudiándome. ¿Serán ellos también jugadores amateurs?

Para cuando nos detenemos dentro de la zona acordonada de la entrada lateral del Tokio Dome, casi logré calmar las mariposas que causaban estragos en mi estómago. En medio de una nebulosa, observo a unos hombres de traje que me abren la puerta, me ayudan a salir del auto y me conducen por una alfombra roja que lleva a los fríos y oscuros recovecos de la parte trasera del estadio. *Piensa en cosas rudas y agresivas*, me digo a mí misma. Mis guías toman por un estrecho corredor, cuyo techo va ascendiendo cada vez más. El sonido de cincuenta mil gritos se va acercando. Luego, súbitamente, entro al espacio principal y el rugido se torna ensordecedor.

El estadio está bañado por una tenue luz azul. Decenas de reflectores de colores van y vienen por el recinto. Los pasillos están atestados de espectadores, que se han acercado hasta aquí para vernos en persona y agitan afiches de sus jugadores amateurs favoritos. Con los lentes puestos, puedo ver enormes pantallas holográficas alineadas en el borde del estadio central. En cada una de las pantallas, transmiten videos de los jugadores amateurs en acción durante algunas de sus jugadas más populares. Los jugadores parecen lanzarse fuera de la pantalla como si fueran figuras gigantes y tridimensionales y, cada vez que realizan una buena jugada, la multitud aúlla a todo pulmón.

Una burbuja brota en mi visión. Mi nivel salta dos puntos.

¡Participante oficial de Wardraft!

¡Felicitaciones!

+20.000 pts. Puntaje diario: +20.000

¡Subiste de nivel! ¡Estás en llamas!

Nivel 28 | B24.580

¡Obtuviste un cofre del tesoro!

La mitad de las primeras filas del estadio están ocupadas por jugadores amateurs. Mientras los guías me ubican en una fila, observo al grupo que me rodea y trato de unir a estas personas con sus personajes de Warcross. Mi mirada se detiene en unos pocos rostros. Abeni Lea, representante de Kenia. Está clasificada entre los cincuenta mejores del mundo. Luego están Ivo Erikkson, de Suecia, y Hazan Demir, una joven de Turquía. Fascinada, me pregunto si sería una tontería pedirles un autógrafo.

Hora de trabajar, me recuerdo. Discretamente, deslizo dos dedos hacia arriba, quito mis escudos y busco la seguridad que cubre el domo. Hideo me dio una identificación especial para atravesarla totalmente, lo cual me permite acceder a la información básica que almacena Henka Games de todos los usuarios. Pero utilizar esa ID, también le permite a Hideo rastrearme *a mí* con mayor facilidad, algo que puede dejarme en una posición vulnerable ante Zero u otro cazarrecompensas. De modo que, en su lugar, edité mi propio acceso para quedar fuera del radar. Eso me ayudará a trabajar mejor. Si Hideo tiene algún problema, tendrá que discutirlo más tarde conmigo.

De inmediato, números y letras aparecen en lugares elegidos al azar alrededor del domo, resaltando las áreas donde el código está generando bits de realidad virtual por encima de la escena real. Una transparencia del plano del estadio se mueve imperceptiblemente por encima de todo. Pero lo más importante es que aparece información básica acerca de todos los espectadores, flotando en diminutos dígitos azules sobre sus cabezas, tantos que los datos parecen manchas borrosas.

Finalmente, llego a mi asiento. A mis espaldas, el estadio lanza otra ronda de intensos aullidos cuando las pantallas gigantes muestran un montaje de las mejores jugadas del equipo de los Jinetes de Fénix del año anterior.

–*Haló* –volteo cuando una chica me da un leve codazo en el costado. Tiene cabello rubio rojizo atado atrás en una cola baja y desordenada, y muchas pecas desparramadas por su piel blanca. Esboza una sonrisa simpática y torcida. Cuando vuelve a hablar, veo la transparencia con la traducción delante de mí–. ¿Eres Emika? –sus ojos trepan por mi colorido cabello y luego descienden por los tatuajes de mi brazo–. ¿La que se metió en la ceremonia inaugural?

Asiento con una leve inclinación de cabeza.

–Hola.

La joven me devuelve el saludo.

–Soy Ziggy Frost, de Bamberg, Alemania.

–¡Claro! –abro grandes los ojos–. ¡Te conozco! Eres una de las mejores Ladronas. Te he visto en muchísimos juegos.

Me doy cuenta de que lee velozmente la traducción al alemán de mis palabras, que aparece en su visión. Luego se le ilumina el rostro hasta que siento que va a explotar. Se estira hacia delante y empuja a alguien que está sentado en la fila siguiente.

–¡Yuebin! –exclama–. Mira, tengo una admiradora.

El muchacho al que empujó emite un gruñido de molestia y se da vuelta en el asiento. Huele levemente a humo de cigarrillo.

–Te felicito –masculla en chino mientras leo la traducción de sus palabras. Sus ojos se trasladan hacia mí–. Ey, ¿no eres la chica del hackeo del juego inaugural?

¿Es así cómo seré reconocida de ahora en adelante? ¿La chica del hackeo?

–Hola –digo extendiendo la mano–. Soy Emika Chen.

–¡Ah! ¡La de Estados Unidos! –profiere estrechando mi mano una vez–. ¿Hablas mandarín?

Meneo la cabeza. Mi papá conocía cinco frases en chino, y cuatro eran insultos.

Se encoge de hombros ante mi respuesta.

–Ah, bueno. Soy Yuebin, de Beijing.

Sonrío.

–¿El Luchador número uno del ranking?

Su sonrisa se vuelve más amplia.

–Sí –se estira y le da un codazo a Ziggy–. ¿Ves? No eres la única que tiene una admiradora –luego regresa la mirada hacia mí–. Bien, ¿así que ahora eres una jugadora amateur? Felicitaciones, es genial… pero no recuerdo haberte visto este año entre los mejores clasificados.

–Eso es porque todos la anotaron a último momento –comenta Ziggy–. El propio Hideo aprobó la nominación –Yuebin emite un silbido–. Debes haberlo impresionado mucho.

De modo que los rumores sobre mí *realmente* se propagaron.

Esta no es la manera en la que quiero que me conozcan todos en Warcross: la chica que hackeó un juego por pura estupidez y luego entró en la selección como jugadora amateur gracias a su peligroso ardid. ¿Y si Yuebin sospecha que estoy en Wardraft por otra razón?

No seas tan obvia. Para él, solo estás aquí para jugar Warcross, me recuerdo a mí misma. Le lanzo a Ziggy una sonrisa forzada y me encojo de hombros.

–Es probable que no sirva de nada. Apuesto a que me eligen en último lugar.

Ziggy ríe amablemente y me da una palmada en el hombro.

–¿Cómo es ese dicho? ¿Nunca digas nunca? –señala–. Además, ¿recuerdan el año en el que aquel jugador… Leroy algo… no recuerdo el apellido, fue seleccionado para jugar con los Cazadores de Tormentas aun cuando lo único que hacía era arremeter y arruinar el juego de todo el equipo? Dios mío, era terrible –demasiado tarde se da cuenta de que me insultó otra vez sin querer–. Quiero decir, ¡no es que tú seas tan *mala* como Leroy! Lo que quiero decir es que uno nunca sabe. Digo… bueno, ya me entiendes.

Yuebin le echa una mirada burlona a Ziggy antes de sonreírme.

–Tendrás que perdonarla –comenta–. Nunca dice la frase oportuna en el momento oportuno.

Ziggy lo mira con el ceño fruncido.

–*Tú* nunca eres la persona oportuna en el momento oportuno.

Mientras se olvidan de mí y se ponen a reñir, reviso discretamente la información que tengo acerca de ellos. Sus nombres completos, direcciones, itinerarios de viaje, cualquier cosa que pueda ayudarme a descubrir algo sospechoso acerca de su comportamiento. Bajo todo lo que encuentro y lo guardo para analizarlo después. Pero de un rápido vistazo, ninguno de sus perfiles resulta extraño. No hay escudos básicos de ningún tipo para proteger su información. Y Yuebin hasta tiene un virus instalado en su Link, que lo está volviendo más lento.

Sin embargo, tal vez ambos pueden estar ocultando algo detrás de esa fachada. Es difícil de decir sin examinar toda su información: e-mails personales, mensajes privados, Recuerdos almacenados... datos cifrados a los que ni siquiera Henka Games tiene permiso para acceder. Necesito una forma de ingresar, una debilidad, como cuando robé el poder durante el juego de la ceremonia inaugural. Necesito otra grieta en el patrón.

Las luces principales del estadio se vuelven más tenues y los reflectores cambian de color. Los gritos de la audiencia aumentan de volumen. Recorro la fila de asientos alrededor del borde del campo central. Ahora, todos los lugares están ocupados. Trato de reconocer a algunos de los otros jugadores amateurs y unirlos con los jugadores mejor clasificados que conozco. A mi lado, Ziggy y Yuebin finalmente dejan de pelear y todos nos enderezamos con nerviosismo.

–¡Damas y caballeros!

Las luces se dirigen hacia el centro del campo de juego, donde hay un presentador con una camiseta de Warcross.

–¡Fans de Warcross de todo el mundo! –exclama con voz estridente–. ¡Bienvenidos a Wardraft! ¡Estamos a punto de agregar algunos jugadores amateurs a sus equipos favoritos!

La audiencia emite un rugido de aprobación. El corazón me late tan acelerado que me siento débil.

–¡Presentemos ahora a la persona más importante del lugar! –señala hacia arriba en el mismo momento en que los coloridos reflectores se dirigen hacia un sector acordonado del estadio, una elegante zona de asientos encerrada dentro de una caja de vidrio. Flotando sobre la caja, hay un letrero virtual que dice ASIENTOS OFICIALES, destinados para los ejecutivos de Henka Games. En el interior, un joven observa, una mano sostiene una copa y la otra en el bolsillo. Está flanqueado por dos guardaespaldas. Alrededor de nosotros, los hologramas cambian para mostrar su rostro–. ¡Hideo Tanaka… el que hizo que todo esto fuera posible!

El estadio estalla en los vítores más fuertes que escuché en toda mi vida, y luego corea estruendosamente *¡Hi-de-o! ¡Hi-de-o!* haciendo temblar las tribunas. Hideo levanta la copa para brindar por la multitud, como si este nivel de locura fuera perfectamente normal, y luego se sienta para mirar. Me obligo a apartar la vista.

–Hay dieciséis equipos oficiales de Warcross –continúa el presentador–. Y a cada uno le corresponden *cinco* jugadores oficiales. Ya hemos elegido a todos los jugadores veteranos que se reincorporan a sus equipos, pero, esta noche, cada uno de esos equipos tiene, por lo menos, un espacio abierto... y hay cuarenta jugadores amateurs entre los cuales pueden elegir. Al término de la Selección, estos cuarenta jugadores pertenecerán a un equipo –agita la mano hacia las primeras filas, donde nos encontramos nosotros–. ¡Hagamos una rápida presentación!

El reflector se dirige hacia el primer jugador y la música del estadio cambia a una nueva canción. Se trata de un joven de cabello castaño, que parpadea ante la repentina luz que cae sobre él.

–Rob Gennings, de Canadá, Nivel 82, Luchador. Está número sesenta y seis en el ranking mundial –brotan vítores de la audiencia. Al levantar la vista hacia la multitud, alcanzo a ver posters agitados con entusiasmo, con el nombre de Rob escrito encima.

A través de mi vista, repaso su data básica. *Nombre completo: Robert Allen Gennings. Mejor promedio en la escuela secundaria. Último viaje: Vancouver-Tokio en Japan Airlines.*

–A continuación, tenemos a Alexa Romanovsky, de Rusia, una jugadora con Nivel 90, conocida por sus ataques de Ladrona, veloces como el rayo –otra ronda de vítores. Cambia la canción, por otra elegida por ella misma. Examino su información. *Alexandra Romanovsky. Lugar de nacimiento: San Petersburgo. Excompetidora en los Juegos Paralímpicos.* Fue descalificada por pelearse con un compañero de equipo, de modo que desvió su obsesión hacia Warcross después de eso.

Alza la cabeza bien alta y luego hace una reverencia a la multitud del domo.

El presentador prosigue rápidamente por la fila. El reflector se acerca lentamente al extremo opuesto del estadio mientras la música va cambiando. Todos estos jugadores son muy conocidos y están muy arriba en el ranking. Yo solo estoy en el Nivel 28, porque, generalmente, estoy conectada con una cuenta cifrada y anónima, y ni mi actividad ni ninguno de mis triunfos quedan registrados apropiadamente.

–Renoir Thomas, de Francia, más conocido como DJ Ren…

La audiencia explota en una ronda atronadora de vítores. Lo busco… pero el reflector cae en un asiento vacío. La música es una de sus propias pistas: "Apocalipsis Azul", una canción con un ritmo adictivo y un bajo estremecedor. No cabe duda de que es el más popular de todos.

–… está ocupado actualmente, preparándose para hacer de anfitrión de la primera fiesta de Warcross del año. Pero ¡quédense tranquilos, porque lo verán pronto!

Las presentaciones continúan. Hay otro par de jugadores vestidos de gris y blanco, seguidores de la Brigada de los Demonios, que probablemente piensan que su atuendo caerá simpático a los del equipo oficial. Otros llevan camisetas que proclaman cuáles son sus jugadores profesionales preferidos. Y hay otros que se ven nerviosos e incómodos, jugadores que están abajo en el ranking o que probablemente serán seleccionados en último lugar. Vuelo por encima de las toneladas de información que existe acerca de cada uno de ellos mientras descargo, guardo y los organizo en carpetas. *Ten cuidado con los que están nerviosos*, me digo a mí misma. Podría ser un disfraz para ocultar a un hacker…

–¡Emika Chen, Nivel 28, nos saluda desde los Estados Unidos de América! –grita el presentador. Doy un salto mientras el reflector oscila hacia mí y, de golpe, todo se vuelve enceguecedoramente brillante. Una ráfaga de vítores brota del estadio–. Juega como Arquitecta. Quizá recuerden haberla visto en el juego de la ceremonia inaugural… ¡aunque es probable que no imaginaran lo que iba a suceder! ¡De hecho, fue tan popular que nuestros espectadores la nominaron para *jugadora amateur*!

Agito la mano con vacilación. Al hacerlo, el griterío aumenta. *Trata de parecer genuina*, me digo. Amplío la sonrisa, tratando de mostrar algo de dientes, pero a juzgar por la proyección gigantesca de mí que veo en el domo, parece que hubiera comido ostras en mal estado. Me pregunto si sería muy evidente si me escondiera debajo del asiento en este mismo instante.

Cuando el presentador termina de presentar a los amateurs, los reflectores giran velozmente hacia el área del estadio donde se encuentran los equipos oficiales. Los gritos crecen a medida que el anunciador presenta a cada uno de los equipos. Mis ojos permanecen clavados sobre ellos. Reconozco a la Brigada de los Demonios nítidamente, trajes grises y blancos. Lejos de ellos, se hallan los Jinetes de Fénix ya elegidos para el equipo de este año, liderados por Asher Wing, con sus prominentes capuchas y chaquetas color rojo intenso. Profieren algunos aullidos y hurras cuando el presentador menciona sus nombres. Luego viene el equipo Andrómeda, con tonos de verde y dorado, y el equipo de los Dragones de Invierno, con ropa color azul gélido. El equipo de los Cazadores de Tormentas de negro y amarillo. El equipo de los Titanes, púrpura, y los Caballeros de las Nubes, zafiro y plateado. Y aun cuando continúo bajando información, descubro que me siento distraída ante los reflectores que pasan frenéticamente sobre cada uno de los equipos, incapaz de creer que me encuentro en el mismo espacio que ellos.

Finalmente, el anunciador termina las presentaciones. El estadio queda en silencio mientras un asistente le alcanza un sobre sellado.

–Este año, el equipo al que le corresponde elegir primero al jugador amateur es… –hace una pausa mientras rasga el sobre de la manera más dramática posible. El micrófono recoge el sonido y lo amplifica hasta que el domo completo parece estar desgarrándose. Extrae una tarjeta plateada, la levanta y sonríe. Los hologramas cambian para mostrar lo que dice la tarjeta–: ¡Los Jinetes de Fénix!

En el sector de los equipos oficiales, los Jinetes de Fénix emiten otra ronda de vítores. Sentado en medio de ellos, Asher Wing baja la mirada hacia nuestro semicírculo de asientos con silenciosa concentración. El corazón me golpea con tanta fuerza que temo que me rompa las costillas.

El presentador espera un momento mientras los Jinetes de Fénix intercambian unas breves palabras. El silencio parece extenderse una eternidad. Sin querer, me inclino hacia delante, ansiosa por oír a quién eligen. Finalmente, Asher agita la mano una vez y le entrega la decisión de su equipo al presentador.

El hombre observa la elección en su vista, parpadea un par de veces sorprendido y luego agita la mano una vez. La selección aparece en enormes letras sobre su cabeza y va rotando lentamente. Todos los hologramas lo transmiten al mismo tiempo.

Es mi nombre.

DIEZ

–¡Emika Chen!

Un coro de gritos ahogados reverbera alrededor del estadio. Hay gente vitoreando a mi alrededor, alguien me sacude los hombros y otra persona grita palabras entusiastas en mi rostro. Yo solo atino a quedarme mirando en estado de shock. Sé que Hideo quería ocultarme a la vista de todos, pero no pensé que me convertiría en la *primera elegida* de la selección. Tiene que ser algún tipo de error.

–¡No es un error! –exclama el presentador, como respondiendo a los pensamientos que cruzan por mi cabeza, y luego gira en círculo con los brazos extendidos–. ¡Parece que la primera elección de este año será una jugadora amateur no probada ni *clasificada* –pronuncia cada palabra lentamente, con gran énfasis–, que sin embargo nos impresionó a todos con su irrupción en el juego de la ceremonia inaugural! –continúa divagando y bromeando acerca de que quizás Asher Wing, de los Jinetes de Fénix, famoso por sus elecciones inusuales en las selecciones, haya descubierto algo que los demás desconocemos.

Permanezco con la mirada perdida en dirección a los Jinetes de Fénix. Los ojos de Asher están apuntados hacia mí, una sonrisa arrogante dibujada en el rostro. Es uno de los capitanes más intuitivos de todos: seguramente habría elegido a alguien con quien pudiera contar, jugadores experimentados que estén primeros en el ranking. No me elegiría a mí solo por el espectáculo, ¿verdad? ¿O sí? ¿Acaso Hideo lo obligó?

¿Es *él* Zero?

Mi mirada se desvía hacia el sector privado, donde todavía se encuentra Hideo, el rostro orientado directamente hacia mí. Tal vez les había dado a los Jinetes de Fénix la orden de elegirme en primer lugar. Tal vez *sí* es por el *rating*. Tal vez es para despistar a Zero, dado que yo estoy tan expuesta públicamente. O tal vez es para despistar a los otros cazadores de recompensas y alejarlos de mí. Cualquiera sea la razón, me pregunto cuándo podré volver a hablar con él, para pedirle una explicación de todo lo sucedido.

Alguien me está sacudiendo los hombros con tanta fuerza que casi puedo sentir la agitación de mi mente. Es Ziggy.

–¿Comprendes la importancia de esto? –chilla en mi rostro. Yo solo parpadeo, sin saber bien qué responder–. Significa que deberás acostumbrarte a que te sigan por todos lados durante los próximos meses y a estar en todos los canales de noticias. *Heilige Scheiße!* –profiere con un chillido tan enloquecido que el traductor ni siquiera intenta interpretarlo–. Algunas personas tienen toda la suerte.

Finalmente, consigo esbozar una débil sonrisa y luego me acomodo para tratar de mirar el resto de la selección. Mis pensamientos se alborotan en el momento en el que el presentador extrae un segundo grupo de tarjetas y las lee en voz alta. La Brigada de los Demonios elige a Ziggy, mientras que los Jinetes de Fénix se quedan con DJ Ren. Los Titanes optan por Alexa Romanovsky. El espectáculo continúa, pero yo siento como si los reflectores no se hubieran alejado de mí. Los flashes de luz que explotan en la audiencia me marean, y me pregunto cuántas personas tendrán las gafas sincronizadas en mi perfil, buscando y escarbando cualquier dato que puedan encontrar sobre mí.

–Ey –me codea Yuebin–. Mira, allá arriba –señala el palco privado. Sigo su mirada, esperando ver a Hideo.

Pero él se ha ido. Allá arriba solo queda el resto de las cabezas de su compañía, charlando animadamente. Los guardaespaldas de Hideo también se han marchado.

–Es como si hubiera venido solo para ver a dónde aterrizarías –murmura Yuebin, aplaudiendo distraído mientras se lleva a cabo otra selección.

Solo para verme seleccionada, como él quería. Mi palpitante corazón se apaga un poco, y experimento una extraña sensación de decepción sin su presencia en el estadio. Estoy por bajar otra vez la mirada… pero percibo que algo se mueve por el rabillo del ojo. Mi vista se alza hacia el techo, los ojos como dardos.

Me quedo paralizada.

Ahí, agachada entre el laberinto de vigas del techo, hay una figura virtual oscura.

Lo único que logro ver es estática. La silueta de su cabeza está inclinada hacia abajo, observando el desarrollo de la selección. No hay ningún nombre flotando encima de su cabeza. Su postura transmite un estado de tensión y alerta.

Como si no debiera estar aquí.

Un escalofrío recorre mi espalda, y mis manos se vuelven heladas. Al mismo tiempo, mi instinto de cazadora de recompensas se pone en funcionamiento: *captura de pantalla, registra una captura de pantalla.* Parpadeo justo cuando la figura desaparece de la vista.

–Ey –disparo, echándole una mirada a Ziggy, que está vitoreando la selección de un jugador amateur realizada por los Cazadores de Tormentas.

–¿Hmm? –responde Ziggy sin mirarme.

–¿Viste eso?

–¿Qué cosa?

Pero ya es muy tarde. La figura desapareció. Observo el techo una y otra vez –tal vez las luces me enceguecieron tanto que ya no puedo verlo–, pero no está por ningún lado. Los entramados de luces y metal están vacíos.

No estaba realmente aquí. Formaba parte de la realidad virtual, era una simulación. Y solo yo pude verlo por mi hackeo. Es eso, o acabo de experimentar una loca alucinación.

Ziggy frunce el ceño y mira hacia arriba con los ojos entrecerrados.

–¿Qué cosa? –repite encogiéndose de hombros.

–Yo... –me detengo, sin saber bien qué decir a continuación sin sonar chiflada. Lanzo una risa forzada–. Ah, no importa.

La atención de Ziggy ya regresó otra vez a la selección, pero yo permanezco con los ojos en el techo, como si pudiera hacerlo reaparecer si miro el tiempo suficiente. ¿Logré tomarlo? Mientras el resto de la gente aplaudía a otro jugador, abro un pequeño panel secreto de mi captura de pantalla.

Y como era de esperar, ahí está. No fue una alucinación.

}{

El resto de la selección pasa como un remolino. Cuando termina, y el resto del estadio comienza a retirarse, se acercan los guardias para acompañar a los jugadores amateurs y a los equipos profesionales fuera del estadio, por salidas especiales. Camino anestesiada y en silencio, aun cuando todas las personas que pasan a mi lado me observan y algunos de los demás jugadores amateurs se acercan a felicitarme. Les sonrío, sin saber bien qué decir. Dentro de mi mente, continúo pensando en la figura.

Tal vez era uno de los otros cazadores de recompensas. O… tal vez era Zero: mi objetivo.

–Señorita Chen –me llama uno de los guardias estirando la mano hacia mí y haciendo un gesto para que me acerque–. Por aquí, por favor.

Lo sigo automáticamente. Detrás de mí, Ziggy y Yuebin me saludan con la mano mientras se dirigen deprisa hacia otro guardia que está reuniendo a todos los amateurs seleccionados por la Brigada de los Demonios y los Cazadores de Tormentas.

–¡*Adiós!* ¡Nos vemos en algún juego! –me grita Yuebin, y le devuelvo el saludo con la mano.

Me conducen hasta un auto, uno de una decena de relucientes vehículos negros que esperan en fila frente a una salida lateral, privada. Sin embargo, un grupo de fans descubrió el lugar dónde esperar y mientras varios de nosotros salimos, levantan sus posters y nos gritan, extendiendo bolígrafos y folletos. A mis espaldas, Asher Wing emerge de la salida con dos representantes a cada lado. En la realidad virtual, luce como un avatar que camina; en la vida real, está paralizado del pecho hacia abajo y está sentado en lo que debe ser la silla de ruedas más costosa del mundo. Ahora que estoy lo suficientemente cerca de él, puedo apreciar el dorado de la estructura y las ruedas de la silla y el cuero grabado, hecho especialmente para él.

Miro su rostro otra vez y me pregunto si debería acercarme y saludarlo de forma apropiada, pero decido no interrumpirlo al verlo guiñarle el ojo a un admirador sonrojado y dirigir rápidamente la silla hacia la multitud para tomarse fotos. La muchedumbre casi se lo traga antes de que sus representantes logren apartar a todo el mundo. Luego, me llevan hasta un auto y ya no puedo saludarlo. Tendré que buscarlo más tarde, cuando se reúna nuestro equipo.

Los coches avanzan de a uno por vez y enfilan por el mismo camino, en la misma dirección. Sé a donde vamos, ya que lo vi transmitido por TV una decena de veces. En el corazón de Tokio, está el seguro vecindario de Mejiro, donde una urbanización privada de lujosos barrios cerrados aloja a los equipos de Warcross durante el torneo. El viaje es bastante rápido. Cuando nos acercamos a la verja, periodistas y fans cubren las aceras con los teléfonos en alto, y pequeños drones flotan en el aire para grabar todo lo que puedan. Muchos de los drones planean muy cerca de las verjas y, cuando intentan entrar, chocan contra un escudo invisible que los inutiliza y los arroja repiqueteando por el suelo.

–Ni cámaras ni drones –repite una y otra vez el guardia de la puerta con tono aburrido.

Ingresamos al complejo. El terreno está salpicado por zonas de césped verde y, desparramados en medio de estas, hay edificios individuales rodeados de árboles. A través de mis lentes de contacto, una capa virtual de colores brillantes adorna los edificios, pintando cada uno de ellos con los colores de su respectivo equipo. Nombres de equipos y logos flotan a modo de orientación sobre cada residencia, junto con un jubiloso mensaje de ¡BIENVENIDOS!, que rota en diferentes idiomas. Drones aprobados, que funcionan como servicios de entrega, entran y salen volando de las residencias, muy ocupados entregando paquetes.

El auto se detiene en una calle sin salida. Apenas se abre la puerta, ya hay alguien esperándome en el borde de la acera.

Frente a mí, me encuentro con el rostro sonriente de Asher. Ni siquiera me había dado cuenta de que su auto iba adelante del mío. Arriba de su cabeza, flota su nombre, nivel y **Capitán de los Jinetes de Fénix**.

–Hola –me saluda extendiendo la mano. Detrás de él, otros grupos de jugadores ya están caminando por los senderos que conducen a sus edificios–. Soy Asher, representante de Los Ángeles. Puedes llamarme Ash.

Estrecho su mano.

–Sí, lo sé –repongo, tratando de no pensar que se trata de alguien a quien he mirado durante años en los juegos de Warcross–. Me encantan las películas de tu hermano. No pensé que llegaría a hablar contigo hoy.

Por un segundo, pasa una chispa de frialdad por su expresión ante la mención de su hermano, pero después vuelve a su estado normal y lanza una risita.

–Lo siento –se excusa–. Quería saludarte cuando todos nos dirigíamos hacia los autos, pero ya sabes… los fans primero.

Sonrío.

–Bueno, gracias por elegirme.

–No lo hice por caridad –Asher menea la cabeza–. Los Jinetes de Fénix vienen luchando durante años. Necesitamos sangre nueva, de la buena. No hay nada de generosidad en querer lo mejor para mi equipo –su silla de ruedas se aleja y me hace un gesto con la cabeza para que lo siga–. Aquí es donde te quedarás durante los próximos meses –explica al doblar la esquina. Miro hacia delante y veo un increíble edificio pintado virtualmente con espirales rojas, doradas y blancas–. Escuché que Hideo personalmente aprobaba tu nominación dentro de la selección. Después del peligroso ardid que hiciste en la ceremonia inaugural, su jugada es muy interesante.

Vuelvo a sonreír, de manera un poco más vacilante esta vez.

–Supongo que soy buena para el *rating* –comento.

–Supongo que sí.

Cuidado, me advierto a mí misma al escuchar la curiosidad en la voz de Asher. De modo que Hideo no lo había obligado a seleccionarme. O tal vez sabía que la intriga que había creado al colocarme en la selección sería suficiente para interesar a cualquier capitán. Cualquiera sea la verdadera razón, al menos Asher no parece sospechar cuáles son los planes de Hideo, y yo tengo la intención de mantener las cosas así. Cuanto menos sepa la gente para qué me contrató Hideo, mejores posibilidades tendré de atrapar a nuestro hombre.

–Y parece que también es bueno para *tu rating* –señalo, cambiando de tema–. En Internet, los Jinetes de Fénix están por encima de todos los demás equipos. Apuesto a que los de la Brigada de los Demonios no están nada contentos.

Ante la mención del equipo rival, Asher reclina la cabeza contra la silla de ruedas y golpea la mano derecha contra el apoyabrazos. Sonríe de una manera que deja ver uno de sus colmillos, y la sonrisa se vuelve feroz.

–Los de la Brigada de los Demonios nunca están contentos con nada. Me alegra que esta vez seamos nosotros los responsables de eso.

Arribamos a nuestro edificio. Asher sube por la rampa de acceso con la silla y, al llegar arriba, la hace girar una vez con un hábil movimiento. Se detiene ante la altísima entrada principal, una puerta de cristal pintada con franjas de los colores de nuestro equipo, y se corre hacia un lado cuando los paneles se abren hacia los costados.

–Los amateurs primero –dice.

Entro en un espacio abierto de tres pisos de altura. *Es un sueño*. Los rayos del sol se cuelan en el atrio central desde un techo de vidrio en forma de pirámide, inundando el lugar de luz. Justo debajo del techo de vidrio hay una piscina turquesa climatizada, un cuadrado perfecto, lista para que uno se arroje dentro. Sillones de brillantes colores –todos rojos, dorados y blancos– y alfombras blancas y mullidas llenan la sala de estar. Las paredes están cubiertas de pantallas de piso a techo. Y mientras aprecio el lujoso interior, examino los rincones del edificio buscando anticipadamente la conexión online de la residencia. Necesito encontrar la forma de ingresar al sistema y a las cuentas de todos.

Algo me golpea con vacilación en la pantorrilla, y miro hacia abajo. Se trata de un pequeño robot con forma de cuadrado, de la altura de mi rodilla, la mirada parpadeante y alzada hacia mí. Sus ojos son de color azul intenso y tienen forma de medialunas, el cuerpo pintado de un amarillo brillante y la panza cubierta con un panel trasparente, a través del cual puedo ver una bandeja de refrescos helados. Cuando nota que lo estoy mirando, estira la panza hacia afuera, abre la puerta de vidrio, extrae la bandeja de refrescos y me la ofrece.

–Se llama Wikki –explica Asher–. Es el dron de nuestro equipo. Adelante, toma un refresco.

Como realmente no sé qué decir, elijo una lata.

–Sigue mirándome –le digo a Asher en un murmullo.

–Quiere ver si te gusta la bebida.

Bebo un sorbo del refresco. Está delicioso, un sabor burbujeante a fresa que produce cosquillas dentro de mí. Emito un sonido exagerado de júbilo. Wikki parece notarlo y, encima de su cabeza, brota un cartel con información virtual.

Emika Chen | Refresco de fresa | +1

–Él averiguará tus preferencias en comida y bebida a lo largo de tu estadía –agrega Asher. Un robot que rastrea la información de todos. Le sonrío a Asher, pero no por la razón que él cree. *Este es mi boleto de entrada, la grieta en el patrón que estaba buscando*. Tomo nota mentalmente de que más tarde debo descubrir la manera de ingresar en el sistema de Wikki.

El robot también le ofrece un refresco a Asher, luego cierra su panza y se va rodando hacia los sillones, donde se encuentra sentado un joven. Mientras continúo observando, el joven agita las manos en el aire como girando un volante y, de vez en cuando, realiza un movimiento como si lanzara algo. En la pared hay un sendero entre colinas multicolores, cubiertas por setos gigantes. Corre deprisa por el camino, dejando atrás fácilmente a otros jugadores.

–Mario Kart: Link Edition, como podrás ver –dice Asher–. Es una tradición en este lugar.

–¿Una tradición?

–Jugamos una hora todas las noches durante el entrenamiento, para mejorar nuestros reflejos de velocidad. Se vuelve muy competitivo –luego golpea las manos con fuerza y eleva la voz, de modo tal que llena la residencia–. ¡Jinetes! ¿Quiénes están aquí?

El joven es quien escucha a Asher primero; detiene el juego, se quita los auriculares y se da vuelta en el sillón para mirar a su capitán. Lo reconozco de inmediato: el mundialmente reconocido Roshan Ahmadi, con su piel morena y su cabeza de rizos gruesos y oscuros, el representante de Gran Bretaña.

–Adivina a quién tengo conmigo –dice Asher señalando mi cabello.

–Eres tan sutil, Ash –responde Roshan con un claro acento británico, que suena más natural que el de Hideo. Me hace una inclinación con la cabeza–. Hola, Emika. Soy Roshan.

–Este año, él regresa como Escudo –agrega Asher–. Y también es el jugador de Mario Kart mejor clasificado del mundo, en caso de que te interese saber.

–Hola –saco una mano del bolsillo y lo saludo–. Es un honor conocerte en persona.

Parece complacido ante el comentario y esboza una breve sonrisa.

–Lo mismo digo, cariño.

–Ya todos elegimos nuestras habitaciones –comenta Asher señalando con la cabeza hacia el pasillo que sale del atrio principal–. Roshan quería la de las ventanas más grandes. Yo tengo la más alejada, que tiene algunas mejoras realizadas específicamente para mí. Privilegios de capitán. Ren está al final del pasillo. Y en cuanto a ti...

–¡Ey!

Una voz nos grita desde uno de los pisos de arriba. Alzo la mirada y encuentro a una chica con los codos apoyados encima de la barandilla, masticando ruidosamente goma de mascar. Su cabello es un revoltijo de hermosos rizos negros, sus hombros son anchos y la cadera, angosta, y está vestida con una holgada camiseta deportiva de color blanco, que contrasta llamativamente con su piel morena. Al mirar más detenidamente, compruebo que en realidad se trata de una camiseta común que dice QUIDDITCH TRYOUTS en un tipo de letra enorme y típico de la vestimenta deportiva.

Me agrada de inmediato.

–Es Hamilton Jiménez –me cuenta Asher, lo suficientemente

fuerte como para que ella pueda oírlo–. O simplemente Hammie. Es nuestra Ladrona –le guiña el ojo–. Y mi mano derecha.

Ella le devuelve la sonrisa.

–¿Hoy está sentimental, capitán?

Asher me mira.

–Y también está un poco loca. No dejes que te convenza de jugar al ajedrez.

–No me odies solo porque no puedes ganar –hace un enorme globo con su goma de mascar, y luego la vuelve a meter adentro. Su mirada salta hacia mí–. Tu dormitorio está aquí arriba. Yo tomé el más grande, ya que tú eres amateur y yo no. Supongo que no te importará.

Espero que se presente un cuarto jugador, pero la casa se queda momentáneamente en silencio.

–¿Dónde está DJ Ren? –pregunto.

–Vendrá más tarde –responde Asher–. Se está preparando para la fiesta de esta noche. Es el único pase libre que recibirá de mí, ya que cuento con que él sea nuestro Luchador. Y que eso también sea una lección para ti, Emi. Estamos aquí para ganar.

–Por supuesto –digo.

–Muy bien –asiente mientras me evalúa–. Espero que seas una Arquitecta tan buena como creo que eres.

Al escuchar ese comentario viniendo de él, siento una descarga de entusiasmo y ansiedad por todo el cuerpo. El trabajo de una Arquitecta es manipular el mundo del nivel en favor del equipo. Si aparece un obstáculo, como un puente, yo tendría que demolerlo para que nosotros pasemos. Si aparecen rocas flotantes, tendría que juntarlas para crear una plataforma más grande. Una Arquitecta es quien diseña el lugar y se dedica a cambiar el mundo en el acto en favor de su equipo. Es uno de los trabajos más importantes. El año pasado, los Jinetes de Fénix perdieron a su Arquitecto porque lo habían atrapado apostando millones en los juegos de Warcross. Todo el equipo recibió un castigo muy duro: lo hicieron descender bien abajo en el ranking y le quitaron a sus dos mejores jugadores.

–Haré todo lo que pueda –digo.

–Mañana –prosigue Asher mientras entro con él al elevador que nos llevará al primer piso–, los pondremos al tanto a Ren y a ti sobre el funcionamiento de los juegos del campeonato. Les mostraré a ambos cómo es un juego oficial. Aunque es posible que tú –hace una pausa para girar y echarme una mirada calculadora–, ya sepas más de lo que dejas entrever.

–Fue un accidente –digo, alzando las manos en el aire. Siento que vengo repitiendo lo mismo todo el tiempo–. No sabía lo que estaba haciendo.

–*Sí* lo sabías –replica Asher sin vacilar–. De hecho, eres mucho mejor jugadora de Warcross de lo que sugiere tu nivel. ¿No es cierto? –señala los números encima de mi cabeza–. Después de que tu nombre se viralizó, busqué tu cuenta de Warcross y estudié los pocos juegos que sí jugaste. Esas no son las habilidades de una Arquitecta que apenas está en Nivel 28. ¿Por qué eres tanto mejor de lo que sugiere tu nivel?

–¿Qué te hace pensar así? Yo solo juego contra otros principiantes.

–¿Piensas que no puedo adivinar lo que realmente sucede?

Asher *realmente* había estado prestándome atención. Es cierto: yo transmito mis juegos en vivo cuando estoy conectada con mi cuenta pública de Warcross. Pero la cuenta que uso más a menudo es la cifrada y anónima. Todas las horas que acumulo con ella no cuentan para mi nivel. De todas maneras, no pensaba contárselo a Asher.

–Simplemente no he tenido el tiempo ni el dinero suficientes para jugar con tanta frecuencia como deseo –respondo–. Pero aprendo muy rápido.

No parece convencido en absoluto, pero deja pasar la explicación.

–Uno de cada dos equipos te subestimará. Dirán que perdí mi habilidad, que solo te elegí por la cobertura mediática que recibirá el equipo. Pero nosotros sabemos cómo son las cosas, ¿verdad? No desperdicio mi tiempo en jugadores sin potencial. Tenerte a ti es como poseer un arma secreta... y pretendo mantenerte así hasta nuestro primer juego.

Parece que me estoy convirtiendo en un arma secreta para más personas de las que desearía.

Arribamos al primer piso. Asher gira para quedar frente a mí, reclina la cabeza contra el respaldo de la silla e intercambia una mirada con Hammie. Ella se limita a asentir, se recoge los rizos en la cabeza y los deja caer otra vez.

–Hammie te mostrará el resto –dice–. Salimos a la fiesta

inaugural en unas pocas horas –se acerca otra vez al elevador–. Se presentarán todos los jugadores. Si nunca antes viste una fiesta inaugural, prepárate. Es un desenfreno.

Hammie me echa un vistazo apenas Asher se marcha. Tiene la misma estatura que yo, pero, por algún motivo, la forma en que sobresale su mentón la hace parecer más alta de lo que es. Señala hacia delante y se dirige a la puerta más cercana.

–Esta es tu habitación –me dice por encima del hombro.

Espero que la puerta se abra hacia adentro, como cualquier puerta, pero, en cambio, se desliza hacia un costado. La habitación es enorme, incluso más grande que la suite del hotel en el penthouse. Una pared completa de vidrio se abre a mi propia terraza privada, cuya mitad está ocupada por una piscina infinita, azul y transparente, que llega hasta el extremo de la terraza. Una impecable cortina de agua cae en forma de cascada en la piscina desde algún lugar del techo. El resto de las paredes están pintadas virtualmente de color marfil y dorado por mis lentes. Cuando me extiendo para tocar los colores, estos se ondulan bajo mis dedos, enviando ondas a través de la habitación. Al mismo tiempo, tres botoncitos flotan justo arriba de mi mano, contra la pared. Uno dice APAGAR, otro dice INTERRUPTORES, mientras que un tercero dice PERSONALIZAR. Decido apagar los colores por el momento, y luego oprimo el primer botón. Las paredes quedan completamente blancas. Echo una mirada a mi alrededor. La cama es inmensa, llena de mantas y cojines peludos, y las alfombras hacen juego con las de abajo. Un área de trabajo domina el resto del espacio: sillas, un escritorio vacío.

Hammie esboza una amplia sonrisa al ver mi expresión.

–Y el tuyo es el dormitorio más pequeño –afirma.

Observo la habitación.

–Este lugar es ridículo.

–Todo en la residencia está conectado con los juegos –explica–. Al igual que el resto de Tokio. Ganarás tres billetes cada vez que personalices las paredes, y uno por cambiar el paisaje. El dormitorio está preprogramado con tu cuenta de Warcross. Si estás conectada, el sistema de la casa sabe que eres tú la que entra.

–¿Cómo funciona esto? –pregunto.

Hammie se acerca y apunta con la cabeza a un botón de encendido que planea cerca de la superficie del escritorio, pero no intenta tocarlo.

–Tú eres la única que puede encender tu área de trabajo –dice–. Oprímelo.

Lo hago. Al instante, el escritorio previamente blanco se ilumina con franjas tenues con los colores de nuestro equipo, con un mensaje de bienvenida para mí en un texto blanco. Un segundo después, se eleva desde el escritorio una pantalla holográfica. Es un monitor de escritorio estándar, salvo que está flotando en el aire. Este tipo de computadoras comenzaron a llegar a Estados Unidos hace muy poco tiempo y están, por supuesto, muy lejos de mis posibilidades.

Hammie sonríe ante mi expresión.

–Desliza la pantalla hacia las paredes –dice.

Toco la pantalla con dos dedos y luego la deslizo hacia la pared que tenemos enfrente. El display sigue a mis dedos y vuela de la pantalla a la pared, donde cubre todo el espacio, completamente ampliado.

–La sala de abajo tiene la mejor área de trabajo, por supuesto –explica Hammie–. Pero esta está en todos nuestros dormitorios. Es buena para reuniones imprevistas del equipo.

Si el mismo sistema está instalado abajo, entonces todas las computadoras de las habitaciones no son ni de lejos tan seguras como ella cree. Puedo ingresar al sistema central y luego también podré meterme en cada uno de los sistemas individuales, sin importar para quién esté diseñada esa área de trabajo. Sonrío ante la maravillosa pantalla del tamaño de la pared.

–Gracias.

–Comenzaba a pensar que nunca seleccionarían en primer lugar a alguien de Estados Unidos –Hammie acomoda un rizo detrás de la oreja–. Me agrada tenerte en el equipo. Quizá deje de molestar a Ash y me dedique a ti, para variar –me guiña el ojo y se marcha antes de que pueda responderle.

Permanezco en el lugar hasta que sale del dormitorio y la puerta se cierra. Luego apoyo las manos en la cadera y admiro la habitación. Mi espacio… en la casa oficial de los *Jinetes de Fénix*. Camino hacia la cama, donde colocaron mis escasas pertenencias. Después saco el adorno navideño y la pintura de papá, y los apoyo con cuidado en la estantería. Ahí se ven pequeños, demasiado sencillos para este lujoso dormitorio. Imagino a papá a mi lado.

Bueno, Emi, diría, empujando las gafas hacia arriba. *Bueno, bueno.*

Al pensar en mi padre, mi atención se dirige hacia el armario. Con un golpecito del dedo contra la puerta, esta se desliza hacia el costado, y deja a la vista un espacio del mismo tamaño que el apartamento donde vivíamos Keira y yo.

Santo cielo.

El closet está lleno de una gran variedad de prendas, todas de marcas famosas. Observo atónita antes de ingresar y deslizar la mano por las perchas. Cada prenda y cada accesorio deben valer fácilmente miles de dólares: camisas, jeans, vestidos, chaquetas, zapatos, bolsos, cinturones y joyas. Mi mano se detiene ante el estante de zapatos, donde elijo un exquisito calzado deportivo color blanco, rojo y verde, que huele a cuero nuevo, con tachas doradas en la parte de atrás. Como todo lo que hay en el closet, todavía tiene la etiqueta colgando, junto con una tarjetita de felicitaciones.

GUCCI

Sponsor oficial de los
campeonatos oficiales de Warcross VIII

Regalos de los patrocinadores. No me sorprende que todos los jugadores profesionales siempre parezcan recién salidos de una pasarela. Me quito mis botas gastadas, las acomodo con cuidado en un rincón y luego me pruebo los zapatos nuevos. Me calzan de maravilla.

Pasa volando una hora mientras me pruebo frenéticamente todo lo que hay en el armario. Hasta encuentro un estante dedicado a máscaras de todos los modelos y colores, un accesorio que he visto por todo Tokio. Me pruebo algunas, sujetando las tiras por arriba de las orejas para que me cubra la boca y la nariz. Pueden resultar útiles si necesito recorrer la ciudad sin que me reconozcan.

Cuando termino, me quedo un momento ataviada con prendas espléndidas, inquieta y sin aliento. Cada una de las cosas que hay allí dentro cuesta más que toda mi deuda antes de que Hideo la cancelara.

Hideo.

Meneo la cabeza, guardo todo en su lugar y salgo del clóset. Habrá mucho tiempo para admirar todo esto... Pero ahora, a trabajar otra vez. Hideo se había asegurado de que yo fuera seleccionada en un equipo, pero ahora yo tendría que encargarme de que mi equipo ganara cada serie. Cuanto más tiempo se mantuvieran los Jinetes de Fénix en el campeonato, tanto más podría investigar a los jugadores.

En este mismo momento, es probable que otros cazadores ya estén sobre la pista de Zero, informando de sus hallazgos a Hideo mientras yo permanezco con la boca abierta y admiro mi habitación. También deberían haber estado en la selección. ¿Y si ellos también vieron la silueta oscura colgando de las vigas del techo? Ahora mismo, otro podría estar ganando diez millones de dólares y yo ya podría estar condenada a regresar a Nueva York con las manos vacías. Y aquí estoy, jugando en mi nuevo clóset.

Me pongo en movimiento de un salto.

Primero, quito los escudos y cambio a la versión anónima e invisible de mi cuenta. Luego me siento en el borde de la cama y abro la foto que tomé del andamiaje del domo. La imagen es una captura 3D, que puedo rotar de su punto de origen para estudiarla. A ello se suma que atrapó toda la data y los códigos que había en el domo en el momento de la captura.

Observo con los ojos entornados la silueta estática en la imagen 3D de mi captura de pantalla. Si me acerco más a ella, solo consigo que se vuelva borrosa y fuera de foco. Puedo ver el código que opera las simulaciones virtuales dentro del domo, pero no puedo ver ningún código ni ninguna información en esta forma. Escribo algunas instrucciones y elimino las visuales de la imagen, de manera que ahora estoy sumergida dentro de toneladas de código. Donde se encuentra su silueta, solo alcanzo a ver una mancha de estática.

Me reclino en la silla y reflexiono. Se está ocultando de mí de todas las maneras posibles… salvo que pude verlo. Es probable que no se lo esperara. Si este era Zero, entonces no se estaba escondiendo tan bien como debería. Pero el Tokio Dome está en su propia red de conexiones para la selección. La forma más fácil para que esta persona lograra acceder hasta allá arriba era teniendo una aprobación previa para entrar al estadio y habiendo pasado físicamente por seguridad. Entonces debía ser alguien del público. O un jugador, como sospecha Hideo. O un jugador amateur.

Me inclino otra vez hacia delante y vuelvo a la imagen con visuales, luego hago zoom para descomponer el código que generó la imagen de la silueta. Aparece una vista reducida al máximo del código de las visuales. La reviso mientras muerdo distraídamente el interior de mi mejilla.

Después, veo algo que hace que me detenga. Es solo una línea. Ni siquiera una línea: un par de letras y un cero perdidos en el código. Una pista.

JA0

En la mayor parte del código de Warcross, se hace referencia a los jugadores por su identificación en el juego, escrita como *JWN*. *JW* es Jugador de Warcross. La *N* corresponde a un número cifrado y aleatorio. Por lo tanto, si estoy mirando un código de mi propio avatar, sería probable que me viera a mí misma como JW39302824, o algo parecido.

La *única* vez que se usa una identificación diferente para los jugadores de Warcross es en Wardraft. Durante la selección, no se hace referencia a los jugadores por su identificación habitual. No usan *JW*. En su lugar, son *JA*: Jugadores Amateurs. Mi identificación en Wardraft fue JA40, porque fui la última inscripta en la selección.

JA0. Quienquiera que fuera la silueta, era alguien que

tenía permiso físico de estar en el Tokio Dome. Un jugador amateur de la selección. Las sospechas de Hideo eran muy aproximadas.

Me muerdo distraídamente la uña mientras entrecierro los ojos, perdida en mis pensamientos. Necesito otro momento donde todos los jugadores amateurs estén en el mismo espacio al mismo tiempo, y así podré estar lo suficientemente cerca de ellos como para analizar su información.

La fiesta de esta noche. Las últimas palabras pronunciadas por Asher resuenan en mi mente. *Se presentarán todos los jugadores*. Esa será mi oportunidad de acercarme físicamente.

Saco un menú virtual y golpeo el botón para llamar a Wikki.

Un minuto después, el pequeño dron entra rodando en mi habitación, los ojos de medialuna dirigidos ansiosamente hacia mí. Le hago un gesto con la mano para que se acerque y luego lo hago girar para poder estudiar el panel que tiene detrás de la cabeza. Al mismo tiempo, abro su configuración.

"Eres una cosa bonita", murmuro mientras retiro cuidadosamente la cubierta del panel. Adentro, hay un laberinto de circuitos. "Wikki, apaga todas las grabaciones".

El robot obedece y apaga toda la recolección de información. Mientras reviso, descubro que no está hecho por Henka Games, sino por otra compañía con una seguridad más débil. Todos habían pensado en instalar protección en todo lo demás, pero nadie pensó mucho en la seguridad necesaria para estos pequeños drones que nos sirven comida y bebida, y, mientras tanto, almacenan discretamente información acerca de todos nuestros hábitos.

Una hora después, logré atravesar sus escudos. Registra mucha más data de lo que yo pensaba. No solo guarda información acerca de los Jinetes de Fénix, sino que también parece preprogramado para servir a los otros equipos, lo cual implica que tiene conexiones opcionales con las cuentas de NeuroLink de todos los demás. Sonrío. *Todas las personas del mundo están conectadas de alguna manera a todas las demás.*

Ejecuto una secuencia de comandos para sobrepasar la seguridad de Wikki. Mientras lo hace, entro furtivamente en cada una de las cuentas de mis compañeros de equipo. Ingreso a sus e-mails, sus mensajes, sus Recuerdos. Desde ahí, armo mi hackeo para penetrar en cada una de las cuentas de los otros equipos. Me tomará un rato bajar todo. Pero ya está trabajando.

Reemplazo el panel de Wikki, controlo una vez más para asegurarme de no dejar rastros de mi presencia y luego reinicio el robot. Se enciende nuevamente, sus ojos parpadean, la recolección de información vuelve a la normalidad. Le doy una palmada en la cabeza y luego le acepto otro refresco de fresa.

–Gracias, Wikki –digo, guiñándole el ojo. Registra mi preferencia y luego sale rodando otra vez de mi habitación.

Abro el refresco y bebo un sorbo. Mañana, a más tardar, debería estar adentro.

ONCE

Para cuando el sol se pone y arribamos al corazón de Shibuya, las luces de neón de Tokio ya se han encendido, proyectando sobre la ciudad un brillante arcoíris de color. Los guardias de seguridad se arremolinan alrededor de la limusina cuando nos detenemos en la entrada de la discoteca. Las calles están valladas, de modo tal que solo nuestros autos pueden ingresar, y una alfombra roja cubre la acera.

Todos llevamos puestos los lentes. A través de ellos, chispas plateadas y doradas vuelan a ambos lados de las puertas de vidrio del club nocturno, mientras un logo de Warcross flota sobre el edificio. La acera está iluminada con un caleidoscopio de remolinos de colores brillantes. El nombre de la discoteca, Sound Museum Vision, es un logo gigante y resplandeciente arriba de las puertas de vidrio. Aun aquí afuera, retumba la música del interior. Reconozco el ritmo grave de un tema de DJ Ren.

Los únicos que tienen permiso para ingresar esta noche a la disco son los jugadores oficiales de Warcross, los empleados de Henka Games y un pequeño número de fans escogidos por sorteo. Ahora, el grupito está apiñado afuera en una fila caótica esperando que los de seguridad les permitan entrar. Cuando nuestro equipo se aproxima a la entrada, los admiradores lanzan un coro de alaridos.

Nosotros cuatro llevamos máscaras negras haciendo juego. Hammie marcha primero, los rizos sueltos, largos y abundantes, ataviada con un vestido amarillo y blanco, y zapatos negros de tacón. Asher viene detrás, elegante con un traje rojo intenso, mientras que Roshan está vestido de negro de pies a cabeza.

Mis manos juguetean constantemente con el dobladillo de uno de mis vestidos nuevos. Consta de varias capas de gasa de un blanco suave, que contrasta muy bien con los tatuajes y el cabello multicolor, pero tiende a subirse más de lo que había imaginado. Nunca estuve en una discoteca exclusiva como esta, y mientras pasamos delante del grupo de fans, me pregunto si tal vez debería haber elegido un atuendo diferente. Después de todo, Hideo estará aquí esta noche. Lo último que quiero es sentirme incómoda delante de él.

Una conmoción más allá de la hilera de admiradores me hace echar una mirada por encima del hombro. Como era de esperar, Hideo está ahí, flanqueado por una multitud de guardaespaldas. Sin embargo, esta noche le están dando un poco más de espacio y, cuando miro con más atención, descubro que está arrodillado firmando el poster de una niña, que le dice algo emocionada. A pesar de que no puedo descifrar las palabras, escucho que él ríe a su vez. El sonido me sorprende: es genuino y aniñado, tan distinto de su actitud distante en nuestra reunión. Me quedo mirando un momento antes de darme vuelta y entrar con el equipo al hall principal.

La discoteca es subterránea. Al descender los escalones, la música se vuelve súbitamente ensordecedora, el ritmo retumba a través del piso y sacude mi cuerpo. Hammie se ubica a mi lado, se quita la máscara y la guarda en el bolso. La imito.

–¡Sound Museum Vision tiene el mejor sistema de sonido de toda la ciudad! –grita–. Está diseñado especialmente para este lugar. Hace unos años, también reformaron el espacio... tiene el doble del tamaño que solía tener.

Llegamos al final de la escalera, donde otro grupo de guardias de seguridad nos deja pasar. Ingreso en una inmensa caverna oscura con luces intermitentes, los latidos graves de un bajo me sacuden en medio del pecho.

Aun sin los lentes, este sitio sería impresionante. El techo tiene por lo menos tres pisos de altura, y luces estroboscópicas de neón, azules, verdes y doradas, barren el salón y nos enceguecen de color. Una marea de personas llena el lugar, los brazos alzados en el aire, el cabello sacudiéndose frenéticamente. Una débil neblina envuelve el aire, confiriéndole al salón una bruma surrealista. Enormes pantallas cubren las paredes de piso a techo, así como el fondo del escenario principal, y van rotando videos con *animatics* de cada equipo de Warcross.

Pero con los lentes puestos, este espacio se transforma en algo mágico. El techo es un cielo nocturno cubierto por un manto de estrellas, con destellos rojos y verdes de lo que parece ser la aurora boreal danzando de un extremo al otro. Algunas estrellas pasan como un rayo por encima de nosotros, bañándonos de chispas, como si nos rociaran con polvo de estrellas. Cada vez que suena un bajo profundo, el piso brilla con una sinfonía de luz. En la pista, los jugadores oficiales brillan en la oscuridad, sus atuendos encendidos con luces de neón; sus nombres, la relación con el equipo y el nivel, flotan arriba de sus cabezas como trofeos dorados. A su alrededor, se apiñan muchísimos grupos. Todos tratan de estar un rato en la pista de baile.

Tal vez Zero esté aquí, observando, me digo a mí misma. *Tal vez los otros cazadores de recompensas, también*.

Mis ojos se lanzan como dardos hacia el escenario. El espacio es enorme, tan grande como una sala de conciertos, y hay una orquesta en vivo abajo, en la fosa. Contra el fondo del escenario hay una altísima pantalla atravesada por una cabeza de dragón color azul claro. El fuego parece brotar de su boca en un despliegue espectacular. Me toma un segundo recordar que el dragón mismo también es virtual: se mueve como si fuera real, retorciendo la cabeza al ritmo de la música, su gruñido resuena desde un lugar profundo del sistema de sonido.

Delante de la boca del dragón hay una cantante con rizos cortos y artificialmente rubios, y ropa en tonalidades azul neón. ¡Frankie Dena! Está haciendo los coros de una de sus colaboraciones con DJ Ren: *Hey Ninja / Gangsta / Dragon Lady / Hey, where you from, no, where you really from, baby / Hey, how 'bout / you cut all that shit out / Yeah!* Toda la pista de baile agita los brazos al ritmo de la música.

Luego nos ve y hace una pausa.

–¡Los Jinetes de Fénix *están aquí*! –grita. Las luces estroboscópicas descienden abruptamente sobre nosotros y, de pronto, nos vemos envueltos por un resplandor rojo. Los vítores explotan alrededor de nosotros, tan fuertes como para sacudir el piso. Frankie sonríe ampliamente y señala una figura que se encuentra arriba de la pared del dragón–. ¡Ren, dale un poco de amor a tu equipo!

La figura de arriba levanta brevemente la vista desde atrás de una jaula con elaborados barrotes de oro. Está ataviado con su clásico atuendo de DJ: traje negro de buena confección y gafas de sol doradas. Lleva sus auriculares de última generación, con alas blancas de metal adornando a ambos lados, como si fuera Hermes, el dios mensajero, vestido con algo diseñado por Hermès. La música se suaviza de golpe: el sonido de violines eléctricos, chelos y un ritmo profundo y reverberante llenan el espacio. Al mismo tiempo, la sala que nos rodea estalla en llamas, y la cabeza del dragón de la pared se transforma en un fénix rojo y dorado. Lanzo un grito ahogado mientras el suelo parece moverse. Al mirar hacia abajo, veo fragmentos del suelo desmoronándose y lava derretida bajo nuestros pies. El público aúlla de placer mientras permanecen de pie sobre islas de roca, que flotan en medio de la lava.

DJ Ren inclina la cabeza sobre sus instrumentos. Luego alza un brazo muy alto mientras el ritmo de la música aumenta hasta llegar a un nivel frenético, que me resulta difícil de tolerar. A continuación, arroja un bajo implacable sobre nuestras cabezas. La sala tiembla y la multitud se convierte en una masa de brazos y piernas que saltan. La música me envuelve por completo.

Por un momento, cierro los ojos y dejo que el ritmo me transporte. Atravieso a toda velocidad las calles de Nueva York en mi patineta eléctrica, mi cabello multicolor vuela detrás de mí. Estoy en la cima de un rascacielos azotado por el viento, los brazos extendidos. Vuelo a través de los cielos de Warcross, por los confines del espacio. Soy libre.

Asher ya se ve distraído, la atención fija en los jugadores de la Brigada de los Demonios, que han ingresado a la discoteca. Cuando Frankie anuncia su presencia, la pared de DJ Ren pasa de nuestro fénix a una horda de bestias esqueléticas con capas y encapuchadas, montando a caballo y embistiendo al público con las espadas desenvainadas.

–Ve a hablar con los Demonios –me dice Asher por lo bajo–. Eres nuestra nueva recluta, así que ellos harán todo lo posible por intimidarte. Quieren que vayas a tu primer juego sintiéndote insegura de ti misma.

–No me asustan.

–Eso espero –me guiña el ojo–. Pero quiero que parezca que es así. Haz que te subestimen. Quiero que piensen que te tienen arrinconada y asustada, y que cometimos un gran error al seleccionarte en primer lugar. Deja que se sientan superiores. Después, los destruiremos en los juegos y quedarán impresionados.

Roshan le echa una mirada de soslayo a Asher.

–¿No es un poco pronto para estar enviando a nuestra jugadora amateur a la línea de fuego? –pregunta.

–Ella puede manejarlo –responde Asher, y me sonríe–. Se nota claramente en tu rostro que eres rebelde.

Decido devolverle la sonrisa y espero que no se me note todo tan claramente en el rostro, como para que Asher descubra lo que estoy haciendo para Hideo. Mi atención regresa a los Demonios. Se congregaron cerca del escenario, donde se encuentra DJ Ren. Es una excusa suficientemente buena para que vaya a recolectar data de todos ellos.

–De acuerdo, capitán –digo.

Mientras comenzamos a atravesar la masa de codos y hombros, Roshan me alcanza una bebida.

–La necesitarás –masculla–. Antes de los juegos, a Ash siempre le gusta provocar un poco a los rivales. Pero si no quieres hablar con los Demonios, no tienes que hacerlo.

En casi todos los lugares que miro, veo jugadores que reconozco. Ellos también me miran, me reconocen y hablan entre ellos sin quitarme los ojos de encima. ¿Qué estarán diciendo? ¿Qué saben? ¿Algunos de ellos serán también cazarrecompensas? Para ser alguien acostumbrada a vivir fuera del sistema, toda esta atención sobre mí resulta un poco perturbadora. Pero me limito a devolverles la sonrisa.

–Vamos –le digo a Roshan–. La gente hablará de mí de todas maneras. Será mejor que me acostumbre a la confrontación.

Roshan se inclina hacia mí y señala un rincón, donde están charlando Max Martin y Tremaine Blackbourne, jugadores de la Brigada.

–Bueno, si alguna vez jugamos contra los Demonios –me comenta al oído en voz baja–, tendrás que enfrentar a ese par. Max es el Luchador; Tremaine, el Arquitecto. Y Tremaine te perseguirá a ti porque fuiste seleccionada en primer lugar. Vamos –apoya la mano en mi espalda y me conduce hacia delante.

Al lado de Max, Tremaine parece delgado y pálido, casi un fantasma, con su traje blanco y negro. Intercambia con Roshan una mirada gélida cuando nos acercamos. Luego enarca una ceja y me observa con escepticismo.

–¡Hola! –lo saludo, dibujando una sonrisa amplia e inocente en mi rostro–. Tremaine Blackbourne, ¿verdad? –al mismo tiempo, golpeo sutilmente los dedos contra la pierna y comienzo a bajar información de ambos–. Es tan emocionante estar bajo el mismo techo que todos los equipos, ¿no creen?

–Está *emocionada* de estar aquí –le dice Tremaine a Max mientras sus ojos no se apartan de mí–. Imagino que yo también lo estaría, si hubiera llegado a la selección a base de engaños.

Ya querrías *ser lo suficientemente inteligente como para entrar en la selección haciendo trampa*, quiero contestarle bruscamente, pero respiro hondo y me trago la respuesta.

Ante mi expresión, la sonrisa de Tremaine se estira aún más.

–Mira a la princesita Durazno. Es como una fruta, se magulla tan fácilmente. Necesita un Escudo que la proteja –sus ojos se mueven velozmente hacia Roshan–. Ash debe estar perdiendo su perspicacia al haberte elegido en primer lugar.

Max me inspecciona de arriba abajo.

–Bueno, quizás Ash solo quería elegir a alguien que hiciera juego con el pedigrí de su equipo. ¿No es así, Ahmadi? –le dice a Roshan. Aun cuando las miradas de ambos Demonios permanecen posadas en mí, no me hablan en forma directa. La mano de Roshan me aprieta un poco el brazo–. Ni siquiera se puede entrar a un restaurante elegante con Nivel 28. Ella tiene aspecto de provenir de un canasto de ropa usada.

Finjo perder el control y, con el tacón, le doy un fuerte pisotón a Max, que lanza un aullido.

–¡Dios mío… lo siento *tanto*! –suelto abruptamente, fingiendo estar conmocionada–. Es imposible caminar con estos zapatos usados.

Roshan me observa sorprendido, una leve sonrisa merodea por el borde de sus labios.

–Mira, sé que no empezamos con el pie derecho… literalmente –le digo a Max ante su mirada asesina–. Pero creo que tal vez podríamos dejar ese momento atrás, tú sabes, en nombre del buen espíritu deportivo –les extiendo la mano, esperando un apretón.

Tremaine es el primero en echarse a reír.

–Guau –exclama por encima de la música–. Eres la mejor jugadora amateur que ellos podían conseguir –ignora mi mano extendida ostensiblemente–. Mira, princesita, no es así cómo funcionan las cosas en los campeonatos.

Lo observo y frunzo el ceño con expresión inocente.

–¿No? ¿Y entonces cómo funcionan?

Tremaine levanta un dedo.

–Te enfrento –levanta otro dedo–. Te gano. Y después, si me lo pides con amabilidad, te firmo un autógrafo. Eso es generoso espíritu deportivo, ¿no lo crees? –los fans que los rodean me sonríen burlonamente y hasta puedo escuchar sus risitas por encima de la música de DJ Ren. Necesito todo el dominio de mí misma para no cerrar la mano y borrarle la sonrisa del rostro a Tremaine de un puñetazo. Me he metido en muchísimas peleas por mucho menos.

En su lugar, recolecto toda la información que puedo de ambos jugadores. A esta altura, ya logré acceder a las cuentas de los Demonios. Pero no hay nada en la información de estos dos que parezca sospechoso. Dirijo mi atención hacia la data de Max Martin, que también es sorprendentemente escasa. No tiene extraños escudos de seguridad ni nada útil.

Roshan viene en mi ayuda antes de que los Demonios puedan agregar algo más.

–Ahórrense los comentarios –dice con calma, la mirada posada en Tremaine–. No les servirán en el campo de juego.

Tremaine me echa una mirada despreciativa. Me alegro al verla y me doy cuenta de que Roshan también; justo como Asher quería: me subestimarán.

–Grandes palabras del equipo que está más abajo en el ranking –señala–. Regresen con sus Jinetes –comienza a alejarse y Max se marcha tras él.

–¿Qué mosca les picó a *esos dos*? –le pregunto a Roshan por lo bajo, los ojos en la espalda de Tremaine.

–Es solo parte de la estrategia de los Demonios. Dicen cosas desagradables y esperan irritar con eso a los oponentes para desmoralizarlos. A veces funciona. Si repites un insulto muchas veces, cualquiera comenzará a creer que es cierto.

Me asalta un vago recuerdo de torneos anteriores y, de repente, recuerdo haber visto a Tremaine y Roshan juntos a menudo, muy sonrientes y alegres.

–Ey –le digo–. Tremaine fue un Jinete de Fénix, ¿no? ¿Ustedes no eran amigos?

La expresión de Roshan se ensombrece.

–Se podría decir que sí.

–¿Qué ocurrió?

–Tremaine quiere ganar. Siempre –responde–. Así de sencillo. De modo que cuando la Brigada de los Demonios pasó a ser el equipo del momento, quiso abandonar a los Jinetes –se encoge de hombros–. Mejor así porque, de todas maneras, ellos tienen más que ver con su personalidad.

Y luego recuerdo que Roshan y Tremaine eran ambos jugadores amateurs el mismo año. Roshan había sido el primer elegido de la selección. Quiero hacerle preguntas acerca de eso, pero la expresión de su rostro indica que desea cambiar de tema. Tal vez habían sido más que amigos. Así que me limito a asentir y lo dejo pasar.

Desde el otro lado de la pista de baile, distinguimos a Hammie agitando el brazo hacia nosotros. Está señalando a un grupo de personas congregadas alrededor de alguien. Me toma un segundo darme cuenta de que se trata de Hideo, con la camisa del esmoquin remangada hasta los codos y el bléiser colgando del hombro. Kenn camina a su lado mientras saluda tanto a fans como a jugadores con una sonrisa enorme y alegre. Hideo es más reservado, la expresión tan seria como la recuerdo, aun cuando salude cortésmente por su lado.

Hammie se abre paso a los empujones hasta nosotros y nos toma del brazo.

–Vayamos a saludar.

Terminamos amontonados detrás de un grupo de los Caballeros de las Nubes y del equipo Andrómeda, mientras que, delante de nosotros, Max y Tremaine estrechan de a uno la mano de Hideo. Tremaine le dice algo rápido mientras Hideo asiente con paciencia, sin sonreír.

Me muerdo el labio y tironeo conscientemente del vestido al tiempo que maldigo haberlo elegido.

Luego, la mirada de Hideo aterriza sobre mí. Se me corta la respiración. Se despide brevemente de Tremaine y se encamina hacia nosotros. Un momento después, Roshan se adelanta a saludarlo.

Hammie me da una palmada en la muñeca.

–Quédate quieta –dice echando una mirada explícita a mi vestido.

–Estoy quieta –mascullo, pero luego Hideo se encuentra frente a mí y mis manos se paralizan a los costados de mi cuerpo.

–Señorita Chen –dice, y sus ojos echan un vistazo fugaz a mi atuendo–. Felicitaciones.

¿Fuiste el responsable de que haya sido seleccionada en primer lugar?, quiero preguntarle, pero, en cambio, le sonrío y estrecho su mano cortésmente.

–Puedes creerme, yo me sentí tan impresionada como los demás –comento. Detrás de él, Tremaine y Max nos observan. Si Tremaine pudiera apuñalarme con la mirada, lo estaría haciendo en este mismo instante.

–Cada selección tiene por lo menos una sorpresa –comenta Hideo.

–¿Estás diciendo que no esperabas que me seleccionaran tan rápido?

Una tenue sonrisa aparece en sus labios.

–¿Fue así? No me había dado cuenta –se inclina más hacia mí–. Estás hermosa esta noche –agrega en voz baja, para que nadie más escuche. Luego ya se está despidiendo y alejándose de nosotros con su entorno: sus guardaespaldas y una caótica estela de fans enardecidos.

–*Maldición* –exclama Hammie a mi oído, los ojos todavía clavados en Hideo–. Es todavía más guapo en persona que en la tele.

Roshan me mira fijamente.

–¿Acaso acaba de *burlarse* de ti por haber sido elegida en primer lugar?

–No es importante –respondo–. Hablaba con todo el mundo.

–Es suficiente para que aparezcas en toda la prensa sensacionalista –comenta Hammie–. Lo sabes, ¿verdad? Hideo no les habla así a sus jugadores. Es muy serio –me da un codazo suficientemente fuerte como para hacerme resoplar.

–No es importante –repito, echándole una mirada asesina.

Hammie lanza una carcajada y sus rizos rebotan alrededor de su rostro.

–En realidad, me tiene sin cuidado. La forma en que Tremaine estaba atrás hirviendo de furia me llena de energía para el resto del campeonato.

Mientras muchos admiradores hacen fila para conseguir autógrafos de Roshan y Hammie, echo un vistazo hacia el lugar por donde Hideo había desparecido entre la multitud. Me había observado detenidamente durante la selección. Vuelvo a recordarlo en su palco de vidrio mientras el presentador anunciaba que yo era la primera elegida de Wardraft. *Él no les habla así a sus jugadores*. Entonces, ¿cómo les habla?

¿Acaso no había intercambiado palabras con todas las personas con quienes se había encontrado? En la multitud, capto un último vistazo de su figura en el momento en que sus guardaespaldas lo acompañan por un pasillo hacia la salida.

Un nombre aparece en el costado de mi vista y levanto la mirada instintivamente. Había logrado colocarme muy cerca del lugar en donde se hallaba DJ Ren frente a su montaña de instrumentos, girando un ritmo muy rápido mientras las alas doradas de sus auriculares reflejaban las luces estroboscópicas de neón. Su nombre aparece frente a mí. Casi había olvidado que él también era un jugador oficial del juego... Pero ahora estoy suficientemente cerca como para ver su información.

Me estiro con discreción y saco la data de DJ Ren. Me detengo de inmediato.

Su información privada se encuentra detrás de una masa de escudos... no solo uno, sino decenas. Todo lo que conseguí bajar de él está encriptado. Cualquiera sea la razón, Ren no es ningún novato en esto de manejar su seguridad, y sabe protegerse de una manera mucho más sofisticada que el común de los jugadores. De *demasiadas* maneras. Alzo los ojos hacia él mientras pienso. *La figura que había visto en el Tokio Dome era uno de los jugadores amateurs*.

Y existe solo uno que no estaba en su asiento durante la selección.

DOCE

A pesar de la fiesta de la noche anterior, a la mañana siguiente, todos se levantan temprano. Puedo oírlos hablando abajo en voz muy alta mientras salgo de la habitación, bostezando, el cabello sujeto en un rodete desgreñado. En el camino, me topo con Hammie, que gruñe con voz adormilada. Su pelo está más erizado que nunca, una explosión de gruesos rizos enmarca su rostro.

–Abajo –masculla.

–¿Qué sucede?

–Ya se está haciendo el sorteo –responde, y luego se marcha tambaleando hacia el baño.

El sorteo. Hoy, todos los equipos se enterarán con qué equipos habrán de enfrentarse. La idea me despierta inmediatamente. Me cepillo los dientes, arrojo un poco de agua en el rostro, me pongo un nuevo par de lentes de contacto y bajo a la sala.

Asher ya está allí, hablando en voz baja con Roshan, en los sillones. Esta mañana, círculos oscuros rodean sus ojos, pero, salvo eso, se ve listo y alerta. Dirijo la mirada hacia la mesa baja. La revista que está sobre la pila tiene una foto de Hideo en un banquete, sentado junto a una mujer rubia y enamorada, que le susurra algo íntimo al oído. ¿LA PRINCESA ADELE HABRÁ ENCONTRADO A SU PRÍNCIPE?, grita el comentario de la foto.

A continuación, llega Hammie. Poco después aparece DJ Ren, el que luce más destruido de todos, con el cabello corto color café todo revuelto y los ojos ocultos detrás de gafas blancas de sol. Los auriculares dorados con alas continúan en su cabeza, un lado bien colocado y el otro ligeramente fuera del oído, para poder escuchar lo que pasa. Se sienta en el sofá más alejado, se reclina y no se molesta en saludar a nadie. *El único que no estaba en su lugar durante la selección.* Tal vez porque se hallaba escondido en algún lugar, posado virtualmente en las vigas para espiarlo todo.

Tal vez realmente sea Zero.

No. Zero debería ser más hábil para esconderse. Y, seguramente, no tiene tanto mal gusto como para llevar gafas de sol adentro de espacios cerrados.

Hammie extiende el brazo delante del rostro de Ren y chasquea dos veces los dedos.

–Ey –dice–. Estrella de rock. Ya no estás en la discoteca.

Ren se limita a apartarla con la mano.

–Soy sensible a la luz por la mañana –dice en francés, mientras leo la traducción.

Roshan arquea una ceja ante el comentario, mientras Hammie pone los ojos en blanco.

–Claro, yo también soy alérgica a las mañanas, amateur –comenta–. Quítate las gafas y presta atención.

Mientras Hammie habla, comienzo a revisar furtivamente la información de mis compañeros. Parece que Roshan envió anoche muchos e-mails, mientras que los billetes de Hammie descendieron significativamente desde la noche anterior, indicando que realizó una importante adquisición. Mientras tanto, analizo a Ren. Igual que ayer, tiene puesto un muro de escudos sobre su data, de manera tal que si alguien intenta acceder, será redireccionado automáticamente a un escudo y no a su nombre. Comienzo a bajar un programa para sortearlos.

–No todos los amateurs actúan como divas –está diciendo Hammie, estirando el mentón hacia mí.

Abruptamente, Ren se vuelve hacia donde yo me encuentro. Lleva la mano a la cara, se baja ligeramente las gafas de sol y me mira.

–Nadie aprecia lo agotador que es mi trabajo. Esta jugadora amateur no pasó la noche organizando una fiesta desde adentro de una jaula reflectante de color dorado –replica–.

Estaba demasiado ocupada arrimándose a los Demonios. ¿No es cierto, Emi?

–¿Y a quién te estás arrimando *tú*? –disparo sin vacilar.

Ren no dice una sola palabra, pero un destello fugaz atraviesa sus ojos, algo que me eriza los vellos de la nuca. Cuando estoy de cacería, confío en mi sexto sentido tanto como en mi código y en mi lógica... y, en este instante, percibo algo en Ren que detonó una señal de alerta en mi mente. *Una grieta en el patrón*. Deprisa, oculto mis sospechas detrás de un tono de exasperación.

–Que ya seas una celebridad no significa que no seas también un jugador amateur. Deja de comportarte de manera arrogante.

Roshan suspira.

–Vamos, Ren –dice con su actitud paciente–. Ash, dile que se quite los auriculares.

Ash se cruza de brazos.

–Quítatelos, amateur. Esta mañana no estoy de humor para estas cosas.

Ren permanece tumbado unos instantes más. Finalmente, se baja los auriculares, los enrolla alrededor del cuello y luego se quita las gafas de sol. Sus ojos son de un color chocolate tan claro que parecen dorados.

–Sí, capitán –dice, aunque su mirada sigue posada en mí. No digo nada.

Asher lo ignora. Cuando estamos todos listos, dice:

–Wikki, pon el anuncio.

El dron de nuestro equipo parpadea en un rincón y, al hacerlo, una transmisión en vivo aparece sobre una de las paredes del atrio. Hideo está ubicado en un estrado, frente a una lluvia de luces centelleantes.

–Comenzó el sorteo –anuncia Asher, confirmando lo que Hammie me había dicho–. Y vamos a jugar en la primera ronda del campeonato.

Hideo se había asegurado rápidamente de que yo estuviera en el primer juego.

–¿Contra quién jugaremos? –pregunto.

Asher saca un par de imágenes virtuales para que todos veamos. El emblema de nuestro equipo –el fénix rojo y dorado– planea en el aire junto a una imagen negra y plateada de figuras esqueléticas encapuchadas, montando a caballo. Encima de nuestro emblema, están las siguientes palabras:

Primera ronda

JINETES DE FÉNIX vs BRIGADA DE LOS DEMONIOS

Hamilton lanza un grito de hurra y Asher aplaude con fuerza.

–El año pasado nos ganaron –dice, mirándonos a Ren y a mí–, y luego nos castigaron en el ranking. Todos pensarán que los Demonios nos van a aplastar. Pero vamos a cambiar eso, los sorprenderemos, ¿verdad? –esboza su amplia sonrisa de canino–. Ahora solo tenemos que adivinar cómo será el primer nivel.

–Cada vez que el comité nos pone con los Demonios –dice Hammie–, suele ser en un nivel que involucra velocidad. Como "Mi mundo en 8 bits", de dos años atrás –le da un codazo a Asher–. Recuerdas "Mi mundo en 8 bits", ¿verdad?

Asher gruñe.

–Puf. Tantos escalones.

–O espacio –agrega Hammie mirándome a mí–. Tienen gran facilidad para moverse en espacios 3D. Así que si nuestro nivel incluye estar mucho tiempo suspendidos en el aire, es probable que ellos tengan ventaja. Pero nosotros entrenamos la velocidad. A los Demonios les gusta entrenar la fuerza y la defensa.

–De hecho, todos los miembros de los Demonios se entrenan para defender… no solo el Luchador y el Escudo –concluye Asher–. Si miran cualquier juego donde hagan ocho zambullidas coordinadas, especialmente cuando están doblemente armados, verán cómo intercambian los roles con toda facilidad.

–Por ejemplo, en el mundo "Fuego de dragón" –dice Hammie. Todos asienten excepto yo–. Solo piensen en cómo se zambullen en una formación de ocho desde los acantilados. Los detesto, me da un odio tremendo adentro del estómago. Aunque sus estómagos pueden ser una obra de arte.

No tengo la más mínima idea de lo que están hablando.

Pero un coro de aprobación responde a Hammie y continúan mencionando más altos niveles en rápida sucesión y surgen más debates acerca de jugadas con apodos. Me quedo en silencio, tratando de absorber todo lo que puedo, pero, por primera vez desde Wardraft, me doy cuenta de cuán fuera de lugar me encuentro en este campeonato. Ren es un jugador amateur, pero también un experimentado jugador que ha desbloqueado y jugado en todos estos mundos de niveles tan altos. Yo no jugué en ninguno de ellos. Estoy aquí por la cacería, por supuesto, pero también por el juego... y, en este instante, siento que Hideo me metió para tenderme una especie de trampa que conlleva una inevitable humillación.

–Eso no implica que no tengan sus desventajas –afirma Asher desviando la mirada hacia mí–. Los Demonios son competentes en todo e increíbles en nada. Tú concéntrate en ser una buena Arquitecta, Emi, y nos harás ganar el juego. Nos aseguraremos de que estés allá arriba en cuestión de segundos.

Le sonrío, agradecida de que me haya vuelto a incluir en la conversación.

–¿Algún consejo para mí que sea específico para jugar contra los Demonios?

–Muchísimos –los ojos de Asher se dirigen hacia Ren–. Ren, esta es exactamente la razón por la cual te elegí. Nunca vi a un Luchador atacar tan rápido como tú, pero el golpe de Max Martin es increíblemente fuerte. Es un juego hecho especialmente para ti –luego me mira directamente a mí–. Emi, ellos te tomarán como blanco. Sin importar cómo sea el nivel, tienes que ser capaz de salir disparando delante de ellos y llegar a suelo despejado.

Pienso en la sonrisa despectiva de Tremaine y en los insultos de Max, luego en la primera advertencia que me hizo Roshan.

–De acuerdo –respondo.

Frente a mí, Roshan es el único que tiene expresión solemne ante el anuncio del sorteo. Asher lo observa con cautela y luego asiente.

–¿Tienes algún consejo para Emi sobre cómo tratar a Tremaine durante el juego? –pregunta.

–Ash –le advierte Hammie.

Roshan le lanza una mirada fulminante.

–Él fue *tu* Luchador antes de convertirse en Demonio. *Tú* tienes que decirle qué debe hacer.

Asher simplemente se encoge de hombros.

–No es mi culpa que te hayas enganchado con él –dice–. Tú conoces a Tremaine mejor que cualquiera de nosotros. De modo que deja tus conflictos personales de lado y ayuda a nuestra jugadora amateur, ¿está bien?

Roshan se queda mirando a Asher por otro momento prolongado. Luego suspira y me mira.

–Tremaine es un Arquitecto que se ha entrenado en todas las posiciones. Es el mejor de los Demonios para cambiar de rol, y también es muy buen Ladrón y Luchador. Por lo tanto, a veces, sus compañeros de equipo le arrojan sus propios poderes o sus propias armas para que las use, aun cuando técnicamente sea el Arquitecto. Cuando luches contra él, recuerda que puede usar muchos rostros y que es lo suficientemente efectivo como para sorprenderte con una jugada inusual. Te lo mostraré durante el entrenamiento.

Asher se ve satisfecho, y cuando Roshan se reclina y cruza los brazos, lo deja tranquilo.

–¿Cuáles son los otros partidos que salieron sorteados? –pregunta Ren.

Asher continúa revisando el monitor que está en el aire y lo mueve hacia la izquierda. Los dos emblemas desaparecen de vista y son reemplazados por otros dos.

DRAGONES DE INVIERNO vs TITANES

Continúa desplazándose hacia el costado.

BASTARDOS REALES vs CAZADORES DE TORMENTAS
SAQUEADORES DE CASTILLOS vs CAMINANTES DEL VIENTO
HALCONES vs FANTASMAS
CABALLEROS DE LAS NUBES vs HECHICEROS
VIKINGOS ZOMBIS vs EXPERTOS TIRADORES

Prosigue hasta llegar al último de los enfrentamientos:

ANDRÓMEDA vs SABUESOS.

Mi atención se desvió nuevamente hacia Hideo, que continúa de pie frente a un estrado, flanqueado por Kenn y Mari, respondiendo a una serie de preguntas.

–¿Podemos escuchar lo que está diciendo? –le pido a Asher.

Eleva el volumen de la transmisión en vivo. El murmullo de una conferencia ruidosa llena el atrio. Hideo echa una mirada a la multitud, donde se ve a un reportero gritándole una pregunta por arriba del bullicio.

–Señor Tanaka –dice–. *¿Hoy también está lanzando las últimas gafas de Warcross (perdón, lentes) al público?*

Hideo asiente.

–Sí. Se están haciendo envíos a todo el mundo en este mismo momento.

–Señor Tanaka –interviene otro periodista–, *ya hemos visto videos de largas filas y escuchado rumores de cargamentos que fueron robados de los camiones. ¿Le preocupa que Henka Games disminuya sus ganancias al estar ofreciendo los lentes gratis?*

Hideo mira al reportero con frialdad.

–Los beneficios de la realidad alternativa merecen ser entregados a todos. La mayor parte de nuestras ganancias proviene de los mismos mundos, y no del hardware.

Los reporteros comienzan a hablar todos al mismo tiempo otra vez. Hideo voltea la cabeza hacia otra pregunta.

–Señor Tanaka –aventura otro–, *¿alguna razón especial de su interés por Emika Chen?*

Mis compañeros de equipo se vuelven todos al mismo tiempo hacia mí, justo cuando mi rostro estalla en distintos tonos de rojo. Me aclaro la garganta y toso. En la pantalla, sin embargo, Hideo ni parpadea.

–Sea más específico, por favor –responde.

El reportero, ansioso por provocar alguna reacción, prosigue con rapidez.

–*¿Una jugadora amateur no clasificada?* –pregunta–. *¿Seleccionada en primer lugar? ¿Los Jinetes de Fénix, su equipo, sorteados para enfrentarse en el primer juego de la temporada?*

Puedo sentir los ojos de mis compañeros taladrándome con la mirada. Solo Asher emite un resoplido de fastidio y masculla:

–¿*Su* equipo? ¡*Yo* soy el capitán!

La expresión de Hideo permanece completamente serena; hasta desinteresada. *Nada nuevo*, me recuerdo enfáticamente. *Los reporteros cuestionan cualquier relación que tenga con una chica.* En la revista que se encuentra en la mesa de café, lo han relacionado sentimentalmente con la princesa de Noruega, por el amor de dios. La única reacción de alguna clase que noto, de hecho, no proviene de Hideo sino de Kenn, cuyo rostro oculta una muy ligera sonrisa.

–*Yo no controlo la primera ronda de la selección* –responde–. *Y el orden de los enfrentamientos fue elegido por un comité con meses de anticipación* –después, aparta la vista para elegir a otro reportero.

Hammie le silba a la pantalla.

–¿Qué tal, Emi? –me dice levantando una ceja–. La semana próxima, aparecerás junto a Hideo en todas las portadas de la prensa sensacionalista.

La sola idea me revuelve el estómago. Recién es la primera mañana del primer día de entrenamiento, y mis roles de jugadora amateur y cazarrecompensas ya se están dando de bofetadas. Si no termino delatándome en una semana, será un milagro.

Finalmente, Hideo baja del estrado y concluye la transmisión. Asher le pide a Wikki que apague la pantalla y luego nos mira.

–Bueno –anuncia–, tenemos un mes para poner en forma a dos jugadores amateurs.

Echo un vistazo al programa que estoy ejecutando para eludir los escudos de Ren. Como era de esperar, ya casi estoy dentro.

–¿Tienen puestos los lentes? –pregunta mientras nos recorre con la mirada. Asentimos a la vez–. Muy bien, Jinetes. Ya es hora de comenzar el entrenamiento.

TRECE

Asher se inclina hacia delante y oprime algo en su propio monitor, que se halla en el aire. En nuestra vista, surge un menú de Warcross. *Si Asher puede mostrarnos a todos lo mismo, entonces todos estamos conectados a la misma red durante el entrenamiento*. Ren se había encerrado detrás de sus escudos durante la fiesta, pero tal vez ahora, si estamos todos conectados a la misma red, yo pueda encontrar la manera de acceder a una parte de su data. A una parte de la data personal de *todos*.

Mientras reflexiono, Asher toca la opción que dice **Área de entrenamiento**. El mundo que nos rodea se funde a negro, como si hubiera cerrado los ojos. Parpadeo varias veces. Luego, un nuevo mundo se materializa a nuestro alrededor.

Se trata de un mundo de Warcross que nunca antes vi. Debe ser exclusivo para los equipos profesionales. Parece un mundo blanqueado, como si estuviera a medio terminar, las superficies sin pintar y sin textura. Nos encontramos en el medio de una acera blanca, cerca de una calle blanca llena de autos blancos, con edificios blancos con columnas que se ciernen arriba de nuestras cabezas. Cuando recorro la calle con la mirada, tengo un vistazo fugaz de una jungla blanca, los árboles y los troncos color marfil, el césped blanco creciendo al costado de las calles de la ciudad. El único color de este mundo proviene del cielo, que es azul y diáfano.

Por un momento, me permito olvidar la cacería. Me encuentro dentro de un nivel que pocos llegarán a ver alguna vez, con algunos de los jugadores más famosos del mundo.

–Bienvenidos al área de entrenamiento –anuncia Asher a mi lado. Él, como el resto de nosotros, lleva ahora un típico traje entallado con una armadura de color rojo, que contrasta claramente con el mundo que nos rodea. Hace que nos resulte increíblemente fácil detectarnos unos a otros–. Esta es una simulación blanqueada, que contiene mundos diminutos condensados en uno –señala con la cabeza la jungla que está un poco más lejos–. Aquí hay bosques, junto con la manzana de la ciudad en la que actualmente nos encontramos. Unas pocas calles hacia el este, la ciudad termina y comienza un océano. Hacia el oeste, hay angostas escaleras que suben al cielo. Los pozos de las calles te arrojan a una red de cuevas subterráneas. Aquí hay ejemplos de la mayoría de los obstáculos con los que podríamos toparnos en los niveles de este año.

Observo más detenidamente cada uno de los trajes. A pesar de que todos llevamos una armadura roja, cada una tiene una sutil diferencia. El traje de Luchador de Ren es aerodinámico, está lleno de placas lisas, reforzadas por una armadura externa de guerrero. Los protectores de los brazos tienen púas. El traje de Ladrona de Hammie está lleno de bolsillos y recovecos, donde puede guardar cosas. Asher luce como el Capitán que es, mientras que Roshan, nuestro Escudo, tiene protectores de brazos más grandes que los de cualquiera de nosotros, y el cinturón equipado con pociones y elíxires que puede utilizar para proteger al resto del equipo.

Luego está la mía, la armadura de Arquitecta. Alrededor de la cintura, tengo un cinturón multiuso equipado con una gran variedad de herramientas que conozco muy bien: martillo, destornillador, clavos, dos rollos de cinta de embalar, una pequeña motosierra y un rollo de cuerda. También tengo herramientas sujetas a las botas –cartuchos de dinamita, ganzúas– y un amplio surtido de cuchillos atados al muslo derecho.

–Hammie –dice Asher–. Tú vienes conmigo –señala en dirección a mí–. Emika, Ren y Roshan: ustedes son un equipo. Roshan será el Capitán –golpea algo en el aire y aparece una piedra brillante encima de la cabeza de Roshan–. Recuerden, siempre deben tener como objetivo obtener la gema. La forma en que lo logren es decisión de ustedes. Trabajemos sobre nuestras debilidades –pasea la mirada entre los dos equipos y luego oprime algo en el aire.

Alrededor de nosotros brotan poderes con los tonos de la piedra, sus vibrantes colores resultan eléctricos en contraste con el blanco. Algunos están exhibidos en los escaparates de las tiendas. Otros se encuentran arriba de los faroles de la calle. Varios están en la cima de los edificios.

Mis ojos siguen a los poderes mientras se dispersan por el nivel de entrenamiento, tomando nota de cuáles son fáciles de tomar y cuáles no. Siempre jugué en los niveles para principiantes o practiqué sola en mundos accesibles a todos. ¿Cómo será tener a un equipo oficial analizando mis movimientos?

–Los poderes de los torneos son diferentes a los de los juegos comunes –nos dice Asher a Ren y a mí–. Cada año, el Comité de Warcross vota la incorporación de una docena de nuevos poderes exclusivos para los campeonatos, y luego los retira al final de la temporada. Hoy, quiero que practiquemos la búsqueda de estos poderes.

Presiona otro botón en el aire. Todos los poderes desaparecen, excepto uno, posado sobre el borde de un puente que une dos edificios. Es difuso. Está cubierto por una piel borrosa y brillante, con rayas doradas y plateadas, y emite un ligero zumbido.

–Lo que quiero específicamente es que vayamos tras *ese* –agrega.

–¿Qué hace? –pregunta Ren.

–Mutar –responde Asher–. Le da al que lo utiliza el poder de transformar una cosa en otra distinta.

Mientras Ren asiente, la atención concentrada en el poder, lo observo en silencio y golpeo los dedos contra la pierna. Una barrita de progreso titila en la esquina de mi vista mientras trato de infiltrarme en su cuenta. Después de unos minutos, la única información a la que logro acceder es su nombre completo –Renoir Thomas– junto con su fotografía. Frunzo levemente el ceño. Consigo ingresar a su información más pública e incluso a unos pocos de sus mensajes… pero todo lo demás permanece seguro detrás de una pared de escudos que nunca vi en toda mi vida.

–Emi –dice Roshan, apartándome bruscamente de mis pensamientos–. Adelántate.

Hago lo que me dice.

–Este poder se puso en los campeonatos de este año para los Arquitectos, dado que es probable que sean ustedes quienes mejor lo usen. Quiero que lo consigas y se lo entregues a Roshan, tu capitán temporario –Asher mira hacia el costado–. Te enfrentarás contra Hamilton, que hará todo lo que esté a su alcance para traérmelo primero. Roshan se acerca a ella y murmura algo a su oído. Es probable que le esté diciendo que lleve a cabo alguna de las jugadas distintivas de Tremaine, pienso, recordando lo que había dicho un rato antes. Hammie asiente varias veces, su mirada se desvía hacia mí mientras escucha. Cuando Roshan termina, ella me lanza una sonrisa oscura. Trato de devolverle una sonrisa despreocupada.

Un cronómetro con destellos escarlata aparece sobre el poder. Asher da un golpecito en su muñeca.

–Los Jinetes de Fénix son famosos por su velocidad –añade–. De modo que yo cronometro cada una de nuestras sesiones de entrenamiento, por más trivial o poco importante que parezca. ¿Entendido, amateur?

–Entendido –asiento.

–Ambos tienen cinco minutos –alza la vista–. ¡Ya!

Una ola de adrenalina me invade. No pienso; solo salgo disparando. Hammie hace lo mismo. Corre rápido hacia el edificio propiamente dicho, pero yo decido cruzar la calle. Mientras Hammie comienza a escalar el costado del edificio, aferrando un ladrillo tras otro y serpenteando por las paredes, yo corro a toda velocidad hacia uno de los altos faroles que bordean la calle frente al edificio. Tomo uno de los cartuchos de dinamita de la bota y lo planto en la base del poste, cuidando de colocarlo de manera que la explosión lo rompa en la dirección correcta. Enciendo la dinamita. Después retrocedo varios pasos para estar lejos de la zona del estallido.

¡Bum!

El suelo retumba mientras explota la base del farol. El poste se inclina hacia delante de manera pronunciada, desplomándose en un ángulo contra la pared del edificio.

–¡Excelente! –grita Roshan en señal de aprobación.

Estoy demasiado concentrada como para desviar la mirada hacia ellos: toda mi energía está colocada en la tarea. Trepo al poste, respiro profundamente y después comienzo a subir deprisa hacia el edificio. El tiempo que perdí al poner la dinamita lo compenso ahora, mientras asciendo cada vez más alto hasta llegar a la pared del edificio. Hammie continúa trepando, unos buenos tres metros y medio por debajo de donde me encuentro. Dos pisos más arriba, el poder flota sobre el puente.

Apoyo las manos contra la pared y luego busco la cuerda que tengo en la cintura. Si puedo arrojarla y enroscarla alrededor de uno de los faroles del puente, lograré elevarme suficientemente rápido como para llegar primera.

De repente, siento un fuerte tirón en la cintura. Casi pierdo el equilibrio y me caigo. Miro bruscamente hacia abajo.

El lazo de cuerda de mi cintura desapareció. Debajo de mí, Hammie me lanza una gran sonrisa mientras lo sostiene en alto. *¿Cómo lo tomó tan rápido? ¿Cómo sabía que yo lo usaría?*

–No eres la única que tiene herramientas, amateur –me grita. Apunta su pistola paralizante hacia mí y los bordes centellean bajo la luz. Después, arroja mi cuerda hacia la esquina saliente del piso más alto y se impulsa más arriba.

Hammie me había volado la cuerda de la cintura de un disparo. No hay tiempo para enfurecerse con ella. Vuelvo a dirigir mi atención al poder y me lanzo hacia arriba por la pared, aferrándome de un ladrillo por vez. Ambas trepamos a un ritmo frenético.

Hammie es más rápida que yo. Me supera velozmente y, unos segundos después, estoy unos dos metros detrás de ella. Me obligo a trepar más deprisa.

Justo cuando Hammie llega al borde del puente, los colores se encienden alrededor de nosotros. De pronto, aparecen otros poderes desparramados a lo largo del puente y contra las paredes. Asher debió haber puesto en funcionamiento los otros poderes. Mis ojos se dirigen veloces como dardos hacia uno que se encuentra a mi alcance.

Es una brillante esfera amarilla, que flota contra la pared donde me hallo. Recupero el optimismo. *Una Inyección de velocidad*. La tomo, y luego la aprieto en la mano.

La esfera desaparece, dejándome envuelta en un intenso resplandor amarillo. El mundo que me rodea parece detenerse, y Hammie junto con él. Me impulso hacia arriba, trepando dos veces más rápido de lo que lo había hecho unos minutos antes.

Paso a Hammie de largo y salto sobre el puente justo cuando el poder se agota. El mundo retorna súbitamente a su ritmo normal.

El cronómetro que se encuentra arriba del poder de Transformación continúa la cuenta regresiva. Quedan treinta segundos.

En vez de deslizarme por el puente lo más rápido que puedo, renuncio a varios preciosos segundos e instalo una trampa rápida para Hammie. Arranco el martillo del cinturón y aplasto todas las agarraderas y los puntos de apoyo para los pies que uso al trasladarme por el borde del puente. Hammie no podrá utilizarlos para ir detrás de mí. Luego me doy vuelta y continúo la marcha. Ya estoy muy cerca del poder.

Al echar un vistazo hacia atrás, veo que Hammie desapareció otra vez.

Parpadeo. ¿Qué?

–Aquí –me grita desde arriba.

Alzo la vista y la veo posada encima de mí, como si supiera exactamente qué habría de hacer yo para demorarla. Consiguió tomar un poder –Alas (vuelo temporario)– del resplandor anaranjado que la rodea. Esboza una amplia sonrisa y luego se lanza en busca del poder de Transformación.

Me arrojo desde el borde del puente y la embisto. Mis manos le sujetan las piernas. Le hago perder el equilibrio antes de que logre alcanzar el poder. Emite un chillido de enfado y de sorpresa. Por un instante, con el poder de vuelo todavía funcionando, caemos en el lugar mientras ella trata de librarse de mí. Luego, para mi conmoción, se arroja hacia mí con los puños en alto.

Consigo a duras penas eludir el primer golpe. El segundo me da en el mentón y ya no puedo continuar sujetándola. Nuevamente para mi sorpresa, ella no me suelta. Una Ladrona normal lo haría… pero, en cambio, Hammie me sujeta con más fuerza y continúa combatiendo conmigo en el aire.

–¡Cuidado con sus manos! –grita Roshan, justo cuando veo algo brillante en el puño de Hammie. Es una daga. *¿Una daga?* No se supone que los Ladrones posean dagas. Al instante, me doy cuenta de que eso debe haber sido planeado por Roshan. Seguramente Tremaine juega de esa manera, cambiando con facilidad de un rol a otro. De modo que Roshan debe haberle dado la daga para ver cómo reaccionaría yo ante una situación semejante, cómo reaccionaría ante Tremaine.

Hammie me ataca a una velocidad sorprendente.

La mayoría de los jugadores no habrían sido capaces de eludirla. Pero mis reflejos se pulieron en las calles, como cazadora de recompensas. El recuerdo de mis correrías por Nueva York persiguiendo al apostador regresa súbitamente a mí. Él me había atacado con un cuchillo, un cuchillo de *verdad*. Cuando el cuchillo virtual de Hammie se acerca a mí, me muevo por puro instinto: la suelto por completo con un empujón, caigo un poco y luego estiro la mano a último momento para aferrarle los tobillos.

Sus ojos se abren desmesuradamente de la sorpresa y, en ese momento, se agota su poder de vuelo.

Utilizo el resto de su impulso en el aire para elevarme. Mientras ella comienza a caer, la suelto. El impulso es *justo* el necesario. Me estiro hacia arriba todo lo que puedo y rozo el poder de Transformación con la punta de los dedos. Un cosquilleo se extiende rápidamente por mi brazo ante la adquisición y lanzo un grito de triunfo.

Luego me desplomo hacia el suelo. Aterrizo con fuerza sobre la espalda, dejando a mi avatar fuera de juego por varios segundos. Me quedo ahí acostada, riendo y jadeando. Cuando mi avatar se recupera, me doy vuelta y reviso mi inventario, ansiosa por comprobar que el poder de Transformación esté en mi cuenta.

No está.

Hammie se acerca con paso largo hacia mí mientras me enderezo con dificultad. Sostiene el poder en la mano y sonríe.

–Te lo arrebaté justo cuando aterrizaste en el suelo –dice.

–¿Cómo…? –pregunto en forma vacilante mientras sacudo la cabeza. Lo había hecho tan rápido que ni siquiera había sentido que me lo quitara de las manos cuando estaba tumbada en el piso. Echo una mirada hacia donde se acercan Asher y los demás–. Pero… ¿no gané el ejercicio? Yo lo tomé primero.

–Tienes muchas fortalezas, Emi –dice Asher. Hammie me extiende la mano y me ayuda a ponerme de pie–. Tienes muchos recursos. La forma en que juegas como Arquitecta… no es la manera de jugar de una amateur. Rápida para correr. Precisa. Eres mucho más talentosa de lo que sugeriría tu Nivel 28, tal como imaginé –señala a Hammie con la cabeza–. Pero posees algunas clásicas debilidades de las jugadoras amateurs. Uno –levanta un dedo–, tienes visión tubular. Hammie es una Ladrona de primera. Probablemente sea más rápida y diestra que ningún otro Ladrón contra el cual hayas jugado alguna vez. Tuve que ayudarte poniendo los otros poderes en juego.

Apoyo la mano en la cadera y miro a Hammie.

–¿Cómo haces para saber siempre lo que haré a continuación?

Se da un golpecito en la sien.

–No dejes que te convenza de jugar al ajedrez –bromea, repitiendo la advertencia que Asher me había dado cuando la conocí.

–Hammie puede prever tus jugadas diez pasos antes

–explica Asher–. Como cualquier maestro de ajedrez. Puede ordenar tus potenciales jugadas en su cabeza y, juzgando tu lenguaje corporal, dilucidar qué es lo más probable que hagas; todo eso mientras está en movimiento. No digas que no te lo advertí.

–Sin embargo, no sabía que te arrojarías sobre mí en esos minutos finales –agrega Hammie–. Eso es lo divertido de jugar contra alguien amateur, ¿cierto? Nunca sabes con qué tipo de jugador te encontrarás.

Diez pasos antes. Es probable que haya adivinado mis movimientos desde que comenzamos, tal vez en el mismo momento en que eché a correr hacia el farol de la calle. Suspiro.

–Bueno. ¿Qué otras debilidades clásicas poseo?

Ahora Asher tiene dos dedos levantados.

–No escuchaste mis instrucciones.

–Conseguí el poder de Transformación.

–Tus instrucciones eran conseguir el poder y entregármelo *a mí* –Roshan me interrumpe–. El Capitán del equipo. El ejercicio no concluía cuando tomabas el poder. Concluía cuando me lo dabas a mí. Esto no es un juego individual, Emika, y no puedes jugar como si quisieras ganar sola –mientras Roshan habla, Hammie se dirige hacia Asher y le arroja el poder. Él lo atrapa sin mirar.

–Muy bien hecho –dice.

Hammie sonríe, feliz.

–Gracias, Capitán.

Estoy contenta de estar dentro de Warcross, así mis compañeros no pueden notar que mis mejillas están enrojeciendo de vergüenza. Los hackers y los cazadores de recompensas no son precisamente famosos por ser buenos jugadores de equipo. No soy buena para seguir instrucciones. Pero me trago estos pensamientos y asiento ante las palabras de Roshan.

–Lo lamento –digo.

Él menea la cabeza.

–No te agobies, cariño. No se supone que los Ladrones tengan dagas... los Luchadores, sí. Pero así es cómo puede actuar Tremaine durante un juego, y te defendiste exitosamente. Creo que nunca vi a alguien reaccionar tan rápido ante un ataque sorpresivo. Un primer ejercicio brillante, en serio, en especial por ser amateur.

–Sí –Hammie también asiente–. No estuvo mal. Presentaste una gran pelea, Emi. Pero tendrás que luchar un poco más para derrotarme –me guiña el ojo–. No te preocupes... eres mejor que Roshan en sus épocas de jugador amateur.

Roshan le echa una mirada exasperada que la hace reír. Y, a mi pesar, yo también me río.

–¡Los siguientes! –exclama Asher–. Roshan y Ren. Suban ahí –se colocan nuevamente los poderes y, esta vez, el poder de Transformación queda adentro de uno de los edificios. Sigo observando mientras los demás se alejan. Mi atención continúa concentrada en Ren. La barra de progreso que se encuentra en la parte inferior de mi vista ha terminado, y ahora el programa comienza a aplicarse a mis otros compañeros de equipo. Pero con el mísero número de archivos encriptados de Ren que logré conseguir, habría sido lo mismo que ni me hubiera molestado en hackearlo.

}{

El sol ya ha comenzado a ponerse para cuando terminamos el entrenamiento. Apenas me dirijo hacia mi habitación y cierro la puerta, saco toda la información que bajé de los jugadores y la despliego en la pared. Aparece una larga lista de datos: fechas de nacimiento, direcciones, números de teléfono, información de las tarjetas de crédito, agenda. Me desplazo por ella y rastreo.

La data de Hammie aparece primero, detallando algunos de los boletos de avión que compró recientemente y los hoteles que reservó. Capto un vistazo fugaz de fragmentos de Recuerdos que almacenó. En uno, está riendo con personas que parecen ser su mamá y su hermana mientras intentan posar para una buena foto en el Gran Cañón del Colorado. En otro, está en un torneo de ajedrez, mirando fijamente el tablero. Es ajedrez rápido: cada jugadora se toma una fracción de segundo para hacer una jugada. No puedo evitar detenerme, asombrada ante la forma en que sus dedos vuelan a través del tablero. Apenas consigo seguir sus jugadas, y menos todavía entender por qué las está haciendo. En sesenta segundos exactos, le hace jaque mate al rey de su oponente. Brota un rugido del público y su oponente agita la mano de mala gana.

En el último Recuerdo, está mirando detrás de una barricada a un hombre de uniforme, que camina hacia un helicóptero que lo está esperando. Nada inusual; muchas personas graban Recuerdos de bienvenidas o despedidas a seres queridos. El hombre le echa una mirada por encima del hombro y la saluda con la mano. Ella le devuelve el saludo y sigue grabando hasta mucho tiempo después de que el helicóptero haya despegado.

Paso a Asher. En su información, tampoco hay nada incriminador ni interesante, más que unos pocos mensajes de texto de la hora de llegada y partida de sus vuelos. Su Recuerdo más reciente, aparte de la selección y la fiesta, es él en la pista de jets privados del aeropuerto, esperando junto a un chico mayor con gafas de sol, a quien reconozco de inmediato como su hermano Daniel. Hay guardaespaldas cerca de ambos, pero Daniel lleva bolsos con el nombre de Asher en la etiqueta, en lugar de dejar que lo hagan los maleteros. Los hermanos no se dicen una sola palabra. Y cuando llega el momento de que finalmente Daniel le alcance los bolsos a un asistente de vuelo, Asher se dirige a la escalerilla del jet sin decir adiós.

Trato de apartar la sensación familiar de culpa que siempre siento cuando examino las grabaciones de otros. *Es tu trabajo*, me digo a mí misma. No hay espacio para sentirse mal. Aun así, borro los Recuerdos de Hammie y de Asher, para no poder verlos otra vez.

Algunos de los mensajes de Roshan están dirigidos a sus padres, uno es para su hermana y otro es un recibo de entrega de algún tipo de regalo. No hay Recuerdos grabados, pero, para mi sorpresa, el recibo del presente me dice que fue enviado por Tremaine, con una sola línea escrita en la tarjeta. *¿Recibiste mi carta? T.* Examino el resto de su data, pero no encuentro ninguna señal de la carta en cuestión, o de que Roshan haya respondido al regalo de Tremaine. Nada espantosamente sospechoso, pero marco la información de todas maneras, para una futura referencia.

Finalmente, llego a la escasa información que poseo de Ren. La mayor parte es intrascendente: planes para armar el equipo para la fiesta de la noche inaugural; e-mails de sus fans. Hay un Recuerdo de él, grabado en una fiesta del año anterior, donde está besando a una chica detrás del escenario mientras alguien adelante anuncia su nombre. Me aclaro la garganta y aparto la vista. Por suerte, el Recuerdo cambia a Ren dirigiéndose a sus instrumentos en el centro del escenario.

En sus archivos, todo lo demás está encriptado, incluso unos pocos correos electrónicos que había logrado recobrar de su papelera. Reviso cada uno de ellos. No importa lo que les haga, todos parecen un cubo de frases sin sentido flotando frente a mi vista, asegurados herméticamente detrás de un escudo.

Ahí es cuando, finalmente, me topo con algo que hace que me detenga.

Es un e-mail eliminado y escondido detrás de su gran variedad de escudos, planeando delante de mí como un cubo cerrado. Lo hago girar en el aire. Al hacerlo, noto una minúscula marca recurrente en el borde de cada lado del cubo.

Bueno, bueno, bueno, suspiro enderezándome. Cualquier sentimiento de culpa que hubiera tenido se escapa volando de mi cabeza. *¿Qué es esto?*

La marca es un punto rojo, apenas perceptible, parte de la codificación del mensaje. Y justo al lado, en las letras más diminutas posibles, figura la inscripción *JA0*.

Ren era la silueta de Wardraft. Basándome en el punto rojo, este mensaje le fue enviado desde adentro del Dark World.

Me reclino en la cama y frunzo el entrecejo. Esto significa que no solo era Ren la persona a quien yo había estado rastreando durante la selección, no solo estuvo dentro del Dark World recientemente, sino que también se comunica con otros que están allí dentro.

Y nadie ingresa al Dark World, a menos que esté haciendo algo ilegal.

CATORCE

La primera vez que pisé el Dark World fue durante mi primer trabajo como cazadora de recompensas.

Tenía dieciséis años, y fui sola. El jefe de una pandilla callejera de Nueva York había ofrecido una recompensa de $2.500 por uno de sus miembros, y yo lo había visto como una mención breve en algún foro online.

Había leído acerca de otras personas que, como yo, probaban suerte en el competitivo mundo de los cazarrecompensas. No parecían tener una habilidad especial que yo no tuviera, y parecía una forma –si eras bueno– de tener una entrada razonable. Los mejores podían juntar un número de seis cifras por año.

Yo tenía otra razón para buscar esa recompensa. Mi padre tenía una deuda de juego de $2.500. Después de que murió, me había prometido a mí misma no terminar trabajando para alguien que perteneciera al mundo del delito. Pero para poder hacerlo, tenía que liberarme de esa deuda. De lo contrario, la gente a la cual papá le debía ese dinero vendría a buscarme apenas cumpliera dieciocho años.

De modo que investigué todo lo que pude sobre la forma de ingresar al Dark World. Pensaba, sinceramente, que siguiendo algunas guías online podría, de alguna manera, ingresar a ese antro criminal y salir ilesa.

El Dark World opera bajo una sola regla: permanecer en el anonimato. Tu seguridad es tan buena como tu disfraz. Aprendí eso por las malas después de que me abrí camino en el mundo, encontré a mi objetivo y lo rastreé en la vida real. Recién entonces me di cuenta de que había expuesto accidentalmente una parte de mi identidad mientras me hallaba en el Dark World. En muy poco tiempo, mi información personal –edad, historia, dirección–, fue transmitida a todo el Dark World y mi habilidad quedó en peligro.

Recibí el dinero y cancelé la deuda de juego de mi padre. Pero durante los meses siguientes, desarmé por completo mi laptop y mi teléfono, me mantuve fuera de Internet y fuera de vista, y viví con el perfil más bajo que pude. Aun así, recibí extrañas llamadas telefónicas en medio de la noche, cartas enviadas por correo y alguna amenaza ocasional en el umbral de mi casa. Finalmente, tuve que mudarme.

Nunca más volví a trabajar para una pandilla. Me tomó varios meses más juntar el coraje para regresar a Internet.

Eso es lo que tiene el Dark World: puedes prepararte todo lo que quieras, pero la única manera de entenderlo de verdad es ingresando en él.

}{

–Señorita Chen –dice Hideo cuando nuestra llamada se conecta–. Es bueno escucharte.

Es la mañana siguiente, antes de que vuelva a comenzar el entrenamiento a fondo, y la imagen virtual de Hideo está en mi habitación, inclinada hacia adelante en el sillón de su oficina, los codos apoyados en el escritorio. El mechón plateado de su cabello brilla con la escasa luz que se filtra por las ventanas. Junto a él, Kenn está apoyado contra el escritorio, las manos metidas en los bolsillos de una manera que me dice que interrumpí la conversación que estaban manteniendo. Me echa una mirada por encima del hombro. Hay dos guardaespaldas detrás de él en posición de firmes.

–¿Ya tienes noticias para darnos? –remarca Kenn y vuelve a mirar a Hideo–. Quizás realmente encontraste a tu cazadora de recompensas perfecta.

Trato de sentir que soy una profesional a pesar de los pies descalzos y el jean negro hecho jirones.

–Imagino que haber estado ocupado desde la fiesta de la

ceremonia inaugural –le digo a Hideo, y mis ojos vuelan hacia Kenn–. ¿Estoy interrumpiendo algún negocio?

–Tú eres el negocio –responde Kenn–. Estábamos hablando de ti.

–Oh –me aclaro la garganta–. Cosas buenas, espero.

Kenn lanza una sonrisa franca.

–Yo diría que sí –se aleja del escritorio de Hideo sin dar más explicaciones–. Los dejo con sus asuntos. Que se diviertan.

Hideo intercambia una mirada con Kenn.

–Retomamos en un momento.

Kenn se aleja de vista, Hideo lo mira marcharse y luego señala la puerta con la mano con un movimiento breve. Sin una palabra, los dos guardaespaldas inclinan la cabeza y salen de la habitación, dejándolo solo.

Cuando se van, vuelve su atención hacia mí.

–Espero que la vida haya sido placentera desde que acaparaste toda la atención en Wardraft.

–Pensé que tú les habías dado instrucciones a los Jinetes de Fénix para que me eligieran en primer lugar, para asegurarte de que entrara en los juegos.

–Yo me habría asegurado de que entrases a un equipo, pero no le dije a nadie que te eligiera en primer lugar. Asher Wing lo hizo por su cuenta. Te has convertido en el bien más preciado.

De modo que, después de todo, Hideo no había tenido nada que ver con eso.

–Bueno –digo–, la selección fue interesante por más de un

motivo. Mira lo que encontré –saco la captura de pantalla de Wardraft y la dejo flotando frente a nosotros. La imagen rota lentamente, dándonos una visión completa del domo. La sombra inconfundible de la figura está posada en un lugar muy destacado de la telaraña metálica. Arriba de su cabeza, figura la palabra **[null]**–. El día de la selección, lo vi observando desde las vigas del Tokio Dome.

Hideo se muestra interesado. Al estudiar la imagen, sus ojos se concentran en la oscura silueta posada en el laberinto de vigas del domo.

–¿Ya sabes que se trata de un hombre?

–Ah, sé más que eso. Es Ren.

La mirada de Hideo se desvía abruptamente de la silueta hacia mí.

–¿Renoir Thomas?

Asiento.

–DJ Ren. Una marca en el código de la captura de pantalla apuntaba hacia él. Desde entonces, conecté a todos los jugadores oficiales a mi perfil de Warcross –exhibo las cuentas de todos–. Necesitaría revisar algunos de sus Recuerdos, ver quién más podría estar involucrado.

Los ojos de Hideo se dirigen al mapa digital que diseñé, que muestra dónde se encuentra cada uno de los jugadores de Warcross en este momento. Casi todos están en sus dormitorios. Un grupo del equipo Andrómeda está en la ciudad, mientras que Asher abandonó la residencia de los Jinetes y Ren continúa sentado en su habitación.

–Eres más peligrosa de lo que pensaba –cavila Hideo, admirando mi obra.

–Prometo que seré buena contigo –digo sonriéndole.

Esta vez, logro extraerle una gran sonrisa.

–¿Acaso debería preocuparme aún más? –pregunta.

Dejo la pregunta sin respuesta y exhibo el e-mail de Ren.

–Ejecuté un hackeo en la información de Ren –señalo, acercando el correo electrónico para que quede entre nosotros, como un cubo de información oscuro y codificado–. Ayer encontré esto, aunque no puedo hallar la forma de abrirlo

Echa un vistazo al archivo. Como yo, sus ojos se dirigen de inmediato a la marca roja del borde del cubo.

–Esto fue enviado desde el Dark World –comenta.

Asiento.

–Y envuelto en un escudo que no reconozco.

Separa levemente las manos y luego rota una vez el cubo.

–Yo sí –masculla, y vuelve a expandir las manos. El cubo se vuelve más grande y, mientras aumenta, jala de un costado del cubo para que yo pueda ver la superficie en detalle. Entrecierro los ojos. La superficie está cubierta de una serie elaborada y sinuosa de patrones que se repiten indefinidamente.

–Se llama escudo fractal –explica–. Es una nueva variación de los escudos cebolla que hemos visto últimamente, excepto que las capas del escudo fractal giran sin fin y se multiplican cada vez que escarbas en alguna de las capas superiores. Cuanto más tratas de abrirlo, más seguro se vuelve. Tus hackeos estarán ejecutándose eternamente sin llegar a ningún lado.

Con razón no podía abrirme paso a través de él.

–Nunca vi algo así.

–Es esperable. Esto es una mutación de la seguridad que desarrollamos dentro de Henka Games.

Me inclino hacia delante mientras mi vista recorre la superficie del cubo.

–¿Puedes abrirlo?

Apoya las manos contra dos superficies del cubo. Cuando las retira, una copia de la parte de arriba del escudo fractal flota encima del cubo.

–Un escudo infinito requiere una llave infinita –dice–. Algo que se multiplique al mismo ritmo y de la misma manera que el propio escudo.

–Todas las puertas cerradas tienen una llave –murmuro.

Ante mis palabras, Hideo me mira y sonríe.

Oprime varios comandos que son invisibles para mí y luego lo pasa por un programa de Henka Games. En sus manos se forma una llave, oculta y en perpetuo movimiento, la superficie cubierta con los mismos patrones que se repiten indefinidamente. Continúo mirando mientras toma la llave y la apoya contra el cubo.

La superficie del cubo se queda súbitamente inmóvil y desaparecen los fractales que se repiten sin cesar. Luego, en un instante, el cubo se esfuma y es reemplazado por un mensaje.

Solo dice una cosa.

1300GP

Mi mirada se clava en la pantalla al mismo tiempo que la de Hideo.

–La Guarida del Pirata –decimos al unísono.

Para una persona común, 1300GP no significaría nada. Pero para mí, es un evento programado. 1300 son las 13 hs, escrito según un reloj de doce horas... y GP es la "Guarida del Pirata", una abreviatura que conozco perfectamente bien. Es un famoso lugar de reunión en el Dark World.

El evento está agendado para el 20 de marzo.

–Bueno –comento–. Creo que sé a dónde iré esta semana.

Examina el mensaje por un momento más antes de lanzarme una mirada inquisitiva.

–¿Piensas entrar sola?

–*Tú* lograste descifrar el código de los escudos fractales –me reclino en la cama y cruzo los brazos–. Es *mi* trabajo seguir a los delincuentes, señor Tanaka.

Ante mi respuesta, sonríe levemente.

–Dime Hideo, por favor.

Inclino la cabeza hacia él.

–Tú insistes en decirme señorita Chen en público. Es lo mismo.

Alza una ceja.

–Trato de no darle a la prensa sensacionalista más chismes de lo que puede soportar. Están particularmente agresivos en esta época del año.

–¡Oh! ¿Y de qué chismes se trata? ¿Que nos tratamos de *tú* y nos llamamos por el nombre? Escandaloso. De todas maneras, parece que ya están inventando sus propios chismes acerca de mí.

Hideo me observa.

–¿Preferirías que te llame Emika?

–Preferiría –respondo.

–Bueno –asiente–. Entonces te llamaré Emika.

Emika. Escucharlo decir mi nombre me produce un placentero estremecimiento en la espalda, y vienen a mi mente sus palabras en la fiesta de inauguración. *Estás hermosa esta noche.*

–Te mantendré informado –decido decir, para indicar el final de nuestra llamada–. Mi informe debería ser revelador.

–Espera. Antes de que te vayas.

Hago una pausa.

–¿Sí?

–Cuéntame de tu arresto de hace un par de años.

Estuvo investigando mis antecedentes. Me aclaro la garganta, repentinamente irritada de que lo haya mencionado. Hace años que no hablaba de mi arresto.

–Son noticias antiguas –mascullo mientras comienzo el resumen de lo que le había sucedido a Annie y de cómo yo había hackeado la lista telefónica de la escuela.

Menea la cabeza y me detiene.

–Ya sé lo que hiciste. Cuéntame cómo supo la policía que eras *tú*.

Vacilo.

–Eres demasiado hábil para ellos –prosigue y me examina

atentamente, con la misma expresión de nuestro primer encuentro cuando me había puesto a prueba–. Ellos no te atraparon, ¿verdad?

Nuestras miradas se encuentran.

–Yo confesé.

Hideo permanece en silencio.

–Pensaron que Annie lo había hecho –continúo. Vuelve a mí el recuerdo de las sirenas, del momento en que entré a la oficina del director donde se habían reunido los policías, de las muñecas esposadas de Annie, su rostro bañado en lágrimas, la mirada conmocionada hacia mí–. Iban a arrestarla, de modo que decidí entregarme.

–Te entregaste –hay un dejo de fascinación en su voz–. ¿Y sabías lo que sacrificarías al hacerlo?

Me encojo de hombros.

–No había tiempo para reflexionar. Solo me pareció lo correcto.

Permanece en silencio, la atención ahora completamente concentrada en mí.

–Supongo que la caballerosidad no ha muerto –dice finalmente.

No sé bien qué responder. Lo único que puedo hacer es devolverle la mirada, sentir que se desmorona otra de las paredes que lo rodean, ver que cambia el brillo de sus ojos. Lo que pensó acerca de lo que yo dije le hizo bajar la guardia.

Luego el momento ya pasó. Se endereza en el sillón y rompe el contacto visual.

–Hasta la próxima, Emika –dice.

Murmuro mi propia despedida y finalizo la llamada. Su ser virtual desaparece de mi habitación, dejándome sola otra vez. Lentamente, exhalo y dejo caer los hombros. Hideo no había mencionado nada acerca de los otros cazadores de recompensas, lo cual significa que es probable que yo les lleve la delantera en este trabajo. Hasta ahora, todo bien.

Me toma un momento darme cuenta de que había olvidado apagar el programa de acceso durante la conversación. Esto quiere decir que también estaba revisando *su* perfil en busca de datos. Lo detengo. Hideo tiene sus propios escudos de protección para su información, pero aun así, había conseguido tomar un archivo no encriptado de su cuenta, uno creado apenas unas horas antes este mismo día. Se encuentra ahora entre mis descargas, destellando frente a mí. Lo miro detenidamente el tiempo suficiente como para que se abra, pensando que quiero mirar en su interior.

La habitación se desvanece. Me encuentro en una especie de gimnasio, provisto de grandes sacos de boxeo, estantes con pesas, colchonetas y largos espejos. Es uno de los archivos de Recuerdos de Hideo. *No debería estar husmeando en sus datos personales*. De inmediato, comienzo a salir, pero el Recuerdo empieza antes de que pueda hacerlo.

Hideo le está pegando a un saco con un ritmo furioso, cada impacto hace temblar mi vista. ¿Kickboxing? Hago un paneo alrededor del mundo del Recuerdo... y luego me detengo al ver el reflejo en los espejos.

Tiene el torso desnudo, y su pecho y espalda están resbaladizos de sudor, los músculos tensos. Su cabello húmedo tiembla con cada golpe. Sus manos están envueltas en vendas blancas y, mientras continúa su feroz ataque al saco de boxeo, alcanzo a pescar atisbos fugaces de la sangre que tiñe los vendajes que protegen sus nudillos. Las cicatrices que siempre veo. *¿Con cuánta fuerza ha estado pegándole a ese saco?* Pero lo que me resulta impactante es su expresión. Tiene los ojos negros y feroces, una mirada tan cargada de una definida irritación que retrocedo físicamente.

Recuerdo la intensidad que había visto en su rostro durante nuestro primer encuentro, cuando estaba hablando de su más reciente creación, de sus pasiones. Aquí puedo ver una luz similar en sus ojos en la manera en que lanza los golpes... pero esta es una intensidad más oscura. De furia profunda.

Sus guardaespaldas esperan pacientemente a los costados de la habitación y, justo al lado de él, hay alguien que debe ser su entrenador, vestido de pies a cabeza con ropa acolchada.

–Suficiente –dice y, como respuesta, Hideo se detiene y voltea hacia él. Si no supiera que resulta raro, diría que la mirada que el entrenador me echa a mí –a *Hideo*– es cautelosa, y hasta un poco asustada.

El entrenador comienza a moverse en círculos y Hideo hace lo mismo. Sus movimientos son fluidos y precisos, letales. El cabello le cae en el rostro y oculta momentáneamente sus ojos. El hombre hace girar un largo palo de madera en una mano, lo arrastra por el piso y luego lo levanta. Arrojando el palo, se lanza sobre Hideo a la velocidad del rayo. Mi vista se vuelve borrosa. Hideo esquiva el golpe con facilidad. Siguen dos ataques más... y, en el cuarto, Hideo embiste al entrenador. Alza un brazo y aprieta el puño mientras el palo cae sobre él. La madera se parte contra el antebrazo con un sonoro crujido. Entonces se lanza hacia delante y su puño se estrella con tanta fuerza contra las almohadillas del brazo del entrenador que el hombre hace un gesto de dolor ante el impacto. Hideo no cede. Con movimientos difusos, le descarga una serie de golpes en las almohadillas de los brazos y el golpe final aterriza con tanta fuerza que su oponente retrocede trastabillando y cae.

Hideo permanece en el lugar, respirando pesadamente, la expresión dura, como si estuviera viendo a otra persona tumbada en el suelo. Luego, se desvanece la furia de sus ojos y, por un instante, parece el mismo de siempre. Le ofrece la mano al hombre y lo ayuda a ponerse de pie. Termina la sesión.

Observo a Hideo en asombroso silencio mientras se despide del entrenador y después cruza las puertas de la habitación, flanqueado por los guardaespaldas, las manos todavía envueltas en vendajes ensangrentados. Luego, el Recuerdo se termina y aparezco sobresaltada en mi dormitorio, en medio de una escena de serenidad, y exhalo una bocanada de aire.

De modo que así es cómo Hideo termina con los nudillos magullados. ¿Por qué entrena como si estuviera poseído por el demonio? ¿Por qué golpea como si quisiera matar? Me estremezco al recordar su expresión, esos ojos oscuros y feroces, donde está ausente cualquier atisbo de aquella versión juguetona, cordial y carismática de sí mismo que creí conocer. Sacudo la cabeza. Aparte de sus guardaespaldas, es probable que Hideo pensara que nadie más vería eso.

La luz cambiante de mi habitación comienza a reflejar la piscina de la terraza y el resplandor me sacude, devolviéndome a la realidad. Estoy aquí por un trabajo, no para espiar las sesiones privadas de entrenamiento de Hideo.

Salgo de mi cuenta y me obligo a concentrar mis pensamientos, en cambio, en Ren. En el fondo de mi mente, sin embargo, repaso una y otra vez mi conversación con Hideo. Y cuando finalmente abandono la habitación para encontrarme con mis compañeros de equipo en nuestro entrenamiento diario, lo que persiste es el recuerdo de sus ojos oscuros, el misterio detrás de sus nudillos ensangrentados y su mirada furiosa.

QUINCE

Transcurren tres días en medio de un entrenamiento frenético. Los Jinetes de Fénix realizan simulacros de todas las combinaciones posibles. Me asignan a Hammie de compañera de equipo, luego a Ren, después a Asher y a Roshan. Juego con dos de ellos; juego contra ellos. El entorno va cambiando de selva a ciudad y a altísimos acantilados. Practicamos en los niveles de todos los campeonatos anteriores.

Asher nos entrena con una intensidad que nunca había visto antes. Tengo que esforzarme para no perder el ritmo. Cada nuevo mundo en el que juego es un mundo en el que todos los demás ya estuvieron, cada nueva maniobra es conocida por el resto del equipo. Justo cuando pienso que le estoy tomando la mano a algo, Asher reduce a la mitad el tiempo requerido para llevar a cabo ciertas misiones o realizar ciertas jugadas. Justo cuando comienzo a acostumbrarme a un mundo, Asher nos pasa al siguiente.

Termino los días exhausta, desplomada contra los sillones con mis compañeros de equipo, la mente atiborrada de información nueva mientras Asher repasa con nosotros cómo será el día siguiente. Mis sueños están plagados de nuestros simulacros.

Si bien Hideo se había asegurado de que yo terminara en un equipo, no puede ayudar a los Jinetes de Fénix a ganar un juego. Si perdemos, mis compañeros se desbandarán por esta temporada y será mucho más difícil perseguir a Ren. Hideo cuenta conmigo para que me encargue de esta parte del trato. Si no lo hago, es probable que termine perdiendo la recompensa en manos de algún otro cazador que *sí* pueda permanecer en el Campeonato.

–Eres nueva en esto –trata de tranquilizarme Roshan una noche en que nos apretujamos unos contra otros en los sillones mientras Wikki le va distribuyendo a cada uno platos súper calientes con la cena–. Es *normal* que te lleve un tiempo asimilar todo.

Del otro lado, Hammie hunde el tenedor en su comida.

–Uno de estos días, Roshan, tu débil corazoncito terminará sangrando sobre nosotros –sus ojos se mueven rápidamente hacia mí antes de llevarse el tenedor cargado a la boca–. No podemos darnos el lujo de que Emika sea blanda consigo misma.

–Ella no debería haber estado en la selección –interrumpe Ren.

Hammie lo mira enfurruñada.

–Tranquilo, amateur.

–Bueno, me parece –Ren levanta el cuchillo y el tenedor a modo de defensa–. Yo no hice de DJ en eventos internacionales en mi primer trabajo. No es saludable –desvía los ojos hacia mí–. No la obliguen a participar de situaciones para las cuales no está preparada. Podrían matarla.

Aparto la vista de Ren, pero no antes de que sus palabras hagan temblar a mi sexto sentido. En sus palabras, hay una nube oscura. *¿Acaso sospecha de mí? ¿Está vigilando?*

Roshan asiente reacio ante las palabras de Ren.

–No podemos darnos el lujo de que Emi llegue al agotamiento. Esas cosas ocurren. Pero tú ya lo sabes, Hams.

–Eso fue solo porque ese año jugué con los Titanes, y Oliver era un Capitán lamentable comparado con Ash.

–Aprecio el cumplido –dice Asher mientras arroja una patata frita en su boca, y luego me mira–. Emi, has entrado siempre a destiempo durante el entrenamiento.

–No ha podido dormir una noche entera en toda la semana –interviene Roshan–. Se le nota en la cara.

–Estoy bien –mascullo, tratando de borrar los círculos oscuros que tengo debajo de los ojos. Tengo que marcharme. Si mis compañeros empiezan a entrometerse demasiado, descubrirán que hay más cuestiones que motivan mis noches insomnes, y no solo los ejercicios.

Asher se aclara la garganta en su lugar y los demás se calman. Nos mira y asiente.

–Mañana no hay entrenamiento. Duerman hasta tarde, desayunen tranquilos. Retomaremos los ejercicios pasado mañana.

Le doy un amable codazo a Roshan en señal de gratitud, mientras Hammie le echa a Asher una mirada huraña. Eso me trae la imagen de la forma implacable en que jugaba al ajedrez rápido en su Recuerdo.

–¿Sabes quiénes no se toman el día libre mañana? –pregunta Hammie–. Los jugadores de la Brigada de los Demonios.

–¿Sabes qué es inútil para mí? Una Arquitecta mentalmente exhausta. Emika ha estado cometiendo errores todo el día –Asher hace un gesto hacia Ren, que se encuentra comiendo en silencio a su lado–. De todas maneras, Ren tiene una cita en su estudio de grabación. A todos nos hará bien el día libre.

Observo a Ren en silencio mientras terminamos de cenar y nos marchamos a nuestros dormitorios. Estuve analizándolo todo el día, buscando una señal adicional, una pista más. Todas las noches examino su información con la nueva llave que me dio Hideo. Nada. Mañana entrará al Dark World, y todavía no conozco el motivo. Y por lo que sé, él también me está vigilando.

–Em –me llama Hammie mientras me dirijo a mi puerta. Al girarme, veo que se acerca deprisa hacia mí, un paquete aferrado bajo el brazo. Me lo extiende–. Ponte esto alrededor de la cabeza cuando duermas. Logra que yo me quede dormida bastante rápido. Aprieto la tela suave.

–Gracias –le digo.

Se encoge de hombros.

–No pretendo seguir presionándote –hunde las manos en los bolsillos–. Puedes contarme si tienes problemas con algo, ya sabes. Te haré un entrenamiento personal.

Puedo ver su mente ajedrecista evaluando los fragmentos de mi conversación, sin creer demasiado en mis excusas, adelantándose diez pasos a lo que probablemente haré a continuación. Presiente que algo me está molestando.

–Lo sé –repongo con una sonrisa–. Tal vez mañana.

–Ya está arreglado –me sonríe, y siento una pizca de culpa. Nunca formé parte de un grupo como este, un grupo muy unido de amigos, que hacen todo juntos. Podríamos ser más amigas, si yo fuera más abierta con ella.

Pero, en su lugar, solo le deseo buenas noches. Ella hace lo mismo, pero puedo ver la duda en sus ojos mientras se da vuelta y se encamina hacia su propia habitación. La observo marcharse antes de cerrar la puerta detrás de mí.

Tarde en la noche, mientras nado unos largos en la piscina de mi terraza, en un intento de aclararme la cabeza, recibo un mensaje de Hideo.

Te sientes frustrada.

Me detengo, parpadeo para quitar el agua caliente de los ojos y, antes de pensar demasiado en el mensaje que flota delante de mi vista, doy un golpecito sobre él.

Mi pedido de chat sale y, un momento después, Hideo lo acepta y aparece al borde de la piscina como una imagen virtual. Está en una habitación de luz tenue y cálida, aflojándose la corbata. Sin ella, parece más de su edad, tremendamente joven y menos autoritario. Para mi fastidio, el corazón me da un vuelco al verlo. Esta noche, sus nudillos no se ven magullados. Imagino que no estuvo boxeando en los últimos días.

Saco los brazos del agua y los cruzo sobre el borde de cerámicos de la piscina. Las gotas de agua se deslizan sobre mis tatuajes y brillan con la luz de la luna.

–¿Cómo te das cuenta? –pregunto.

–Hace días que no sé nada de ti.

No estoy de humor para compartir con él lo insegura que me siento durante el entrenamiento.

–¿Y cómo sabes si no estoy reservando información para la próxima vez que me reporte contigo? –argumento–. Todavía ni siquiera entré al Dark World.

Hideo voltea un momento mientras guarda los gemelos de la camisa.

–¿Y es por eso que no he sabido de ti? –pregunta por encima del hombro.

–¿Esta es tu manera de decirme que debería estar avanzando con mayor rapidez?

Voltea otra vez hacia mí, parte de su expresión oculta en las sombras.

–Es mi manera de preguntarte si puedo ayudarte.

–Pensé que era yo quien te ayudaba a *ti*.

Hace otra pausa pero, en la luz tenue, su cabeza se vuelve ligeramente hacia mí y deja ver en sus labios el atisbo de una sonrisa. Sus ojos me sostienen la mirada por un instante. Me alegra que la oscuridad esconda mis mejillas enrojecidas.

–Sé que estás exhausta –dice finalmente.

Aparto la mirada y me quito las gotas de agua del brazo.

–No necesito compasión.

–No te la doy. No te habría puesto allí si no pudieras soportarlo.

Siempre con su actitud sabia.

–Si quieres ayudarme –digo, mientras vuelvo a hundirme en el agua–, puedes ofrecerme un poco de apoyo moral.

–*Apoyo moral* –voltea y me mira, su sonrisa se torna juguetona–. ¿Y qué tipo de apoyo moral te gustaría?

–No lo sé. ¿Algunas palabras de aliento?

Alza una ceja, divertido.

–Muy bien –se acerca un paso más hacia mí–. Me conecto contigo porque te echo de menos cuando no sé nada de ti –dice–. ¿Eso te ayuda?

Me quedo con la boca abierta, mi momentánea bravuconería ha desaparecido. Antes de que pueda responder, me da las buenas noches y desconecta el chat. La imagen de Hideo se desvanece y es reemplazada por aire vacío, pero no antes de que capte un último vistazo de su rostro, los ojos todavía posados en mí.

}{

Esa noche, sueño que Hideo y yo nos encontramos otra vez en la discoteca Sound Museum Vision. La diferencia es que no estamos en medio de la pista de baile, sino arriba, ocultos en algún rincón oscuro del balcón con vistas al recinto, y él me empuja contra la pared y me besa con fuerza.

Despierto con un sobresalto, aturdida e irritada conmigo misma.

Sus palabras siguen resonando en mi mente cuando llega el día en que Ren irá al Dark World. Mientras los otros se preparan para almorzar, trabo mi puerta e ingreso a Warcross.

En vez de dirigirme al juego de siempre, saco un teclado flotante e introduzco una serie de comandos adicionales, mis dedos golpean contra el suelo. La habitación titila y se oscurece súbitamente, dejándome suspendida en una negrura total.

Contengo el aliento. Visito el Dark World seguido, pero por más veces que vaya, nunca me acostumbro a la oscuridad penetrante que desciende sobre mis ojos antes de entrar.

Finalmente, aparecen líneas rojas horizontales frente a mí, líneas que, cuando acerco la imagen, se transforman en código. Mi vista se llena de páginas que pasan una tras otra, hasta que por fin llegan al final y surge un cursor titilante. Introduzco unos pocos comandos más y un largo código cubre mi visión.

Luego, repentinamente, el oscuro código rojo desaparece y me hallo en medio de las calles agitadas y violentas de una ciudad, mi clásica identidad [null] colgando sobre la cabeza. Otras figuras oscurecidas pasan agitadas, ninguna de ellas me presta la más mínima atención. Me ubico debajo de una serie de carteles de neón que brillan y se deslizan incesantemente sobre los edificios, iluminándome con diferentes colores.

Sonrío. Ya pasé los escudos que protegen el nivel de superficie de Warcross y me lancé al anónimo, extenso y encriptado mundo subterráneo de realidad virtual, que brotó justo debajo de la plataforma de Warcross. Este lugar es como un segundo hogar, donde todos hablan *mi* idioma y donde todos aquellos que tal vez sean insignificantes en la vida real, pueden ser ahora increíblemente poderosos.

La mayor parte de las personas que frecuentan el Dark World ni siquiera se molestan por llamarlo de alguna manera en especial. Si estás aquí, estás "abajo", y todos los que saben qué están haciendo deberían saber qué significa. El mundo por el que estoy caminando en este momento no tiene lógica, al menos no de la manera usual. Construcciones angostas y ruinosas se levantan justo en el medio de la calle, mientras que algunas puertas que conducen hacia el interior de los edificios están del revés, como si fuera imposible ingresar. Suspendida en el aire, la calle principal se entrecruza con otras calles que van del alféizar de una ventana al de otra, conectando lo imposible. Como en un gigantesco cuadro de Escher. Cuando miro hacia el cielo, una sucesión de trenes oscuros corren paralelos unos a otros, y desaparecen en ambos horizontes. Así extendidos, se ven muy extraños, como distorsionados a través de una suerte de espejo de circo. El agua gotea en algún lugar cercano, se desliza hacia las canaletas y se acumula formando charcos.

Levanto la vista hacia las luces de neón. Si las miras con atención, te darás cuenta de que en realidad no son luces, sino listas de nombres y apellidos destacados en neón. Si eres lo suficientemente estúpido como para visitar el Dark World sin conocer la manera de proteger tu identidad, entonces, en cuestión de segundos, verás tu verdadero nombre y toda tu información personal –el número de seguridad social, el domicilio particular, números de teléfono privados– desplegada allí arriba en luces de neón. Eso son los nombres y apellidos: una lista que se actualiza constantemente de todos los que se atrevieron a venir aquí abajo desprevenidos, que se transmite al resto del Dark World, dejándolos a merced de aquellos que caminan por estas calles.

Yo estuve anotada ahí la primera vez que vine.

Paso un letrero que señala la calle principal. AVENIDA DE LA SEDA, dice. Debajo de las listas, hay hileras de tiendas con sus propios letreros de neón. Algunas venden productos ilegales; drogas en su mayoría. Otras tienen un farolito rojo colgado al costado de la puerta y ofrecen sexo virtual. Incluso hay otras que tienen un ícono de video encima de la puerta, indicando que allí se brinda voyerismo virtual en vivo. Aparto la vista y me apresuro. Podré estar oculta detrás de un traje negro y un rostro aleatorio, pero el hecho de frecuentar este mundo no significa que alguna vez vaya a sentirme cómoda en él.

Ahora inicio una búsqueda y, cuando surgen los resultados, entro en la **Guarida del Pirata**. A mi alrededor, el mundo se vuelve borroso y, un momento después, me encuentro en una parte de la calle cuyos edificios se abren hacia un muelle. Un barco pirata se alza imponente frente a la orilla, iluminado con cordeles de faroles rojos que cuelgan hasta la punta de los mástiles; las luces se reflejan en el agua en una estela resplandeciente.

La Guarida del Pirata es uno de los lugares de reunión más populares de aquí abajo. La proa del barco exhibe una elaborada figura tallada en madera con la apariencia de un símbolo de copyright colocado al revés. *La información quiere ser libre*, articulo en silencio el eslogan de la Guarida. Una pancarta color rojo escarlata cuelga encima de la pasarela que conduce a la cubierta principal, por donde camina una marea constante de avatares anónimos.

Hoy, la pancarta anuncia apuestas sobre un juego de Warcross que se lleva a cabo en el interior. Estoy muy familiarizada con este tipo de juegos. Son enfrentamientos conducidos por gángsters con reglas aleatorias –la versión oscura de Warcross– donde yo encuentro y atrapo a los apostadores que se meten en problemas con la justicia. *Darkcross Games* los llaman todos burlonamente, en alusión al Dark World donde se desarrollan. Puedo imaginarme la cantidad de apostadores de Warcross endeudados que saldrán hoy de aquí abajo.

Es probable que esta sea la razón por la cual Ren se encuentre aquí, agrego para mí misma mientras asciendo por la rampa.

A bordo de la nave, los parlantes emiten una pista de música electrónica pirateada de un álbum de Frankie Dena que todavía no salió a la venta. En el centro de la cubierta, hay un cilindro de vidrio, sobre el cual se desliza una lista de nombres y números que se actualiza constantemente. En esa lista, hay nombres famosos –primeros ministros, presidentes, estrellas de pop– y junto a cada nombre está la cantidad de billetes ofrecidos. La lotería de asesinatos. La gente pone dinero en la persona a la que le agradaría ver muerta. Y cada vez que uno de esos pozos se eleva lo suficiente, es inevitable que algún asesino del Dark World encuentre la motivación necesaria para matar a esa persona y ganar el pozo.

Sucede raramente, por supuesto. Pero la Guarida del Pirata ha existido, de una u otra manera, hace casi tanto tiempo como Internet y, cada unos diez años, se lleva a cabo un asesinato. De hecho, Ronald Tiller, un diplomático odiado mundialmente y absuelto en una causa de violación, había muerto hace muchos años al explotar de forma misteriosa el auto en el que iba. Yo había visto su nombre primero en la lista de la lotería de asesinatos una semana antes de que sucediera.

Levanto los ojos hacia una terraza que da sobre el cilindro de nombres. Hay un par de avatares sentados allí, observando. Uno de ellos está inclinado hacia delante, los codos en las rodillas, estudiando los nombres en silencio. Asesinos potenciales, todos esperando la cantidad de dinero correcta. Aparto la mirada con un escalofrío.

En las otras paredes, hay listas de estadísticas de todos los equipos oficiales de Warcross. Los números de los Jinetes de Fénix y la Brigada de los Demonios ocupan una pared entera. Debajo, se desplaza una lista sobre las probabilidades de ganar las apuestas contra los dos equipos. Las preferencias son abrumadoramente favorables a la Brigada de los Demonios.

Avatares anónimos se agrupan aquí y allá, todos enfrascados en sus propias conversaciones. Muchos de ellos son realmente corpulentos, hasta monstruosos: brazos inmensos y garras largas, estanques negros en lugar de ojos. A algunos sujetos del Dark World les agrada lucir como su personaje. Busco a Ren. Él podría ser cualquiera de estos avatares, disfrazado igual que nosotros.

Miro la hora. *Casi la una*. Estiro el cuello y echo una mirada a la multitud mientras activo los comandos, buscando alguna señal con la marca de Ren aquí dentro. Nada.

Luego…

El punto dorado reaparece en mi mapa. Mientras me abro camino entre la multitud, diviso una alerta que me dice que Ren se encuentra en la habitación. Como era de esperar, cuando reviso su información, veo que surge la marca *JA0* en su información. El corazón comienza a latirme más rápido. Él es la silueta que había visto en el estadio. *¿Para qué –o por quién– está aquí?*

Miro a mi alrededor mientras la multitud se acalla, un silencio expectante flota en el aire.

De repente, desaparece temporalmente la lista de asesinatos del cilindro de vidrio y es reemplazada por lo siguiente:

REYES DE OBSIDIANA vs TIBURONES BLANCOS

El Dark World también tiene su propia serie de equipos famosos... pero estos jugadores se mantienen en el anonimato y juegan muy pero muy sucio. Los juegos comunes de Warcross están patrocinados por gente adinerada; los equipos del Dark World pertenecen a gángsters. Cuando ganas, ganas dinero para la mafia a la que perteneces. Cuando pierdes, el público hace apuestas para que entres a la lotería de asesinatos. Pierde varias veces y es probable que estés en el primer puesto de la lotería. Y después, es posible que la propia mafia que te patrocina sea la que te asesine.

Todos los que ahora están mirando el cilindro de vidrio ven un botón que dice PARTICIPAR flotando en el centro de su visión. Lo oprimo, y brota un campo que me pregunta cuántos billetes quiero apostar. Recorro el sitio con la mirada, observando los números que flotan sobre cada uno de los otros apostadores: **B1.000. B5.000. B10.000**. Hasta alcanzo a ver a unos pocos que han hecho apuestas que superan holgadamente los B100.000 o B50.000.

Hago una apuesta de B100. No es necesario llamar la atención.

El mundo que nos rodea cambia y, abruptamente, ya no nos encontramos en la cubierta de la Guarida del Pirata, sino que estamos flotando sobre una serie de rascacielos iluminados, bajo un cielo rojo sangre. En el mundo, aparecen resplandecientes jugadores con luces blancas fluorescentes, que se encuentran al lado de algunos poderes. La vista de la Guarida del Pirata se minimiza en una pantalla más pequeña, en la esquina de mi visión, pantallita que brotará en el centro de mi vista cada vez que baje la mirada hacia ella. Ahora la utilizo para buscar el punto dorado de Ren.

Ahí está, a poco más de un metro de mí. Arriba de su cabeza, hay un número de billetes de color verde claro: **100**. Alzo una ceja. Tampoco es un gran apostador. Es extraño. En general, cuando rastreo a alguien aquí abajo, el apostador tiende a despilfarrar cantidades asombrosas de billetes.

Pero Ren está arriesgando su reputación como jugador profesional con solo apostar un puñado de billetes aquí, en un juego ilegal. No cierra. No está aquí por el juego. Se está demorando, probablemente manteniendo el perfil bajo mientras espera. Frunzo el ceño mientras lo observo. Estoy dispuesta a apostar que se encuentra aquí para hacer contacto con alguien.

Aparece el anunciador, presenta a los diez jugadores y luego comienza el enfrentamiento. A diferencia de los juegos comunes, este tiene dos números exhibidos en la parte de abajo de mi vista. Cada número es la cantidad total de billetes apostada a cada equipo. Puedo escuchar el rugido de la audiencia mientras los jugadores se ponen velozmente en movimiento. Dos jugadores contrarios se acercan uno al otro y llevan los brazos hacia atrás para atacar. Mientras tanto, uno de ellos desaparece súbitamente de vista por alguna falla técnica. Luego vuelve a entrar detrás de otro jugador y, antes de que el segundo jugador pueda reaccionar, el primero lo arroja de una patada fuera del techo del edificio. La muchedumbre estalla en vítores. Yo me quedo callada, observando. El primer jugador debió haber hackeado su código para poder aprovechar una falla técnica. En un juego real, una jugada como esa se habría prohibido de inmediato. Pero aquí, sin la supervisión de empleados oficiales de Henka Games, vale cualquier cosa.

Mientras el juego prosigue, cambian los billetes apostados en cada equipo en un visualizador en vivo. Los Reyes de Obsidiana, que comenzaron con más apuestas que los Tiburones Blancos, ahora se están quedando atrás. Mientras su Arquitecto es abatido por un Carámbano (un poder que produce parálisis temporaria), los Tiburones ascienden todavía más.

Suspiro. No ha ocurrido nada raro, más allá de la apuesta inusualmente baja de Ren. ¿Y si estoy perdiendo el tiempo aquí dentro y Ren no es más que una gigantesca cortina de humo?

Entonces noto que un nuevo apostador hace su ingreso a la Guarida del Pirata.

De no haber sido por mi intrusión, lo habría perdido. La mayor parte de la gente que me rodea no parece notar su presencia… salvo unos pocos. Como Ren, que también voltea para mirarlo.

En medio de estos descomunales avatares, el recién llegado es muy poco llamativo, una sombra esbelta. Su rostro está completamente oculto detrás de un casco oscuro y opaco, y lleva un traje entallado con armadura de color negro. Los músculos esbeltos ondean mientras se desplaza, delineados por las luces de neón de la Guarida. Y a pesar de que no poseo ningún tipo de información sobre él, nada que me diga quién podría ser, un escalofrío me recorre de la cabeza a los pies, un sexto sentido de certeza. Este recién llegado es la persona a quien Ren estaba esperando ver. Es quien va a encontrarse con Ren.

Es Zero.

DIECISÉIS

No lo sabes con seguridad, me advierto a mí misma. Podría ser cualquiera. Pero todo en él –la sensación de autoridad, una confianza que delata cuán a menudo viene aquí, el hecho de que no haya nada, *nada* que yo pueda inferir de él– hace que el corazón me lata más deprisa.

No debería sentirme sorprendida de verlo aquí. Pero aun así... toparme cara a cara con Zero hace que me olvide de mí misma. Apenas logro reaccionar con suficiente rapidez como para apartarme de su camino mientras atraviesa la multitud.

Se detiene abruptamente. Voltea la cabeza hacia mí... Pero, más específicamente, *me ve*.

Se supone que no puedo verlo, me doy cuenta. Es por eso que nadie parece notar su presencia. De hecho, se supone que es invisible para todos excepto para las personas que ya sabían que vendría, aquellos que sabe que son sus seguidores. Zero había notado que yo traté de apartarme de su camino. Él sabe que puedo verlo.

¿Puede darse cuenta de *quién* soy? ¿Y si me está observando a través de su propio hackeo y descargando toda mi información? Las preguntas vuelan por mi mente. Si salgo ahora, resultará obvio que lo vi.

Ignóralo. Quédate quieta y observa el juego. Él no está aquí.

Zero me observa en silencio y luego se acerca más a mí. Su casco negro es completamente opaco, de modo que lo único que veo en él es el reflejo de mi avatar genérico. Aun cuando todos aquí dentro estén encriptados, Zero no tiene *ningún* tipo de información. Ni una identidad falsa ni un usuario aleatorio, nada. Es un agujero negro. Da vueltas alrededor de mí en forma lenta y deliberada, estudiándome, silencioso como un depredador, sus pasos resuenan en la guarida. Permanezco lo más quieta que puedo, conteniendo la respiración, esforzándome por mantener la calma. En la vida real, tipeo furiosamente mientras retiro lo que estoy haciendo y me protejo. No hay duda de que su persona de la vida real está haciendo lo mismo en este preciso instante. Aunque yo debería estar encriptada y fuera del radar, siento que su mirada me está desnudando. El corazón late con fuerza en mi pecho. No es la primera vez que me enfrento con gángsters.

Si logro mantener la calma, me recuerdo a mí misma, *no debería pasar nada*.

Una joven que se encuentra muy cerca de él anota algo en un tablero sujetapapeles. Tiene una melena corta y azul, y está vestida con jeans y un bléiser, pero son sus ojos los que me sorprenden. Son completamente blancos. Al principio, pienso que es una apostadora. Pero cuando Zero y ella voltean la cabeza al mismo tiempo, me doy cuenta de que es una *proxy*, un escudo de seguridad detrás del cual Zero puede esconder por completo su identidad. Si alguien se las arregla para grabar esta sesión en la Guarida del Pirata, y nota de alguna manera a Zero, la única información que obtendrá es la de esta chica, cuya data no conducirá a ningún lado.

¿Qué anotó en el tablero? ¿Información acerca de nosotros?

Zero me observa unos segundos más y luego, milagrosamente, desvía su atención. Su proxy hace lo mismo. Tengo las manos tan apretadas que puedo sentir las uñas clavadas en las palmas.

Mientras observo, Zero hace una apuesta de 34,05 billetes a los Reyes de Obsidiana. Frunzo el ceño. Qué extraño número para apostar. Espero en silencio, hasta que transcurre exactamente un minuto. Luego, hace otra apuesta, esta vez a favor de los Tiburones Blancos. 118,25 billetes.

Frunzo el ceño otra vez. ¿Está apostando al equipo contrario? ¿Qué rayos está haciendo?

Del otro lado de la guarida, otro jugador apuesta 34,05 billetes. Un minuto después, hace una apuesta de 118,25 para los Tiburones Blancos. El mismo par de apuestas que hizo Zero. La proxy anota algo en el tablero.

Él no está apostando en absoluto: se está comunicando con el otro apostador.

Claro que sí. Graba los números, me digo a mí misma. Vuelvo a mirar mientras Zero espera otra vez unos pocos minutos antes de hacer una nueva apuesta. Ahora, es de 55,75 billetes para los Reyes de Obsidiana y 37,62 para los Tiburones.

Como era de esperar, del otro lado de la guarida, un apostador diferente hace ambas apuestas en el mismo orden. Una vez más, la proxy lo anota.

Observo en perplejo silencio mientras esto continúa una y otra vez, y todos los que me rodean siguen vivando el juego. A nadie más parecen molestarle estas apuestas... en realidad, está bien que sea así, porque solo las grandes apuestas son llamativas y cambian significativamente los cómputos de ambas partes. ¿Por qué habría de importarle a alguien estas extrañas y pequeñas sumas?

Luego, Zero hace un par de apuestas... y Ren es el apostador que le responde.

Finalmente, cuando el partido termina, Zero se levanta con su proxy y se aleja del cilindro de vidrio sin decir una palabra. A su lado, la chica asiente una vez a la multitud y, los que habían respondido en código, ahora inclinan la cabeza como devolviendo el gesto. Arriba, el tema electrónico cambia momentáneamente a otra melodía, como si hubiera ocurrido una falla técnica. *Salgamos con una explosión*, entona suavemente la cantante en esta nueva pista. *Sí / bang. Salgamos con una explosión.* Luego, la música vuelve de un salto a su ritmo usual. Terminan ganando los Reyes de Obsidiana y las apuestas de los Tiburones Blancos desaparecen, divididas y pagadas proporcionalmente entre los apostadores que ganaron. Bajo la mirada hacia mi lista, donde están registrados los números que Zero había apostado.

Cincuenta pares de números. Todos son apuestas pequeñas. 153 la más alta y 0 la más baja. Las observo atentamente, se me ocurre una posibilidad. Es una idea tan extraña que, al principio, la rechazo. Pero cuanto más observo los números, más parecen encajar.

Son ubicaciones. Longitudes y latitudes.

¿Y si fueran las coordenadas de *ciudades*? Me asalta un miedo febril, de algo grande que empieza a tomar forma, de toparme finalmente con pistas significativas.

¿Por qué estaría Zero asignándoles un montón de ubicaciones a otros? ¿Qué está planeando?

Aturdida, comienzo a cerrar la sesión para abandonar el Dark World. Justo cuando estoy haciéndolo, veo fugazmente a Zero del otro lado de la habitación por última vez.

Tiene la mirada clavada en mí.

DIECISIETE

No sé si me reconoció. Es probable que no haya estado prestándome atención en absoluto, y su mirada podría haber sido puramente casual. Pero el recuerdo de su cabeza volteada hacia mí me hace estremecer mientras me encuentro de regreso en mi habitación, mirando hacia la terraza otra vez. Dejo salir lentamente una bocanada de aire. La serenidad del mundo real resulta discordante después de mi excursión por el Dark World.

¿Y si Zero anda detrás de mí?

Saco un mapa transparente y dejo que quede sostenido delante de mi vista, junto con la lista de coordenadas que acababa de anotar en la Guarida del Pirata. Luego, desvío mi atención hacia las longitudes y latitudes en los bordes del mapa.

–Treinta y uno coma dos –mascullo en voz alta, deslizando el dedo por la proyección–. Ciento veintiuno coma cinco.

Mi dedo se detiene justo encima de Shanghái.

Armo otra serie de números.

–Treinta y cuatro coma cero cinco. Ciento dieciocho coma veinticinco.

Los Ángeles.

40,71; 74,01. Nueva York.

55,75; 37,62. Moscú.

Y así todos. Comparo cada grupo de números, y a veces agrego un signo negativo delante de uno, cuando termina en medio de la nada o del océano. Como era de esperar, *cada* grupo de coordenadas concuerda con una ciudad importante. De hecho, Zero había enumerado las cincuenta ciudades más grandes del mundo, cada una repetida por otra persona que se encontraba dentro de la multitud de la Guarida del Pirata.

No sé qué está tramando Zero, pero se trata de una operación global. Y, por alguna misteriosa razón, me inunda un mal presentimiento: ¿y si el final del juego de Zero implica mucho más que arruinar un torneo de Warcross?

¿Y si aquí hay vidas en juego?

Un golpe en la puerta me aparta bruscamente de mis pensamientos.

–¿Sí? –exclamo.

Nadie responde. Permanezco un momento donde estoy y luego me levanto y camino hacia la puerta. Oprimo el botón de abrir.

Es Ren, apoyado contra el costado de la entrada, los auriculares enroscados alrededor del cuello. En su rostro, aparece una sonrisa que no llega a sus ojos.

–Escuché que te salteaste el almuerzo –dice e inclina la cabeza hacia mí–. ¿Dolor de cabeza?

Se me congela la sangre. De todas maneras, me obligo a mantener la calma. Entorno los ojos, frunzo el ceño y apoyo las manos en la cadera.

–Escuché que te salteaste el almuerzo para hacer música –respondo.

Se encoge de hombros.

–Tengo un contrato con mi estudio que debo respetar, con o sin Warcross. Me dijeron que subiera a buscarte. Abajo, están comenzando una ronda de juegos, si quieres acompañarnos –señala la escalera con un movimiento de la cabeza.

¿Qué estabas haciendo en el Dark World, Ren?, pienso mientras examino su rostro. *¿Qué significa tu conexión con Zero? ¿Qué están planeando?*

–Esta noche, no –contesto, señalando la cama–. Pensaba echarle un vistazo a la ciudad y probar mi nueva patineta.

Ren me mira durante un segundo levemente más largo de lo normal. Luego se aparta de la puerta y voltea hacia la escalera.

–Qué jugadora más hacendosa –dice en francés, y sus palabras se traducen en mi visión.

Qué jugadora tan hacendosa. Me pregunto si sospecha que lo sigo. Mientras baja las escaleras y desaparece de mi vista, cierro la puerta y hago una llamada silenciosa a Hideo. Cuando atiende, una versión virtual de él aparece delante de mí.

–Emika –dice, y una ráfaga de urgencia y emoción se desliza por mi interior.

–Ey –susurro–. ¿Podemos vernos?

}{

Para cuando emerjo de mi habitación, Asher, Roshan y Hammie están reunidos en los sillones, llevándose pizza a la boca mientras juegan a Mario Kart. Ren está arrellanado cerca en un sillón mullido, mirándolos jugar. Sus kartings van zumbando por un camino multicolor, que atraviesa el centro de una galaxia.

–¡Así me gusta! –grita Hammie cuando su karting se pone en primer lugar–. Esta es mía, chicos.

–Te apresuraste demasiado, Hams –exclama Roshan–. Es la última advertencia.

–Entonces, no me la hagas tan fácil.

–Yo no regalo juegos.

Mi mirada se mueve rápidamente hacia Ren. Se ve tranquilo e impávido, los auriculares de alas doradas enroscados alrededor del cuello. Nota mi presencia y me sonríe distraídamente, como si siempre hubiera estado ahí y no apostando en el Dark World apenas una hora antes.

Hammie emite un chillido.

–¡No! –un proyectil azul aparece zumbando de la nada y pega en su auto justo cuando está a punto de cruzar la línea de llegada. Mientras lucha por mover nuevamente el karting, los demás pasan volando junto a ella. Su clasificación pasa de primera a octava cuando logra arrastrarse por encima de la línea.

Asher se echa a reír mientras Hammie se levanta de un salto del asiento y levanta las manos. Le arroja una mirada asesina a Roshan, que le sonríe amablemente.

–Lo siento, querida. Como te dije, no regalo juegos.

–¡Lo siento, mi trasero! –exclama ella–. Quiero la revancha.

–Roshan, amigo –interviene Asher, dándole una palmada en la espalda–. Un ángel en la vida real y un demonio en Mario Kart.

Ren me mira.

–Ey, Emika –dice–. ¿Quieres jugar? Yo me sumo en la próxima ronda.

¿Por qué estabas en la Guarida del Pirata, Ren? ¿Qué hacías con Zero? ¿Eres un peligro para todos los que estamos en esta sala? Pero exteriormente sonrío y me cuelgo del hombro la patineta eléctrica.

–Iba a probar mi nueva tabla en la ciudad.

Al lado de Ren, Hammie se queja.

–No seas *así*, Em –dice.

–Esta noche necesito un poco de aire fresco –repongo y le lanzo una mirada compungida–. En serio. Mañana, lo prometo.

Cuando me doy vuelta para marcharme, Asher se dirige a mí.

–Ey, amateur –me vuelvo y me encuentro con su mirada seria–. Es la última vez que abandonas a tu equipo. ¿Está bien?

Asiento sin decir una palabra. Luego Asher se da vuelta, pero, antes de marcharme, veo que Ren me sonríe ligeramente.

–Diviértete –me grita.

Me escabullo por el pasillo trasero, cruzo la puerta, me ato bien los zapatos y enfilo hacia un auto negro que está ocioso junto a la acera. Tendré que cambiar la forma en que me encuentro con Hideo por las noches. Estos son los autos negros usados por los jugadores de todos los equipos para moverse alrededor de la ciudad... Pero, aun así, es mejor no levantar sospechas. Asher pretenderá que me quede para pasar tiempo y relacionarme con mis compañeros, especialmente durante las semanas anteriores al primer juego oficial.

Para cuando arribo a la sede central de Henka Games, la noche ha caído por completo y el corazón de Tokio ha vuelto a convertirse en un mundo maravilloso de luces de neón. Hasta la propia sede central se ve distinta y, con los lentes puestos, las paredes están cubiertas de remolinos de color y diseños artísticos del logo de la compañía. Cuando el auto se detiene delante del edificio, me saludan dos guardaespaldas, ambos vestidos con trajes oscuros, que inclinan la cabeza al mismo tiempo.

–Por aquí, señorita Chen –indica uno.

Les devuelvo el saludo con una torpe inclinación de cabeza y luego los sigo hacia el interior del edificio. Caminamos en silencio hasta que llegamos a la oficina.

Hideo está inclinado sobre la mesa, la cabeza gacha en un momento de concentración, el cabello oscuro desordenado. Lleva su atuendo usual de camisa fina y pantalones oscuros, aunque esta vez la camisa es negra con rayas finitas de color gris. Mis ojos descienden a los zapatos. Hoy son elegantes abotinados azules y grises, adornados con líneas negras. Los gemelos son deliberadamente distintos, uno es una luna creciente y el otro, una estrella. ¿Por qué siempre luce tan impecable? *Papá estaría impresionado*.

Levanta la vista cuando entramos. Recuerdo que se supone que debo bajar la cabeza a modo de saludo y hacer una rápida inclinación.

–Emika –dice enderezándose. Su expresión seria se suaviza al verme–. Buenas noches –intercambia una mirada breve con los dos guardaespaldas. Uno de ellos abre la boca para protestar, pero cuando Hideo hace un gesto con la cabeza hacia la puerta, el hombre suspira y ambos salen de la habitación.

–Han estado conmigo desde que tenía quince años –explica Hideo mientras rodea la mesa–. Tendrás que perdonarlos si, en ocasiones, son sobreprotectores.

–Tal vez piensan que soy un peligro para ti.

Sonríe cuando llega hasta mí.

–¿Y lo eres?

–Trato de contenerme –respondo, devolviéndole la sonrisa–. Por ahora, solo estoy aquí para contarte lo que encontré.

–Supongo que descubriste algo interesante en el Dark World.

–Interesante no es ni remotamente la forma de describirlo –echo una mirada alrededor de la oficina–. Espero que estés listo para ponerte cómodo. Tengo una montaña de información para darte.

–Muy bien, porque estaba pensando que podíamos intentar algo distinto para nuestra reunión de esta noche –su mirada se demora en mí un ratito más–. ¿Ya comiste?

¿Me está invitando a cenar?

–No –respondo, tratando de sonar relajada.

Toma un gabán gris oscuro del respaldo del sillón y se lo pone. Luego ladea la cabeza hacia la puerta.

–Acompáñame.

DIECIOCHO

Terminamos en Shibuya, justo frente a un rascacielos donde flota el nombre ANGELINI OSTERIA. Un elevador nos lleva hasta la terraza del edificio, donde dos altas puertas de vidrio se deslizan hacia los costados para dejarnos entrar. Ingreso en un espacio que me deja con la boca abierta. Un segmento del suelo está hecho de vidrio, vidrio de *verdad*, no una simulación virtual, y, a través de él, nada una estela de peces koi dorados y escarlatas. Los bordes del recinto están adornados con jarrones llenos de flores, colocados encima de pedestales de mármol. Todo el lugar está vacío.

El anfitrión se acerca deprisa para saludar a Hideo.

–*Tanaka-sama!* –exclama en japonés, y hace una profunda reverencia. En sus gestos nerviosos, puedo verme a mí cuando conocí a Hideo por primera vez, desviviéndome por agradarle bajo su mirada seria–. Un millón de disculpas... no sabíamos que había programado traer compañía.

Hideo asiente con la cabeza.

–Las disculpas no son necesarias –responde en japonés, y luego me mira–. Ella es la señorita Emika Chen, una colega –extiende la mano hacia delante para que pase delante de él–. Por favor.

Sigo al anfitrión, perpleja e híper consciente de que Hideo se encuentra detrás de mí, hasta que llegamos a un patio exterior enmarcado por columnas ornamentadas e iluminado por senderos de lucecitas parpadeantes. Lámparas de calor brillan a intervalos regulares –las llamas añaden una calidez dorada a nuestra piel– y las luces de la ciudad titilan abajo, a lo lejos. Cuando nos sentamos, el camarero nos alcanza los menús y se aleja rápidamente, de modo que nosotros –y los guardaespaldas– somos los únicos que quedamos afuera.

–¿Por qué está completamente vacío el restaurante? –pregunto.

Hideo ni se molesta en abrir el menú.

–Soy el dueño –explica–. Una vez por mes, está reservado para mí y potenciales reuniones de negocios que pueda tener. De todas formas, pensé que podrías preferir un poco de comida occidental.

Como respuesta, mi estómago ruge a todo volumen y toso

en un intento de ahogar el ruido. No me sorprendería en absoluto que Hideo fuera dueño de la mitad de Tokio.

–La comida italiana es genial –digo.

Ordenamos la comida y, en breve, llegan los platos, que llenan el aire con el delicioso aroma de la albahaca y el tomate. Mientras comemos, abro mi cuenta y le envío a Hideo una invitación para que se una.

–Seguí a Ren a la Guarida del Pirata –comento.

–¿Y? ¿Qué viste?

–Y estaba con este sujeto –apoyo el tenedor y muestro un Recuerdo de lo que había visto en la Guarida: la figura con la armadura oscura, acompañada por su *proxy*, haciendo apuestas en el juego ilegal de Warcross.

Al verlo, Hideo se inclina hacia delante.

–¿Ese es Zero?

Asiento y toco dos veces la mesa.

–Estoy casi segura de que era él. Estaba oculto detrás de un avatar con armadura y una *proxy*, y les distribuía mucha información a los que parecían ser sus seguidores en la Guarida del Pirata. *Decenas* de seguidores. Esta no es una operación individual.

–¿Qué clase de información distribuía?

–Coordenadas de ciudades. Mira –saco la lista de números que había grabado y le explico el sistema de pequeñas apuestas que Zero había utilizado para pasarles la data a sus seguidores. Después, cuelgo un mapa virtual delante de nosotros y disperso sobre él las coordenadas. Mi dedo se detiene ante las coordenadas 35,68; 139,68–. Y esta, Tokio, fue la ciudad a la que respondió Ren. Tal vez todos los demás también respondieron basados en la ciudad en la que se encuentran físicamente.

Entorna los ojos mientras analiza las localizaciones.

–Estas ciudades se encuentran en los lugares en donde se realizan los eventos más grandes de los campeonatos –desvía la mirada hacia mí–. ¿Tienes alguna idea de cuántas reuniones ha llevado a cabo antes de esta?

Meneo la cabeza con el ceño fruncido.

–No. Pero parece que tiene un grupo grande. Tengo que tener otro encuentro con Zero para captar mejor qué significa todo esto, pero las posibilidades de que obtenga más información de él de esta manera, antes de que comiencen los juegos, son escasas.

Hideo sacude la cabeza una vez.

–No será necesario. Haremos que él venga a nosotros. El primer juego oficial se realiza el 5 de abril. Ya sabemos que él y sus seguidores estarán viéndolo, y que le asignarán a Ren este evento en el domo de Tokio. Es probable que, durante ese juego, esté en comunicación directa y encriptada con Zero.

–¿Quieres que yo entre a su sistema durante nuestro juego?

–Sí. Te plantaremos algo a ti en el primer juego oficial. Obligaremos a Ren a interactuar contigo en medio del evento, y eso inutilizará los escudos que lo protegen. Revelará cualquier tipo de información que exista entre Zero y él.

Parece un plan sólido.

–¿Qué me plantarán?

Hideo sonríe levemente. Su mano roza mi muñeca, la da vuelta, y su pulgar oprime suavemente mi pulso. La calidez de su contacto envía un cosquilleo por todo mi cuerpo. Luego aparta su mano de la mía y hace un gesto breve en el aire. Mi información aparece entre los dos, el texto tiene un ligero brillo azulado. Observo fascinada mientras entrelaza mi data con la que ya tenemos de Ren, un algoritmo justo frente a mis ojos, y le confiere la forma de un lazo.

–¿Qué es? –pregunto.

–Una trampa. Sujeta su muñeca en algún momento del juego. Eso atravesará su seguridad y expondrá su información –luego toma nuevamente mi muñeca y envuelve la trampa alrededor de ella, como si fuera un brazalete. La red de data centellea un instante contra mi piel antes de volverse invisible. Algo en ese gesto me causa nostalgia y, de golpe, puedo ver a mi padre inclinado sobre la mesa del comedor, tarareando alegremente mientras mide franjas de tela contra la muñeca, una botella de vino medio vacía junto al brazo tatuado, el piso que lo rodea abarrotado de lentejuelas y montañas de telas.

Retiro la mano y la apoyo en mi regazo, sintiéndome momentáneamente vulnerable.

–De acuerdo.

Hideo vacila y me observa con atención.

–¿Te encuentras bien?

–Sí, estoy bien –sacudo la cabeza enojada conmigo misma por ser tan obvia. *Solo un recuerdo, eso es todo.* Y estoy a punto de decirle eso para apartar el tema por completo… pero después levanto el rostro, nuestros ojos se encuentran y, esta vez, siento que se desmoronan mis propias paredes–. Estaba recordando a mi padre –respondo en su lugar, señalando la muñeca–. Él solía medir los trozos pequeños de tela envolviéndolos alrededor de la muñeca.

Hideo debió haber captado el cambio en mi tono de voz.

–¿Solía? –dice suavemente.

Bajo los ojos y poso la mirada en la mesa.

–Ya hace un tiempo que murió.

Se queda callado durante un largo rato. Ahora hay una familiaridad en su mirada, unos segundos de silencio compartidos por todos aquellos que alguna vez experimentaron una pérdida. Una de sus manos se cierra y se abre. Veo cómo cambian los magullones de sus nudillos.

–Tu padre era un artista –dice finalmente.

Asiento.

–Papá solía menear la cabeza y preguntarse de dónde rayos había sacado yo mi amor por los números.

–¿Y tu madre? ¿Qué hacía ella?

Mi madre. Un recuerdo borroso cruza mi mente: papá sosteniendo mi mano diminuta y regordeta y los dos observando impotentes cómo ella se ataba las botas y se acomodaba la bufanda de seda. Mientras papá le hablaba en voz baja y triste, yo observaba con asombro la manija plateada de su maleta, la perfección de sus uñas, la negrura sedosa de su cabello. Todavía puedo sentir su mano suave y fría en la mejilla, palmeándola una vez, dos veces, y luego retirándose sin vacilar. *Es tan hermosa*, recuerdo haber pensado. La belleza puede hacer que la gente perdone miles de crueldades. La puerta se cerró detrás de ella sin hacer ruido. Poco después, comenzó la costumbre de papá de apostar.

–Se marchó –respondo–, cuando apareció alguien más rico.

Me doy cuenta de que Hideo está ordenando lo que sabe de mí.

–Entonces, ella no entendió qué es la riqueza –afirma amablemente.

Bajo la mirada, enojada ante el dolor en mi pecho.

–Después de que papá falleció, me dediqué de manera absorbente a investigar obsesivamente en tu IPA, en mi grupo del hogar de crianza. Me ayudó, ya sabes... a olvidar.

Ahí está otra vez, ese breve momento de comprensión en el rostro de Hideo, de un viejo dolor y una oscura historia.

–¿Y eres capaz de olvidar? –pregunta después de un rato.

Inspecciono su mirada.

–¿Tus nudillos magullados te producen alivio? –contesto con voz suave.

Mira hacia afuera, hacia la ciudad. No hace ningún comentario sobre por qué le pregunté acerca de los magullones, o hace cuánto tiempo que reflexiono acerca de ellos.

–Creo que ambos conocemos la respuesta a esas dos preguntas –murmura, y me siento abrumada por otra montaña de pensamientos que atestan mi mente, suposiciones de lo que debe haberle sucedido a Hideo en el pasado.

Nos instalamos en un cómodo silencio mientras admiramos las luces resplandecientes de la ciudad. El cielo ya se ha oscurecido por completo, las estrellas quedan opacadas por las luces de neón de las calles de Tokio. Instintivamente, mis ojos miran hacia arriba, buscando rastros de constelaciones. Es inútil. Estamos demasiado adentro de la ciudad como para ver algo más que uno o dos puntos en el cielo.

Me toma un momento notar que Hideo se ha reclinado en su sillón y está mirándome otra vez, una leve sonrisa ronda las comisuras de sus labios. La oscuridad de sus ojos cambia con la luz tenue, atrapando destellos de las lucecitas parpadeantes, así como la tibieza de las lámparas de calor.

–Buscas algo en el cielo –dice.

Bajo los ojos y río.

–Es una costumbre. Solo veía el cielo lleno de estrellas cuando papá me llevaba de viaje por el campo. Desde entonces, siempre busco las constelaciones.

Hideo mira hacia arriba y luego hace un único movimiento sutil con los dedos. En mi visión, aparece una casilla transparente, que me pide que acepte una vista compartida. Acepto. En mi vista, se adaptan las ventanas superpuestas y, súbitamente, el *verdadero* cielo nocturno aparece por encima: un fondo de constelaciones de primavera contra una cantidad innumerable de estrellas, plateadas y doradas y azules y escarlatas, tan brillantes que hasta se alcanza a ver la franja de la vía láctea. En este momento, parece perfectamente posible que pueda llover sobre nosotros polvo de las estrellas, cubriéndonos de brillos.

–Una de las primeras cosas que coloqué en mi visión aumentada y personal de la realidad fue un cielo nocturno despejado –dice Hideo, y me mira–. ¿Te gusta?

Asiento sin decir una palabra, la respiración aún atrapada en la garganta.

Hideo me sonríe, me sonríe *de veras*, de una manera que ilumina sus ojos. Su mirada vaga por mi rostro. Ahora está tan cerca que, si quisiera, podría inclinarse y besarme… y me descubro inclinándome hacia él, esperando que cierre el espacio que nos separa.

–Tanaka-san.

Se acerca uno de los guardaespaldas con una respetuosa reverencia.

–Una llamada para usted –agrega.

Los ojos de Hideo se demoran sobre mí unos segundos más. Después retrocede y su presencia es reemplazada por aire fresco. Casi me desplomo en el sillón por la decepción. Se aparta de mí y mira hacia arriba. Cuando ve la expresión del guardaespaldas, asiente.

–Perdóname –me dice, luego se pone de pie y entra en el restaurante.

Suspiro. Sopla una brisa fría que me hace estremecer. Levanto otra vez los ojos al cielo, donde ese telón de estrellas aún continúa colgado en mi visión. Lo imagino a Hideo creando ese fondo, el rostro también orientado hacia el cielo, ansiando ver las estrellas. Tal vez los dos necesitamos el aire frío para aclarar nuestras cabezas.

Yo trabajo para él. Es mi cliente. Esto es una cacería de recompensa, igual que todas las otras cacerías que he realizado. Cuando termine –cuando *gane*–, regresaré a Nueva York y nunca más tendré que aceptar otra cacería. Y sin embargo, aquí estoy, compartiendo algo sobre mi madre en lo que no había pensado en años. Vuelvo a pensar en la mirada que había cruzado por sus ojos. ¿A quién había perdido en su vida?

Comienzo a pensar que no volveré a verlo esta noche cuando algo abrigado me envuelve los hombros. Es el gabán gris de Hideo. Levanto la vista y lo veo pasar junto a mí.

–Parecías tener frío –dice mientras se sienta otra vez.

Deslizo su abrigo sobre mis hombros.

–Gracias –respondo.

Menea la cabeza con expresión culpable. Espero que haga alguna mención con respecto a la chispa que había danzado entre nosotros, pero, en su lugar, dice:

–Me temo que tengo que marcharme pronto. Mis guardias te acompañarán por una salida secreta, por tu privacidad.

–Ah, por supuesto –exclamo, tratando de ocultar mi decepción detrás de algo que espero que suene alegre.

–¿Cuándo puedo volver a verte?

Lo miro intensamente. Una bandada de mariposas aletea en mi estómago, y el corazón comienza a latirme con fuerza otra vez.

–Bueno –comienzo a decir–, aparte de lo que ya hablamos, no estoy segura de que tenga mucho más que informarte hasta después de…

Hideo menea la cabeza.

–Nada de informes, solo tu compañía.

Solo mi compañía. Su mirada es calma, pero noto la forma en que se volvió hacia mí, la luz en sus ojos.

–Después del primer juego –escucho que mis palabras brotan entrecortadamente.

Hideo sonríe y, esta vez, es una sonrisa secreta.

–Ansío que llegue ese momento.

DIECINUEVE

La mañana de nuestro primer juego oficial comienza con Asher golpeando su silla de ruedas con fuerza contra mi puerta. Me despierta sobresaltada, incapaz de procesar sus palabras.

–¡Ya apareció el nivel! –grita mientras continúa su recorrida y se dirige a golpear la puerta de Hammie–. ¡A levantarse! ¡Arriba!

Ya apareció el nivel. Abro los ojos de pronto y me enderezo abruptamente en la cama. *Hoy es el primer día.*

Busco a tientas el teléfono entre las mantas hasta que lo encuentro, y luego echo un rápido vistazo a mis mensajes. Solo hay uno nuevo, y es de Hideo.

La mejor de las suertes para hoy.
Aunque difícilmente la necesites.

No sé si la agitación de mi estómago se debe a la ansiedad del primer juego o a las palabras de Hideo. En las últimas dos semanas desde nuestra cena, hablé con él casi todos los días. La mayoría de nuestras charlas son inocentes, estrictamente de negocios, pero a veces, cuando nuestros chats se llevan a cabo tarde en la noche, siento ese tirón que me recuerda ese instante durante la cena cuando se había inclinado hacia mí.

Te veo en el domo. Y gracias. Créeme que un poco de suerte no me vendría mal.

Me parece que no le creo en absoluto, señorita Chen.

Ahora se está riendo de mí, señor Tanaka.

Ah. ¿De modo que es así como le llamas a esto?

¿Y cómo debería llamarlo?

¿Apoyo moral, quizá?

Sonrío.

Tu apoyo moral me distraerá en el estadio.

Entonces, me disculpo de antemano.

Sacudo la cabeza.

Eres un adulador.

Para nada.
Nos vemos en el domo, Emika.

Es todo lo que dice. Espero otro mensaje pero, cuando no llega ninguno más, aparto los pensamientos de mi mente y muevo las piernas por encima del costado de la cama. Me arrojo rápidamente algo de ropa encima, me cepillo los dientes, levanto mi colorido cabello en un desordenado rodete y me pongo los lentes NeuroLink. Por un momento, me miro en el espejo. El pulso late fuerte en mis oídos. Imagino a Keira en Nueva York, mirándome jugar acurrucada en el sofá. Imagino al señor Alsole haciendo lo mismo, los ojos entrecerrados de incredulidad.

Hora de irse. Exhalo una trémula bocanada de aire, me alejo del espejo y salgo corriendo.

Todos los demás ya están en el vestíbulo, alrededor de

Asher, que nos pone la transmisión matutina. Hammie me saluda con la cabeza cuando me uno al grupo. Cerca, Wikki se mueve deprisa, sirviendo a cada uno su desayuno preferido. El de Hammie es un wafle rebosante de almíbar, fruta y crema batida, mientras que el mío es un taco con una montaña de guacamole. Ren, como de costumbre, está haciendo un gran alboroto alrededor de un plato de claras de huevo y espinaca hervida, mientras que Roshan bebe lentamente su taza de té chai especiado y hace muecas ante el plato que Wikki le ofrece.

–Hoy no –se queja.

El robot parpadea con la expresión más triste que un dron podría llegar a poner.

–¿No querrías reconsiderarlo? Huevos revueltos con queso de cabra es tu plato pref…

La sola mención hace que Roshan se ponga verde.

–Hoy no –repite, dándole una palmada a Wikki en la cabeza–. No es nada personal.

–Come –le dice Asher por encima de su propio plato de huevos revueltos–. Hoy tienes que comer *algo* si quieres que tu cerebro funcione.

Trato de seguir su consejo, pero todo lo que logro ingerir son tres bocados de mi taco antes de apartar el plato, atiborrada de pensamientos.

Hammie da vueltas alrededor de un tenedor lleno de wafle y asiente ante la imagen desplegada en el aire frente a nosotros.

–Nuestro primer juego parece que será rápido –comenta.

El primer nivel que el comité de Hideo ha creado para este juego parece un mundo de hielo resplandeciente y gigantescos glaciares. Mientras observo, el paisaje rota en el aire, mostrándonos un vistazo de cómo será. Debajo, hay una lista de reglas.

Roshan las lee en voz alta con el ceño fruncido por la concentración.

–Este será un nivel de carreras –dice mientras toma un trozo de dátil y lo arroja en su boca–. Todos se moverán hacia delante en todo momento, en aerodeslizadores individuales. Si derriban a un jugador de su tabla, resucitará un paso completo detrás de los demás, a la altura más baja posible con respecto al suelo.

Abarco el paisaje completo mientras rota, consignando el terreno en mi memoria.

Asher se reclina contra el respaldo y nos mira. Sus ojos se posan primero en Ren.

–Es hora de poner a prueba tus habilidades de Luchador –dice–. Tú estás cerca de mí, amateur –luego me mira a mí–. Ems –agrega señalando con la cabeza el mapa giratorio–, tú comienzas del otro lado. Hammie, mantente levemente adelante de ella. Toma todos los poderes que puedas y pásaselos a Emi. Roshan, cuida a los amateurs y asegúrate de que no se queden rezagados si los matan muy pronto. Vamos a ganar este juego.

Miro a Ren. Le hace a Asher un gesto de aprobación con la cabeza, como si estuviera aquí solo para ganar, como si no hubiera visitado el Dark World para ayudar a destruir todo el juego. Inconscientemente, me froto la muñeca con la mano, en el lugar donde Hideo había enrollado el lazo invisible.

Los dos podemos jugar ese mismo juego.

}{

Hoy, el Tokio Dome está completamente cubierto con los colores y símbolos de la Brigada de los Demonios y los Jinetes de Fénix. A través de los lentes, podemos ver la imagen de un ave fénix color escarlata flotando en lo alto del estadio, junto con una horda de demonios con capuchas plateadas y negras. Al mirar hacia el domo, aparecen en el aire miles de estadísticas de ambos equipos. Los Demonios han ganado dos campeonatos. Nosotros solo ganamos una vez, pero derrotándolos a *ellos*. Vuelvo a pensar en los insultos que Tremaine y Max me habían lanzado. El de hoy debería ser un partido interesante.

El interior del estadio se ve todavía más espectacular. Durante la selección, la parte más baja estaba ocupada por círculos de amateurs sentados esperando las asignaciones. Hoy, todo eso ya no está, y ha sido reemplazado por un piso suave que muestra un fénix rojo y dorado volando delante del sol, que luego se va transformando en una horda de demonios llena de calaveras sonrientes y capuchas oscuras. En este piso, hay diez cabinas de vidrio distribuidas en círculo, cinco para nosotros, cinco para los Demonios. En los juegos oficiales, los jugadores ingresan en estas cabinas para asegurarse de que todo sea exactamente igual para ambos equipos: la misma diferencia de temperatura, presión de aire, graduación del Link, conexión con Warcross, etcétera. También impide que los jugadores escuchen las órdenes dadas por sus oponentes.

El estadio está completamente lleno. Una voz omnisciente ya está gritando nuestros nombres mientras ingresamos. Cuando la voz profunda y resonante menciona cada nombre, este rota en medio de llamas en el centro del campo. Los vítores me producen temblores en todo el cuerpo mientras nos dirigimos en fila hacia el centro del estadio y esperamos que nos conduzcan a nuestras cabinas. En el extremo opuesto, los Demonios también hacen su entrada.

–¡De Irlanda, Jena MacNeil, la Capitana más joven de los juegos oficiales! –exclama–. ¡De Inglaterra, Tremaine Blackbourne, su Arquitecto! ¡Max Martin, de Estados Unidos, el Luchador de los Demonios! –siguen la fila: Darren Kinney, el Escudo; Ziggy Frost, la Ladrona, que me mira brevemente, como disculpándose, pero luego se endereza y asiente con determinación. Le devuelvo la mirada con serenidad. Es cierto que nos habíamos divertido durante la selección, pero en este momento, somos rivales.

Mi atención se desvía hacia Tremaine, que me lanza una mirada asesina. Por lo tanto, decido devolverle una sonrisa deslumbrante.

La voz del estadio anuncia mi nombre. Me ensordece el coro de alaridos que provienen del público. Hay pancartas con mi nombre agitándose frenéticamente en los abarrotados asientos. ¡EMIKA CHEN!, dicen algunas. ¡EEUU! ¡JINETES DE FÉNIX! Parpadeo al verlos, asombrada ante el despliegue. En algún lugar en lo alto del estadio, los comentaristas intercambian opiniones acerca del juego de hoy.

–Según todos los indicios –argumenta uno, con voz atronadora–, deberíamos ver a la Brigada de los Demonios aplastar a los Jinetes de Fénix, actualmente el equipo que está más abajo en el ranking del campeonato.

–Pero Asher Wing es uno de los capitanes más talentosos de los juegos –manifiesta otro–. Sus elecciones de amateurs han resultado sorpresivas y misteriosas. ¿Por qué los eligió? Ya lo veremos. Pero ¡todavía no descarten a los Jinetes de Fénix!

Ingreso a mi cabina y dejo que la puerta se cierre. De pronto, el mundo se calma y el rugido de la audiencia y las voces de los comentaristas se transforman en un sonido ahogado.

–Bienvenida, Emika Chen –dice una voz. Luego aparece una esfera roja, que flota frente a mí–. Por favor, mira hacia delante.

Es la misma calibración que me habían hecho al abordar por primera vez el jet privado de Hideo. Están asegurándose de que las calibraciones de todos los jugadores estén sincronizadas. Hago lo que dice la voz, mientras me hace pasar por la calibración completa. Cuando termina, miro a ambos lados a través del vidrio y veo a cada uno de mis compañeros de equipo en su propia cabina. El fuerte latido de mi corazón llena mis oídos.

Afuera, en el centro del estadio, las luces se atenúan. La voz del presentador me llega a través de los auriculares.

–¡Damas y caballeros –exclama–, que comience el *juego*!

El estadio que nos rodea se desvanece, y nos vemos transportados a un mundo alternativo.

La fría luz del sol me hace entornar los ojos y levanto una mano virtual para protegerlos. Luego, gradualmente, el resplandor desaparece y me encuentro suspendida en el aire, mirando desde arriba una vasta extensión de hielo azul y glaciares cubiertos de nieve, que se mueven y se agrietan por su propio peso. La nieve resplandece bajo un sol extraño en un millón de puntos luminosos. El cielo es una lámina púrpura, rosa y dorada. Hay planetas gigantes suspendidos y las curvas de sus anillos desaparecen más allá del horizonte. Enormes monumentos de hielo se ciernen en el paisaje, que surgen del glaciar a espacios desiguales. Los monumentos parecen tallados por el viento, encorvados, ahuecados y erosionados, translúcidos, y se extienden hasta donde alcanza la vista. Incluso la música que se escucha a nuestro alrededor suena fría: campanas artificiales, ecos, viento de fondo y un ritmo vibrante y profundo.

Pero lo que realmente atrapa mi atención son los gigantescos acantilados de hielo azul que se levantan a ambos lados, marcándonos el camino. Dentro de este hielo azul, hay bestias enormes congeladas: un oso polar del tamaño de un rascacielos; un lobo blanco al que le falta un ojo, la mandíbula congelada en un gruñido; un dragón que parece una serpiente; un tigre dientes de sable; un mamut lanudo. Me estremezco de asombro ante su tamaño. Tengo la sensación de que podrían explotar hacia afuera en cualquier momento.

Se me encoge el estómago al atreverme a mirar abajo. Estoy vestida con un equipo color rojo intenso de Arquitecta, las botas y la gruesa capucha ribeteadas con piel escarlata, y me encuentro encima de lo que parece ser un aerodeslizador atado a mis botas. Llamas azules brotan de dos cilindros adosados a la base. A mi izquierda, Asher y Ren están vestidos con un equipo de nieve rojo similar, y también flotan en el aire sobre tablas. *Esto será una carrera.*

A mi derecha, aparecen nuestros oponentes.

Los miembros de la Brigada de los Demonios están todos vestidos de plateado brillante. Jena le sonríe a Asher con suficiencia, y le hace un saludo estilo militar con expresión burlona. Asher se limita a cruzarse de brazos e ignorarla. La mirada de Max Martin se desliza fríamente sobre todos nosotros. Pero Tremaine es quien tiene toda su atención concentrada en mí, los ojos de un azul gélido completamente inexpresivos. Él me tendrá a mí como objetivo, y recuerdo que en mi entrenamiento yo lo había tenido a él como objetivo, y Roshan me había advertido acerca de su naturaleza adaptable. No muy lejos, Roshan tiene la mandíbula apretada. Ambos se niegan a mirarse.

–¡Bienvenidos al primer juego oficial del campeonato! –escuchamos a través de los auriculares–. Hoy, la Brigada de los Demonios enfrenta a los Jinetes de Fénix en el "Mundo blanco", un paisaje pensado para la velocidad, el sigilo y los reflejos. ¡No habrá tiempo ni lugar para vacilaciones!

El Emblema de nuestro equipo aparece sobre la cabeza de Asher: un diamante rojo resplandeciente. Un diamante plateado surge sobre la cabeza de Jena. Decenas de coloridos poderes brotan alrededor del nivel, suspendidos en el aire, encima de los monumentos y sobre el suelo. Les echo un vistazo para ver si hay alguno a mi alcance que valga la pena tomar.

–Emi –la voz de Asher llega a mis oídos, transmitida a través del circuito cerrado de nuestro equipo–. En el monumento que está más cerca de ti. ¿Ves el poder del Rayo? Ve por él.

Diviso una esfera azul y blanca suspendida en el centro de un enorme agujero, en la primera estructura de hielo. En mi mente, saco el paisaje giratorio 3D que nos habían mostrado antes del juego, tan claro y detallado como si todavía estuviera flotando delante de mí. Me permito esbozar una breve sonrisa.

–Entendido –respondo.

–¡Y qué interesante elección para el capitán Asher! –están diciendo ahora los comentaristas–. Flanqueado a ambos lados no solo por uno, sino *dos* jugadores amateurs en el primer juego de los Jinetes de Fénix de la temporada. Emika Chen y Renoir Thomas deben haberlo impresionado durante el entrenamiento.

–Buena suerte –dice Ren mientras el presentador enumera las conocidas reglas del juego. Sé que está dirigido a mí y, como siempre, no puedo distinguir bien si lo dice en serio o maliciosamente. Esbozo una dura sonrisa.

–A ti también –exclamo. Me recuerdo buscar la primera oportunidad que se me presente para atraparlo.

Todos nos golpeamos dos veces el pecho con el puño mientras el presentador concluye. El mundo se detiene, y lo único que escucho es silencio.

Después, el grito de largada resuena a nuestro alrededor.

–¡Preparados! ¡Listos! ¡A *luchar!*

El mundo que nos rodea cobra vida. Ráfagas de viento lanzan nieve volando muy alto. Las llamas de los tubos de escape de mi aerodeslizador se colocan a noventa grados y salgo disparada hacia delante como la bala de una pistola. De inmediato, mi habilidad con la patineta entra en acción mientras los demás se bambolean con inestabilidad sobre sus tablas. Me agacho en perfecto equilibrio y Asher me observa sorprendido. La nieve azota mi rostro, oscureciéndome la visión. Parpadeo para quitármela.

La tabla va aumentando su velocidad. El paisaje blanco pasa veloz a mi lado y los monumentos de hielo se aproximan a mí. A mis espaldas, están Asher y Ren. Asher ha comenzado a adelantarse a nosotros. Pruebo mi aerodeslizador con cautela, y luego descubro que hay un botón debajo de mis dos talones. Al presionar el talón delantero, acelero. Cuando presiono el talón trasero, freno. Tendré que actuar con cuidado: si freno demasiado fuerte, me detendré en el aire y me desplomaré hacia el piso.

A mi lado, Ren se separa y va detrás de Asher. Aprieto los dientes y decido no ir tras él por el momento. Él había escuchado las instrucciones que Asher me dio. Si actúo de forma demasiado obvia y salgo tras él en vez de escuchar a nuestro capitán, se dará cuenta de que estoy tramando algo.

El diamante brilla con intensidad arriba de la cabeza de Asher. En el centro de mi visión, flota un mapa transparente y circular, con diez puntos que son los lugares en que se encuentran cada uno de los jugadores. Casi pierdo el equilibrio cuando nos azota otra ráfaga de viento. El primer monumento de hielo se acerca con velocidad hacia mí.

–¡Ahora, Emi! –grita abruptamente Asher en el intercomunicador.

Veo el poder del Rayo planeando en medio del gigantesco agujero de la estructura. Coloco el peso sobre la pierna trasera y el aerodeslizador sale disparado hacia arriba. Me inclino hasta que estoy lo más abajo que puedo sobre la tabla... el cambio aumenta la velocidad y me deslizo como un cohete hacia la esfera.

La robo en el aire mientras paso volando por el agujero.

Mi recuerdo del paisaje 3D atraviesa mi mente. Veo la forma de la estructura desde todos los lados, las grietas más cercanas a ella y la manera en que se inclina el terreno. En una milésima de segundo, calculo qué pasaría con esa estructura de hielo si intento derrumbarla. *Hazlo*, me digo a mí misma. Saco súbitamente un cartucho de dinamita del cinturón y lo arrojo al pasar contra el costado de la estructura. Después, me alejo rápido hacia abajo.

–¡Háganse a un lado! –grito a través de nuestra transmisión.

Detrás de mí, una explosión sacude el nivel. Nieve y astillas de hielo pasan volando a mi lado. Con un estremecimiento, me agacho sobre la aerotabla. La estructura cruje y el sonido reverbera a través del paisaje y, al mirar por encima del hombro, la veo caer hacia delante, hacia nosotros. Los demás Jinetes se dispersan, gracias a mi advertencia. Yo también salgo disparando con brusquedad hacia un costado, tan súbitamente que casi pierdo el control. Al mismo tiempo, apunto el Rayo directamente hacia donde están agrupados los Demonios, y lo arrojo.

El Rayo cae sobre todos ellos, excepto la capitana, Jena, e ilumina el espacio con una ráfaga de un dorado resplandeciente. Por un único y precioso segundo, todos los Demonios se quedan congelados.

Jena es la única que tiene la posibilidad de alzar la mirada hacia la sombra gigantesca que cae, antes de advertirles a los gritos a sus compañeros de equipo.

–¡Muévanse! ¡Muévanse!

Pero el ataque del Rayo confundió a los Demonios. Sus jugadores se desbandan a izquierda y derecha mientras la estructura se desploma con una explosión de hielo agrietado. Apenas logran sobrevivir… todos excepto Darren Kinney, el Escudo. El desmoronamiento de la columna lo golpea con fuerza en el hombro y comienza a girar sin control, hasta que desaparece dentro de la nube blanca. Su barra de vida se reduce a 0%.

Darren Kinney | Equipo Brigada de los Demonios
Vida: -100% | ¡ELIMINADO!

¡EMIKA CHEN eliminó a DARREN KINNEY!

Se regenera a unos buenos cincuenta metros detrás de mí, con una nueva barra de vida.

–¡Primer ataque! –el presentador aúlla incrédulo mientras el público enloquece a gritos–. ¡Es para *Emika Chen*!

Hammie grita de alegría por el intercomunicador, mientras Ren profiere una maldición y Roshan se muestra desconcertado. Finalmente, llega la voz de Asher.

–La próxima vez… *avísame* –grita, aun cuando su tono es de admiración.

Trato de concentrarme en el vertiginoso paisaje que pasa junto a nosotros precipitadamente. El Emblema de Jena flota brillante y plateado encima de su cabeza.

–¡Por nada! –le contesto con voz fuerte. A nuestro alrededor, nos llegan los gritos y los hurras de nuestra invisible audiencia.

–¡No puedo creerlo! –chilla un comentarista–. Otra jugada sorpresiva de una jugadora amateur en el primer juego de la temporada, ¡y qué buena! No podía haber elegido una forma más precisa de derribar esa estructura sobre los Demonios. Hemos subestimado a Emika Chen. ¡Amigos, este juego será realmente divertido!

De repente, uno de los Demonios se acerca y gira sobre su tabla para quedar frente a mí. Es Tremaine. Mi sonrisa desaparece cuando se lanza hacia mí, cortándome en el pecho con la hoja incrustada en su armadura. Mi visión se vuelve escarlata y borrosa.

Emika Chen | Equipo Jinetes de Fénix

Vida: -40%

Mi aerodeslizador se tambalea cuando retrocedo vertiginosamente y casi pierdo el equilibrio. Tremaine arremete otra vez. Es tan rápido, que sus miembros se vuelven difusos. Si me derriba de la tabla, me desplomaré hasta esfumarme y me regeneraré detrás de todos. Quedaré inservible durante un largo tiempo. Mis manos buscan el martillo en el cinturón con desesperación.

De la nada, aparece Roshan a mi lado, justo cuando Tremaine me lanza otro golpe. Los ojos entornados, Roshan levanta los antebrazos en una cruz vigorizante. El movimiento activa las protecciones de sus brazos, y un enorme escudo azul y resplandeciente brota hacia fuera de ellos en un círculo, trazando un arco protector frente a ambos. El ataque de Tremaine pega en el escudo, enviando chispas hacia todos lados.

–¿Encontraste a tu nueva favorita? –se mofa de Roshan.

–No te pongas tan celoso –replica él mientras descruza los brazos, baja el escudo un instante y le lanza un puñetazo. Un escudo azul y más pequeño resplandece alrededor de su brazo, y le pega a Tremaine con la fuerza suficiente como para hacerlo retroceder tambaleándose. Su barra de vida cae -15%. Los tres maniobramos hacia un valle de piedras cubiertas de nieve y luego subimos serpenteando para evitar una saliente de roca puntiaguda. Giro bruscamente fuera del camino mientras Roshan continúa peleando con Tremaine… pero Tremaine gira conmigo, resuelto a derribarme. El recuerdo del paisaje se desplaza por mi cabeza. Uso esa evocación para evitar chocar contra un acantilado.

Ahora el comentarista está hablando tan rápido que apenas logra respirar.

–¡Y los Demonios envían a su Luchador detrás de Emika! ¡Roshan viene en su ayuda! Si Tremaine atrapa a Emika en esa saliente… ¡Ella *la evita*! ¡Por muy poco! ¡Es como si conociera el terreno! ¡Roshan nos muestra por qué es uno de los mejores Escudos de los juegos! Amigos, no está permitiendo que caiga la Arquitecta del equipo, ¡no si él puede evitarlo!

Los poderes pasan veloces a nuestro lado. Los observo hasta que encuentro el que estoy buscando: una Inyección de velocidad, que lanza destellos amarillos y se mueve precipitadamente cerca de mí. Doy un potente viraje y voy hacia él. Extiendo la mano y lo tomo con dificultad.

Lo uso enseguida. El mundo que me rodea se vuelve más lento mientras yo me lanzo hacia delante a toda velocidad.

La luz de este nivel está cambiando; los monumentos de hielo están iluminados con rayos dorados y proyectan sombras largas a través del glaciar. Los acantilados de hielo azul que bordean nuestro sendero toman un color más oscuro y siniestro, y las bestias congeladas que están dentro de ellos comienzan a dar la impresión de estar vivas. Por el rabillo del ojo, me parece que se mueven. Me toma un momento darme cuenta de que el sol se está poniendo. Si esto sigue así, necesitaremos algunos poderes para iluminar el camino. Miro hacia adelante, en busca de Ren. Asher le entregó nuestro Emblema a Hammie, que está delante de todos nosotros. Asher y Ren se unen mientras dan una curva hacia Jena, que está encerrada entre Tremaine y Ziggy.

–¡Parece que estamos por ser testigos del primer enfrentamiento entre capitanes! –grita el presentador.

Jena ve el movimiento de Asher. Se agacha sobre su aerodeslizador y se lanza hacia abajo. Sus compañeros de equipo se lanzan con ella. Se tambalean hasta que parece que van a chocar contra el suelo... y luego, súbitamente, se levantan, de modo tal que vuelan al ras del glaciar. Asher y Ren también se lanzan hacia abajo. Se alza una cortina de nieve mientras ellos pasan raudamente.

Elevo más mi tabla, tratando de protegerme de toda la nieve que vuela. Delante de mí, Hammie también levanta la suya de manera suficientemente pronunciada como para virar hacia la derecha. Sus movimientos son tan rápidos que me resulta difícil seguirla. Engancha otro poder, uno azul intenso, y luego realiza un giro vertiginoso sobre la tabla para tomar el tercero. Se está acercando de a poco a Tremaine.

Miro hacia abajo, al grupo que está volando a poca altura de la superficie del glaciar. Hay suficientes formaciones entre mi posición y el horizonte como para que los encierre, si logro hacerlo bien. Es probable que Tremaine esté pensando lo mismo. Apunto el aerodeslizador hacia abajo y los sigo, rozando el suelo.

–Emi –dice Asher dentro de nuestra comunicación segura–. El arco abovedado delante de ti. Vuélalo.

–Entendido.

–Ren y yo viraremos a último momento, da la vuelta y quédate detrás de Jena. Cuando ella y su equipo traten de evitar los escombros que tendrán delante, los atraparemos desde atrás y tomaremos su Emblema.

Asiento, aunque sé que Asher no puede verme.

–Lo derribaré antes de que puedan decir…

Mis palabras se apagan cuando una enorme forma brota estrepitosamente de los acantilados de hielo que bordean el camino.

Parece un oso polar prehistórico, salvo que es alto como un rascacielos… y tiene la mandíbula muy abierta, lo que deja ver una hilera de dientes afilados, tan largos como la altísima estructura de hielo más cercana. Tiene ojos de un brillante rojo escarlata. Lanza un rugido impactante y luego se arroja hacia el jugador más cercano.

Y el jugador más cercano soy yo.

Mis miembros se ponen en piloto automático y descargo el pie trasero sobre el acelerador. Al mismo tiempo, giro el aerodeslizador tan bruscamente hacia la izquierda que roto 180°. La tabla me lanza otra vez en la dirección que venía. La boca del oso está abierta a ambos lados de mí y su mandíbula comienza a cerrarse. *Solo un poco más lejos*. Salgo deprisa de la boca de la bestia justo cuando sus mandíbulas se cierran, y la ráfaga de viento que acompaña el movimiento me lanza tambaleando hacia delante. Las patas delanteras del oso aterrizan con pesadez, sacudiendo el mundo.

A través del polvo, aparece Roshan y se precipita hacia mí, como si fuera a estamparse contra mi cuerpo. Instintivamente, arrojo los brazos hacia arriba. Luego viro de costado en un desesperado intento por salvarme.

Logramos evitar una colisión por un estrecho margen. Al pasar junto a mí, me toma del brazo y se eleva raudo mientras el oso vuelve a arremeter hacia nosotros. Antes de que pueda protestar, Roshan pone toda su fuerza en arrojarme hacia arriba… y me encuentro volando hacia el arco que continúa cerniéndose más adelante. Debajo de mí, las mandíbulas del oso se cierran abruptamente sobre Roshan.

Roshan Ahmadi | Equipo Jinetes de Fénix

Vida: -100% | ¡ELIMINADO!

No lejos de allí, otra enorme bestia brota estrepitosamente

de los acantilados de hielo. Un lobo blanco de un solo ojo. Los jugadores se extienden hacia izquierda y derecha mientras la bestia gira la cabeza y sus mandíbulas lanzan mordiscos. Atrapa a Ziggy, que desaparece dentro de su boca y se regenera cincuenta metros más lejos, junto con Roshan. Ren se tambalea encima de su tabla y gira sin control mientras intenta evitar la boca abierta del lobo.

Es mi oportunidad de llegar hasta él. Giro la tabla en un ángulo pronunciado y luego me dirijo deprisa hacia Ren. Me ve venir una décima de segundo antes de que choquemos con fuerza, y ambos salimos volando lejos del lobo. Trato de sujetarle la muñeca, y finalmente mi mano se cierra alrededor de ella.

El lazo se activa. Lo veo lanzar destellos dorados delante de mi vista y luego desaparecer. Un resplandor azul brilla alrededor de Ren antes de esfumarse. Un momento después, brota delante de mí un archivo de él. Sonrío francamente. *Logré entrar.*

–Apártate de mí –exclama Ren, tratando de liberarse. Su movimiento nos derriba de las tablas y caemos a la tierra blanca que nos espera abajo. Todo se vuelve brillante y, un segundo después, me regenero un paso detrás de los demás.

–¡Y los dos Jinetes amateurs son eliminados por un error de principiante! –grita el comentarista. Ren me lanza una mirada de odio desde donde se regeneró, varios metros lejos de mí, y Asher me regaña a través de la línea. Pero no me importa: coloqué la trampa de Hideo. Aparto mi atención de Ren y retorno al juego.

Busco con desesperación en el mapa una señal de mis compañeros de equipo. Finalmente, entreveo a Asher y Hammie cerca del centro del arco abovedado, volando en círculos cerrados, encerrados por otras dos bestias. Algunos Demonios se dirigen también hacia ellos.

Extraigo la dinamita y salgo disparando hacia la cima del arco. Al llegar, arrojo un cartucho hacia la punta de la estructura de hielo. Luego giro hacia abajo y me pierdo apresuradamente mientras explota. Otra explosión impresionante. El impacto sacude mi tabla con violencia, y la nieve vuela a mi alrededor haciéndome entornar los ojos. Me queda un solo cartucho de dinamita.

A mis espaldas, a través del polvo, aparecen Ren y Asher, seguidos de Hammie. Nuestro Emblema aún planea encima de la cabeza de Hammie. La llamo y luego le arrojo el martillo de mi cinturón multiuso. Extiende la mano, lo atrapa sin siquiera darse vuelta y luego me guiña el ojo por encima del hombro, como una forma de agradecimiento. Mientras huye de la bestia más cercana, le lanza el martillo hacia el ojo con toda su fuerza. Le pega con gran precisión, y la bestia retrocede con un rugido.

Los Demonios se encuentran sobre nosotros y miran hacia abajo. Ahora están en ventaja, y lo saben. Incluso desde aquí, puedo distinguir una gran sonrisa en el rostro de Jena. Todavía tiene el Emblema de su equipo, que se sostiene arriba de su cabeza, plateado y brillante. Mueve los labios mientras le da instrucciones al equipo.

–Hams –dice Asher por el comunicador mientras todos continuamos volando raudamente a través del paisaje que se va oscureciendo–. Dame el Emblema y apaga las luces del aerodeslizador –sus ojos están clavados en Jena–. Y trae el de *ella*.

Hammie le hace un guiño a Asher mientras le transfiere el Emblema. En el crepúsculo, tanto nuestro Emblema como el de los oponentes resplandecen con un visible halo azul.

–Sí, señor.

–Roshan, ve con ella. Ren, bloquéales el paso. Y Emi…

Pero nunca logro escuchar lo que Asher quiere que haga. Se produce una explosión justo arriba de un monumento cercano a nosotros, que nos dispersa. Tremaine había lanzado un cartucho de dinamita en las cercanías. Un haz de luz difuso pasa disparando junto a nosotros y choca contra Ren, y ambos se tambalean hacia atrás. Es Max. Ren profiere un gruñido enojado y aparta al otro Luchador. Al mismo tiempo, Hammie desaparece rápidamente de vista, su aerotabla no es más que chispas de fuego rojo del motor, que la impulsan hacia delante. No tengo tiempo de pensar a dónde se dirige, porque al segundo siguiente, Jena desciende a toda velocidad hacia nosotros, con Darren y Ziggy a los costados. Va directamente hacia Asher, que muestra los dientes y se echa a reír, y luego sube con velocidad hacia ella para recibirla.

Mis ojos se desvían hacia abajo, hacia el hielo del glaciar. A lo largo de los acantilados, un dragón blanco está despertando, sus movimientos resquebrajan el hielo que lo encierra. Entorno los ojos. Si pudiera lograr dominar a ese dragón…

Mis manos bajan al trozo de cuerda que cuelga de mi cintura, y mientras Asher y Ren atacan a los Demonios, me lanzo hacia la superficie y detengo mi tabla cerca del dragón.

Mientras me arrojo hacia abajo, noto que unas luces me siguen de cerca: un aerodeslizador se traslada lentamente en la oscuridad, encima de la tierra. *Es Tremaine*, y se acerca veloz a mí. Solo tengo tiempo para echar una mirada hacia arriba antes de que se abalance raudamente sobre mí. Ambos nos desplomamos directo sobre la superficie del glaciar. El impacto nos derriba de las tablas.

El mundo se tambalea a mi alrededor, y lo único que alcanzo a ver es la nieve volando y el cielo nocturno. Luego todo se apaga… Un momento después, Tremaine y yo quedamos afuera y nos regeneramos un paso completo detrás de los demás.

Tremaine me lanza una mirada asesina. El poder de Inyección de velocidad de Hammie todavía se encuentra en mi inventario, y decido usarlo. Desaparece de mi mano en un destello de luz. El mundo se desplaza hacia delante a toda velocidad y casi puedo sentir la ráfaga de viento contra mi piel. Justo cuando logro arrancar mi trozo de cuerda, el dragón logra liberarse del hielo. Su boca abierta ruge hacia la superficie.

Lanzo la cuerda tratando de enlazar la punta de su nariz. Un intento. Luego otro. Al tercero, logro que el lazo oscile a través del hocico de la criatura. El dragón gira la cabeza en dirección a mí, profiere un furioso chillido y una columna de fuego brota de su quijada abierta. Utilizo el impulso de la cuerda para calzársela en la cabeza, y se transforma en un improvisado arnés. Debajo de mí, Asher y Max están trabados en una batalla.

–¡Retrocedan! –grito por el intercomunicador. Los ojos de Asher parpadean brevemente hacia mí. Es toda la advertencia que necesita.

Jalo la cabeza del dragón hacia abajo mientras Asher se libera súbitamente y sale volando. La criatura aúlla de furia y luego se abalanza sobre Jena, la jugadora más cercana, que solo atina a levantar las manos antes de que la criatura se la trague de un solo bocado.

Jena MacNeil | Equipo Brigada de los Demonios

Vida: -100% | ¡ELIMINADA!

El público irrumpe en un caos frenético. Apenas consigo escuchar la voz del presentador por encima del alboroto.

Un paso detrás de nosotros, Jena vuelve a la vida, pero Asher ya la está esperando. En un segundo, salta sobre ella justo cuando la capitana se materializa. Antes de que pueda entender qué está pasando, la mano de Asher se cierra sobre el Emblema, que flota sobre su cabeza.

Final del juego.

El mundo se cubre de rojo y dorado mientras un gigantesco fénix atraviesa el cielo envuelto en llamas.

La audiencia explota en una frenética ola de vítores.

–¡*No puedo creerlo!* –gritan los comentaristas por encima del caos, las voces quebradas por la emoción–. ¡Ya *todo* terminó! ¡Jena MacNeil y la imparable Brigada de los Demonios fueron abatidas por los Jinetes de Fénix, en la derrota más sorpresiva e impresionante que hayamos visto! *¡Dios mío!* ¡Los Jinetes de Fénix son los *ganadores*!

Asher echa la cabeza hacia atrás, emite un penetrante grito de alegría y levanta el puño en el aire.

Y ahí es cuando veo a la figura negra otra vez. Encima del monumento de hielo, ataviada con el mismo traje entallado con armadura negra que le había visto en el Dark World. *Zero*.

Un escalofrío recorre mi cuerpo. ¿Por qué puedo verlo? ¿Por qué está aquí?

El mundo que nos rodea se pausa. El dragón que estoy conteniendo con dificultad se detiene repentinamente en el aire, paralizado, y luego desaparece de la vista. El paisaje se oscurece hasta quedar negro. Parpadeo mientras el Tokio Dome vuelve a aparecer, así como cincuenta mil espectadores aullando descontroladamente a todo pulmón. A ambos lados, mis compañeros de equipo salen de las cabinas.

–¡Esa fue la jugada más *impresionante* que vi en mi vida! –exclama Roshan, el primero en acercarse a mí, dándome una fuerte palmada en la espalda. Abro la boca para agradecerle por protegerme, pero Hammie se abalanza sobre mí y nos ahoga a los dos en un abrazo. Los demás miembros del equipo se apiñan encima de nosotros y me aplastan mientras ríen enredados. La sangre ruge en mis oídos. Del otro lado del estadio, los Demonios se gritan unos a otros. Tremaine se aleja ofendido de Jena, sin siquiera levantar la mirada hacia el público.

Mi primera victoria oficial en un juego del campeonato. Pero en lo único que pienso es en que *Zero estaba ahí*. Lo vi. Busco a Ren. También está riendo, pero su expresión es rara, como forzada. La sonrisa no llega a sus ojos. Echa una mirada por encima del hombro, como si hubiera visto algo que los demás no vieron. Luego, la tensión se quiebra y vuelve a sonreír francamente y abraza a sus compañeros. *Él también había visto a la figura*.

Mientras continúo festejando, abro el archivo que había logrado tomar al romper los escudos de Ren. Hay poco allí dentro, como si me hubiera retirado antes de poder bajar la información correctamente. Pero sí conseguí algo, probablemente algo que Zero le estaba comunicando a Ren. El nombre de un programa.

proy_hielo_HT1.0

¿Qué? Frunzo el ceño mientras mis pensamientos se desbocan con frenesí, tratando de encontrarle sentido a lo que tengo delante. *proy_hielo*. ¿Proyecto Hielo? ¿Tiene algo que ver con este nivel del "Mundo blanco"? *HT. ¿HT? Hideo Tanaka*. Proyecto Hielo Hideo Tanaka. Podría ser un archivo que conecte a Hideo con este nivel del juego inaugural. Es así, ¿verdad? O…

A continuación, el corazón me da un vuelco de terror al pensar en otra posibilidad. *Dios mío*. ¿Y si lo de *hielo* significa congelarlo y es una forma sutil de decir quitarle la vida?

Zero quiere asesinar a Hideo.

Y en ese momento, todas las luces del estadio se apagan.

El estadio queda sumergido en la oscuridad. Gritos de alarma brotan del público. Por encima del caos, los presentadores tratan de mantener una apariencia de orden.

–Permanezcan en sus asientos –dice uno, con tono aún alegre–. Parece que tenemos una falla temporal, pero pronto se arreglará.

En medio de la oscuridad total, observo un mensaje de error en color rojo parpadeando delante de mí.

Acceso incorrecto del usuario

El archivo que se había activado lanza un destello y luego desaparece mientras se autodestruye. Me quedo mirando una cáscara vacía, lo único que queda de lo que el objeto había recobrado dentro del juego. El archivo estaba diseñado para destruirse a sí mismo si llegaba a manos del usuario equivocado. ¿Fue esa la razón por la cual Zero decidió continuar interfiriendo en los niveles de Warcross? ¿Porque de esa manera había estado pasando información a sus seguidores? Y si eso era cierto, ¿quién más trabaja para Zero dentro de los juegos?

Pero en este momento, nada de eso importa. Mientras Hideo y yo estábamos intentando desbloquear la información de Ren, Zero también había estado ocupado… provocando él mismo una falla técnica dentro del estadio. Había cortado la corriente eléctrica.

Ya no funcionan las puertas de seguridad de los palcos.

La revelación me golpea con tanta fuerza que me cuesta respirar. Llamo a Hideo inmediatamente.

"Sal de ahí", le digo deprisa, apenas se establece la llamada. "Tu vida está en peligro. *Ya mismo*. Sal..."

No llego a terminar la frase, cuando veo una chispa de luz en los asientos de los palcos. Un destello, dos, y luego regresa la negrura. La gente del público mira hacia allí, desconcertada, pero yo sé lo que debieron haber sido esos destellos.

Disparos.

"¿Hideo? ¡Hideo!", exclamo mientras intento retener la llamada, pero no lo logro. Maldiciendo, me abro camino a tientas en la oscuridad. Los equipos de seguridad encendieron sus linternas y flotan delgados rayos de luz alrededor del estadio, atravesando la negrura. La conexión del NeuroLink también parece haber caído, para que nadie pueda sacar una grilla virtual y ver cuál es el problema. Recuerdo la disposición del estadio en mi propia memoria y, antes de que alguien pueda detenerme, salgo corriendo en medio de la oscuridad, confiando en lo que recuerdo de haber navegado por este espacio. Las personas protestan cuando tropiezo con ellas en medio de la carrera. Parece que transcurrió una eternidad cuando finalmente logro llegar a las escaleras. Subo los escalones a ciegas de dos en dos. Mientras corro, trato de enviarle un mensaje a Hideo.

No responde.

Cuando llego al segundo descanso, luces rojas de emergencia inundan el estadio. Aun cuando técnicamente sean débiles, entorno los ojos y logro atravesar la oscuridad total. Las cámaras de seguridad titilan arriba de mi cabeza. El NeuroLink se conecta nuevamente y mi perfil se resetea al costado de mi visión.

Las voces de los presentadores suenan tranquilizadoras mientras tratan de organizar a la audiencia.

–¡Caminen con cuidado, amigos! –el público no parece comprender que había un hombre armado aquí dentro.

Cuando llego a la cabina de seguridad, veo a los guardaespaldas de Hideo rodeando el área. Mis ojos buscan frenéticamente su rostro familiar.

Casi me desmayo del alivio cuando lo veo agachado

dentro de la cabina de seguridad, rodeado por sus guardaespaldas y colegas. Parece estar ileso. A su lado, Kenn habla rápidamente con varios de los guardias en voz baja e irritada.

–¿Qué rayos pasó? –pregunto mientras me acerco deprisa–. ¿Dónde está el que disparó?

Kenn me reconoce y me mira con expresión lúgubre.

–Las cámaras de seguridad de aquí arriba estaban mostrando transmisiones viejas. La gente de seguridad se está moviendo rápidamente para tratar de atraparlo.

Desvío mi atención hacia lo que Hideo está haciendo. Uno de sus guardaespaldas se encuentra en el suelo, sujetándose el hombro y haciendo un gesto de dolor. Tiene las manos manchadas de sangre. Lo reconozco como una de las sombras fieles y siempre presentes que he visto acompañándolo a todas partes. El rostro de Hideo está ensombrecido por la preocupación, sus ojos opacos con esa furia profunda y oscura que había visto antes en su Recuerdo. Le está diciendo algo en voz baja al guardaespaldas herido, que sacude la cabeza y se endereza con esfuerzo. Junto a él, uno de los otros guardaespaldas sacude la cabeza mientras escucha algo por un audífono.

–La policía que está fuera del estadio no pudo atraparlo, señor –dice.

Hideo no aparta la vista del herido.

–Continúen la búsqueda –su voz es aterradoramente calma.

El guardaespaldas se desplaza unos pasos.

–Están diciendo que lo perdieron en la estructura vacía del estacionamiento…

–Entonces, demuélanla hasta encontrarlo –responde en forma concisa.

Esta vez, el guardaespaldas no vacila. Cuando Hideo levanta la mirada hacia él enarcando una ceja, el hombre inclina la cabeza con rapidez.

–Sí, señor –y se marcha con otros dos.

–No deberías estar aquí –le dice Kenn en voz baja–. Por última vez... yo me encargaré de todo. Vete a tu casa.

–Yo puedo encargarme perfectamente de esto.

–¿Te das cuenta de que alguien intentó matarte, *verdad*? –repone Kenn con brusquedad–. Esto no es una simple intrusión en el juego, se trata de tu *vida*.

–Y ahora no estoy menos vivo de lo que estaba antes del ataque –Hideo mira a su amigo con firmeza–. Estoy *bien*. Hablaremos mañana.

Esto parece una vieja discusión que Kenn nunca ha podido ganar, y se me ocurre que es probable que esta no sea la primera vez que la vida de Hideo se ha visto amenazada. Kenn profiere un sonido de irritación y alza las manos.

–Tampoco me escuchabas cuando estábamos en la universidad.

Hideo se endereza cuando me ve.

–Si no hubiera sido por tu llamada previa –dice–, yo sería el que está tumbado en el piso.

Un escalofrío recorre mi cuerpo. En un instante, mi trabajo pasó de ser una excitante cacería a algo mucho más lúgubre. Pensé que me estaba acercando, avanzando en la búsqueda… Pero en cambio, me había topado con algo peor. ¿Alguno de los otros cazadores de recompensas había visto lo que acababa de pasar? Observo la sangre en el hombro del guardaespaldas. Hay un vago aroma metálico en el aire. Surgen en mi estómago atisbos de mi antiguo temor y la conocida desesperación por *resolver* el problema. *Todo tiene una solución. ¿Por qué no puedo encontrarla?*

Hideo ayuda a su guardaespaldas a levantarse y le habla en voz baja mientras otro de sus hombres le cubre la herida del hombro con un bléiser negro, ocultándola de la vista. Lo que Hideo murmuró fue en voz demasiado baja como para que mi traductor lo captara, pero sí logró que el hombre herido lo mirara con agradecimiento.

–Mantengan esto en secreto –dice Hideo mirándonos a todos–. El ataque falló y estamos rastreando al sospechoso. No es necesario que la multitud entre en pánico.

–Hideo –comienzo a decir, pero me detengo ante la expresión de su rostro.

–Ve con tu equipo –me dice gentilmente–. Sigue festejando. Hablaremos más tarde en la noche.

–¿Irás a algún sitio seguro?

Asiente mientras los guardaespaldas se ocupan de su amigo herido y luego observa cómo lo conducen a unas escaleras privadas. Lo único que puedo hacer es mirar. Los hombros de Hideo están derechos y su postura es serena… Pero sus ojos están tensos, muy lejos de aquí. Al costado de su cuerpo, sus manos se abren y se cierran. Aun cuando no lo demuestre abiertamente, puedo sentir que está muy conmovido.

Kenn me mira durante unos segundos. *Habla con él*, parece decir. Puedo sentir la súplica silenciosa que emana de él, un amigo que conoce a Hideo suficientemente bien como para saber cuán difícil puede llegar a ser.

–Hideo –le digo con suavidad–. Tienes que marcharte de aquí. De Tokio. A algún sitio donde puedas mantener un perfil bajo.

Finalmente, las luces del estadio se encienden e iluminan el espacio con un brillo enceguecedor. Parpadeo para apartar los destellos. Abajo, la multitud murmura desganada y confundida mientras prosigue la marcha hacia las salidas, pero rápidamente vuelve a gritar y a festejar. Nadie sabe qué acaba de suceder. A través de los parlantes, la gente de seguridad tranquiliza a la multitud diciendo:

–Un transistor chisporroteó en los niveles superiores del domo, pero ya todo está bajo control. Por favor, fíjense por dónde caminan y sigan los letreros que indican la salida.

Mientras la gente se desconcentra ordenadamente, Hideo gira hacia mí. Sus ojos siguen teniendo ese color oscuro, y la expresión es furiosa, fría, decidida.

–No pienso ir a ningún sitio –afirma, y luego se marcha con sus guardaespaldas.

VEINTIUNO

Si pensaba que la cantidad de publicidad que había recibido hasta ahora era abrumadora, no fue nada comparado con lo que sobrevino después de nuestra primera victoria. Apenas habíamos salido del Tokio Dome cuando las primeras transmisiones gigantescas aparecen en los costados de los edificios que rodean al estadio, los titulares en letras llamativas y monumentales.

EMIKA CHEN, LA JUGADORA AMATEUR
ELEGIDA POR ASHER WING,
CONDUJO A LOS JINETES DE FÉNIX
A UNA VICTORIA SORPRESIVA E IMPRESIONANTE.

Un repaso de mis jugadas se repite una y otra vez debajo de estos titulares, mi cabello multicolor volando en el viento, mi figura encorvada en la cabeza de una enorme criatura, enlazando su cabeza, obligándola a bajar hacia Penn. Arriba del domo, los dos emblemas –el fénix y los demonios encapuchados– suspendidos encima del edificio, ahora se transforman en uno: el ave fénix con sus alas en llamas, extendidas a lo ancho del domo, la cabeza arqueada hacia el cielo en señal de triunfo.

Mi nivel se había disparado de 28 a 49.

Pero en lo único que puedo pensar es en que Hideo podría haber muerto esta noche. Y que nadie lo sabe. Mis pensamientos continúan arremolinándose en mi cabeza; regresan una y otra vez a las palabras de Kenn. *Él te escuchará. Por favor.* ¿Qué dice Hideo sobre mí para que Kenn piense eso?

Una multitud de reporteros cae sobre nuestros guardaespaldas mientras salimos huyendo del estadio hacia los autos que están esperándonos y, de repente, lo único que alcanzo a ver es un mar de micrófonos y luces destellantes.

–¡Esta noche no hay entrenamiento! –exclama Asher cuando finalmente arribamos a la limusina y trepamos a ella. Los demás festejan el anuncio mientras él le da instrucciones al auto de llevarnos a Shibuya en lugar de la residencia. Detrás de nuestro auto, un equipo de guardaespaldas se sube a un segundo coche y nos sigue. Periodistas en camionetas se demoran en el tráfico para no perdernos de vista. Mi mente sigue concentrada en Ren y, en vez de levantar la vista y sonreírles a los reporteros que están del otro lado de la ventanilla, como hace Asher, mantengo la mirada en Ren, que le da unas palmadas a Roshan en el hombro.

Un mensaje titila en mi vista. Es de Kenn.

¿Puedes escabullirte esta noche para ir a lo de Hideo?

Pero si ni siquiera te escucha a ti.

A mí nunca me escucha, menos cuando se le ha metido una idea en la cabeza. Pero yo no soy su cazador de recompensas y, más específicamente, no soy tú.

¿Por qué habría de escucharme a mí?

Casi puedo sentir la frustración de Kenn mientras me responde.

Puedo contar con los dedos de una sola mano las personas en las que confía plenamente. Pero contigo habla con frecuencia. Te lleva a cenar, sin previo aviso.

Yo no soy su guardaespaldas. No puedo obligarlo a protegerse.

Tú eres su cazadora. Te contrató para que le digas lo que tiene que saber. Tienes derecho a insistir en su seguridad. A ti no te va a cerrar la puerta.

Levanto la mirada de la charla y mis compañeros están riendo a carcajadas por algo. Es nuestra noche de celebración y esperarán que yo esté tan entusiasmada como ellos por nuestra victoria. Si me marcho muy pronto, enseguida comenzarán a hacer preguntas, a husmear y entrometerse, y Ren sospechará que algo ocurre.

–Ey –me dice Hammie y, cuando alzo la vista, me encuentro con su expresión de curiosidad, las mejillas todavía enrojecidas por la victoria–. ¿Te encuentras bien?

Me resulta extraño que nadie más en el estadio sepa lo que ocurrió, que piensen en serio que las dos chispas de luz en los palcos fueran estallidos en un transistor, en vez de disparos. En este momento, debo llevar toda la ansiedad dibujada en el rostro. Le lanzo una sonrisa brillante, que espero resulte convincente, y luego meneo la cabeza.

–Me siento genial. Es solo que todavía estoy en shock.

Hammie sonríe y lanza un puñetazo en el aire, que casi pega en el techo de la limusina.

–¡Karaoke, baby! –grita, y los demás gritan con ella. Yo hago lo mismo y aúllo lo más fuerte que puedo para ahogar la tormenta de pensamientos que bulle dentro de mi cabeza. Lo hago en forma tan contundente que casi yo misma me lo creo.

Pronto, nos instalamos en un bar de karaoke en el corazón del distrito de Roppongi, con hombres de negro custodiando todas las entradas y salidas. Los pasillos están revestidos con espejos de piso a techo, que reflejan la luz de los candelabros que adornan los techos, mientras que las puertas que conducen a cada sala de karaoke están pintadas de dorado brillante. Frente a cada puerta, hay figuras virtuales de modelos sonrientes, que nos felicitan por el nombre al pasar a su lado. Echo una mirada por el pasillo para memorizar un camino de salida antes de entrar en nuestra sala privada.

Aquí dentro, la música ya se encuentra a un volumen ensordecedor. Ren ríe mientras examina la lista de canciones con Roshan. Cada vez que pasan a un nuevo tema, la sala se transforma para hacer juego con él: con "My Heart Will Go On", la habitación se convierte en la proa del Titanic, mientras que "Thriller" nos rodea de baile y zombis vestidos de cuero en una calle oscura. Roshan, normalmente reservado, no puede dejar de reírse mientras Ren dice algo en francés e imita los pasos de la coreografía de "Thriller".

Observo a Ren por el rabillo del ojo mientras me siento entre Hammie y Asher. ¿Acaso nadie notó su expresión cuando terminaba el juego? Aun ahora, hay algo tenso en su postura, como si esta noche las cosas no hubieran salido tan bien como para el resto del equipo.

–¡Por Roshan! –grita Hammie, apartándome bruscamente de mis pensamientos–. ¡El jugador más valioso, que le dio una paliza a Tremaine!

Roshan se pone un poco serio ante la mención de Tremaine, pero lo oculta detrás de una sonrisa.

–Por Hams –exclama–. Ladrona de miles de poderes.

–¡Por Emika! –profiere Asher. Sus mejillas están enrojecidas y estiradas hacia arriba en una enorme sonrisa. Sacude la cabeza–. Chica, tú sí que eres una alocada jugadora amateur.

–¡Por Emika!

–¡Por Emika!

Los vítores fluyen con rapidez. *Tengo que marcharme sigilosamente*, pienso mientras río con ellos. Es probable que sea mi imaginación hiperactiva, pero la sonrisa de Ren luce más tensa que la de los demás, y su alegría por mí, muy forzada.

En poco tiempo, el caos llega a su punto máximo. Asher se apoya pesadamente contra Hammie mientras le repite que la ama. Ella, a su vez, le susurra al oído. El micrófono de karaoke emite un chirrido de protesta cuando Ren aúlla una nota desafinada y Roshan se estremece ante el sonido. Mientras todos lanzan otra carcajada, tomo el teléfono y le envío un mensaje de texto a Hideo.

¿Dónde estás?

Pasan unos segundos sin respuesta. Tal vez, Kenn confió demasiado en mí o demasiado poco en la tozudez de Hideo. Me muerdo el labio y envío un segundo mensaje.

Tengo más info para ti. Es mejor que hablemos en persona. Es urgente.

Información de su cazadora… es lo único que se me ocurre que pueda hacer que quiera verme.

Transcurre más tiempo. Justo cuando estoy comenzando a pensar que Kenn se confundió totalmente conmigo, aparece un mensaje cifrado. Confirmo mi identidad para desbloquearlo y aparece una dirección en mi vista. La dirección de Hideo. Casi me caigo hacia delante del alivio. Guardo la dirección en mi GPS y elimino el mensaje.

A mi lado, Asher levanta la voz.

–¿Alguien quiere participar en un concurso de tragos? Hay que llamar al camarero.

Me pongo en pie de un salto.

–¡Yo voy a buscarlo! –exclamo, y luego enfilo derecho hacia la puerta. Perfecto. Para cuando llegue el camarero, estarán tan ocupados divirtiéndose que ninguno notará que me fui. Tendré tiempo suficiente para pensar en una buena excusa. Salgo de la sala y camino deprisa por el pasillo. Mientras lo hago, abro el mapa con la ubicación actual de Hideo.

Su punto dorado aparece en algún lugar de la zona norte de la ciudad. Me apresuro por un corredor lateral y, unos segundos después, el corredor me lleva al estrecho callejón trasero del edificio, cerca de los contenedores de basura.

Una fría llovizna humedeció la acera y, al salir al exterior, me golpea una ráfaga de aire frío. Las luces de neón se reflejan en el piso mojado, pintando el suelo con una variedad de manchas doradas, verdes y azules. El número de la manzana de la ciudad –16– flota en letras amarillas sobre la acera, mientras que una línea de puntos dorados conduce desde donde yo me encuentro hasta la esquina, donde dobla hacia la derecha y desaparece de la vista. Un alegre mensaje de **¡Salida!** y una hora estimada de llegada planean en el centro de mi vista, esperando que siga el mapa. Treinta minutos.

Tiemblo, me levanto más la capucha para que tape todo mi cabello y me pongo una máscara negra. También descargo un rostro virtual para ocultarme. Las personas que anden por la calle y estén conectadas a NeuroLink deberían verme ahora como una completa extraña, y no como un rostro que reconocen de las noticias. Es mejor que no tener ningún disfraz. Luego arrojo al piso la patineta eléctrica y salto sobre ella. Salgo disparada hacia delante mientras sigo la línea dorada.

Media hora después, aparezco en un vecindario tranquilo de clase alta, ubicado sobre una colina con vista a la ciudad. Mientras avanzo, el tiempo de viaje va cambiando en mi vista, mostrando los minutos que me faltan para llegar. La llovizna se ha convertido en una lluvia constante, que se mete por la capucha y me empapa el cabello. Hago un esfuerzo para no tiritar.

Finalmente, llego a la dirección señalada. La línea de puntos dorados se detiene frente a las puertas de una casa cálida y bien iluminada, con una pared curva y esculturas de leones a los costados de la entrada. No sé cuánta seguridad suele tener Hideo en sus residencias, pero esta noche, hay al menos cinco autos y dos guardaespaldas en la puerta principal, esperando para darme la bienvenida. Otros parecen encontrarse dispersos por el terreno.

Uno se acerca a mí y me pide que extienda los brazos. Apago mi rostro virtual y hago lo que me dice. Me palpa minuciosamente y se detiene para examinar mi patineta. Cuando está satisfecho, me protege con un paraguas mientras me dirijo deprisa a la entrada.

–Está bien, ya no necesito el paraguas –le digo. Cuando me mira de costado, como si nunca recibiera una orden semejante, le señalo mi ropa empapada–. En serio.

Lo baja de mala gana y caminamos en silencio hasta llegar a la entrada principal. Dentro de la casa, escucho ladrar a un perro.

Hideo abre la puerta. Su guardaespaldas parpadea sorprendido, como si esto no fuera algo que él haga a menudo. Sigue vestido con la misma ropa de antes, pero una manga de la camisa está levantada hasta el codo, mientras quita el gemelo de la otra manga. Tiene el cuello levantado, los botones superiores desabrochados y la corbata negra le cuelga sobre el hombro. Su cabello está mojado con unas gotas de lluvia, el mechón plateado lanza destellos blancos. Se ve preocupado y aturdido, un recordatorio repentino y sorpresivo para mí de lo joven que es. Es tan fácil olvidarlo.

–Estás empapada –dice.

–Y tú estás vivo –repongo–. Eso es bueno.

El guardaespaldas nos deja solos. Hideo abre bien la puerta y me hace pasar. A su lado, trota un perro gordo de color blanco y anaranjado, piernas cortas y enormes orejas de zorro. Se detiene delante de mí, mueve su cola corta y gruesa y me mira con una sonrisa jadeante. Lo acaricio enérgicamente, luego me quito los zapatos mojados cerca de la puerta y entro.

La casa está impecable y limpia. Tiene techos altos y muebles hermosos y modernos. Una música suave suena desde algún tipo de sistema de sonido integrado. Para mi sorpresa, no veo letras ni colores ni números virtuales en ningún lugar. Todo es real. ¿Cuánto cuesta una casa tan maravillosa como esta en una ciudad tan costosa como Tokio?

–Estás temblando –me dice.

Me encojo de hombros.

–Solo ayúdame a quitarme esta ropa –luego me doy cuenta de lo que acabo de decir y el rubor sube a mis mejillas–. Bueno, no quise decir eso…

Las comisuras de los labios de Hideo se tuercen en una sonrisa –un breve respiro de su expresión grave– y me hace una seña para que lo siga.

–Te traeré ropa seca.

–Logré echarle un vistazo a un solo archivo de Ren –le cuento mientras recorremos el pasillo. Luego menciono su nombre–. Es obvio que Zero quería… bueno, quería intentar hoy un asesinato. ¿Cómo está tu guardaespaldas?

–Vivirá. Ha habido ataques peores que el de hoy.

Ataques peores.

–¿Alguna información sobre el culpable?

Hideo menea la cabeza mientras se dobla la otra manga hasta el codo. Está cansado, su ánimo sigue sombrío.

–Kenn dice que la electricidad se cortó totalmente. En medio de la confusión, el que lo hizo logró escapar y mezclarse entre la multitud. Examinaremos hasta el último rincón del domo en busca de evidencia, pero no voy a mentir. Estaban preparados.

El culpable continúa suelto. Trato de reprimir el miedo.

–Que hoy no haya sucedido nada no significa que Zero no esté esperando el momento oportuno para actuar. Podría ser parte de un plan mayor –respiro profundo–. Van a intentarlo otra vez. Es probable que hayan estado probando antes de esto. Y habrá muchísimas otras veces en que no estarás tan custodiado como en el domo.

Sus labios se tensan ligeramente, pero es la única respuesta que da acerca de su seguridad. Se detiene un momento y me mira.

–¿Y entregó algún tipo de información sobre ti?

Titubeo. No había pensado en la posibilidad de que Zero

tomara información de *mí*… y la idea me produce un escalofrío, aun cuando me invade cierta tibieza por dentro ante la evidente preocupación de Hideo.

–No debería ser posible –respondo–. Estoy bien. Además, no debería ser yo el motivo de preocupación. Cuantas más piezas encuentro de este rompecabezas, más lúgubre resulta todo.

–Mi servicio de seguridad es muy cuidadoso. Después de tu advertencia, hicimos una búsqueda profunda en mi casa. Estarán muy atentos.

–No es eso a lo que me refiero. Hideo, estuviste a punto de *morir* esta noche. Te das cuenta de eso, ¿verdad?

–Aquí estoy bien protegido. Hay ocho guardaespaldas solo en los alrededores –hace un gesto con la cabeza hacia el resto de la casa–. De todas maneras, parece que estás cada vez más cerca de llegar al final de esto.

–No entiendo cómo puedes mostrarte tan tranquilo con todo lo que ha sucedido –digo mientras aumenta mi frustración. Con razón Kenn sonaba tan exasperado–. Tienes que marcharte de Tokio. No es un lugar seguro. Cada minuto que permaneces aquí, estás en peligro.

Me mira con expresión seria.

–No me van a obligar a abandonar mi ciudad por una vaga amenaza –señala. Por primera vez desde que lo conozco, un dejo de ira asoma en su voz–. Esta no es la primera vez que alguien dirige un ataque hacia mí, y no será la última.

Estoy a punto de levantar la voz, pero luego estornudo. El

aire frío de la casa está filtrándose a través de mis prendas empapadas y me doy cuenta de que me castañetean los dientes.

Hideo aprieta los labios.

–Continuaremos esta conversación después de que entres en calor. Ven conmigo.

Llegamos a un amplio dormitorio, cuyas paredes de vidrio dan a un sereno jardín Zen, adornado con lámparas colgantes de color dorado. A un costado de la habitación, se abre un enorme baño.

–Tómate tu tiempo –dice señalando el baño–. Cuando estés lista, seguiremos hablando. ¿Quieres un té?

Una buena taza de té después de tu intento de asesinato. Cómo no. Asiento, demasiado congelada como para discutir.

–Me encantaría.

Cierra la puerta del dormitorio y me deja sola. Respiro lenta y profundamente. Hasta el momento, no me está yendo muy bien en esto de convencerlo del verdadero peligro en que se encuentra. Suspiro y me quito la sudadera, los jeans y la ropa interior, y cuelgo con cuidado todas las prendas sobre la tina para que se sequen. De pronto, veo mi reflejo en el espejo; el maquillaje del torneo ahora se ve corrido y esfumado, humedecido por la lluvia, y el cabello me cae en coloridos mechones mojados. No es extraño que Hideo no escuche mis consejos, parezco medio loca. Mis ojos se desvían de mi imagen hacia el resto del baño. La ducha es enorme, y el agua cae directo del techo. Abro el grifo, dejo que el agua caliente forme vapor y luego me meto.

La ducha limpia algunos de mis confusos pensamientos y, para cuando cierro el grifo, me siento un poco más tranquila de estar ahí. Me seco con la toalla y peino mi cabello mojado en dos desaliñadas trenzas a los costados de la cabeza; luego, salgo del baño.

Una pila de ropa seca ya está esperando por mí. Un suéter color blanquecino, un holgado pantalón pijama. Me pongo el suéter; huele a Hideo, y me queda tan grande que me llega casi hasta las rodillas. El cuello se desliza hacia los costados, dejando uno de los hombros al descubierto. Ni siquiera intento ponerme los pantalones: son demasiado largos.

Camino hasta la puerta de la habitación, la abro y asomo medio cuerpo al pasillo para decirle que necesito algo más corto.

Pero él ya está ahí, la taza de té en una mano y a punto de golpear la puerta con la otra.

–Emi –acaba de decir cuando me ve y ambos nos quedamos congelados.

Hideo parpadea. Sus ojos se precipitan sobre el suéter blanco y holgado, y luego se apartan rápidamente.

–Quería preguntarte si preferías algún té en especial –dice.

De repente, siento que el hombro y las piernas están demasiado a la vista. El rubor de mis mejillas se vuelve rojo fuego y comienzo a balbucear.

–Lo siento, yo… iba a preguntarte si, hum, tenías pantalones más pequeños –otra frase incorrecta–. Digo, no es que vayas a tener pantalones pequeños que me queden bien a *mí* –sigo enterrándome cada vez más–. Quiero decir que los pantalones pijama se me caen –soy muy buena para cavar. Hago un gesto de vergüenza, luego sacudo la cabeza y me callo, dejando que mis manos den vueltas en círculo, como si pudieran transmitir lo que quiero decir.

Hideo ríe. A menos que la imaginación me esté jugando una mala pasada, un leve rubor también enrojece sus mejillas.

Salgo bruscamente de mi ensimismamiento y le cierro la puerta en la cara.

Después de un momento, se escucha su voz familiar.

–Lo siento –dice–. Te buscaré algo más apropiado –y sus pisadas se alejan resonando por el pasillo.

Voy hasta la cama, sepulto el rostro entre las sábanas y lanzo un gemido.

Unos minutos después, abre apenas la puerta y agita unos shorts sin asomarse. Los tomo. Siguen quedándome holgados, pero al menos no se me caen.

Me aventuro fuera del dormitorio y me dirijo a la sala, donde Hideo está leyendo junto a un fuego crepitante. El perro está echado a sus pies y ronca suavemente. Las ventanas de la sala dan al jardín y se puede escuchar el tamborileo de las gotas de la lluvia contra el vidrio. Las paredes están cubiertas de retratos y estantes de libros –prístinas primeras ediciones– organizados de forma impecable y dispuestos con mucho ingenio. Hay otros estantes que exhiben consolas y videojuegos de otras épocas, así como prototipos de lo que parecen ser las primeras versiones de las gafas NeuroLink. Algunas son grandes como ladrillos, pero se van volviendo progresivamente más pequeñas y livianas, hasta que diviso, apoyadas al final del estante, la primera edición de las gafas oficiales.

Cuando escucha que me acerco, levanta la vista del libro y luego nota que estoy observando los estantes.

–Mi madre cuidó con gran esmero los primeros prototipos del NeuroLink –dice–. Mi padre y ella se aseguraron de conservarlos.

Su madre neurocientífica y su padre dueño de una tienda de reparación de computadoras.

–Están en perfecto estado –comento, admirando los prototipos.

–Ellos creen que los objetos tienen alma. Cuanto más amor pones en ellos, más hermosos se vuelven.

Sonrío ante el afecto que tiñe su voz.

–Deben estar muy orgullosos de lo que creaste.

Hideo se limita a encogerse de hombros, pero se lo ve complacido por mis palabras.

–No has superpuesto ningún tipo de realidad aumentada en tu hogar –señalo mientras me siento.

–Me gusta que mi casa sea real –niega con la cabeza–. Es muy fácil perderte en una ilusión –responde señalando el libro que tiene entre las manos.

A veces, la realidad es mejor. Las palabras de Hideo de nuestra última cena regresan a mi mente. Estoy muy consciente de la proximidad que existe entre nosotros, como si pudiera sentir la sombra de su presencia contra mi piel.

Respiro profundamente.

–¿Tienes algún enemigo que recuerdes? ¿Alguien que querría herirte así? ¿Tal vez un empleado anterior o un antiguo socio?

Frunce el ceño y aparta la vista. Después de un rato, responde.

–Hay muchas personas a quienes les desagradan Warcross y el NeuroLink. No todo el mundo aprecia lo nuevo. Muchos le temen.

–Es irónico que Zero le tema tanto –comento–, pero use su propio conocimiento de la tecnología para tratar de detenerte.

–No parece ser alguien que esté preocupado por la lógica.

–¿Y Ren? Deberías descalificarlo de inmediato de los juegos. Resulta muy claro que está involucrado en su plan. Hasta es probable que también quiera hacerte daño. ¿Y si el archivo que vi hoy hubiera estado dirigido a él? Tal vez Ren envió alguna señal desde adentro del juego a la persona que intentó atacarte.

Hideo reflexiona un momento antes de sacudir la cabeza.

–Él ha sido una fuente confiable de información, y es probable que nos conduzca hacia más pistas. Si lo aparto ahora, resultará obvio para Zero que sabemos que está metido en todo esto. Es probable que sospechen de *ti*.

Suspiro mientras deseo poder rebatir ese razonamiento.

–¿Por qué no quieres marcharte de Tokio? Hoy podrías haber muerto.

Hideo me mira. Sus ojos reflejan la luz del fuego.

–¿Y que Zero piense que ganó? No. Si todo este plan no es más que una amenaza contra mí, entonces me sentiré aliviado.

La conversación cae en el silencio. Lucho por encontrar algo que decir, pero nada de lo que viene a mi mente parece apropiado, de modo que me quedo callada y prolongo la incomodidad. Mis ojos vuelven a posarse en los estantes y luego sobre los retratos de las paredes. Hay fotos de Hideo de niño y de adolescente, ayudando a su padre en la tienda, leyendo en la ventana, jugando videojuegos, posando con medallas alrededor del cuello, sonriendo para las primeras fotos cuando comenzó a aparecer en las noticias. Extraño. De niño, no tenía el mechón plateado en el cabello, ni los pocos destellos plateados desparramados por sus oscuras pestañas.

Luego, mis ojos se detienen en una fotografía en particular. Hay *dos* chicos en ella.

–¿Tienes un hermano? –pregunto sin pensar.

Hideo permanece en silencio. De inmediato, recuerdo la advertencia que recibí justo antes de conocer a Hideo por primera vez. *El señor Tanaka nunca responde preguntas acerca de los asuntos privados de su familia. Debo solicitarle que no mencione nada relacionado con ese tema*. Comienzo a disculparme, pero mis palabras se interrumpen al darme cuenta de que es algo más que eso. Ahora, la expresión de Hideo es extraña. Tiene *miedo*. Toqué una vieja herida, un abismo profundo cubierto con una delgada cicatriz.

Después de un momento prolongado, baja los ojos y mira hacia las ventanas salpicadas de gotas de lluvia.

–Tuve un hermano –responde.

El señor Tanaka nunca responde preguntas acerca de su familia. Pero acababa de hacerlo, se había abierto ante mí, por más breve que hubiera sido. Puedo oír cuán extrañas suenan las palabras en su boca, puedo ver la incomodidad que le provoca el solo decirlo. ¿Acaso eso también significa que nunca invita a otras personas a su casa, donde semejante vulnerabilidad está colgada frente a sus ojos? Lo observo, esperando que diga algo más. Como no lo hace, respondo lo único que se me ocurre.

–Lo siento mucho.

Hideo evita mi mirada inclinándose hacia la mesa.

–Dijiste que querías té –dice, eludiendo mis palabras de la misma manera que lo hizo la noche que lo había conocido en la oficina central. El momento de debilidad que me había ofrecido ya se ha esfumado, desapareció detrás del escudo.

Esta es la parte de su historia que lo atormenta, pienso, recordando el instante de dolor que habíamos compartido cuando yo había mencionado a mi padre. Algo sucedió en su vida que todavía no puede aceptar. Es probable incluso que explique su obstinada negativa a ponerse a salvo. Asiento en silencio, luego miro mientras sirve una taza de té para mí y otra para él. Me alcanza la taza y la sostengo con las dos manos, disfrutando del calor y el aroma puro.

–Hideo –comienzo a decir suavemente, intentándolo otra vez y cuidando de no referirme al misterio que envuelve su pasado. Mis ojos se demoran en las tenues cicatrices de sus nudillos–. No quiero que te lastimen. No estuviste conmigo en la Guarida del Pirata ni sentiste la ominosa presencia de ese sujeto. Todavía no sé qué está tramando, pero es obviamente peligroso. No puedes jugar con tu vida de este modo.

Sonríe débilmente.

–Viniste esta noche hasta aquí solo para convencerme de abandonar Tokio, ¿verdad?

Su provocación hace que me sonroje otra vez, lo cual me irrita conmigo misma. Apoyo la taza en la mesa y me encojo de hombros.

–Bueno, pensé que no era algo que podría discutir contigo adecuadamente si no venía en persona. Y quería advertirte sin que me oyeran mis compañeros de equipo.

–Emika –dice–. No tienes que darme ninguna razón para haber venido. Valoro que te preocupes por mí. Hoy me salvaste la vida, lo sabes –lo que yo iba a decir a continuación se diluye ante la expresión de sus ojos. Baja la taza y se inclina hacia mí. El movimiento me produce una sacudida en todo el cuerpo–. Me alegra que estés aquí.

Inspecciono sus ojos, haciendo un gran esfuerzo por contener los latidos de mi corazón.

–¿En serio?

–Quizás fui demasiado sutil.

Hasta ahora di por sentado, en gran medida, que todas mis interpretaciones de las palabras de Hideo fueron exageradas de mi parte, pero es bastante difícil malinterpretar *esta* afirmación. *Habla de ti muy a menudo*, había dicho Kenn. Respiro con fuerza, pero no me aparto.

–¿Sobre qué? –susurro.

Las pestañas de Hideo están bajas y hay algo dulce e incierto en su mirada. Vacila. Luego agita una mano en un gesto sutil y una pantalla transparente aparece nuevamente en mi vista.

¿Conectar con Hideo?, pregunta.

–Déjame mostrarte algo –dice–. Es un nuevo sistema de comunicación en el que he estado trabajando. Una forma segura para que te conectes conmigo.

Miro la ventana que flota en el aire durante un momento y luego acepto. Los bordes de mi vista lanzan destellos de color celeste.

–¿Qué hace? –pregunto.

Emika, envíame un pensamiento.

Es la voz de Hideo, suave, cálida y profunda, resonando dentro de mi mente. Un cosquilleo de sorpresa atraviesa con rapidez por mi interior. Cuando lo miro, noto que no abrió la boca ni hizo ningún movimiento de teclear. Es *telepatía* a través del NeuroLink, el paso siguiente en la evolución del envío de mensajes, un vínculo íntimo y secreto que nos conecta. Me sobresalto ante la novedad y luego, vacilando, le mando un pensamiento.

¿Estás en mi mente?

Solo si tú lo permites. Eres libre de deshabilitar nuestra conexión, nuestro Link, cuando lo desees.

No puedo evitar sonreír, atrapada entre una sensación de inquietud y entusiasmo. Ya había pasado casi una década desde que Hideo creó por primera vez algo que cambió el mundo y, sin embargo, aquí está, haciéndolo otra vez, año tras año. Sacudo la cabeza con incredulidad.

Es asombroso, pienso para él.

Hideo sonríe, su humor sombrío momentáneamente animado. *Creo que no te das cuenta de cuánto disfruto de tu compañía. Así que quiero compartir un secreto contigo.*

De repente, me doy cuenta de que no solo puedo oír sus palabras en mi mente a través de nuestro nuevo Link… también puedo *sentir* algo. Puedo *percibir* un atisbo de sus emociones a través de la conexión.

Oh, pienso, sin siquiera darme cuenta de lo que estoy haciendo, y contengo el aliento.

Puedo sentir el deseo en él, un fuego intenso y ardiente. Por *mí*.

He querido besarte, Hideo piensa hacia mí, acercándose más, *desde la noche en que te vi con ese vestido blanco.*

Desde la fiesta en Sound Museum Vision. De pronto, estoy muy consciente de mi hombro desnudo. Me siento algo mareada por el flujo constante de sus emociones a través de nuestro Link, y me pregunto si él puede sentir lo mismo viniendo de mí, el rápido y agitado latir de mi corazón, el calor que corre por mis venas. Debe ser así, porque una parte de su sonrisa se curva hacia arriba.

Súbitamente, me siento audaz bajo esta luz tenue y este nuevo vínculo, este espacio que se ha vuelto demasiado caliente.

¿Y entonces?, le pregunto.

Entonces, su mirada cae sobre mis labios. *Quizá deberíamos hacer algo al respecto*.

En lo único que puedo pensar es en su proximidad, en sus ojos oscuros, en su respiración moviéndose contra mi piel. Hay una chispa en su mirada, la forma en que se oscurecen sus ojos, hay algo feroz y anhelante, algo que *desea*. Vacila durante un insoportable segundo. Luego, su cabeza se inclina hacia mí. La piel suave de sus labios se aprieta contra la mía, y antes de que me dé cuenta, me está besando.

Mis ojos cerrados tiemblan. Al principio, es gentil, reprime sus emociones mientras explora. Una de sus manos sube y toma suavemente mi rostro. Apoyo la mejilla en su mano, como señalándole que quiero más, mientras fantaseo sobre lo que hará a continuación. *¿Puedes sentir lo que yo quiero?* Como si fuera la respuesta, un hondo gemido de placer resuena profundamente en su garganta. Después se aproxima más, me empuja contra el sillón y me besa con más fuerza. La conexión entre nosotros aumenta diez veces nuestras emociones y necesito aire, abrumada por el ardor de su deseo que se transmite a través de nosotros… Y también de mi propio deseo, respondiendo con una pasión que fluye violentamente hacia él. Puedo sentir *sus* pensamientos, vistazos y destellos de sus manos contra mi piel, recorriendo los muslos desnudos. Todo mi cuerpo se estremece. Su mano se hunde en mi cabello y alza mi cabeza hacia él. A través de la niebla de mis pensamientos, me doy cuenta de que rodeé su cuello con mis brazos y lo atraje hacia mí, hasta que cada centímetro de mi cuerpo está apretado contra él. Siento su tibieza, la firmeza de los músculos de sus brazos y de su pecho debajo de la ropa. El tamborileo de la lluvia contra el vidrio prosigue débilmente en el fondo.

Se aparta por un breve segundo, sus labios merodean sobre los míos. La respiración suave y trabajosa, las cejas fruncidas, el fuego todavía encendido en su mirada. Sus emociones chocan contra las mías, se fusionan violentamente, y está descontrolado en este momento, despojado de su versión reservada, distante y formal, y dejando a la vista la parte vehemente y salvaje. Estoy temblando por la tormenta de sensaciones, sin saber en qué concentrarme, queriendo absorber todo al mismo tiempo, luchando por encontrar las palabras perfectas.

De acuerdo, termino diciendo en medio de los jadeos. *Decididamente, fuiste demasiado sutil.*

Regresa su sonrisa secreta.

–Te compensaré por eso –murmura contra mi oído y luego me besa otra vez. Mis dientes le tironean, provocativamente, el labio inferior. Hideo gruñe sorprendido y se aparta de mi boca para besarme el borde del mentón. Sus labios se deslizan por mi cuello y mi espalda se estremece entera. Su mano caliente ya se abrió camino por debajo del suéter y sube por mi espalda desnuda, delineando la hondonada de la columna. Puedo sentir sus dedos callosos y ásperos contra la piel. Un millón de pensamientos atraviesan mi mente. Arqueo el cuerpo hacia él. Me doy cuenta vagamente de que me deslicé a lo largo del sillón, mi cabeza está ahora sobre el apoyabrazos, y el cuerpo de Hideo está apoyado con fuerza contra el mío, empujándome hacia abajo. Sus labios van del cuello a la clavícula, besándome todo el tatuaje hasta llegar a mi hombro desnudo.

Luego, abruptamente, una puntada de emoción desconocida se desliza a través de nuestra embravecida tempestad: un dejo de preocupación que proviene de él. Para mi decepción, Hideo deposita un último beso contra mi piel. Suspira, murmura una débil maldición contra mi oído y se aparta. Me siento repentinamente fría, todavía sacudida por lo que acaba de suceder. Despacio, me apoyo sobre los codos y lo observo. Él me ayuda a levantarme y luego sus manos permanecen un momento sobre las mías. La conexión que nos une se sacude un poco hasta que vuelve a quedar en calma y silencio.

–Te estoy metiendo en más cosas de lo que imaginaste –dice finalmente.

Frunzo el ceño, la respiración todavía un poco entrecortada.

–Bueno, no me quejo –me acerco más a él–. *Voy* a encontrar a Zero. Voy a terminar el trabajo para el que me contrataste.

Me mira unos segundos más y luego sacude la cabeza y sonríe. Ese escudo que siempre mantiene con esmero a su alrededor desapareció, y dejó expuesta una parte íntima de él. *Quiere decirme algo*. Puedo ver en su rostro la batalla que está librando.

–No te voy a demorar más esta noche –dice. Su corazón vuelve a retirarse detrás del escudo–. Es probable que tus compañeros quieran festejar contigo –y con esa frase, se estira y desconecta el Link. La súbita ausencia de su sutil flujo de emociones y del eco de su voz en mi mente me dejan aún más vacía. Un minúsculo botón permanece en la esquina de mi visión, algo que puedo tocar para conectarnos nuevamente.

Trato de asentir todo el tiempo para que no pueda ver la decepción en mi rostro.

–Tienes razón –mascullo–. Festejar. Es mejor que regrese.

Me da un beso en la mejilla.

–Te llamo mañana –dice. Pero aun cuando se aleja, sé que el espacio entre nosotros ha cambiado en forma permanente.

Asiento como en un sueño, como si fuera una droga que no puedo dejar de tomar.

–Sí.

VEINTIDÓS

En los días siguientes, los demás grupos tienen su primera ronda de juegos. El equipo Andrómeda derrota a los Sabuesos en tiempo récord, en un mundo laberíntico de ardientes catacumbas. Los Dragones de Invierno vencen a los Titanes en una selva plagada de trampas. Los Cazadores de Tormentas derrotan a los Bastardos Reales en las calles iluminadas por luces de neón de un puerto espacial futurista. Los Halcones avanzan sobre los Fantasmas; los Saqueadores de Castillos vencen a los Caminantes del Viento; los Caballeros de las Nubes aplastan a los Hechiceros; y, para sorpresa de todos, los Vikingos Zombis derrotan a los Expertos Tiradores.

Miro y analizo cada juego con mis compañeros de equipo. Me entreno con ellos mientras comienza la segunda ronda. Vencemos a los Cazadores de Tormentas en una lucha frenética, donde Asher y Malakai, el Capitán de los Cazadores, se enfrentaron en la cima de una torre remota mientras los demás trepábamos con esfuerzo por los costados.

Todos los días analizo información sobre los demás jugadores. Busco más indicios de Ren mientras se desplaza por la residencia, sin hacer contacto visual conmigo. Me pregunto si lo sabe.

Por la noche, sueño que estoy en la cama de Hideo, enredada entre las sábanas, mientras mis manos recorren su espalda desnuda, sus manos aferradas a mi cadera. Sueño que alguien ingresa en su casa mientras dormimos, que me muevo a su lado y veo junto a su cama una figura sin rostro con una armadura negra. Imagino las noticias de la mañana siguiente, transmitiendo la muerte de Hideo. Despierto sobresaltada y jadeando.

}{

Buenos días, hermosa.

Al despertar, me encuentro con un día oscuro y tormentoso, y un mensaje de Hideo en el teléfono. La luz de mi dormitorio es azul grisácea, y mi corazón late con fuerza por otra noche de sueños agitados. Leo su mensaje varias veces más antes de estar segura de que está sano y salvo, y después dejo caer la cabeza en la almohada y suspiro, débil pero aliviada. Una sonrisita merodea por las comisuras de mis labios ante sus palabras.

Buenos días.

Luego me siento, me pongo la camisa y me dirijo al baño para colocarme los lentes de contacto. Cuando regreso, un pedido está titilando en mi vista, preguntándome si quiero conectarme con Hideo. Acepto y, un momento después, hay un Hideo virtual en mi habitación, todavía con el pecho desnudo y poniéndose la camisa. Esbozo una amplia sonrisa, tentada de pedirle que no se la ponga. Se sirve una taza de café mientras su perro da vueltas con alegría alrededor de sus piernas, como un pato. Es extrañamente placentero verlo de una manera en que nadie lo ve: juvenil, relajado, totalmente vulnerable, el cabello mojado y revuelto de la ducha, los pantalones de gimnasia caídos hasta la cadera. La pálida luz de la lluvia que ingresa por las ventanas destaca el contorno de su cabello y su rostro.

Sonríe al verme.

–Antes de que preguntes –dice, apuntando con la cabeza hacia el costado que no puedo ver–, mi guardaespaldas está justo al lado de la puerta.

Sonrío y meneo la cabeza.

–Me alegra que finalmente te estés tomando en serio tu

seguridad –después, me pongo seria–. Supongo que no volviste a pensar en marcharte de Tokio, ¿verdad?

Bebe un sorbo de café.

–La segunda ronda comienza esta semana. Si no estoy aquí, la gente comenzará a hacer preguntas.

–Solo… piénsalo. ¿Por favor? –digo con un suspiro.

Un guardaespaldas lo llama y voltea ligeramente la cabeza.

–Tanaka-san –dice–. Los reporteros están listos para la entrevista.

Hideo le hace una leve inclinación de cabeza.

–Voy en un instante –responde. Camina hacia mí hasta que la distancia que nos separa es de unos pocos centímetros y luego se inclina. Si él estuviera en mi dormitorio en este momento, probablemente podría sentir su respiración sobre mi cuello–. Te prometo que lo pensaré –murmura–. Pero tienes que entender lo difícil que es cuando tú todavía estás aquí.

Enrosco los dedos del pie y me estremezco de placer. A través de nuestro Link, puedo darme cuenta de que mis emociones le están llegando en forma de ondas. *Eres un caso perdido*, pienso hacia él.

Solo por la mañana.

Recuerdo que aquella noche también parecías bastante perdido.

Baja los ojos y sus pestañas brillan con la luz. Una sonrisa se demora en sus labios.

Me gustaría besarte en este mismo instante.

¿Y si no te dejo?, lo provoco.

No me hieras, Emika.

Río. *Tal vez quiero besar a otro.*

Los celos cruzan fugazmente por su rostro y sus ojos se vuelven tan negros como la carbonilla. Aun a través de la distancia física que nos separa, puedo percibir sus emociones mediante del Link, ese deseo deliciosamente sensual.

Ven a casa. Esta noche.

El estómago me da un vuelco.

Pero... mis compañeros.

Haré que valga la pena.

El vuelco se convierte en un salto mortal.

–¿A tu casa? –susurro, incapaz de ocultar mi propia sonrisa.

Vacila. La incertidumbre regresa a su rostro y, por un instante, creo que meneará la cabeza y cambiará de opinión. Después de una pausa, sin embargo, me sorprende con un gesto afirmativo.

Ven conmigo esta noche. Te mostraré mi antigua casa.

El corazón me late con más rapidez. Otro secreto de su pasado; puedo oírlo en su voz, sentirlo a través del Link. Asiento sin pensarlo.

De acuerdo, contesto.

Ambos salimos del Link y vuelvo a quedarme sola en mi habitación. Respiro profundamente, luego me levanto y salgo del dormitorio.

Para cuando llego abajo, afuera está lloviendo mucho. Hammie y Asher se encuentran en los sofás de la sala, abstraídos en un tranquilo debate acerca de cuál es la mejor manera de anular la defensa de los Caballeros de las Nubes. El brazo de Asher está extendido sobre el respaldo del sillón, la mano toca distraídamente el hombro de Hammie, y ella no se aparta. Roshan está en medio de un juego, que transmite en vivo en las redes sociales. A Ren no se lo ve por ningún lado. La residencia está en calma, excepto por el golpeteo de la lluvia contra el techo de vidrio del vestíbulo.

–Emika.

Casi se me sale el corazón por la boca al oír la voz de Ren. Levanto el puño instintivamente, giro y veo que se encuentra detrás de mí, de espaldas, como si se dirigiera a su habitación. Después respiro y bajo el puño. Debería haber sentido que estaba allí... se supone que soy muy buena para captar lo que está sucediendo en una habitación. El hecho de que pueda ser tan silencioso para moverse me irrita.

–Me diste un susto del demonio –exclamo abruptamente.

Se limita a arquear una ceja ante mi reacción, luego responde en francés. Un texto blanco y transparente aparece delante de mi vista mientras va traduciendo.

–¿Siempre estás preparada para golpear a las personas que te sorprenden?

Todas mis sospechas sobre Ren, después de rastrearlo durante las últimas dos semanas, deben haber hecho que me ponga nerviosa cuando me encuentro cerca de él.

–Solo a las que acechan en pasillos oscuros.

–¿Tienes un minuto? –dice con un gesto para que me acerque–. Quiero preguntarte algo.

–¿Sobre qué?

Me observa en silencio.

–Sobre Hideo.

Parpadeo, momentáneamente muda, y mis ojos se lanzan sobre los de Ren, que me observa con detenimiento. ¿Qué había notado en mi expresión? ¿Había tratado de pescarme intencionadamente desprevenida para ver cuál sería mi reacción? De inmediato, me recupero y, en su lugar, le lanzo una risa confundida.

–¿Qué? ¿Al fin aparecí en algún medio sensacionalista? –exclamo, exagerando mi tono burlón.

–Algo así –responde, y me devuelve una gran sonrisa. Sus palabras hacen que corra un escalofrío por mi espalda–. Ven. Podemos charlar en mi habitación.

Si no voy con él, resultará sospechoso. De modo que lo sigo por el pasillo que conduce a su dormitorio. *No es nada*, me digo a mí misma. Además, puede darme una oportunidad de hacer algo de rastreo que por lo general no tengo tiempo de hacer: *hablar* directamente con uno de mis potenciales objetivos.

Nunca había estado en esa zona de la residencia, pero es imposible no acertar cuál es su habitación: desde el pasillo, alcanzo a oír el sonido amortiguado, profundo y constante de su música, a un volumen apenas audible. Ren se detiene delante de la puerta, que se desliza hacia el costado y deja ver una amplia habitación, iluminada con un tenue resplandor azul de neón. Ren ingresa y yo dudo un momento antes de unirme a él.

El dormitorio es completamente distinto del mío, como si lo hubiera diseñado a su medida. Paneles acolchados de espuma cubren las paredes y, en el centro, hay una mesa en forma de arco, sobre la cual flota un sistema de pantallas colgantes. Algunas parecen medidores de sonido y otras exhiben medidas y barras que no puedo descifrar ni remotamente. Adosados a la misma mesa, también hay un teclado musical y una consola con perillas que se deslizan hacia arriba y abajo. Los auriculares personalizados de Ren con las alas doradas se encuentran sobre el escritorio. La habitación vibra con un ritmo intenso, que hace que el piso tiemble en sintonía con los latidos de mi corazón. Mis ojos recorren su habitación con asombro, aun mientras busco pistas. Saco discretamente el perfil hackeado de Ren y su información se enciende en un texto transparente alrededor de él.

–¿Querías hablar de Hideo? –pregunto.

Asiente. Después se sienta, da vueltas en la silla y se acomoda los auriculares dorados alrededor del cuello.

–Sí. Cuando nos conocimos por primera vez, mencionaste que habías escuchado antes mi música, ¿verdad?

–Yo era fanática de tu música cuando apareciste por primera vez en el escenario musical de Francia –asiento.

–Guau –me lanza una sonrisa que no puedo distinguir bien si es genuina, y luego juega con algunas de las perillas de la consola–. No sabía que me conocías desde hace tanto tiempo.

No sabía que me conocías desde hace tanto tiempo. De inmediato, una campana de alerta suena en mi cabeza.

–Te mantuviste en un lugar muy específico, para muy poca gente –contesto con precaución–. Como si todavía no quisieras que te descubrieran.

Se reclina en la silla y apoya los pies sobre el escritorio.

–Todos mis primeros trabajos eran en francés. No sabía que hablaras mi idioma.

Lo observo mientras se coloca los auriculares y mi corazón empieza a latir más rápidamente. *No sabía que hablaras mi idioma.* ¿Se está refiriendo al francés, o al lenguaje hacker?

–¿Y qué tiene que ver esto con Hideo? –pregunto, tratando de traerlo de vuelta al tema original–. ¿Él también es fanático de tu música?

–He estado componiendo un tema para él como regalo, una vez que todo haya terminado –prosigue con voz alegre–. Para agradecerle por hacerme entrar en Wardraft. Quería recibir algún tipo de devolución de alguien que conoce bien a Hideo y también conoce mi música. Ya sabes, para ver si es algo que le agradaría –y después de decir eso, me mira expectante–. Pareces llevarte muy bien con él.

Ren sabe. ¿Sabe realmente? Esbozo una sonrisa forzada mientras me encojo de hombros.

–¿Te parece? –pregunto con el mismo tono relajado.

–Al menos, eso es lo que toda la prensa sensacionalista anda murmurando.

–Bueno –respondo, manteniendo los ojos a la altura de los suyos–. Todos tenemos amigos en lugares importantes, ¿no es así?

Me devuelve la mirada durante un instante, implacable, y luego desvía la vista.

–Aquí viene. Escucha. Podría servirme tu ayuda.

Ren había dicho una vez en una entrevista que no le agradaban los comentarios de afuera sobre su obra. Y ahora aquí está, ofreciéndome sus auriculares, y no sé cómo interpretarlo. Cuando me arroja una sonrisa alentadora, me estiro, acepto los auriculares y me los pongo.

Es un bajo profundo, completamente solo, con un suave y hermoso violín encima, y algo que suena como campanadas. Una voz femenina comienza a canturrear con suavidad. *Atravesemos Tokio frenéticamente de cero a sesenta / sí, como si se nos estuviera acabando el tiempo en esta ciudad*. Mientras escucho, miro a Ren. Un tema sobre Tokio.

Luego escucho un verso que me hace estremecer por completo. *Salgamos con una explosión / sí. Bang. Es hora de salir con una explosión*.

Es el mismo tema que había sonado por unos segundos en la Guarida del Pirata. *Me está tendiendo una trampa*. Miro rápidamente a Ren y noto que está observando mi rostro con expresión atenta. Él compuso la pista que había sonado durante el juego de Darkcross, la versión de Warcross del Dark World... y ahora me la está haciendo escuchar para ver si me resulta conocida. A juzgar por la manera en que me está mirando en este momento, puede darse cuenta de que ya la escuché antes. Y eso significa que sabe que yo debí haber estado ahí, en la Guarida del Pirata, al mismo tiempo que él.

Sabe que lo estoy siguiendo. Sabe que estoy vigilando a Zero.

Ren toma sus auriculares. Sus ojos nunca abandonan mi rostro.

–¿Piensas que a Hideo le agradará?

Ahora sus palabras me resultan amenazadoras y me esfuerzo por mostrarme impasible.

–Es bueno. Tal vez hasta lo agregue a los torneos del año próximo.

–Tal vez hasta lo agregue al torneo final de *este* año –dice con una sonrisa. Se inclina hacia delante, apoya los codos en las rodillas y me atrapa con su mirada imperturbable–. Tenemos que salir con una explosión, ¿verdad?

Sonrío y asiento ante su afirmación, pero suena como una amenaza velada. Mi corazón late más rápido. *Salgamos con una explosión*. Ren acababa de repetir la misma frase de la Guarida del Pirata... Y, aunque podría no querer decir nada, mi mente llega a otra conclusión. Lo que el grupo de Zero esté tratando de hacer (que incluye muchas ciudades internacionales y también la vida de Hideo) sucederá el día del torneo final.

Y ahora sabe que estoy involucrada.

VEINTITRÉS

Un par de horas más tarde, mientras me encuentro con Hideo en un auto privado, todavía no he logrado quitarme de la mente la conversación con Ren. *Podría haber estado hablando literalmente*. Pero ese tema musical no fue una casualidad. Él sabe que yo estaba en el Dark World siguiendo su pista... O, por lo menos, sabe que estaba en la Guarida del Pirata al mismo tiempo que él.

Si Hideo percibe mis atribulados pensamientos, no lo menciona. Parece distraído también. Aun sin tener conectados nuestros Links, noto cierta incomodidad en él, algo que vuelve distantes sus ojos, lo mismo que lo hizo apartarse de mí aquella noche en su casa. Me cuestiono si contarle acerca de mi conversación con Ren, pero luego decido no hacerlo. Es demasiado impreciso. Tengo que investigar con mayor profundidad.

El viaje es un trayecto lento a través de la lluvia. Un par de horas más tarde, arribamos a un arbolado suburbio de Tokio, donde la ciudad deja lugar a colinas suavemente onduladas y calles angostas de impecables edificios de tres pisos, los techos elegantemente curvos pintados de rojo y negro. Hileras de pinos bordean ambos lados del camino. Un solo transeúnte deambula por la acera, y un jardinero poda un cerco vecino con cuidado… Pero fuera del débil *clip-clip-clip* de las tijeras de podar, todo está en silencio. Finalmente, el auto se detiene frente a una casa al final de la calle, adornada con arbustos redondos y rocas. Macetas con flores bordean el sendero en filas ordenadas. La luz del porche está encendida, a pesar de que recién está anocheciendo.

Hideo toca el timbre. Se escucha una voz que viene del otro lado, amortiguada y femenina. Unos segundos después, se abre la puerta y aparece una mujer vestida con un suéter, pantalones y pantuflas. Parpadea al vernos a través de las gafas, que agrandan sus ojos. Luego, su rostro se arruga de placer al ver a Hideo. Profiere una risa leve, llama a alguien por encima del hombro en japonés y le extiende los brazos.

Hideo inclina la cabeza, más abajo de lo que le vi inclinarla ante nadie.

–*Oka-san* –dice antes de envolverla en un cálido abrazo. Me sonríe con timidez mientras ella se estira hacia arriba para palmearle las mejillas, como si fuera un niño–. Ella es mi madre.

¡Su madre! Una sensación de tibieza envuelve mi estómago, provocando un aleteo de emociones. Me sonrojo y sigo el ejemplo de Hideo, inclinándome lo más abajo que puedo. Hideo me señala con la cabeza.

–*Oka-san* –le dice a su madre–. *Kochira wa Emika-san desu*.

"Ella es Emika", leo en la traducción.

Murmuro un vergonzoso "hola" e inclino la cabeza respetuosamente. Ella me sonríe con calidez, también me palmea las mejillas y exclama algo acerca de mi cabello. Luego nos hace pasar a ambos al interior, lejos del mundo.

Nos quitamos los zapatos junto a la puerta y nos calzamos pantuflas que la madre de Hideo nos ofrece. Adentro, la casa es soleada, acogedora y absolutamente inmaculada, llena de fotografías y macetas con plantas verdes, macetas de arcilla y extrañas esculturas de metal. Sobre un tapete y una alfombra de bambú que cubren el piso de la sala, hay una mesa baja con una tetera y tazas de té. Una puerta corrediza abierta deja ver un frondoso jardín Zen. Ahora entiendo por qué Hideo diseñó su casa de Tokio como lo hizo; debe recordarle a *esta* casa, su verdadero hogar. Estoy a punto de comentar cuán hermosamente tradicional es su casa cuando una voz automatizada brota de los parlantes, que se encuentran en algún lugar del techo.

–Bienvenido a casa, Hideo-san –dice la voz. En la cocina, la hornalla se enciende debajo de una tetera sin que nadie la toque. Bueno, está bien... hermosamente tradicional, con algunos dispositivos de alta tecnología.

Unos minutos después, viene a saludarnos su padre. Observo la escena, conteniendo una ola de envidia, mientras la pareja arma un gran alboroto alrededor de su hijo, con todo el entusiasmo de los padres que no pueden ver a su hijo tan a menudo como quisieran.

La madre dice algo acerca de prepararnos algo para comer y sale precipitadamente, dejando las gafas sobre la mesa. Sin perder un instante, Hideo toma las gafas, sigue a su madre hacia la cocina y le recuerda con amabilidad que se las ponga. Luego abre la puerta del refrigerador y comprueba que no hay provisiones para preparar una comida ligera. Su madre frunce el ceño confundida y le dice que estaba segura de que había algo. Hideo le habla en voz baja y cariñosa, apoyando las manos en sus hombros, asegurándole que todo está bien y que enviará a alguien a comprar comestibles de inmediato. Su padre observa desde el pasillo y tose un poco, el sonido indica que se trata de algo crónico. Me muevo ante el sonido. Ninguno de sus padres es muy mayor, pero ambos parecen más débiles de lo que deberían ser a su edad. Eso despierta recuerdos desagradables dentro de mí.

Cuando Hideo regresa a mi lado y ve que lo estoy observando, se encoge de hombros.

–Si yo no se lo recuerdo, lo hará el sistema de la casa

–dice–. Los cuida cuando no estoy aquí. Se niegan a aceptar un sirviente –su voz es esmeradamente ligera, pero ya lo he escuchado suficientes veces como para detectar la profunda tristeza que corre por debajo de ella.

–¿Tus padres siempre vivieron aquí? –decido preguntar.

–Desde que nos mudamos de Londres –responde y señala los adornos de las mesas auxiliares–. Mi madre ha estado aprendiendo a hacer macetas de arcilla desde que se retiró de su trabajo como neurocientífica. Las esculturas de metal son de mi padre. Las hace soldando restos de computadoras de su tienda de reparación.

Me detengo a admirar una escultura. Recién ahora veo que todas ellas, a pesar de ser geométricas y abstractas, parecen representar sus propias vidas personales. Una pareja caminando del brazo. Escenas familiares. Algunas representan a sus padres con *dos* niños. Me viene a la memoria el retrato que había visto en la casa de Hideo.

–Son hermosas.

Se muestra complacido ante mis palabras, pero puedo sentir que regresa su costado oscuro y callado cuanto más tiempo permanecemos allí, como si venir a su hogar le hubiera dado a esta parte de él el combustible que necesita para existir. Mira por la ventana durante un instante y luego me hace un gesto con la cabeza.

–Dime, Emika –dice con una leve sonrisa–. ¿Visitaste un *onsen* desde que llegaste a Japón?

–¿Un *onsen*?

–Una fuente de aguas termales.

–Ah –me aclaro la garganta mientras sube el color a mis mejillas–. Todavía no.

Señala con la cabeza en dirección a la puerta.

–¿Quieres?

}{

Mientras el sol comienza a ponerse, Hideo me lleva a una zona con una hermosa vista a un grupo de montañas, donde hay un sauna rodeado de cerezos en flor. Lo observo con cuidado. Su humor mejoró desde que llegamos, pero no ha vuelto a ser completamente el mismo. Camino en silencio a su lado mientras nos aproximamos a la entrada de la pequeña cabaña y me pregunto qué puedo hacer para levantarle el ánimo.

–¿Vienes a menudo aquí? –le pregunto.

–Es mi *onsen* privado –asiente.

Las aguas de la fuente termal son calmas y apacibles, una nube de vapor flota sobre ellas. Rocas lisas rodean el borde de la fuente y flores de cerezo caen de los árboles y descansan en la superficie del agua. Un lado de la fuente da a una cadena de montañas, cuyas cimas están recibiendo los últimos rayos del sol. El otro lado da a un río.

Para cuando me acerco a la fuente con una bata, Hideo ya está dentro del agua y levanta la vista cuando me ve. Agradezco el calor; tal vez pueda tapar algo de mi rubor, que ya está amenazando con incendiar mi rostro mientras observo su cabello mojado y sus músculos desnudos. El tatuaje del costado vuelve a quedar a la vista y las suaves líneas negras se pierden dentro del agua. Me aclaro la garganta y Hideo mira cortésmente hacia otro lado, dándome tiempo para que me quite la bata y me sumerja en las aguas calientes. Cierro los ojos y emito un leve gemido de placer.

–No me iré nunca de aquí –murmuro mientras Hideo se acerca a mí.

Me acomoda algunos mechones mojados detrás de los hombros, luego me empuja hacia un rincón, donde sus manos sujetan los bordes de la fuente a cada lado de mí. Ahora mi rostro está tan caliente como el agua y soy muy consciente del contacto de nuestra piel desnuda.

–Cuéntame qué significa esto –murmura deslizando la mano a lo largo de mi brazo tatuado. Sus dedos trazan líneas de agua por mi cuerpo.

En un estado de feliz aturdimiento, bajo la vista y estiro el brazo para que podamos apreciar los tatuajes en forma completa.

–Bueno –susurro–, la flor es una peonía, la preferida de mi padre –mis dedos se alejan de la muñeca y los dedos de Hideo los siguen–. La ola del mar me recuerda a California, porque nací en San Francisco.

Su mano se detiene cerca de mi codo, sobre una elaborada escultura geométrica que brota de las olas.

–¿Y?

–Una estructura de Escher –respondo–. Me encantan.

–Buena elección –sonríe Hideo.

Yo también sonrío, plenamente consciente de la tibieza de su piel contra mi brazo. Subo la mano por el tatuaje, deteniéndome un momento en una serie de plumas estilizadas que flotan en el cielo, luego en ese cielo que se transforma en una zona de planetas, los anillos inclinados como un antiguo disco de vinilo, que se convierten en pentagramas de partituras musicales, donde hay una melodía escrita.

–El aria de la Reina de la Noche de Mozart –concluyo–. Porque, bueno, me agrada fantasear que soy esa reina.

–Mmm –se inclina sobre mí para llenarme el cuello de besos, y me estremezco–. Una cazadora de recompensas vagando por el Dark World –murmura–. Muy apropiado.

Cierro los ojos, los labios abiertos, y absorbo el calor de sus brazos alrededor de mi cuerpo, sus besos se arrastran por mi piel húmeda. Las ásperas cicatrices de sus nudillos me rozan la cintura mientras sus manos me atraen hacia él. Hay una timidez en sus ojos que hace que parezca tan joven, una expresión que empuja mi corazón aún más hacia él. No puedo recordar cuándo comenzamos a besarnos o cuándo dejamos de hacerlo, o cuándo se inclina contra mí y me siento débil al escucharlo susurrar mi nombre. Es como si existiéramos en medio de una niebla caliente y crepuscular, y no sé hacia dónde va el tiempo, pero parece que oscurece en un abrir y cerrar de ojos, y pronto la noche nos devoró. Ahora nos quedamos en silencio, la cabeza reclinada contra las piedras que bordean la fuente, observando las lámparas colgantes que iluminan el agua con destellos dorados. Arriba, las estrellas titilan una por una mientras hacen su aparición... Estrellas *reales*, no una simulación virtual. Acaba de ponerse el sol, pero puedo ver más estrellas de las que vi en toda mi vida, cubriendo el cielo con una sábana de luz.

Hideo también mira las estrellas.

–Sasuke estaba jugando en el parque –dice finalmente, palabras sosegadas en el espacio vacío. Muevo la cabeza contra las piedras para escucharlo mejor. Se ve pensativo, la mente muy lejos de aquí.

Esta es la razón por la cual vinimos. Este es el secreto que tanto le pesa. Volteo levemente la cabeza hacia él, esperando que continúe. Parece luchar en silencio, preguntándose si dejarme entrar en su mundo será una enorme equivocación.

–¿Qué ocurrió? –susurro.

Suspira y cierra los ojos durante un instante. Luego hace un movimiento con la mano y aparece una pantalla entre nosotros. Hideo compartirá conmigo uno de sus Recuerdos.

Lo acepto sin decir una palabra. De inmediato, el *onsen*, el anochecer y la vista que nos rodea desaparecen, y tanto Hideo como yo nos encontramos al borde de un parque, envueltos por una tarde dorada de otoño, donde el sol delinea los árboles en una bruma de luz. Hay algunos autos estacionados a lo largo de la acera. Hojas rojas y anaranjadas caen planeando al suelo, y salpican el césped verde de colores cálidos. A poca distancia de nosotros, dos niños entran al parque.

Reconozco de inmediato a Hideo de pequeño; el otro debe ser su hermano.

–Cuando esto sucedió, todavía no habías inventado el NeuroLink, ¿verdad? –pregunto mientras observo a los dos chicos ingresando al parque–. ¿Cómo creaste este Recuerdo?

–Puedo recordar hasta el último detalle de ese día –responde–. Tenía nueve años. Sasuke tenía siete –señala la imagen de los hermanos–. El plano del parque, la ubicación de cada árbol, las hojas doradas, la temperatura, el ángulo de la luz... Recuerdo todo como si hubiera sucedido hace pocos minutos. De modo que reconstruí este momento para mí, como un Recuerdo, en su totalidad, y voy agregándole nuevos detalles todos los años.

Seguimos el punto de vista de Hideo de niño mientras camina tranquilamente y las hojas crujen debajo de sus botas. Lleva el cuello del abrigo levantado para cubrirse del frío. Está extrayendo una bufanda color azul intenso de la mochila. Corriendo un par de metros delante de él, se encuentra Sasuke (claramente el más pequeño de los dos), todo sonrisas, las botas crujiendo entre las hojas mientras sale corriendo con velocidad hacia delante. Cuando los niños hablan, lo hacen en japonés.

–*Yukkuri, Sasuke-kun!* –le grita el pequeño Hideo a su hermano, agitando la bufanda azul en el aire. Leo la traducción en mi vista mientras él continúa–. ¡No corras tan rápido, Sasuke! Ponte la bufanda. Mamá me va a matar si no te la pones.

Sasuke lo ignora. Lleva una canasta llena de huevos de plástico color azul.

–Bueno, esta vez eres rojo –le grita a Hideo por encima del hombro–. Yo soy azul. Si te arrebato todos los tuyos antes de que el sol pegue en aquel árbol –se detiene para señalar–, me quedaré con tu autito preferido.

Hideo pone los ojos en blanco y lanza un irritado suspiro mientras llegan a un claro en el centro del parque.

–Pero ¡forma parte de una *colección*! –alega, aunque no se niega. Finalmente, alcanza a su hermano. A pesar de las protestas de Sasuke, Hideo lo obliga a quedarse quieto mientras le coloca la bufanda azul y le levanta el cuello–. No podemos quedarnos mucho más tiempo afuera. Papá necesita que lo ayudemos en la tienda antes de la cena, y mamá tiene que quedarse en el laboratorio hasta tarde.

Sasuke hace mohines, como haría cualquier hermanito menor.

–Está bien –masculla.

Los niños se separan y se dirigen a extremos opuestos del parque. Mientras caminan, Hideo saca de la mochila una bolsa de huevos rojos de plástico. Ambos comienzan a arrojarlos por todo el lugar, esforzándose en esconderlos bien, para que el otro no los encuentre.

Un huevo azul aparece rodando y, cuando Hideo levanta la vista, ve a Sasuke que lo observa con una sonrisa tonta.

–¡Lo lancé demasiado fuerte! –grita–. ¿Puedes arrojármelo?

Hideo toma el huevo y se lo lanza a su hermano. El huevo

pasa volando por arriba del claro y desaparece en la espesura de los árboles que bordean la orilla de un arroyo cubierto de bambúes. Hideo se ríe mientras la sonrisa amplia de Sasuke se convierte en una seria expresión de exasperación.

–Espérame, Hideo –le grita a su hermano por encima del hombro, y luego sale corriendo con pasos largos hacia los árboles en busca del huevo. Hideo le da la espalda y sigue escondiendo el resto de los huevos. Unos minutos más tarde, echa un vistazo por encima del hombro.

–¿Ya terminaste? –grita.

Nadie contesta.

Hideo se pone de pie y se estira, disfrutando del tibio resplandor del sol de la tarde.

–¡Sasuke! –grita otra vez hacia la espesura. El único sonido que recibe como respuesta es el tenue goteo del agua del arroyo y el rumor de las hojas doradas planeando en el aire. La brisa susurra a través de los cimbreantes tallos de bambú.

Transcurren unos pocos segundos antes de que Hideo emita un suspiro y comience a caminar fatigosamente hacia el extremo del parque donde estaba su hermano.

–Vamos. No tenemos todo el día –dice–. ¡Sasuke! ¡Date prisa! –observo la pantalla mientras lo seguimos a través de los árboles y dentro de la hierba crecida, disminuyendo ocasionalmente el paso cuando el follaje se vuelve demasiado frondoso.

–¿Sasuke? –grita Hideo otra vez. Su voz ahora suena diferente: desapareció la exasperación, fue reemplazada por un dejo de confusión. Se detiene en medio de los árboles y se queda mirando a su alrededor, como si no pudiera creer que otra persona acabara de estar ahí. Transcurren largos minutos mientras realiza una búsqueda exhaustiva entre los pequeños matorrales. Lo llama otra vez. Ahora hay un tono de preocupación en su voz. Luego, de miedo. No hay rastros de otro niño. Es como si simplemente hubiera dejado de existir.

–¿Sasuke? –la voz de Hideo se torna urgente, frenética. Sus pasos se aceleran. Sale rápidamente de la espesura y vuelve al claro, esperando que su hermano haya vuelto a salir sin escucharlo. Pero el resto del parque sigue vacío, los huevos de plástico azules y rojos todavía desparramados por el césped, esperan el comienzo del juego.

Se detiene en medio del claro. Ahora el Recuerdo se ve invadido por el pánico, el mundo se vuelve borroso a nuestro alrededor mientras Hideo gira en el lugar, mirando hacia un lado y el otro, y luego sale corriendo hacia otro sector del parque. La vista se sacude violentamente durante la carrera. Su respiración se transforma en breves jadeos, que lanzan nubes de bruma en el aire frío. Cuando pesco un vistazo de su rostro reflejado contra el metal de un auto estacionado, tiene los ojos abiertos y oscuros, las pupilas dilatadas por el terror.

–¡Sasuke! *¡Sasuke!* –cada grito suena más a un aullido que el anterior. Hideo lo llama y lo llama hasta que su voz comienza a quebrarse.

Se detiene abruptamente, jadeando, y se aferra la cabeza con las manos.

–Cálmate. Sasuke volvió a casa –susurra. Asiente para sí, convencido–. Volvió a casa antes sin avisarme. Está ahí –sin vacilar, sale corriendo hacia su casa, examinando desesperadamente las aceras, buscando la espalda de un niño con una bufanda azul–. Por favor, por favor –me doy cuenta de que susurra en voz baja mientras corre. Las dos palabras se extienden en una línea repetida y delgada como un fantasma.

No se detiene hasta llegar a su hogar, una casa que reconozco. Aporrea la puerta hasta que aparece su padre, el rostro desconcertado.

–Hideo, ¿qué estás haciendo aquí? –estira el cuello y mira detrás de su hijo, hacia la acera–. ¿Dónde está tu hermano?

Ante la pregunta, Hideo parece titubear en el lugar y puedo ver que, en ese instante, toma conciencia de que su hermano nunca regresó a su casa, toma conciencia de que algo terrible ha sucedido. Detrás de él, el sol ya ha comenzado a ponerse, bañando de rosa el paisaje dorado.

Lo único que puedo pensar es que era un día demasiado hermoso.

El Recuerdo concluye. Sorprendida, contemplo la reaparición del *onsen* alrededor de Hideo y de mí, la serena bruma de agua caliente y el resplandor de la temprana luz artificial en las rocas. Lo miro. No dice nada ni me mira. Ya ni siquiera parece estar aquí, porque la expresión de su rostro es distante y sombría. Asustada. Después de una pausa, abre otro Recuerdo. Es la misma secuencia que vimos, excepto que alteró el paisaje del parque, cambiando el arroyo un poquito por aquí y un poquito por allá. Saca un tercer Recuerdo. La misma secuencia, pero con los hermanos en posiciones ligeramente diferentes.

–No puedo decirte la cantidad de veces que he repasado esta escena en mi cabeza –me dice finalmente con voz suave. Pasa a otra y a otra, cada una con leves detalles cambiados. Esta vez, la escena muestra a Hideo dándose vuelta unos segundos antes y llamando a Sasuke antes de que llegue a entrar en el bosque. Otra lo muestra guiando a Sasuke fuera del parque y de regreso a casa antes de que puedan comenzar a jugar. Y hay otra más, que muestra a Hideo yendo con Sasuke a buscar los huevos de plástico, en vez de dejar que lo hiciera él solo. Mi corazón se quiebra un poco con cada variante: es su infierno interminable–. Puedo recordar cada pequeño detalle de ese día… excepto los detalles que son importantes. A dónde fue. Cuándo dejé de oír sus pisadas sobre las hojas. Quién se lo llevó. Pienso en lo que podría haber ocurrido si hubiera hecho esto o aquello. Si las cosas hubieran cambiado tan solo un poquito –menea la cabeza. Tiene tan apretada la mandíbula que tengo miedo de que se le rompa–. No lo sé. Por eso sigo reconstruyendo.

Se está torturando a sí mismo. Lo observo con un nudo en la garganta mientras abre otro Recuerdo reconstruido. Esta vez, de la misma noche, con linternas danzando por el parque. Las voces de su madre y su padre son fuertes y frenéticas, se quiebran. Luego, la escena pasa a un pequeño Hideo de rodillas frente a sus padres, sollozando, pidiendo perdón, descontrolado, inconsolable, aun cuando ellos tratan de hacer que se ponga de pie. La escena cambia una vez más a Hideo, acostado en la cama, hecho un ovillo, en silencio, escuchando el débil llanto de su madre, que viene de la habitación de sus padres. Luego cambia a él despertando cada mañana y mirando al espejo… viendo un fino mechón plateado que crece de forma constante entre su cabello negro. Hago un gesto de dolor. Fue el trauma lo que le había trazado esa línea blanca. Y aunque yo no sea él, entiendo; y aun sin estar conectados emocionalmente por el Link en este momento, puedo sentir el remordimiento y la pena despiadada e infinita que ensombrece su corazón.

Trato de imaginar cómo sería que mi padre desapareciera un día y no regresara jamás, lo que debe ser llorar la pérdida de un ser querido sin poder cerrar jamás la herida, vivir eternamente con un misterio de final abierto retorciendo un puñal en tu corazón. Pienso en la luz del porche en la entrada de la casa de sus padres, encendida incluso durante la tarde. Imagino el dolor y, aun dentro de mi imaginación, puedo sentir que mi corazón se desangra.

Transcurre un momento prolongado después de que finalizan los Recuerdos, solo ocupado con el sonido del agua ondeando contra la roca. Cuando Hideo habla otra vez, su voz es baja y está agobiada por una culpa que lo atormenta y lo consume.

–Después de su desaparición, ellos nunca volvieron a hablar de Sasuke. Se culparon a sí mismos, colocaron el remordimiento y la pena sobre sus propios hombros y los llevaron en silencio. La policía y los vecinos también dejaron de hablar de Sasuke, por respeto a mis padres. No pueden mirar fotos de él; solo pude salvar lo que yo tenía. Ahora, él solo existe en sus esculturas. Mi madre envejeció de la noche a la mañana. Ella solía recordar *todo*; conducía su equipo de neurología. Ahora extravía las cosas y olvida lo que estaba haciendo. Mi padre desarrolló una tos que nunca más se fue. Se enferma con frecuencia –los ojos de Hideo siguen el camino de la constelación de Géminis, las estrellas que tienen forma de gemelos–. En cuanto a mí… Bueno, a Sasuke le encantaban los juegos. Jugábamos todos los días, inventábamos juntos todo tipo de actividades. Él era más inteligente que yo… obtenía las mejores calificaciones en todos los exámenes, aprobó sin ningún esfuerzo los exámenes para ingresar a los más selectos institutos que puedas imaginar.

–Inventaste el NeuroLink por tu hermano –comprendo ahora–. Warcross está inspirado en ese juego que jugaba Sasuke en el parque. Creaste Warcross por él.

Se queda callado un instante y se forman ondas en el agua cuando se vuelve hacia mí.

–*Todo* lo que hago es por él.

Le acaricio el brazo con la mano. En este momento, no puedo decir nada que sea apropiado, de modo que opto por permanecer callada. Solo escucho.

–Yo no hablo de él, Emika –dice Hideo después de otro

silencio y aparta otra vez la mirada–. Hace años que no hablaba de él.

Este es Hideo sin su fortuna, sin su fama y sin su genialidad. Es él de niño, esperando todos los días que su hermano regrese, soñando todas las noches la misma pesadilla, atrapado en la eterna pregunta de lo que habría sucedido si hubiera hecho *algo*, *cualquier cosa*, de forma diferente. Es difícil explicarle qué es la pérdida a alguien que nunca la ha experimentado; imposible describir todas las formas en que te cambia. Pero para quienes sí la conocen, no es necesario decir una sola palabra.

Hideo se aleja del borde de la fuente, hace un gesto con la cabeza hacia los peldaños que conducen al sauna y me ofrece la mano. La tomo, y mis ojos se posan fugazmente en las cicatrices de sus nudillos.

–Se está haciendo tarde –dice gentilmente.

VEINTICUATRO

Esa noche, cenamos con los padres de Hideo. Observo la dedicación con que él fríe la carne, pica los vegetales y coloca el arroz en la olla de vapor. Mientras él cocina su madre se queja de mi tez pálida.

–Esta niña minúscula –me regaña dulcemente con una brillante sonrisa–. Hideo, ¿por qué no la has alimentado? Asegúrate de darle un tazón grande. Le agregará un poco de color a sus mejillas.

–*Oka-san* –dice Hideo con un suspiro–. Por favor.

Su madre se encoge de hombros.

–Te advierto, ella necesita estar bien alimentada para que

su mente rinda al máximo. ¿Recuerdas lo que te dije acerca de cómo las neuronas usan la energía enviada por la sangre? –intercambio una sonrisa burlona con Hideo mientras ella se embarca en una explicación acerca de la sangre.

Hideo es quien pone la mesa, quien sirve la comida y quien prepara té para todos. La cena está tan deliciosa que deseo que pudiera durar eternamente: trozos jugosos y tiernos de pollo freídos a la perfección; arroz brillante coronado por un huevo frito; vegetales ligeramente encurtidos como acompañamiento; suaves pasteles de arroz hechos con una harina pegajosa como postre, rellenos con fresas y frijoles rojos y dulces; relajantes tazas de té verde. Mientras comemos, los padres de Hideo se hablan en japonés en voz baja y sonríen de manera furtiva y ocasional, como si creyeran que sus movimientos son muy sigilosos como para que yo los note.

Le doy un codazo a Hideo, que está sentado a mi lado.

–¿Qué están diciendo? –susurro.

–Nada –responde, pero para mi sorpresa, noto un leve rubor en sus mejillas–. No suelo tener tiempo para cocinar, eso es todo. Así que están haciendo comentarios sobre eso.

–Pero ¿cocinaste para mí? –sonrío.

La sonrisa que recibo a cambio del creador de Warcross es, quién lo iba a decir, *vergonzosa.*

–Bueno –dice–, quería hacer algo para ti, para variar –me mira expectante–. ¿Te gustó?

Cajas de gamuza con patinetas eléctricas de quince mil dólares. Vuelos en jets privados. Armarios llenos de ropa costosa. Cenas en restaurantes de su propiedad. Y, sin embargo, nada de eso hizo saltar mi corazón como esta expresión seria e ilusionada en su rostro mientras espera escuchar si disfruté la comida que hizo para mí.

Apoyo el hombro contra él mientras levanto mi tazón.

–Decente –respondo. Parpadea sorprendido, luego parece recordar lo que me había dicho una vez durante nuestro primer encuentro, y se le escapa una carcajada.

–Lo acepto –dice, y se echa hacia atrás.

Pero aun mientras habla relajadamente con su padre y su madre, no puedo dejar de pensar en lo que dijo antes, que Sasuke es un tema del que nunca hablan entre ellos, que su dolor y su remordimiento son tan profundos que ni siquiera pueden soportar tener en su casa el retrato de su segundo hijo. Con razón nunca oí hablar de eso en ninguno de los documentales que vi sobre Hideo. Con razón tiene una política tan estricta en su compañía de no hablar acerca de su familia.

–No quieren mudarse –me cuenta Hideo en el viaje de regreso a Tokio–. Intenté convencerlos miles de veces, pero no quieren abandonar nuestro viejo hogar. De modo que hago todo lo posible para que estén seguros allí.

–¿Seguros? –pregunto.

–Hay guardaespaldas vigilando la casa siempre.

Era de esperar. Yo ni siquiera los había visto, pero ahora recuerdo el ocasional transeúnte en la acera, el jardinero podando el cerco.

Para cuando su auto estaciona en la parte trasera de la residencia de los Jinetes de Fénix, es cerca de la medianoche. Observo los vidrios polarizados de las ventanillas, que muestran el interior de un auto vacío, para que nadie pueda ver que estamos dentro.

–Nos vemos pronto –le digo en un susurro, sin ganas de irme.

Se acerca más a mí, me toma el mentón con la mano, me atrae hacia él y me besa. Cierro los ojos y me entrego.

Finalmente, demasiado pronto, se aparta.

–Buenas noches –murmura.

Tengo que obligarme a no mirar hacia atrás al bajarme del auto y dirigirme hacia la residencia. Pero su presencia permanece hasta mucho después de que su auto se haya alejado y me haya quedado sola. Esta noche, había una nueva expresión en sus ojos, la que muestra solo a unos pocos... Pero todavía hay más secretos detrás de ella. Me pregunto qué se necesitará para develar otro de esos secretos.

}{

El resto de la semana pasa volando. El viernes por la mañana, el sonido familiar de Asher embistiendo la silla de ruedas contra la puerta me arranca de mi sueño agitado en el dormitorio de la residencia.

–¡Tercer juego! –grita, la excitación evidente en su voz mientras se va apagando por el pasillo–. ¡Vamos! ¡Eliminaremos a los Caballeros de las Nubes en tiempo récord!

Me froto el rostro. Hoy me siento atontada, con la mente sofocada y el corazón aún late con fuerza por otra ronda de pesadillas. Los miembros me pesan y me arrastro fuera de la cama. Cuando me estoy vistiendo, entra un mensaje de Hideo.

Buena suerte para hoy. Estaré mirando desde el palco.

Meneo la cabeza. Está menospreciando a sus atacantes.

Pensé que ibas a mantenerte lejos de las plateas altas.

Rediseñamos las cámaras de seguridad, renovamos la instalación eléctrica del estadio y duplicamos el servicio de seguridad. Tendrían que estar dementes para volver a atacar en el mismo lugar. Estaré bien.

Ya sé de antemano que no hay nada que pueda hacer para convencerlo de que no esté ahí.

Bueno, cuídate, ¿de acuerdo? Mantén los ojos bien abiertos.

Me temo que mis ojos estarán posados en ti.

Una inquietante preocupación perdura en mi mente, pero sus palabras igual logran provocarme una sonrisa. Bajo a desayunar.

Esta mañana, los Jinetes de Fénix charlan animados camino al estadio, pero yo me siento extrañamente desconectada de todo esto. Ren no parece actuar de manera diferente con respecto a mí, pero su despreocupación me molesta aún más. Después de todo, tal vez debería haberle contado a Hideo acerca de él. Quizá lo habrían descalificado del juego de hoy. Entorno los ojos mientras observo a Ren y Asher haciendo una broma. Diablos. No voy a permitir que me haga sentir incómoda. Seguiré usándolo para llegar al fondo de este trabajo.

Hoy, el estadio se ve difuso y, mientras nos dirigimos a nuestras terminales individuales, siento que camino en medio de una neblina. El presentador suena muy lejos y los vítores del público forman un confuso ruido de fondo. Mantengo la cabeza levantada hacia los palcos. Como era de esperar, Hideo se encuentra allí, rodeado de guardaespaldas.

Luego, el mundo se oscurece y me siento transportada a otro ámbito.

–¡Bienvenidos al nivel de la "Ciudad perdida"!

El eco de la voz del presentador se apaga mientras se materializa el mundo virtual a nuestro alrededor. Una luz tenue se filtra desde la superficie del océano, que se encuentra muy arriba. Estoy flotando sobre una espectacular ciudad en ruinas, rodeada completamente por muros color coral. Columnas de piedra se yerguen hacia la superficie. Hay montañas de rocas por todos lados, como si hubieran sido alguna vez baños termales y teatros majestuosos. Una luz turquesa brilla desde adentro de las grietas formando líneas resplandecientes, que parecen señalar los caminos que hay que tomar. Las ruinas se extienden hasta donde alcanza la vista, motas de rayos de sol danzan sobre las superficies y, rondando por encima de ellas, hay un campo de poderes brillantes, con aspecto de piedras preciosas. Lo único que impide que nos sintamos completamente inmersos en este mundo es el sonido de los gritos de la multitud que nos rodea.

Echo un vistazo a ambos lados. Mis compañeros de equipo se encuentran todos aquí, vestidos con sus atuendos blancos, con aletas en los pies y en los brazos. Me miro las manos. Tengo botones en las palmas. Cuando los presiono, mi avatar se inclina un poco hacia delante. Esta será la forma en la que nos moveremos.

A lo lejos, en el extremo opuesto de las ruinas, aparecen nuestros rivales: los Caballeros de las Nubes. Llevan ropa amarilla, que se destaca contra el tono azul de este lugar. Todos nuestros ojos están posados sobre ellos… todos excepto los de Ren. Cuando lo observo, ya está examinando las ruinas, como buscando algo. Pongo rígido el mentón. *Síguelo*.

–¡Preparados! ¡Listos! ¡A *pelear*!

Comienza el juego. Asher vocifera sus órdenes a través de los intercomunicadores, y nos separamos enseguida. Al otro lado de las ruinas, los Caballeros de las Nubes se lanzan hacia las viejas construcciones, listos para perderse adentro del laberinto de estructuras ruinosas. Nosotros también nos lanzamos hacia ellas. Cierro el puño sobre los botones de las palmas de las manos y salgo impulsada hacia delante por encima del agua, en una nebulosa de movimiento, dejando una estela detrás de mí. Aparece una barra en el centro de mi vista, que muestra cuánto oxígeno me queda.

Mientras llegamos al sitio donde comenzaremos a dividirnos, mis compañeros de equipo reaparecen como puntitos en un pequeño mapa frente a mí. Pero a la única persona a la cual le estoy prestando atención es a Ren, que se aparta de los demás y se dirige hacia una serie de columnas destruidas que forman una cueva. Considerando lo que había pasado después de nuestra primera ronda, cambio el curso que Asher me indicó y, en su lugar, voy detrás de Ren.

–Emi –me dice Asher por el intercomunicador, y luego suspira–. ¿Puedes hacer lo que te digo por una vez? Quiero que vayas *al centro*, hacia ese anfiteatro ruinoso.

–Veo una ruta mejor –miento, continuando en la misma dirección–. No te preocupes.

Asher emite un sonido como para discutir, pero luego se detiene, como si hubiera recordado mis jugadas exitosas del último enfrentamiento.

–Es tu única jugada individual –dice–. ¿Me oyes?

–Sí, capitán.

Las luces que nos rodean se vuelven más tenues. Solo quedan débiles rayos azules y plateados danzando sobre las rocas. Mantengo la vista en Ren, que se está moviendo con rapidez delante de mí y acaba de doblar una esquina. ¿A dónde se dirige?

–¡Y parece que los Caballeros de las Nubes se han asegurado el primer poder del juego! –dice la voz del presentador–. La Invisibilidad plateada y dorada.

En este momento, debería concentrarme en el juego, pero continúo con mi cacería. El nivel de oxígeno comienza a disminuir. **Alerta: queda 25%**, titila en mi vista. Adelante, veo un lugar entre las rocas, de donde salen burbujas de aire en un torrente constante, pero si me detengo ahora, es probable que nunca logre alcanzar a Ren. Por lo tanto, lo paso de largo y luego me impulso hacia delante. Estoy muy cerca.

De repente, todo cambia a mi alrededor. Desaparecen las ruinas submarinas.

Ya no estoy flotando en un océano, sino adentro de una caverna que me rodea, atrapándome en su interior. Luces tenues y escarlatas iluminan el espacio. Los gritos del público se apagan abruptamente. Parpadeo. ¿Qué pasó? En la vida real, me acomodo los auriculares. ¿Sufrieron alguna falla técnica? Es como si, de golpe, me hubieran sacado del juego. Ni siquiera puedo ver a mis compañeros en el mapa.

–¿Hola? –digo, moviéndome en círculos, y escucho el eco de mi voz.

Si mi juego tuvo un problema, entonces debería quitarme los lentes ahora mismo y avisar a las autoridades. Detendrían el juego para arreglarlo. Pero, en cambio, continúo mirando a mi alrededor mientras el corazón me late con más rapidez. No. Esto no es un accidente. La tonalidad roja de este lugar resulta muy similar a la del Dark World.

Cuando parpadeo otra vez, veo una figura alta delante de mí. Está ataviada con la entallada armadura negra que ya estoy tan acostumbrada a ver, y su rostro está completamente oculto detrás un casco oscuro y opaco. Su cabeza está volteada hacia mí. Por un momento, nos quedamos mirándonos en silencio.

La *proxy* de Zero. O su seguidor.

O, tal vez, él mismo.

Logro recuperar la voz.

–¿Tú eres la persona a quien Hideo está buscando? –digo dando un paso adelante.

–Y tú eres la persona que me sigue todo el tiempo. La pequeña lacaya de Hideo –dentro de la caverna, su voz suena profunda y distorsionada.

Es realmente él. Sabe quién soy. Sabe lo que estoy haciendo. De inmediato, pienso en el momento en el que lo había visto aparecer en el último juego. ¿Había armado eso para comprobar si yo podía verlo? Y ahora saboteó este juego para hablar directamente conmigo.

–Mis compañeros se darán cuenta de que estoy atrapada –digo. Las palabras brotan vehementes y frustradas mientras los recuerdos del intento de asesinato de Hideo vuelven a mi mente–. No puedes continuar trastocando todos los mundos.

Zero se acerca más a mí, los músculos se mueven debajo de la armadura negra, hasta que solo nos separan unos treinta centímetros. Baja la mirada y me observa con atención.

–Esto es lo que ven tus compañeros de equipo.

Surge una ventana en el centro de mi visión y veo las ruinas submarinas. Me veo a mí misma, ignorando las repetidas órdenes de Asher y vagando por una zona alejada de los demás, reuniendo poderes simples. Me veo atrapada de manera visible en un pozo sin aire.

–En este momento, por lo que ellos pueden ver, quedaste encerrada en las ruinas, dentro de una cueva submarina. Y te estás quedando rápidamente sin aire.

–¿Por qué estás aquí? –pregunto–. ¿Qué quieres?

–Estoy aquí para hacerte una oferta justa –responde. Su voz reverbera a mi alrededor.

–¿Una *oferta* justa?

–¿De qué otra manera podría decirlo? Un trato. Un ofrecimiento. Una propuesta. Una sugerencia. Como tú quieras.

Comienzo a irritarme.

–He estado causándote problemas, ¿verdad? En realidad, te viste forzado a hablar conmigo en forma directa. ¿Qué es esto? ¿Estás enojado porque finalmente alguien haya conseguido acercarse a ti lo suficiente como para atraparte?

–¿Acaso sueno enojado? –mis palabras lo hacen reír. Es un sonido grave y silencioso–. Eres demasiado buena como para estar trabajando para él. ¿Cuánto te paga Hideo para mantenerte tan leal a su lado? ¿Para que vayas cuando él te llama con un simple silbido? ¿O hay algo más que te atrae a él?

–Tu encanto me sobrepasa –digo con mi tono más seco.

–¿Y qué dirías si yo sobrepaso su número?

Entrecierro los ojos.

–¿Me estás ofreciendo trabajar para ti?

–Todos tienen un precio. Dime el tuyo.

–No.

–Elige con cuidado –dice Zero mientras sacude la cabeza.

–Yo *soy* cuidadosa.

–¿Lo eres? –baja la vista hacia mí de modo que puedo ver el rostro de mi avatar reflejado en su casco–. Porque, hasta donde yo sé, has estado viviendo una vida peligrosa en Nueva York. Porque has elegido peligrosamente tus… *relaciones*.

Un escalofrío corre por mi espalda. ¿Estuvo investigando mi pasado? ¿Estuvo observándome? ¿Sabe lo que pasa entre Hideo y yo?

–Y tú te estás metiendo con la persona equivocada –le digo con los dientes apretados.

–Te estaba haciendo un elogio.

–¿Esta es tu idea de lo que es un elogio?

–No soy famoso por hacer ofrecimientos, Emika. Interprétalo como quieras.

Aprieto los puños.

–Bueno, puedes tomar esa generosa oferta –digo en voz baja mientras me acerco a él–, y metértela en tu culo virtual.

Se inclina hacia mí.

–Todos se creen muy valientes.

Y cuando miro hacia abajo, noto horrorizada que el brazo de mi traje, originalmente blanco y brillante como el de mis compañeros, se está volviendo negro. Placas negras de armadura se cierran sobre las muñecas, cubren los antebrazos y después se deslizan sigilosamente hacia los hombros. Me recubren el pecho y el cuello, la cintura y las piernas. Reprimo un grito ahogado y me aparto de él, como si eso fuera a detenerlo. Pero en este momento, ya no parezco una Arquitecta. Vestida completamente de negro, parezco su cazadora.

–Aléjate de mí –exclamo con un gruñido–. Antes de que te mate.

–Eres tú –dice–, quien se acercó a mí.

Sus palabras me irritan aún más.

–Te voy a dar una oportunidad más para que te entregues. Eso le facilitará la vida a todo el mundo.

Me mira, su silenciosa calma resulta desconcertante. Finalmente, empieza a alejarse.

–Lo lamentarás –dice. Luego, antes de que pueda gritarle algo más, desaparece. Y lo mismo ocurre con la caverna.

De repente, me veo arrojada nuevamente dentro del juego. Retorna abruptamente el rugido de la audiencia, seguido de la voz conmocionada del presentador y el alboroto de las voces de mis compañeros, sonando en mis oídos. Miro desesperada hacia abajo, esperando verme todavía encerrada dentro de la armadura negra que se parece a la de Zero...

pero ya no está, como si todo hubiera sido una horrenda alucinación. Mi traje blanco está otra vez intacto.

–¿Emi? ¡Ems! –grita Asher–. ¿Qué *diablos* estás haciendo?

–Olvídate de Emi… –aparece la agitada voz de Hammie–. Ella está afuera. ¡Voy a buscar el Emblema *ya*!

Me doy cuenta de que estoy flotando congelada y atrapada dentro de un grupo de ruinas, donde no hay más que un pequeño agujero, a través del cual puedo ver el desarrollo del resto del juego. Asher está intentando rechazar a tres Caballeros de las Nubes en vano. Va a perder el Emblema. Trato de golpear mi jaula submarina, pero no puedo… Y después descubro que es porque ya no me queda más oxígeno. Mis reservas están en rojo. Eso fue lo que Hammie había querido decir. Estoy muerta, eliminada de la ronda hasta que pueda regenerarme. ¿Qué pasó?

–¡No puedo creerlo! –grita el presentador–. Después de su impresionante primera victoria, los Jinetes de Fénix podrían quedar descalificados en forma temprana si no hacen algo rápido…

Hammie aparece a último momento, titilando como un fantasma en el agua. Se arroja hacia el Emblema de los Caballeros de las Nubes antes de que ellos lleguen a registrar su presencia, justo al mismo tiempo que ellos se lanzan sobre el de Asher. Ambos equipos toman el Emblema contrario casi al mismo tiempo. La multitud aúlla.

Transcurren unos pocos segundos antes de que el marcador final aparezca frente a nosotros.

–¡Los Jinetes de Fénix consiguieron aferrar la victoria por una *milésima de segundo*! –grita el presentador.

Mientras el mundo se desvanece a mi alrededor y el mundo real –el estadio y las multitudes enardecidas– aparece ante mi vista, veo a Asher salir furioso de su cabina en la silla de ruedas. Su rostro está contraído por la ira. Me lanza una mirada asesina y lo mismo hacen mis otros compañeros de equipo. Levanto la vista hacia los enormes hologramas del estadio, que están repitiendo segmentos del juego, y me veo a mí misma ignorando a los demás y saboteando sus jugadas. Los abucheos se mezclan con los vítores dentro la multitud. Algunos gritan pidiendo una repetición, diciendo que todavía no hemos ganado esta ronda.

–¿Qué *diablos* pasó? –inquiere Asher acercándose a mí–. Ese fue el despliegue más lamentable y vergonzoso de una jugadora profesional que he visto en toda mi vida. Trataste de arruinar el juego a propósito.

¿Qué puedo decir? La figura de Zero todavía merodea por mi mente, siniestra y silenciosa.

–Lo siento –comienzo a balbucear–, yo…

Asher voltea la cabeza disgustado.

–Hablaremos en la residencia –masculla. Por el rabillo del ojo, veo a Roshan mirándome y sacudiendo la cabeza confundido, mientras Hammie aparta la vista con decepción. Habíamos ganado, pero no lo parecía en absoluto. Mis ojos se dirigen a Ren, que me mira fijo. La comisura de sus labios se tuerce ligeramente. Pongo rígido el mentón. *Él sabe*.

De pronto, cambian los hologramas del estadio.

La multitud se queda inmóvil un instante. *Yo* me quedo inmóvil. Todos mis compañeros se detienen al mismo tiempo.

Luego, todos estallan en aullidos y gritos ahogados. Mientras tanto, solo puedo reunir fuerzas para quedarme observando en asombrado silencio la borrosa captura de pantalla que ahora están transmitiendo para todos en el estadio, y probablemente para todos los que estén mirando este juego. En todo el *mundo*. No sé quién la sacó ni cómo lo hizo. Pero, por algún motivo, sé que Zero está involucrado en esto. Es el principio de su ataque hacia mí.

Los hologramas exhiben una fotografía gigante de mí saliendo de la casa de Hideo por la noche, de él inclinándose para darme un beso, de su mano todavía aferrada a la mía. Es evidente.

La noticia ya salió a la luz.

VEINTICINCO

JINETE DE FÉNIX ENGANCHA GALÁN MULTIMILLONARIO

A HIDEO TANAKA LE GUSTA EL JUEGO AMATEUR

JUGADORA AMATEUR CONSIGUE NOVIO MULTIMILLONARIO

ÚLTIMO MOMENTO: PRIMERAS FOTOS EXCLUSIVAS DE HIDEO Y EMIKA

Cuando llegamos a la residencia, me dirijo directamente a mi dormitorio sin decirle una palabra a nadie. Tengo mucho temor de mirar el teléfono. Ya apagué los mensajes. Aun así, fue imposible no captar un vistazo fugaz de los llamativos titulares en los letreros cercanos al Tokio Dome, transmitiendo la noticia al público. Me acurruco en la cama mientras mi corazón late con fuerza ante la agresión. Por todo el granulado que tenía la foto, debió haber sido tomada con algún lente increíblemente poderoso, desde alguna colina remota.

Después de unos minutos, enciendo mis mensajes con vacilación y habilito los de Hideo. De inmediato, aparece un mensaje de él.

Quédate adentro. Estoy enviando seguridad extra a las residencias de los equipos.

Estoy a punto de responder, cuando suena un golpe en la puerta. Escucho la voz de Hammie.

–¿Te quedarás allí dentro para siempre? –pregunta–. ¿O vas a ofrecernos algún tipo de explicación?

Permanezco un rato en la cama, la cabeza gacha, juntando fuerzas. Luego suspiro y me pongo de pie.

–Ya voy –contesto mientras me dirijo a la puerta. Cuando la abro, Hammie me mira con los ojos entrecerrados. Abre la primera página de un periódico sensacionalista y la deja flotando entre nosotras. La foto borrosa de Hideo y yo está publicada debajo del titular: ¿AMOR O TRAMPA?

–Abajo –dice, agitando una vez los dedos y borrando el periódico. Se da vuelta y se encamina hacia la escalera antes de que yo pueda responder. Titubeo, y luego la sigo.

Abajo en el vestíbulo, Roshan está activando escudos de oscurecimiento en las ventanas que van de techo a piso, en un intento de mantener alejados a los reporteros, pero igual puedo escuchar los disparos frenéticos de las cámaras de los fotógrafos y el reflejo de los flashes en los vidrios. Antes de que las ventanas queden completamente oscuras, capto un vistazo del patio principal, que conduce a la puerta de seguridad. Una multitud de paparazzis está amontonada allí, y algunos lograron pasar la seguridad. Dos guardias persiguen a un reportero y un camarógrafo que corren a toda velocidad hacia nuestra residencia. Hay una gran conmoción.

Roshan aparta la vista de la multitud que se encuentra afuera por un momento, y se concentra en mí. Su expresión usualmente amable ha sido reemplazada por otra de sospecha. Asher me observa con el ceño fruncido. Me siento en los sillones con Hammie, tratando de evitar la mirada de Ren… pero aun entonces, puedo sentir su arrogancia dirigida hacia mí.

–¿Cuándo pensabas decírnoslo? –pregunta finalmente Roshan.

–Yo… –meneo la cabeza–. Es complicado.

–¿En serio? –responde Hammie mirando con desdén las ventanas oscuras–. Todas esas veces que no querías quedarte con nosotros por la noche, ¿era porque te ibas a ver a Hideo

Tanaka? Se supone que somos un equipo, Emi. Pero es obvio que creíste que no podíamos enfrentar tu sofisticada relación.

Le echo una mirada asesina.

–Lo que sucede entre Hideo y yo no tiene nada que ver con mi relación contigo y con el equipo.

Asher me lanza una mirada dura.

–Tiene mucho que ver con nosotros. Acabamos de llegar a la ronda final del campeonato, pero ahora la gente piensa que ganamos en forma deshonesta. Creen que el trato especial de Hideo hacia ti hizo que los jueces les dieran la victoria a los Jinetes de Fénix.

–No, nuestra victoria fue clara –interviene Roshan, quien, con su mirada, me pide en silencio que me defienda–. Y debe ser difícil hablar de una relación de tan alto perfil. ¿Verdad? Te estamos escuchando, Em, pero tienes que darnos alguna explicación.

Si te contara solamente la mitad de lo que ocurre.

–¿Cómo iba a suponer que tenía que contarles todo? Esto era algo de mi vida privada. No pensé que tenía que traerlo a las prácticas del equipo.

–Pero lo hiciste –replica Hammie–. Siempre estabas dispuesta a dejarnos plantados o a irte temprano del entrenamiento. ¿Y qué fue esa penosa exhibición de hoy?

Asher asiente ante las palabras de Hammie mientras sigue mirándome.

–Ignoraste todas las órdenes que di. Me dijiste que tenías ideas mejores. A pesar de todo, yo confié en ti, te tuve fe, porque habías demostrado antes que valías, pero… –hace una pausa con expresión de frustración–. Yo soy tu *Capitán*. Te elegí en primer lugar en la selección. Trabajé duro para construir un equipo de este nivel. Aun cuando terminemos ganando el campeonato de este año, ¿quién creerá que lo ganamos en buena ley? Ya puedo ver los titulares sobre nosotros. *Los Jinetes de Fénix ganaron con trampa.*

–Ah, vamos –exclamo, y ahora mi voz se tiñe de frustración–. Es solamente un juego. Yo…

–¿Es *solamente un juego*? –interrumpe Hammie. De inmediato, todos a mi alrededor se ponen tensos, y me doy cuenta de que dije lo que no debía. Es exactamente lo que yo siempre odié escuchar de otros. Comienzo a corregirme, pero Hammie se inclina hacia delante y me fulmina con la mirada–. Entonces, ¿por qué estás aquí? ¿Por qué estás compitiendo en Warcross si está tan por debajo de tu nivel? ¿Acaso no estabas viviendo en las alcantarillas de Nueva York antes de venir aquí?

–Tú sabes que no quise decir eso.

–Entonces, deberías abandonar la costumbre de decir cosas que no piensas –entrecierra los ojos–. Yo soy muy buena jugando Warcross, maldita sea. Y ser *buena* me permitió comprarle a mi mamá una casa propia, enviar a mi hermana a una buena universidad –hace una pausa para estirar las manos por la residencia–. Esto es por lo cual todos amamos Warcross, ¿no es cierto? Es por eso que estamos todos obsesionados con el NeuroLink… ¿Y *tú* por qué lo usas? ¿Porque hace que las cosas se vuelvan posibles?

–No es lo que quise decir –repito–. Hay mucho más que tú no entiendes. Cuando hay mucho más en juego que un campeonato, entonces sí… *es* solamente un juego.

No había planeado mi estallido de manera adecuada y, de inmediato, me arrepentí de una parte de lo dicho. Tal vez los demás no habían escuchado todo. Pero Hammie se queda mirándome con expresión incrédula. Luego, con escepticismo. Cerca, Ren me observa con curiosidad. Me está desafiando a que siga hablando.

–Espera –dice Roshan, haciendo un movimiento circular con el dedo–. Esto no es solo una aventura. ¿Qué quieres decir con eso de *cuando hay mucho más en juego*?

Respiro profundamente. Tengo todo en la punta de la lengua, listo para salir a borbotones… pero me detengo en seco. Ren todavía sigue aquí, sentado con nosotros. Zero me amenazó. No vale la pena poner en peligro a los demás. Mascullo una maldición por lo bajo y me pongo de pie.

–Lo siento.

Hammie apoya los codos sobre las rodillas.

–Hay más cosas que nos ocultas. Y no puedo entender por qué.

–¿Por qué no nos cuentas, Em? –pregunta Asher, la voz súbitamente calma.

–Tengo mis razones.

Una chispa de comprensión pasa por la mirada de Roshan. Las comisuras de los labios de Ren vuelven a curvarse hacia arriba, tan sutilmente que nadie más lo nota, y sus ojos me miran con dureza. Le sostengo la mirada y mantengo la calma, negándome a darle la satisfacción de intimidarme. Luego volteo y regreso a mi dormitorio. Asher me llama, pero no me doy vuelta.

Cuidado, Emika.

La voz resuena en mis oídos. Me detengo, helada.

Ahí, a través de mi visión virtual, está Zero, al final del pasillo que lleva al primer piso, su silueta encerrada en la armadura negra y su casco opaco vueltos hacia mí. Al verlo, se me seca la boca.

Te lo advertí, dice.

–¿Qué haces aquí? –pregunto con voz ronca y quebrada.

Detrás de mí, escucho la voz de Hammie que se acerca.

–Emi –dice–, ¿con quién estás hablando?

Zero se limita a observarme con calma.

Revisa tus Recuerdos.

Mis Mundos de Recuerdos.

De pronto, se me detiene el corazón. Oprimo rápidamente unos comandos y saco una ventana para buscar mis Recuerdos: todas las piezas cuidadosamente compartimentadas de mi padre, que miro una y otra vez. *No. Por favor.* Cuando aparecen, me quedo helada.

Los archivos están en blanco. La opción **Nuevo Mundo de Recuerdo** flota encima de ellos.

Tiemblo. Es imposible. Les apliqué todo tipo de protocolos de seguridad, los oculté en lo profundo de mis cuentas para que nunca les sucediera nada, los aseguré en la nube, los cloné un millón de veces para ser ultra precavida. Busco frenéticamente mis versiones clonadas, pero tampoco están. Papá tarareando con alegría en la mesa de comedor mientras corta telas. Papá fabricando adornos de Navidad caseros conmigo. Papá mostrándome cómo mezcla pinturas. Papá compartiendo maníes tostados conmigo en Central Park; recorriendo pasillos de museos; celebrando mi cumpleaños.

Zero los borró todos.

Aturdida, permanezco en silencio, conmocionada por la herida.

Si no te entrometes en mi camino, es probable que te los devuelva. De lo contrario, esto será solo el principio.

Curvo los dedos a los costados del cuerpo y aprieto los puños. Mi furia se vuelve filosa como un cuchillo ante la silueta con armadura que tengo frente a mí. Me toma un segundo darme cuenta de que las lágrimas nublan mi vista. A mis espaldas, Hammie finalmente llega hasta mí.

–Emi, ¿qué te sucede? –pregunta.

Zero ladea la cabeza muy levemente, como si se mofara de mí.

Demasiado tarde.

Y justo en ese instante, una explosión arrasa violentamente la residencia.

VEINTISÉIS

Una tubería de gas defectuosa. Esa es la explicación pública por la explosión.

No consigo entender más claramente lo ocurrido hasta que lo veo transmitido por el pequeño televisor de la habitación del hospital. Desde afuera, se ve horrendo: primero, la residencia de los Jinetes de Fénix en pie; después, una explosión atronadora y una bola de fuego anaranjada brota del techo del vestíbulo. Ventanas destrozadas, vidrios salpicados por todos lados. Mientras el fuego crece y se descontrola, lanzando humo negro en el aire, se encienden las luces de las residencias cercanas y los jugadores de los otros equipos se acercan corriendo. Algunos gritan. Otros observan mudos, las manos en la cabeza. Pero la mayoría se acerca volando hacia las ventanas mientras gritan nuestros nombres. Incluso Tremaine –el odioso y bravucón Tremaine–, está ahí, ayudando a Roshan a sacar a Asher por una ventana.

Luego llegan los camiones de los bomberos junto con las ambulancias. Las luces intermitentes llenan la pantalla del televisor. Hay un presentador de noticias hablando frente a nuestra residencia y luego entrevistando a Hammie, que se ve despierta y aturdida, aferrando una manta alrededor del cuerpo. Asher sufrió algunos cortes y magullones por los vidrios rotos, al igual que Roshan, pero, milagrosamente, todos salimos con vida.

Sin embargo, eso no significa que no estemos todos conmocionados.

–Señorita Chen –dice una enfermera asomándose por la puerta e inclinando la cabeza–. Tiene una visita.

Me siento con los brazos alrededor de las piernas y luego asiento en silencio. Tengo los miembros entumecidos.

–Bueno –digo. Ella asiente a su vez y, un momento después, regresa con otras dos personas.

Es Roshan, que trae una caja, seguido de Hammie. Tienen aspecto de llevar varios días sin dormir. Abro la boca para saludarlos, pero Hammie sacude la cabeza, se estira y me envuelve en un abrazo. Hago un gesto de dolor: el brazo todavía me arde de los rasguños recibidos, mientras que la espalda me duele de cuando la explosión me hizo saltar por el aire.

–*Auch* –gimo, pero el abrazo es más agradable que el dolor, y me apoyo contra ella.

–Ash te envía un fuerte abrazo –dice contra mi hombro–. En este momento están sus padres y su hermano con él en el hospital.

–Lo siento –le digo en un susurro mientras se me llenan los ojos de lágrimas. La explosión me dejó muy confundida–. Lo siento. Ham…

–No recuerdas nada, ¿verdad? –pregunta apartándose un poco para mirarme–. Me ayudaste a llegar a la puerta trasera antes de desmayarte. Deja de disculparte.

La explosión, el fuego, el humo, un vaguísimo recuerdo de gritar el nombre de Hammie mientras nos apoyábamos una contra la otra. Sacudo la cabeza repetidamente.

Roshan me extiende la caja con expresión sombría.

–Salvamos lo que pudimos –dice.

Cuando abro la caja, veo fragmentos de vidrios de mi adorno navideño, junto con trozos quemados de lo que debe ser la pintura de mi padre. Deslizo la mano por los restos. El nudo en mi garganta crece hasta que ya no puedo tragarlo.

Me seco los ojos con la mano.

–Gracias –le digo mientras apoyo la caja a mi lado con cuidado.

Roshan se inclina hacia mí.

–Basado en lo poquito que sabemos, la policía está interrogando a Ren en este momento. No creo la historia de la pérdida de gas.

–Pero tú sabes más de esto que nosotros, ¿no es cierto, Emi? –agrega Hammie, estudiando mi mirada–. Tienes que contarnos qué está sucediendo. Merecemos saberlo.

Sus vidas también fueron amenazadas. De todas maneras, vacilo. Si les cuento todo, es probable que los exponga más al peligro. Podrían entrar en el radar de Zero. Ellos nunca pidieron verse involucrados en nada de esto, no entraron al campeonato para cazar a un criminal, nunca se les pagó para arriesgarse.

Hammie me analiza como si fuera un tablero de ajedrez.

–Me recuerdas a mí misma varios años atrás –dice–. Yo siempre ofrecía ayuda… pero me negaba a aceptarla. Mi madre me regañaba por eso. ¿Sabes qué me decía? "Cuando te niegas a pedir ayuda, eso les dice a los demás que tampoco deberían pedirte ayuda. Que los desprecias por necesitar tu ayuda. Que te agrada sentirte superior a ellos". Es un insulto, Emi, para tus amigos y para tus pares. Así que no seas así. Déjanos acercarnos a ti.

Las palabras de Hammie me golpean en el medio del pecho. A pesar de que antes mentí como nadie, sé que ambos pueden ver la verdad en mi rostro, que estoy involucrada en algo que está más allá de mis posibilidades.

Algo que podría haberlos matado.

Estoy acostumbrada a trabajar sola, y nunca incluí a nadie que no fueran los clientes que estaban al tanto de mis transacciones. Aun cuando les contara todo, ¿qué lograría con ello? ¿Tiene sentido que los arrastre conmigo en esta cacería?

Pero no se trata de una cacería común, y Hideo tampoco es un cliente común. Si nuestras vidas están en peligro, entonces tenemos mayores problemas que enfrentar el dilema de depositar o no la confianza en mis compañeros de equipo.

La mención de mi nombre en la TV hace que todos nos demos vuelta. El presentador de las noticias está hablando junto a una foto mía, tomada cuando yo estaba celebrando la primera victoria con los demás Jinetes.

–*... que esta mañana, Hideo Tanaka anunció oficialmente que quitará a dos jugadores de los Jinetes de Fénix, actualmente uno de los equipos de Warcross que está entre los primeros del ranking: a su Luchador, Renoir Thomas, y a la Arquitecta, Emika Chen. Todavía no se han dado las razones que existen detrás de ambas decisiones, aunque las conjeturas...*

Fuera del equipo. Me quedo sin aire en los pulmones.

Roshan y Hammie giran para mirarme.

–¿Los quitaron del equipo? –susurra Hammie bruscamente.

Roshan se mantiene en silencio, estudiando mi mirada. Parece estar a punto de decir algo, pero luego se arrepiente.

Yo dudo solo un momento y luego les doy otro abrazo.

–Esta noche –susurro en sus oídos–. Lo prometo. No puedo hablar ahora en voz alta –luego me aparto y digo–: El hecho de que me hayan traído esta caja es ayuda suficiente para mí.

Roshan frunce el ceño, pero Hammie asiente imperceptiblemente y trata de sonreír.

–Bueno –dice. Parece ser la respuesta correcta a lo que dije, pero sé que también significa que me comprendió.

–Señorita Chen –dice la enfermera entrando en la habitación–. Tiene otra visita.

Roshan y Hammie intercambian conmigo otra mirada incisiva. Luego se ponen de pie y salen de la habitación. Un momento después, la enfermera abre más la puerta para dejar entrar a mi nueva visita.

Hideo ingresa con paso decidido, su rostro una máscara de ira y preocupación. Sus ojos se clavan en los míos, y parte de su expresión se transforma en alivio.

–Estás despierta –dice mientras se sienta en el costado de la cama.

–No puedes hacerlo –afirmo señalando el televisor mientras mi mente sigue dando vueltas–. ¿Quitarnos del equipo? ¿En serio? ¿Por qué no me lo dijiste?

–¿Te parecería bien que los dejara a ambos en el equipo y pusiera en peligro la vida de todos? –responde–. No sabíamos cuánto tiempo tardarías en despertar. Tenía que tomar una decisión –sus ojos están oscuros de ira, aunque la ira parece estar dirigida hacia adentro; su expresión me recuerda a la que tenía cuando hablaba de su hermano.

–¿Y qué pasó con eso de no ceder a la intimidación?

–Eso fue antes de que Zero te amenazara a ti y a otros jugadores.

–¿Y por qué piensas que quitarme a mí del torneo detendrá lo que Zero esté planeando hacer durante la final?

–No lo detendrá –su mandíbula se pone tensa–. Pero prefiero que tú no estés involucrada. La razón de hacerte entrar en los juegos fue para que tuvieras mejor acceso a la información, pero es probable que ya hayas reunido todo lo que puedes por ser la jugadora de un equipo oficial –suspira–. Es mi culpa. Debería haberte sacado hace mucho tiempo.

La idea de abandonar mi equipo y sabotear sus posibilidades de ganar… Cierro los ojos y bajo la cabeza. *Respira.*

–Escuché que Ren está hablando con la policía.

–Sí, lo han detenido para interrogarlo.

Meneo la cabeza.

–No le van a sacar nada de esa manera. Su arresto no hará más que alertar a Zero de que lo están persiguiendo, y sus operaciones se volverán más subterráneas. Hideo, *por favor*. La próxima vez que vaya a un juego patrocinado en el Dark World, no tendré…

–No tendrás que hacerlo –interrumpe Hideo. Sus ojos indagan los míos, oscuros y decididos–. Te estoy liberando de tu trabajo.

–¿Me estás despidiendo? –parpadeo.

–Igual te pagaré la recompensa –responde. ¿Por qué suena tan distante? La tensión lo vuelve frío, incluso hostil.

La cabeza me da vueltas. *Pero… todas las puertas cerradas tienen una llave*. Todavía no encontré la llave… no puedo marcharme ahora.

–No es por la recompensa –digo.

–Te la ganaste. El dinero se encuentra ahora en tu cuenta.

Los diez millones. Comienzo a menear la cabeza de disgusto.

–Tienes que *dejar de hacer eso*. ¿Por qué sigues pensando que puedes arrojarle dinero a la gente para conseguir que haga lo que quieres?

–Porque esa fue la única razón por la cual viniste desde un principio –responde, el tono entrecortado–. Te estoy dando lo que querías.

–¿Y cómo diablos sabes *tú* qué es lo que yo quiero? –levanto la voz. Puedo sentir mis mejillas encendidas. Aparecen destellos de mi padre en mis pensamientos… Luego yo hecha un ovillo en la cama de mi casa de crianza, luchando por encontrar una razón para vivir. *Todos mis Mundos de Recuerdos desaparecieron, fueron borrados. Zero se los llevó*. Si quisiera mirar los recuerdos de mi padre, ya no podría hacerlo–. ¿Crees que estoy aquí solamente por el dinero? ¿Crees que puedes arreglar todo con solo hacer un cheque?

Los ojos de Hideo parecen cerrarse.

–Entonces, nos entendemos menos de lo que yo pensaba.

–O tal vez tú no me estás entendiendo a *mí* –lo miro con los ojos entrecerrados–. Vi a Zero en la residencia antes de que explotara la bomba. Escúchame, él no se presentó allí para amenazarme solo porque se le antojó, o porque ahora sabe quién soy. Rastreamos a Ren y tenemos pruebas de que está relacionado con la misión de Zero. Incluso está detenido. Eso significa que Zero se siente *amenazado*. Él cree que está cercado, y es por eso que nos está atacando. Colocar una bomba significa que se arriesgó a alertar a las autoridades en un intento de mantenerme lejos de su camino. Lo tenemos arrinconado. *Todo* el impulso está de nuestro lado.

»Y eso implica que está en su momento más impredecible –concluye Hideo–. Sigue siendo una persona de la que no sabemos nada, y yo no voy a ver explotar otra bomba solo porque quiero que tú lo atrapes para entregárnoslo.

–Que me apartes del trabajo no significa que él no ataque de nuevo.

–Lo sé. Es por eso que cancelé todos los eventos del domo.

–¿Todos los eventos del domo? ¿En todo el mundo?

–No voy a permitir que se junten físicamente miles de personas en estadios alrededor del mundo si eso representa un riesgo para ellas. Pueden disfrutar el resto del torneo desde la comodidad de sus hogares.

No, no puedo renunciar ahora. Mi viejo y conocido pánico comienza a crecer nuevamente, el terror de ver que se levanta la pared entre el problema y la solución. De quedarme mirando con impotencia mientras el peligro rodea a alguien que amo. Hay algo que falta en todo esto, como si una nueva circunstancia hubiera cambiado abruptamente la opinión de Hideo acerca de todo.

–Siempre supiste que este trabajo implicaba algunos riesgos. ¿Por qué me estás sacando ahora? ¿Tienes mucho miedo de que me hagan daño?

–Tengo mucho miedo de involucrarte en algo demasiado grande para ti, que ni siquiera elegiste.

–Esto es lo que yo *hago* –insisto–. Y *sé* lo que estoy *haciendo*.

–No estoy cuestionando tu talento –dice con tono airado. Parece como si quisiera decir algo más, pero se detiene de golpe y sacude la cabeza–. En este momento, lo único que quiero hacer es minimizar cualquier riesgo, asegurarme de que nadie salga herido –me mira–. Tú ya has hecho tu trabajo, Emika. Nos entregaste suficiente información como para saber cuándo sucederán sus operativos, y localizaste a alguien que está involucrado en sus planes. Es suficiente para que mantengamos segura a la audiencia. También despedí a los otros cazadores. A partir de ahora, dejaré que se encargue la policía.

–Pero todavía no *atrapaste* a Zero. Eso no es terminar mi trabajo. De modo que si tienes una explicación mejor, me gustaría escucharla.

–Ya te la di.

–No, no lo has hecho.

–¿Quieres una explicación mejor?

–Sí –respondo, la voz más alta–. Creo que la merezco.

La ira arde en los ojos de Hideo.

–Te estoy diciendo que te *marches*, Emika.

–No acepto órdenes de un exjefe –exclamo bruscamente.

Hideo entorna los ojos. De repente, se inclina hacia adelante, me coloca la mano en la nuca y me atrae hacia él. Me besa con fuerza y mi catarata de palabras se detiene abruptamente. Un cuchillo atraviesa mi furia creciente.

Se aparta, la respiración entrecortada. Estoy demasiado sorprendida como para hacer algo excepto recuperar el aliento. Apoya su frente contra la mía y luego cierra los ojos.

–Márchate –su voz es áspera, desesperada, airada. *Por favor.*

–¿Qué es lo que no me estás diciendo? –murmuro.

–No puedo mantenerte en este trabajo y quedarme con la conciencia tranquila –su voz se torna más débil–. Si no crees ninguna de las otras razones, al menos cree esta.

Antes de todo esto, solía sentarme en la cama y hojear un artículo tras otro sobre Hideo, preguntándome cómo sería conocerlo algún día, volverme igual de exitosa que él, trabajar con él, hablar con él y *ser* como él. Pero ahora Hideo está frente a mí, revelándome el frágil funcionamiento interno de su corazón, y yo estoy sentada delante de él mirándolo entre aturdida y confundida.

Falta algo. Hay algo que no me está diciendo. ¿Acaso Zero también lo había amenazado a él de alguna manera? ¿Me había amenazado a *mí* delante de Hideo y así lo impulsó a retirarme de todo? Sacudo la cabeza y me abrazo las rodillas con más fuerza. Mi mente da vueltas.

Me estudia por un momento.

–Tú y tus compañeros serán trasladados a un lugar seguro. Te veré después de que termine el torneo –luego se pone de pie y se aleja de mi lado.

VEINTISIETE

Esa noche, duermo mal. La cama del hospital me resulta dura y, haga lo que haga, no logro sentirme cómoda. Cuando finalmente consigo quedarme dormida, viejos recuerdos se filtran en mis sueños, escenas de cuando tenía ocho años, cuando mi vida transcurría en Nueva York.

Volví de la escuela con mi anuario aferrado entre los brazos.

–¡Papá, aquí está! –exclamé al cerrar la puerta. La escuela había dejado que nuestra clase de tercer curso decorara ese año la cubierta del libro, y yo me había pasado toda la semana anterior decorando meticulosamente las esquinas de la tapa con elaborados dibujos en forma de espiral.

Me tomó un segundo darme cuenta de que nuestra casa estaba completamente desordenada: había tiras de papel multicolor por todos lados, ropa cortada en pedazos en pequeñas pilas sobre el piso, pinceles y cubetas desparramadas sobre la mesa del comedor. En un rincón de la habitación, había un vestido en el que papá estaba trabajando, pinchado a un busto en una decena de lugares. Arrojé la mochila en la puerta de entrada y observé a papá, que pasó deprisa junto a mí, sosteniendo varios alfileres entre los labios.

–Papá –dije. Como no contestó, alcé la voz–. ¡Papá!

–Llegaste tarde –me miró con el ceño fruncido y luego continuó con su ritmo de trabajo–. Ayúdame a sacar del refrigerador las arvejas chinas para descongelarlas.

–Lo siento… estaba terminando la tarea en la biblioteca. Pero… ¡mira! –levanté el anuario con una gran sonrisa–. Aquí está.

Yo estaba segura de que sus ojos saltarían de inmediato a los espirales de la cubierta, que esbozaría su familiar sonrisa y se acercaría deprisa para observarlos de cerca. *Oh, Emi,* diría. *¡Mira qué bonitos!*

En cambio, me ignoró y se puso a sujetar con alfileres otra parte del vestido. Tarareaba en voz baja una melodía que yo conocía pero no podía identificar, y sus manos temblaban ligeramente mientras trabajaba. ¿Acaso me había comportado mal? Revisé una lista de cosas que podía haber hecho mal, pero no se me ocurrió nada.

–¿Qué estás haciendo para la cena? –pregunté, tratando

de hacerlo entrar en una conversación mientras apoyaba el anuario en la mesada de la cocina. No respondió. Junté sus pinceles, que estaban desparramados en la mesa del comedor, y los coloqué con estrépito en el frasco de pinceles. Su laptop estaba abierta sobre la mesa y alcancé a ver un sitio con números en rojo intenso, junto con imágenes, tarjetas y un símbolo que todavía no sabía que era el de una pandilla.

Decía: **-$3.290**.

–¿Papá? –pregunté–. ¿Qué es esto?

–No es nada –respondió sin darse vuelta.

Todavía no comprendía que se trataba de un sitio de apuestas que pertenecía a un círculo criminal, pero sí sabía lo que significaba un signo menos delante de números en rojo. Suspiré con fuerza.

–*Papá.* Dijiste que no deberías gastar dinero de esa manera.

–Sé lo que dije.

–Dijiste que dejarías de hacerlo.

–Emika.

No capté la advertencia en su voz.

–Lo prometiste –insistí con voz más fuerte–. Ahora no volverás a tener dinero. *Dijiste…*

–*Cállate.*

Su voz chasqueó como un látigo. Me quedé paralizada, las palabras murieron en mi lengua, el rostro conmocionado ante la expresión de mi padre. Sus ojos habían encontrado finalmente los míos, y la luz que había en ellos tenía un brillo febril de furia, rojo del llanto. En un segundo, supe lo que había sucedido. Había solo una cosa que podía transformar a mi padre de un hombre gentil y alegre en alguien enojado y cruel.

Había recibido noticias de mi madre.

A esa altura, la luz furiosa ya había comenzado a desvanecerse de su rostro.

–No hablaba en serio –dijo, sacudiendo la cabeza como si estuviera confundido–. Emi…

Pero ahora era mi propia ira la que se había despertado. Antes de que papá pudiera decir algo más, me alejé unos pasos y apreté los labios.

–Ella te envió un mensaje, ¿verdad? ¿Qué te dijo esta vez? ¿Que te extraña? ¿Que le importas una mierda?

–*Emika* –entornó los ojos–. Sabes que no tolero que hables como…

–¿Como qué? –le espeté–. ¿Como tú?

Profirió otra vez mi nombre e intentó tomarme del brazo, pero yo ya me había dado vuelta y me dirigía deprisa a mi habitación. Un zumbido muy agudo resonó en mis oídos. Lo último que vi antes de cerrar la puerta con fuerza fue a mi padre solo delante de su creación a medio terminar, los hombros caídos, la figura volteada hacia mí. Luego me trepé a la cama y me eché a llorar.

Pasaron las horas. Más tarde en la noche, la puerta crujió y se abrió unos centímetros. Mi padre se asomó con un plato con una montaña de pizza.

–¿Puedo pasar? –preguntó con voz tranquila.

Le lancé una mirada asesina desde abajo de las mantas mientras entraba y cerraba la puerta. Círculos oscuros bordeaban sus ojos. Por primera vez, me di cuenta de lo agotado que se veía, que no debía haber dormido bien durante varios días. Se sentó en el borde de la cama y me extendió el plato. Yo no quería dar el brazo a torcer, pero mi estómago rugió ante el aroma del tomate y el queso derretido. Me senté lentamente y tomé una porción.

–El anuario está increíble, Emi –dijo después de que yo hube engullido la porción de pizza, y me sonrió con cansancio–. Puedo darme cuenta de lo mucho que trabajaste.

Me encogí de hombros, no dispuesta todavía a perdonarlo del todo, y tomé una segunda porción.

–¿Y qué te pasó hoy? –pregunté con tono aún irritado.

Se quedó en silencio durante un momento prolongado.

–¿Qué quería esta vez? –pregunté. Pero ya lo sabía, aun antes de que comenzara a contarme la historia. Cada seis meses, aproximadamente, mi madre se comunicaba con él. Algunas veces, era solo para manipularlo sentimentalmente, para decirle algo dulce y asegurarse de que todavía podía debilitarlo, y luego volvía a desaparecer. Otras veces, era para enviarle fotos de su rostro o de algún hermoso lugar adonde la había llevado su nuevo novio. Nunca me mencionó. Ni una sola vez.

Cuando volví a preguntar, papá finalmente extrajo su teléfono y me lo extendió sin decir nada. Me incliné para mirar.

Mi madre le había enviado una foto de su mano. En el

dedo, tenía un enorme anillo con un diamante cuadrado y brillante.

Alcé la mirada a los ojos cansados de mi padre.

Era tan hermosa. La belleza puede hacer que la gente perdone miles de crueldades.

Nos quedamos sentados un rato sin decir una palabra. Luego apoyé suavemente mi mano en la suya. Bajó la vista avergonzado, sin atreverse a mirarme a los ojos.

–Lo siento, Emi –dijo con voz débil–. Lo siento mucho. Soy un tonto.

Sacudí la cabeza. Y cuando le eché los brazos al cuello, me apretó con fuerza, tratando de volver a armar las vidas que ella había dejado atrás.

}{

Logro finalmente salir de mi sueño, los puños apretados con fuerza. La hora en el teléfono dice 3:34 y la televisión de mi habitación todavía está encendida, mostrando las noticias.

Permanezco inmóvil y en silencio. Me toma un rato largo conseguir relajar las manos y hundirme en la cama. Miro el noticiero sin prestarle mucha atención. El reportero ya comenzó a hablar acerca de los jugadores amateurs que nos reemplazarían a Ren y a mí.

–*... Brennar Lyons, Nivel 72, de Escocia, que ahora representará a los Jinetes de Fénix como su nuevo Arquitecto. Y Jackie Nguyen, una Luchadora...*

La voz del reportero se desvanece en medio de un sonido indescifrable mientras mis pensamientos se desvían hacia mis compañeros de equipo. ¿Qué estarán pensando en este momento? La explicación pública del retiro de Ren fue que lo habían encontrado apostando. La explicación por mí fue que había recibido amenazas de muerte al conocerse mi relación con Hideo.

Hideo. Su declaración vuelve a repetirse en mi mente, con tanta verdad y dureza como si la hubiera registrado como un Recuerdo.

Mis ojos se deslizan hacia la caja que Roshan y Hammie me habían entregado antes de irse. La tomo otra vez y paso los dedos por los vidrios rotos del adorno navideño y los trozos de lienzo. Mi frecuencia cardíaca continúa alta; mi pecho, todavía dolorido.

Le doy un puñetazo a la cama. Zero lograría salir ileso de todo. Repaso en mi mente todo lo que habíamos descubierto hasta ahora. Las coordenadas de todas las grandes ciudades donde se llevarían a cabo los torneos de Warcross. Zonas afectadas dentro de cada uno de los mundos de Warcross de los campeonatos. Un archivo autodestruido; un intento de asesinato. Y una banda de sonido creada por Ren, para pasarse potencialmente durante la final de Warcross.

Tantas piezas. Las repito en mi mente hasta que el noticiero de la televisión ya ha terminado y vuelve a empezar.

Luego, aparece un mensaje nuevo en mi vista.

Mis pensamientos se dispersan por un momento y echo

una mirada a la nota para leerla. ¿Cómo logró entrar ese mensaje? No es de alguien que yo haya aceptado. De hecho, no tiene ninguna etiqueta. Titubeo... luego me estiro y lo toco.

Para ti, de un cazador a otro.

Es todo lo que dice. Exhalo el aire que no sabía que estaba conteniendo. *¿De otro cazador?* De alguna manera, alguno de los otros cazadores de recompensas había encontrado la forma de hackear mis propios escudos. Ellos saben quién soy.

Levanto la cabeza bruscamente hacia la cámara de seguridad, que se encuentra en la esquina del techo de mi habitación, y me pregunto si me estarán mirando. Luego mi atención retorna al mensaje. Viene con un botón que dice ¿ACEPTAR INVITACIÓN? Me siento más erguida. Después, con dedos temblorosos, decido aceptar.

Una figura virtual se materializa a poco más de un metro de distancia, las manos y los brazos ocultos detrás de protecciones y guantes. Sus ojos azules son increíblemente brillantes. Me estremezco al ver su rostro.

Es Tremaine.

Levanta una ceja al ver mi expresión conmocionada.

–Hola, princesita –saluda, y una sonrisa burlona se extiende por su rostro–. Qué honor.

–Yo... yo –tartamudeo y luego me detengo–. ¿Tú eres uno de los cazadores de Hideo?

Me hace una fingida reverencia.

–Yo tenía el mismo aspecto conmocionado cuando descubrí quién eras *tú*.

–¿Cómo lograste que tu mensaje atravesara mis escudos?

–No eres la única que tiene algunos trucos bajo la manga.

–¿Por qué te contactas conmigo? ¿Por qué muestras tu rostro?

–Tranquilízate, Emika. Encontré algo que podría interesarte –antes de que pueda preguntarle de qué se trata, se estira y hace un movimiento de barrido con la mano. Aparece un archivo entre nosotros, flotando en el aire como un cubo azul resplandeciente.

–Tú tienes la otra parte de este archivo –dice.

Miro el cubo resplandeciente con el ceño fruncido durante un segundo antes de darme cuenta de que estoy observando otra pieza de proy_hielo_HT1.0. El mismo archivo que tomé de Ren antes del intento de asesinato a Hideo.

–¿Cómo sé que no estás tratando de enviarme un virus?

Se muestra realmente ofendido ante mi pregunta.

–¿No crees que puedo encontrar una forma más sutil de hacerlo? Estoy intentando ayudarte, idiota.

Frunzo el ceño y aprieto los dientes.

–¿Por qué? Se supone que somos rivales.

Sonríe otra vez, se lleva dos dedos distraídamente a la frente y me hace un saludo estilo militar.

–No si Hideo nos apartó a ambos del trabajo. Yo ya recibí un pago como indemnización, de modo que no tengo demasiados incentivos para permanecer en esta cacería. En este momento, me han contratado para trabajos más importantes y debo concentrarme en ellos –ladea la cabeza hacia mí–. Pero apuesto a que tú *sí* continuas estando ansiosa de proteger a Hideo, ¿verdad?

Me sonrojo, irritada.

Con un gesto de la cabeza, señala el archivo que está en el aire.

–Pensé que también podría pasarte lo que recolecté. Un presente de un cazador a otro. De esta manera, si encuentras a Zero, sabrás quién es el responsable de tu victoria.

Sacudo la cabeza, aún reacia a tocar el archivo.

–No confío en ti.

–Y a mí tampoco me agradas. Pero no tenemos tiempo para eso ahora, ¿no crees?

Nos observamos por unos segundos más antes de que yo finalmente me estire y acepte el archivo. Por un instante, espero que algo salga horriblemente mal en mi vista, como si acabara de descargar un virus. Pero no sucede nada: el archivo parece limpio.

Tal vez esté actuando en forma sincera, después de todo.

Vuelvo la mirada a Tremaine.

–Ayudaste a Roshan a trasladar a Ash fuera del edificio.

Ante eso, su expresión titubea. Me pregunto si este cambio de opinión tuvo algo que ver con ese momento… Si él, al ser otro cazador, también entiende lo que realmente había ocurrido.

Tremaine se encoge de hombros y se da vuelta.

–Solo dile a Roshan que pasé a saludar –masculla. Antes de que pueda decirle nada más, desaparece, dejándome sola otra vez en la habitación, mirando atontada el lugar en donde acababa de estar su forma virtual.

¿Cómo puede ser posible? Me pongo a recordar la fiesta de la ceremonia inaugural, cuando me había enfrentado con Max Martin y con él, cuando se burló de mí. Su información me había parecido completamente normal, estaba disfrazada para que fuera imposible de distinguir de la de otro jugador cualquiera… Ni siquiera había visto los escudos instalados para proteger su data. Es probable que hubiera instalado todo un sistema elaborado de información falsa para desorientar a cualquiera que quisiera llegar a él. Seguramente, él también había estado estudiándome a mí. Lo había tenido delante de mis narices y se me había escapado por completo. *Astuto cabrón*, pienso.

¿Acaso Hideo había apartado a todos sus cazadores como una medida exagerada de precaución? Observo el archivo con los ojos entrecerrados, tratando de entender lo que dice. Es realmente indescifrable, igual que la parte que yo tengo.

Mis ojos vuelan hacia el contenido de mi caja.

El adorno navideño y la pintura de papá habían sido destrozados, pero el hecho de que estuvieran rotos no significa que algunos vestigios de ellos, por más pequeños que fueran y por más destrozados que estuvieran, no hayan sobrevivido. Y si hay piezas suficientes, se puede llegar a saber cómo debía ser el objeto original.

Abro el menú principal y doy unos golpes rápidos con los dedos contra los muslos. Aparece una lista. La deslizo hacia atrás y la examino cuidadosamente hasta que llego finalmente al día de nuestro primer torneo de Warcross.

Luego me detengo.

proy_hielo_HT1.0

Lo toco. Como era de esperar, aparece un mensaje de error, diciéndome que el archivo ya no existe. Pero esta vez, lo hackeo de todas formas y abro el archivo a la fuerza. La habitación del hospital desaparece, y me veo inmersa en el campo de un código fantasma mutilado.

Es un completo disparate y está parcialmente deteriorado… Exactamente igual al archivo que había enviado Tremaine. Abro lo que él me mandó y luego dejo correr los dos programas al mismo tiempo, empalmándolos en uno solo. De pronto, hay suficiente información para que se abra el archivo.

Es un Recuerdo.

Estoy adentro del Recuerdo grabado de otra persona, en el interior de un inmenso espacio con luz tenue. ¿Una estación de tren? No sé dónde estoy, pero se trata de una ubicación física y real. Telas de araña adornan el aire entre las bóvedas del techo, mientras finos rayos de luz atraviesan la oscuridad y salpican el suelo. Hay personas reunidas en un amplio círculo, pero permanecen en silencio, los rostros ocultos en las sombras. Otros aparecen como figuras virtuales, como si se hubieran conectado desde lugares remotos para estar ahí.

–La pista está terminada –dice alguien. Me sobresalto al darme cuenta de que las palabras brotan de la persona a través de la cual estoy viendo esto. Es la voz de Ren. *Es uno de los Recuerdos de Ren*.

Una de las figuras entre las sombras asiente tan levemente que apenas lo noto.

–¿Conectada? –pregunta. Sus palabras brotan como un susurro, pero por la manera en que se curvan en el techo las bóvedas del túnel, las puedo escuchar tan claramente como si estuviera a mi lado.

Mi punto de vista –Ren– asiente.

–Comenzará a sonar apenas se inicie el último mundo del campeonato.

–Muéstrame.

La autoridad que tiene la voz de la misteriosa figura me deja paralizada. Es Zero, en la vida real, de carne y hueso.

Ren obedece. Unos segundos después, la música brota a través de los auriculares, el ritmo familiar de su canción. Cuando llega al coro, pone pausa y muestra un código extenso y resplandeciente para que todos lo vean.

–Esto iniciará la cuenta regresiva en los Emblemas manipulados –dice.

Inhalo con fuerza. ¿Emblemas manipulados? ¿Los equipos en la final tendrán Emblemas manipulados, programados?

¿Programados para hacer qué?

–Muy bien –dice Zero y va mirando, uno por uno, a todos los que se encuentran en la habitación. Mientras lo hace, cada uno presenta en el aire la copia de una tarea, las sincronizan unas con otras y revisan el progreso. En mi vista, Ren también saca una copia. Mis ojos se abren mientras la leo. Es lo que estaba buscando.

Detalla lo que hará Zero.

Durante la final, cambiará los Emblemas y los reemplazará por otros manipulados. Alterados. Emblemas que contengan un virus que se propagará a todos los usuarios activos de NeuroLink.

Es por eso que Zero había estado recolectando tanta información adentro de cada uno de los mundos de Warcross. Es por eso que les asignaba coordenadas a sus seguidores. Se estaban asegurando de que el virus se dispare en cada lugar, que ningún escudo de seguridad pueda detenerlo.

Comienzo a respirar con bocanadas breves y rápidas mientras mis ojos recorren el texto frenéticamente. ¿Qué hará el virus? ¿Destruirá el NeuroLink? ¿Para qué *quiere* destruirlo? ¿Qué les pasará a las personas que estén conectadas durante el torneo final? *El torneo final*. No es una coincidencia que elija este momento para liberar un virus. En el momento culminante de este último juego, estarán conectados online la mayor cantidad de usuarios de NeuroLink.

¿Por qué querría Zero, alguien claramente habilidoso para la tecnología, destruir esa tecnología?

En el Recuerdo, Ren habla otra vez.

–Deberías chequear a una más –dice–. Emika Chen. La otra jugadora amateur.

Zero se vuelve hacia él.

–¿Encontraste algo?

–Está conectada con Hideo por afuera del torneo, de más de una manera. Está olfateando tu huella. Si encuentra algo importante y le advierte, él hallará la manera de detener todo esto.

Ante estas palabras, un escalofrío me recorre la espalda. Ren me había encontrado primero; había alertado a Zero acerca de *mí*, posiblemente al mismo tiempo que yo había alertado a Hideo acerca de *él*.

–La investigaré –la voz de Zero es tranquila–. Vigilaremos sus movimientos, y si intenta alertar a Hideo, lo sabré. Siempre nos queda la posibilidad de convertir esto en un doble asesinato.

El Recuerdo concluye. Se desvanece a mi alrededor hasta que vuelvo a aparecer en la habitación del hospital. Me quedo sentada mientras el corazón me late con fuerza, la cabeza hecha un remolino, sintiéndome más sola que nunca.

Un doble asesinato. Esta reunión debió haber tenido lugar antes del primer intento de acabar con la vida de Hideo... Yo había compartido información con él y, a cambio, ellos habían intentado matarlo. Luego, Zero se me había aparecido y me había advertido que me mantuviera afuera y, en su lugar, me había ofrecido unirme a él. *El bombardeo de la residencia*. Zero no tiene ningún reparo en atacarme también a mí.

Instintivamente, trato de conectarme con Hideo.

Debería enviarle todo esto ahora mismo... contarle todo acerca del virus planeado por Zero, de los Emblemas manipulados. Pero si me conecto con él, Zero podría enterarse. Y si ve que Hideo hace algo para detener el plan durante el juego final, entonces sabrá en forma concluyente que estuve comunicándome con Hideo. Seguramente cambiaría el plan y entonces todo lo que ya descubrí resultaría inservible.

Tengo que detener todo esto sin alertar a Zero y sin involucrar a Hideo. Y eso significa que debo encontrar la forma de entrar al juego final e impedir que Zero coloque esos Emblemas manipulados.

Exhalo una larga y temblorosa bocanada de aire.

Tal vez esta situación *realmente* me supera. Y una parte pequeña y asustada de mi mente me recuerda que, si me *detengo* en este mismo instante, si me marcho como Hideo había insistido que hiciera, es probable que Zero me devuelva los Recuerdos.

Pero la idea de irme me provoca una mueca de dolor. Si lo hago, ¿qué pasará? Mi mirada regresa a la caja que descansa a mi lado. En lo único que puedo concentrarme es en los restos destrozados de mis preciadas pertenencias. En lo único que puedo demorarme es en la imagen de Zero escondido detrás de su insufrible máscara, desesperadamente oscura, diciéndome qué hacer. Se despierta mi ira y aprieto los puños.

Hideo me quiere afuera de los juegos oficiales y de la cacería. Zero me advirtió que me mantuviera alejada. Pero nunca fui buena para seguir instrucciones. Soy una cazadora de recompensas. Y si mi recompensa todavía sigue libre, tengo que terminar la misión.

Salgo de la cama, me dirijo al rincón de la habitación, debajo de la cámara de seguridad; me estiro y arranco los cables. Se oscurece. Luego, llamo a Roshan y Hammie. Cuando responden, mi voz brota en un susurro.

–¿Están listos para escuchar la verdad? –pregunto.

–Listos –responde Roshan.

–De acuerdo. Porque no me vendría nada mal un poco de ayuda.

VEINTIOCHO

El sentido común me diría que este es, sin lugar a dudas, el peor momento para volver a ingresar al Dark World. Casi muero en una explosión, ya no trabajo para Hideo y tengo a un hacker y su pandilla detrás de mí, dispuestos a eliminarme apenas demuestre la más mínima señal de seguir persiguiéndolos. Me transformé de cazadora en recompensa A esta altura, hasta es probable que haya asesinos buscándome… Seguro estoy en la lista de la lotería de asesinatos de la Guarida del Pirata.

Pero ya se me acabó el tiempo.

Ahora, mis botas virtuales chapotean a través de charcos

en los pozos de la Avenida de la Seda, mientras recorro una calle tras otra con letreros de luces rojas de neón, que detallan los nombres y la información de las personas que fueron desenmascaradas en el Dark World. Hay más tráfico en esta sección de la Avenida, una mezcla desordenada de usuarios que se amontonan en callejones y frente a los portales, creando la sensación de ser un mercado nocturno. Caprichosos cordeles con lamparillas se extienden encima de las cabezas, más allá de los cuales puedo ver la versión reflejada y al revés de la ciudad, que cuelga del cielo hacia abajo, hacia nosotros.

Observo con cautela los puestos por los que paso. Algunos venden ítems virtuales de Warcross, que están exhibidos ordenadamente sobre las mesas: todo desde anillos de oro hasta capas brillantes, botas de cuero y armaduras de platino, elíxires sanadores y cofres. Otros venden objetos prohibidos del mundo real. Uno ofrece armas y municiones ilegales, con la promesa de enviar durante la noche los estuches de treinta o más. Hay quien vende drogas: el sitio está dispuesto tan profesionalmente como cualquiera de las webs de compras online, donde puedes agregar gramos de cocaína o metanfetamina a tu carro de compras; dos días después recibes los paquetes en tu puerta y dejas una evaluación del cliente para el vendedor, sin poner nunca tu identidad en peligro. Un tercer puesto trafica píldoras para bajar de peso que no están aprobadas por las autoridades sanitarias, mientras que otro ofrece descuentos para mirar transmisiones en directo para adultos, de una famosa chica del Dark World. Hago una mueca y aparto la vista. Hay puestos de obras de arte robadas, colmillos de marfil cazados ilegalmente, cambio de moneda entre billetes virtuales, *bitcoins* y yens y, por supuesto, apuestas tanto para los juegos de Warcross como de Darkcross.

Veo que se están realizando apuestas para el torneo final en este mismo instante... y las cantidades son astronómicas. Hay un número flotando sobre cada uno de los puestos, que me dice cuántas personas están considerando realizar una compra, en este momento, con ese vendedor. El número que se encuentra arriba del sitio de apuestas dice **10.254**. Diez mil personas realizando apuestas solo en este puestito. Puedo imaginar cuántas se estarán llevando a cabo ahora mismo en locales de apuestas más grandes, como la Guarida del Pirata. Es otro recordatorio de cuántas personas estarán en NeuroLink durante el último juego, lo cual me hace mover con más rapidez.

Me detengo en un puesto para cambiar una buena porción de mi dinero por billetes. Aun ahora, cambiar tanto dinero me produce un dolor en el pecho: lo que no habría dado unos pocos meses atrás por conservar esta cantidad por el resto de mi vida. Pero de todas maneras realizo la operación mientras observo cómo cambian los números en mi visión de una clase a la otra. Luego, continúo mi camino. Finalmente, llego a la intersección de la Avenida de la Seda con el Callejón Circense. Cuando echo una mirada por el pasaje, veo al vendedor que estoy buscando: Emporio

Esmeralda, el hogar de los poderes costosos, valiosos y muy pero muy excepcionales.

El exterior parece una enorme carpa de circo, pintada con gruesas rayas negras y doradas, que resplandecen bajo los cordeles de luces. Las solapas de la entrada de la carpa se doblan hacia ambos lados, dejando ver un hueco ancho y completamente negro, dentro del cual se extiende una alfombra de terciopelo. De inmediato, un temor instintivo golpea mi estómago. Papá y yo habíamos ido una vez a caminar por el bosque a medianoche, y cuando tuvimos que atravesar el espacio negro del tronco de un árbol retorcido, casi me había dado un ataque de pánico. En la oscuridad, uno siempre cree ver fragmentos de monstruos. La entrada a este circo me dispara el mismo tipo de temor: ingresar en la negrura desconocida, más allá de la cual existe algo peligroso. De hecho, esta intimidante entrada es parte del entorno de seguridad del vendedor para disuadir a aquellos que solo vienen a mirar los puestos. Si sientes demasiado miedo de entrar, entonces es probable que tengas demasiado miedo de comprar.

A ambos lados de la entrada, hay dos mellizos sobre zancos. Cuando me acerco, se inclinan hacia mí, los rostros pintados de blanco y los ojos completamente negros.

–Contraseña –dicen al unísono, el ceño fruncido en forma idéntica. Al mismo tiempo, aparece una caja flotante y transparente en el centro de mi vista.

Escribo la contraseña para el día de hoy, una secuencia incoherente de treinta y cinco letras, números y símbolos.

Los mellizos la analizan por unos segundos y luego se hacen a un lado, extendiendo silenciosamente sus largos brazos para que entre al Emporio. Respiro profundo y avanzo.

El interior es completamente negro. Continúo caminando, contando los pasos con cuidado. Cuando termino de dar diez pasos, me detengo y giro hacia la derecha. Doy ocho más. Me detengo y doblo hacia la izquierda. Quince pasos. Sigo caminando en esta combinación larga y elaborada hasta que finalmente doy veinte pasos hacia delante y me detengo por completo. Los usuarios que no sepan cómo atravesar este segundo nivel de seguridad, quedarán atrapados por completo en la negrura. Luego les tomará semanas recuperar la cuenta y el avatar perdido.

Me estiro y llamo a la puerta. Con gran alivio de mi parte, mientras lo hago, escucho un *toc-toc-toc*, como si yo estuviera golpeando sobre madera. Una verja se desliza hacia arriba e ingreso al enorme vientre de un circo, un espacio iluminado con cientos de bombillas colgantes.

Hay estantes y pedestales por todos lados, exhibiendo campanas de vidrio con poderes de todo tipo: gemas escarlatas y bolitas blancas, pelotas de vello con las tonalidades del arcoíris y cubos con rayas azules, esferas con cuadrados blancos y negros y burbujas transparentes como las del jabón. Algunos de estos poderes solo fueron vistos una vez en un juego y nunca más se ofrecieron, mientras que otros son prototipos todavía en desarrollo en Henka Games, pero que, de alguna manera, están ahora en manos de hackers que los venden aquí. Sobre cada uno de ellos está escrito su nombre en letras doradas, junto con el precio inicial de la subasta. **Muerte súbita: B46.550. Ataque alienígena: B150.000.**

Grupos de avatares anónimos están reunidos frente a los más raros, charlando excitadamente. Robots de seguridad planean sobre el piso, con aspecto de mujeres con mandíbulas mecánicas, máscaras de narices largas y sombrillas negras. Estudio sus movimientos. Siempre se mueven de acuerdo a un patrón, por más aleatorio que sea. Ahora flota el ícono de un carro de compras delante de mi vista, así como un campo donde escribir una cantidad. Miro a mi alrededor y admiro cada una de las campanas de vidrio en exhibición, antes de encontrar finalmente una que me interesa. Se encuentra sobre un pedestal que contiene una esfera que parece una bola de cristal congelada, la superficie adornada con hermosas plumas de escarcha.

Paralizador de equipos: B201.000. De acuerdo a la descripción que figura arriba, este poder inmoviliza a todo el equipo enemigo durante cinco segundos.

Toda la gente congregada alrededor de esta campana de vidrio tiene paletas de puja, y me doy cuenta de que se está llevando a cabo la subasta en este mismo instante. Me uno al grupo y acepto una paleta de una robot de seguridad que se encuentra cerca de mí. Hay cinco robots patrullando la subasta, dos de ellos vinieron de un remate que había concluido unos minutos antes. Junto a la campana de vidrio, hay una niña pequeña, la subastadora, que lleva una galera casi tan alta como ella.

–¡Doscientos cincuenta y un mil billetes! –dice en voz alta y con rapidez–. ¿Alguien dijo doscientos cincuenta y dos? –una persona levanta su paleta–. ¡Doscientos cincuenta y dos! ¿Alguien dijo doscientos cincuenta y tres?

Las apuestas continúan hasta que se convierte en una batalla entre solo dos usuarios. Los observo con atención. La apuesta más alta es ahora 295.000 billetes, y el segundo usuario está dudando si elevar la apuesta a 300.000. La niñita continúa gritando el número, esperando que alguien lo tome. Nadie lo hace. El avatar de la apuesta mayor se endereza e hincha el pecho, excitado.

–¿No hay nadie que ofrezca trescientos mil? –pregunta la niña, echando una mirada a su alrededor–. Sale en doscientos noventa y cinco a la una, doscientos noventa y cinco a las dos…

Levanto mi paleta y exclamo:

–Cuatrocientos.

Todos los ojos giran hacia mí conmocionados, y los murmullos se extienden entre la multitud. La niñita me señala y sonríe.

–¡Cuatrocientos! –dice en voz alta–. ¡Ahora sí que estamos volando alto! ¿Alguien dijo cuatrocientos uno? –recorre la carpa con la mirada, pero nadie se mueve. El otro avatar me echa una mirada asesina, pero me cuido bien de no hacer contacto visual.

–¡Vendido! –la pequeña aplaude en dirección a mí. De repente, el ícono de mi carro de compras se actualiza: se ve el número **1** y la cantidad de billetes desciende 400.000. Al mismo tiempo, el poder Paralizador de equipos desaparece de la campana del pedestal y los demás avatares comienzan a desconcentrarse, mascullando por lo bajo. Sin embargo, el apostador perdedor permanece en el lugar, los ojos todavía posados en mí... igual que los ojos de los robots de seguridad.

Agradezco a la rematadora y me voy a mirar el resto de las campanas. Todavía puedo darme el lujo de gastar un millón de billetes, y tengo que reunir toda la ayuda que pueda conseguir.

Me uno a una segunda subasta, que tiene un poder que parece una criatura redonda, velluda, con dos grandes patas y que gruñe. El Emblema Rey. Si el Emblema de tu enemigo está dentro de tu campo visual, usar este poder teletransportará automáticamente ese Emblema a tus manos, y tu equipo ganará el juego en el acto.

Esta vez, la apuesta inicial es 500.000 billetes.

Nuevamente, el subastador corea las apuestas, que aumentan con rapidez. Otra vez, todo queda reducido a unos pocos apostadores activos. Yo soy uno de ellos. La apuesta se eleva a 720.000 mientras me enfrento a otro oponente que, aun así, no se echa atrás. Finalmente, frustrada, arrojo una cantidad que sé que es muy superior a su valor.

–¡*Vendido*... por ochocientos ochenta! –exclama el subastador. 880.000 billetes.

Esbozo una mueca de dolor ante el impacto que esto le produce a mis fondos y luego reviso mi mochila para asegurarme de que ambos poderes estén guardados en forma apropiada. En la vida real, realizo un escaneo para ver si alguien está intentando ingresar ilegalmente a mi inventario. Los usuarios millonarios a veces vienen aquí y se llevan varios ítems importantes. Entonces otros usuarios permanecen al acecho hasta que el millonario se pone de espaldas y le hackean el inventario y roban los poderes. Un par de avatares ya desviaron su atención hacia mí después de mis dos adquisiciones, y su interés me eriza los vellos de la nuca.

Me quedan menos de 200.000 billetes, con lo cual no lograré comprar nada lo suficientemente grande como para que valga la pena usarlo en el juego final. De modo que me dedico a echar un vistazo a mi alrededor mientras estudio a algún posible objetivo a quien robarle otro valioso poder. Al final, me decido por un remate de un poder que me llena de entusiasmo. Ni siquiera sabía que existía... lo cual me lleva a creer que debe ser un prototipo, o hasta un poder ilegal, creado por un usuario.

Ser Dios: B751.000. 14 Apuestas.

Este poder te confiere la capacidad temporaria de manipular todo lo que quieras en un nivel de Warcross. Perfecto.

La subasta está por terminar, y solo quedan dos usuarios, pero esta vez me quedo cerca como una espectadora, observando detrás de los robots de seguridad mientras el precio continúa trepando. Finalmente, las apuestas van perdiendo fuerza y se clavan en una suma cercana al millón de billetes, mientras uno de los usuarios vacila.

–¿Alguien dijo un millón? –grita el rematador–. ¿Un millón exacto? ¿No? –y comienza la cuenta regresiva. Y cuando parece que nadie más la tomará, señala al ganador–. ¡*Vendido*, por novecientos noventa!

El ganador es un hombre alto, que lleva una chaqueta a cuadros. Mientras guarda el poder en el bolsillo y se aleja, me acerco lentamente sin atraer la atención de los robots de seguridad. En la vida real, tipeo con furia, tratando de encontrar el momento en el que el hombre esté solo y resulte vulnerable. Los robots de seguridad prosiguen sus rondas no programadas; algunos ahora se marchan a patrullar otro remate que acaba de comenzar.

Por fin, veo mi estrecha oportunidad: un espacio que abandonaron dos robots de seguridad dejando un paso angosto y despejado hacia el hombre. Enfilo hacia él y voy acelerando el paso a medida que me acerco. Luego, justo cuando está por darse vuelta, me lanzo hacia delante para agarrar su maleta.

Un avatar común y corriente no podría tener la fuerza necesaria para hacer semejante cosa. Pero yo he ido desarrollando años de código en mi avatar, programándome justamente para este tipo de asalto. De modo que cuando mi mano se cierra en la manija de su maleta, retuerzo la mano con fuerza… y la maleta se viene conmigo.

Sin embargo, el hombre no es ningún tonto. Nadie que

gasta un millón de billetes en un poder puede serlo. De inmediato, otros dos avatares, que se encuentran cerca de nosotros, giran hacia mí: tiene su propia seguridad. Me doy vuelta para evitar que me sujeten y me dirijo directamente hacia la salida. Si logro volver al interior del túnel negro, adonde no pueden ingresar los robots de seguridad, podré salir de aquí con mis poderes intactos. Bueno… *eso espero.*

Uno de los avatares saca rápidamente una daga y arremete contra mí. Me aparto, pero el segundo avatar me sujeta de la pierna, da un tirón y pierdo el equilibrio. El mundo se desmorona a mi alrededor y, de repente, estoy observando la habitación desde el suelo. Lanzo un puntapié y, al mismo tiempo, tipeo frenéticamente. Pero nada de lo que pueda hacer en este momento aumentará mi seguridad más allá de la que ya tengo; simplemente no hay tiempo. A nuestro alrededor, los robots de seguridad ya vieron la pelea y se reúnen de pronto cerca de la entrada, cerrando la carpa. Otras guardias avanzan hacia mí a toda velocidad mientras sus ojos mecánicos lanzan destellos y sus sombrillas negras giran como hojas afiladas. Sus manos se cierran sobre mis brazos. Lanzo patadas mientras el hombre se inclina para aferrar la manija de la maleta y sus dos ayudantes toman mi mochila.

De pronto, una de las robots de seguridad que me tiene sujeta ataca al hombre con el borde del parasol. Emito un aullido mientras le hace un corte limpio en el brazo. Por supuesto que se trata de pixeles… pero igual el hombre cae hacia atrás, la mano izquierda mutilada del resto, inservible.

Miro sorprendida a la mujer, que me ignora y ataca a los otros dos avatares antes de volverse hacia los demás robots.

–¡*Vete*, Em! –me grita.

Mi corazón da un salto dentro del pecho. No es un robot: es la voz de Roshan.

Me pongo de pie con dificultad y me dirijo precipitadamente hacia la salida. Otro robot cubre mi huida… es Hammie. Luego, un tercero. ¡*Asher!* Su protección desconcierta a los otros, que no parecen preparados para contraatacar a varios de los suyos. Me deslizo a través de dos robots de seguridad que ingresaron violentamente en el combate, pero todavía no están seguros de cómo manejar a los robots secuestrados. A continuación, me encuentro en la entrada negra y el sonido de todo lo que tengo detrás se desvanece.

Recorro los escalones y las curvas que salen de la entrada, atravieso apresuradamente la puerta de la carpa y me encuentro otra vez en el estrecho callejón. Los mellizos no me prestan atención. Rápido, abro un cuadro de diálogo y salgo de los Mundos Oscuros. Todo lo que me rodea se vuelve negro… y un segundo después, estoy de regreso en mi propia habitación virtual.

Aún tengo la maleta. Aún tengo la mochila. Mis poderes están aquí.

Me pongo a trabajar para destrabar la maleta. No puedo llevarla conmigo mucho más tiempo sin atraer más sospechas sobre mí. Después de varios intentos, finalmente se abre. En el interior, está el poder para Ser Dios, azul y hermoso, sus nubes arremolinadas me manchan debajo de las yemas de los dedos.

Me quedo observándolo mientras el corazón me late con fuerza. Guardo cuidadosamente los tres poderes en mi inventario, detrás de múltiples conexiones seguras. Luego espero en mi habitación virtual mientras envío *pings* e invitaciones cada pocos segundos a las cuentas de mis compañeros de equipo.

Durante un rato, no aparece nadie. ¿Les bloquearon el acceso a todo? ¿Los atraparon?

Después, Roshan se materializa, seguido de Hammie. Por último, Asher. Ya no tienen el aspecto de robots de seguridad... se quitaron el traje. Esbozo una sonrisa. Es la primera vez en mi vida que colaboro con alguien en una cacería... Pero ahora, con mis compañeros de equipo a mi lado, todo parece mucho más fácil.

Asher habla primero.

–¿Bueno? –me observa atentamente con una ceja levantada–. Supongo que conseguiste algo útil después de todo ese lío.

Asiento mientras saco mi inventario para mostrarles lo que tengo.

Asher abre muy grandes los ojos al tiempo que Roshan balbucea una maldición.

–A Tremaine le conviene ir diciendo la verdad acerca del archivo que te envió –señala.

–Diga o no diga la verdad –agrega Hammie–, con todo esto, la final se volverá muy interesante.

–Si estos poderes no nos ayudan a derrotar a Zero –comentó–, entonces nada lo conseguirá.

VEINTINUEVE

Con tantos escándalos en el aire, la final entre el equipo Jinetes de Fénix y el equipo Andrómeda ya se está convirtiendo en el juego más visto de la historia de Warcross. Hoy, los noticieros solo transmiten imágenes y videos de los juegos, cada canal trata desesperadamente de superar al otro, en todos los idiomas y de todos los países. Da la sensación de que el mundo entero se ha detenido para sintonizar los juegos. A lo largo de Tokio, las tiendas y los restaurantes cierran como si se tratara de una fiesta nacional. Las personas que no pueden conectarse fácilmente en sus hogares se amontonan en bares y cafés con Internet, los lentes puestos. La ciudad está iluminada con íconos, los símbolos se apiñan en las áreas donde se ha congregado la mayor cantidad de gente.

Me alejo de la ventana del hotel y me siento otra vez en el sofá. Estoy escondida en uno de los doce centros de Tokio, registrada bajo un nombre falso. Hasta donde yo sé, Hideo cree que regresé a Nueva York. Desde nuestra conversación en el hospital, solo me ha enviado un mensaje.

Mantente alejada, Emika. Confía en mí, por favor.

Desplegado cerca del centro de mi visión, tengo un reloj transparente que va marcando el tiempo restante. Hace unas pocas semanas, había ingresado, gracias a una falla técnica, en el juego de la ceremonia inaugural del torneo. Ahora, solo quedan cinco minutos para que comience el juego final. Cinco minutos antes de que tenga que ingresar una vez más en el juego… Solo que, esta vez, lo haré deliberadamente. Vuelvo a revisar todo otra vez, asegurándome de haber encendido la función de grabar. Almaceno el juego de hoy en mi cuenta como un nuevo Mundo de Recuerdo. Si hoy el juego sale mal por culpa de Zero, al menos tendré una grabación para analizar.

Es decir, si su virus no me ataca primero.

Finalmente, las palabras flotan ante mi vista.

VIII Campeonato de Warcross

Final

JINETES DE FÉNIX vs ANDRÓMEDA

Respiro profundamente.

"Aquí vamos", murmuro. Luego me estiro, escribo las palabras con un dedo y el mundo que me rodea se oscurece.

Escucho el silbido del viento antes de ver algo. A continuación, el mundo aparece gradualmente y, a través de mis ojos entornados, veo que estoy encima de una cornisa mirando hacia abajo a un lago perfectamente circular, rodeado por todos lados de escarpados muros de metal de cientos de metros de altura. Cuando miro detrás de mí, descubro que, del otro lado de los muros, solo hay mar abierto.

En el centro del lago circular, diez puentes de acero –ninguno de ellos conectado– se extienden hacia los muros, como formando una estrella. Todos conducen a puertas altas y metálicas de hángares, empotradas en la pared y separadas unas de otras por la misma distancia. Hay robots de seguridad a cada lado de las enormes puertas. Mientras miro, los poderes se materializan encima de los muros de acero y a lo largo de la orilla del lago, las esferas coloridas están alineadas arriba y abajo de los puentes. Vuelvo a chequear los poderes en mi propio inventario. Están todos.

Atravesemos Tokio frenéticamente de cero a sesenta / sí, como si se nos estuviera acabando el tiempo en esta ciudad.

La intro de la canción suena a nuestro alrededor, y se me erizan los vellos de la nuca. Es la nueva pista de Ren, que activará los Emblemas manipulados.

Salgamos con una explosión / sí. Bang. Es hora de salir con una explosión.

Me toma un tiempo notar el rugido de los vítores del público atronando el paisaje. Brotan las voces siempre presentes de los comentaristas, más excitados que nunca.

–Damas y caballeros –exclaman–. ¡Bienvenidos a *Technika*!

Abajo, los jugadores finalmente aparecen en medio de haces de luz. Cada uno se encuentra en un puente, cerca del centro del lago, y no hay conexión entre ellos. Los jugadores de Andrómeda llevan sus inconfundibles trajes rojo escarlata. Su capitana, Shahira, tiene la bufanda sujeta con fuerza hacia atrás y el Emblema color rubí encima de la cabeza, mientras su Luchador, Ivo Erikkson, tiene el cabello liso y brillante peinado hacia atrás y el ceño fruncido. Se me atora el corazón en la garganta cuando mi mirada se vuelve hacia mis compañeros de equipo. Sus trajes son azules, un gran contraste frente a los muros de acero que los rodean. Asher (que lleva el diamante azul del Emblema de los Jinetes arriba de la cabeza), Hammie, Roshan. Luego, las dos nuevas incorporaciones. Jackie Nguyen, para reemplazar a Ren. Y mi reemplazo: Brennar Lyons, el nuevo Arquitecto.

¿Listos? Es Asher, contactándome a través de un canal cifrado que diseñé para él. Su texto aparece en letras blancas y transparentes en la parte inferior de mi visión.

Asiento, aunque no estoy segura de estar lista. **Eso espero**, respondo mientras abro mi inventario de preciados poderes.

Cuando entre, pásame tu Emblema.

Ok.

Luego me concentro en Brennar y examino su información.

Si voy a aprovechar una falla técnica para ponerme en su lugar, es mejor que me asegure de poder hacerlo en el primer intento. ¿Qué sucederá hoy si los Jinetes de Fénix no ganan? ¿Qué pasará si Zero logra activar sus planes?

Los relatores ya están presentando a los jugadores. Termino de repasar la data de Brennar y profiero un resoplido de frustración. **No puedo ingresar antes de que el juego se esté llevando a cabo**, le digo a Asher. **Él todavía no está activado.**

Estaré observando, responde. **Te aviso si veo algo.**

Respiro hondo y bajo la mirada a la escena. Cada jugador se encuentra en el borde de su puente. Miran primero el agua que tienen debajo y luego se observan mutuamente con mirada asesina. Ninguno puede alcanzar al otro: todos están separados por unos buenos quince metros de distancia. Puedo ver que se mueven los labios de Asher mientras les da instrucciones a cada uno de los Jinetes. Mi atención vira hacia las enormes puertas de metal alineadas en el interior de la pared circular de acero. Luces rojas comienzan a destellar arriba de cada una de las puertas. ¿Qué guardan en el interior? ¿Y dónde está Zero? En la vida real, siento un hormigueo en la piel al saber que Zero está mirando el juego en este mismo instante, y tal vez de la misma forma en que lo hago yo. Esperando para alterarlo.

–¡*Comencemos!* –grita el presentador. La audiencia invisible profiere una estruendosa ovación.

En ese mismo momento, suena una alarma ensordecedora, que reverbera alrededor de todo el mundo. Proviene de las luces rojas intermitentes, que se encuentran arriba de cada una de las diez puertas de acero. Los jugadores dan vueltas en círculos. Hammie es la primera en echarse a correr por el puente hacia su puerta. Me deslizo hacia abajo para ver mejor, hasta quedar planeando sobre los puentes. Las puertas se estremecen al mismo tiempo y luego empiezan a elevarse, chirriando por el peso. Hammie acelera el paso mientras les grita algo a los demás Jinetes. Los jugadores de Andrómeda también están recorriendo sus respectivos puentes y, mientras las puertas se elevan cada vez más, vislumbro lo que hay en el interior.

Piernas de metal, gruesas como edificios. Articulaciones circulares de cromo, tendones de acero. Luego, con el ininterrumpido ascenso de las puertas, distingo torsos similares a toneles, cada uno con un diseño diferente, con poderosos brazos colgando a ambos lados. Arriba de todo, las cabezas de metal están rodeadas de vidrio transparente. Me quedo boquiabierta al alzar la mirada. Diez robots mecánicos esperando ser abordados.

Las aguas del lago y del mar abierto ahora se agitan con furia, arremolinándose cada vez más mientras se acerca la tormenta desde el horizonte, negra y amenazadora. Toco dos veces en la zona de mi visión donde puedo ver a Brennar corriendo hacia su robot. A mi alrededor, el mundo se acerca y se agranda y, súbitamente, estoy arriba de él, observándolo mientras llega a la puerta de acero. Comienza a trepar la escalera que se encuentra al costado del robot.

En el otro puente, Hammie ha subido a la punta de su robot y ahora está en la cabeza. Busca la entrada, la encuentra, fisgonea hacia adentro… y luego salta en el interior y desaparece de vista. Segundos más tarde, se encienden los ojos del robot y bañan el metal que los rodea de un resplandor verde. Se escucha un zumbido –como si fuera una especie de motor de una turbina– que se eleva a niveles de una intensidad extrema. Su robot cobra vida, las articulaciones se mueven con tanta fluidez como si ella misma fuera el robot. Levanta una pierna, luego la otra. El puente tiembla con cada paso.

Asher llega a su robot en segundo lugar. Al entrar, su Emblema también desaparece de vista. Emito un resoplido de desilusión. Es probable que ocurra lo mismo con Shahira, lo cual significa que, si quiero utilizar mi poder, el Emblema Rey, para robarle su Emblema, primero tendré que hacerla salir de su robot mecánico. Shahira ingresa de un salto a su máquina apenas unos segundos después que Asher, y luego los sigue Franco, el Arquitecto del equipo Andrómeda. Bajo la vista hacia Brennar. Está a punto de llegar, pero no queda duda de que es más lento que los demás, ya que fue introducido abruptamente en el torneo final, sin haber recibido la validación correspondiente. Aun así, no fue elegido como jugador amateur sin un motivo real. Trepa hasta la cabeza de su robot, entra de un salto y lo enciende. Los ojos se iluminan con un brillo azul intenso.

Abro un cuadro sobre Brennar y su criatura mecánica, y la información sobre ellos se vierte en un código de bloque verde y giratorio, delante de mi vista. Tengo que cronometrar esto correctamente. Si lo hago mal, podría entrar en la escena demasiado lejos de Brennar y quedar expuesta a toda la audiencia. Zero sabría inmediatamente dónde me encuentro y qué estoy haciendo. Y una vez que esté adentro como una jugadora propiamente dicha, tendré que moverme con rapidez. En la vida real, Brennar sabrá al instante que ya no es capaz de controlar a su avatar. Alertará a los de seguridad y ellos detendrán el juego. Me encontrarán y me dejarán fuera.

–¡Shahira se está moviendo para atacar! –exclama el conductor y mi atención se desvía momentáneamente hacia donde se encuentra su robot corriendo por el puente hacia el hueco central. Al llegar al final del puente, su máquina se agazapa como un leopardo a punto de brincar. Luego da un poderoso salto en el aire y unas alas que parecen hojas afiladas se extienden a ambos lados de él, desplegándose majestuosamente. Shahira hace un descenso en picada. Mientras cae, toma un poder de velocidad y, en un estallido de poder temporario, salta a través del hueco y sobre el puente, donde ahora se encuentra el robot de Asher. El puente se sacude por el impacto, y el sonido reverbera a través del espacio virtual.

Tipeo con más rapidez. Tengo que infiltrarme en este juego. Mientras el robot de Brennar se adelanta, creo una imagen semejante a un enrejado con él en el interior. Luego me acerco volando lo más cerca que puedo a su máquina y me quedo flotando delante de los ojos del robot. A través de ellos, puedo ver la silueta de Brennar en el interior. *Preparada*, articulo con los labios para mí misma.

Luego escribo una orden. Por una milésima de segundo, Brennar me ve flotando frente a su robot y parpadea conmocionado ante la visión. Pero es lo único que alcanza a hacer.

El mundo se mueve vertiginosamente a mi alrededor y, cuando abro los ojos, estoy *adentro* de la cabina de la máquina. Y lo que es más importante, estoy adentro del cuerpo de Brennar, controlando por completo a su avatar.

Hola, capitán, le digo a Asher.

Es un placer tenerte de nuevo con nosotros, responde. Y, un segundo después, voltea para quedar frente al robot de Hammie, listo para pasarle el Emblema de nuestro equipo. Anticipando su jugada, ella ya está lista. De unas pocas zancadas, se coloca a su lado y sujeta la mano de metal de su robot con la de él. Un destello de luz los ilumina a ambos durante un instante, y luego todos los jugadores advierten que nuestro Emblema se encuentra ahora en las manos de Hammie.

Y no desperdicia un segundo. Mientras Shahira se precipita sobre Asher, Hammie se dirige hacia mí. Tomo la mano de su criatura mecánica. Otro destello de luz… y nuestro Emblema ahora se encuentra en mis manos. La multitud ruge excitada.

Abro mi hackeo de desactivación, respiro profundo y se lo aplico al Emblema que tengo en la mano. Le toma unos pocos segundos. Por un momento, pienso que no va a funcionar.

Luego, el Emblema lanza chispas de electricidad y un código largo y confuso aparece frente a mí. El Emblema se vuelve negro. Le hago otro análisis más… y sonrío al ver que no responde. Desactivado.

A continuación, comienza la cuenta regresiva. Solo tengo uno o dos minutos, como máximo, antes de que Brennar alerte a todos de lo que le sucedió, los de seguridad me reinicien y quede fuera del juego. No sé cuándo sabrá Zero –si es que alguna vez lo sabe– lo que le hice a nuestro Emblema, pero ahora no hay tiempo para reflexionar sobre eso. Desvío mi atención al interior de mi robot.

Los controles son hermosamente simples, diseñados para que cada uno de nosotros pueda entenderlos de inmediato. Hay armas construidas dentro de los brazos y de los hombros y, cuando muevo los brazos y las piernas, el robot mueve los suyos. Busco a Shahira. Está trabada en un combate aéreo con Asher, sobre el lago, mientras Franco enfila también hacia Asher en un intento de agobiarlo. Otros están dirigiendo su atención hacia mí.

Tengo que sacar a Shahira de su criatura mecánica.

El *Paralizador de equipos*, para inutilizar al equipo enemigo. *El Emblema Rey*, para robar el Emblema de Shahira. Y *Ser Dios*, para alterar permanentemente el paisaje. Corro con mi robot hacia adelante por el puente, echo un vistazo a la escena y me preparo para activar mi poder Paralizador.

–¡A tu izquierda! –me grita de pronto Asher–. Se dirige hacia ti…

Sorprendida, hago girar la cabeza del robot justo a tiempo para ver a la máquina de Ivo Erikkson volando rápidamente hacia mí, la mandíbula abierta como si fuera a darme un mordisco. Lo único que atino a hacer es prepararme para el impacto.

Se estampa contra mí. El metal choca contra el metal y ambos rodamos fuera del puente y caemos al lago. El impacto me sacude con fuerza; por un instante, lo único que alcanzo a ver es una nebulosa de agua fuera de mi visor. *Usa el poder*, dice mi instinto, pero lo desestimo. Si lo hago ahora, Shahira caerá al agua, se hundirá y luego se reiniciará en el puente. En su lugar, dirijo el brazo directamente hacia la cabeza de Ivo y luego descargo el puño sobre un botón de lanzamiento.

Un cohete estalla en el robot de Ivo y golpea su cabeza hacia atrás con violencia. Me suelta. De pronto, mi máquina está flotando libremente en el agua. No hay tiempo que perder. Busco mi poder para Ser Dios y lo activo.

El mundo que me rodea se detiene súbitamente, como si pusiera pausa en medio del fotograma de una película. En mi visión, un número transparente va contando los segundos que me quedan para alterar el paisaje. Mis dedos vuelan. Salgo del agua y me instalo en un puente. Luego jalo de los puentes para que cierren el hueco del centro. El metal chirría mientras las estructuras se sueltan de sus columnas. Mi mirada se posa en el lugar donde Shahira y Asher continúan trabados en el aire. Junto las palmas de las manos, aplaudo y luego las separo. El robot de Shahira se separa del de Asher y sale volando.

Al mismo tiempo, la acerco más a mí, obligando a su robot a aterrizar en el puente que ahora está conectado con el mío.

A nuestro alrededor, resuena el grito ahogado del público y brota confundida la voz del presentador.

–Se ha activado un poder… no estamos seguros de dónde lo sacó Brennar, ¡pero usó uno que nunca antes había aparecido en un juego desde el origen de los torneos! Estamos esperando más información…

Los de seguridad ya saben que algo anda mal. *Hideo* lo sabe. Y eso significa que Zero probablemente también lo sepa. El temporizador de mi poder se agota y el mundo se mueve otra vez. El robot de Shahira se agacha, agita la cabeza un momento mientras intenta orientarse de nuevo. De inmediato, activo mi segundo poder: el Paralizador de equipos.

Su robot se queda congelado. A nuestro alrededor, los demás jugadores de Andrómeda también se paralizan. A través del intercomunicador de Brennar, brota la voz de Asher.

–¡Ahora! –grita.

Pero no tengo tiempo para explicarle. Salto de mi asiento en el interior del robot y sujeto la tapa que está encima de mi cabeza. La empujo hacia arriba. Cuando la lluvia me azota y salpica mi visión, me doy cuenta de que la tormenta del horizonte nos ha alcanzado, algo que no había cambiado durante mi control del entorno. Me arrastro fuera de mi aparato mecánico. Los demás Jinetes de Fénix se han detenido y me rodean formando un círculo, las espaldas de sus robots vueltas hacia mí para protegerme.

Me pongo de cuclillas arriba del robot y desvío mi atención hacia la máquina paralizada de Shahira. A través de sus ojos, puedo ver que ella me está observando, los ojos desorbitados, incapaz de moverse. Salto al hombro de mi robot y echo a correr por su brazo extendido. Desde lo alto, la voz del comentarista resuena por encima de la tormenta.

—¡Brennar se separó del grupo y utilizó un segundo poder! Estamos tratando de dilucidar…

En cualquier momento van a detener el juego. Me sorprende que ya no lo hayan hecho. ¿Qué está haciendo Hideo? *Concéntrate*. Llego a la mano mecánica y, de un salto, aterrizo en el brazo del robot de Shahira. La lluvia ha transformado el metal en una pendiente resbaladiza… y me cuesta frenar durante el aterrizaje. Mis brazos buscan apoyo desesperadamente. Consigo ponerme de pie con dificultad y prosigo ascendiendo veloz por el brazo de Shahira. Luego trepo por el costado de la cabeza mecánica. Mientras el público estalla en un murmullo de confusión y asombro, abro con fuerza el hangar justo en el momento en que concluye el Paralizador de equipos.

A través de la abertura, bajo la mirada hacia Shahira, que ya se ha descongelado lo suficiente como para dirigir la cabeza hacia mí. Su Emblema color rojo escarlata brilla en lo alto. Extraigo mi tercer poder: el Emblema Rey.

Me muevo para activarlo.

Pero no puedo. Parpadeo, aturdida. Mis miembros están congelados de los pies a la cabeza, y permanezco en el lugar con el poder en la mano, incapaz de moverme un milímetro. Debajo de mí, Shahira entrecierra los ojos y salta hacia arriba para salir de la máquina. Se acerca y se coloca frente a mí. En medio de una nebulosa, me doy cuenta de que ella también usó un poder sobre mí, que me dejó paralizada.

–Te lo advertí, Emika –dice.

Y, aun cuando las palabras surjan de la voz de Shahira, *yo lo sé*. Sé que, en verdad, no es ella quien me está hablando.

Es Zero, que está ocupando su cuerpo.

Lucho en vano mientras Shahira se aproxima a mí, su andar ahora tiene la misma elegancia de predador que tiene Zero. Su Emblema color rubí reluce con intensidad arriba de la cabeza de ella. *Tan cerca*. Me rodea una vez, igual que lo había hecho Zero en la Guarida del Pirata, y luego extiende el brazo y toma mi poder.

¡No!, quiero gritar, pero no puedo. Shahira alza el poder hacia mí como si estuviéramos chocando las copas.

–Dos pueden jugar a esto –dice. Luego voltea y comienza a correr hacia el robot de Asher.

¿Por qué Hideo no interrumpe el juego? A esta altura, ya todos pueden ver que algo anda mal. Mientras la audiencia ruge con una mezcla de confusión, vítores, abucheos y gritos increíbles, el poder finalmente se agota. Jadeando, me tambaleo hacia delante y salgo disparando detrás de Shahira. Pase lo que pase, *no puedo permitir que use el poder en Asher*. No puedo permitir que se activen los Emblemas de Zero. Mis manos forcejean con la cuerda que tengo en la cintura.

–¡Ey!

Todas las cabezas voltean y vemos a Hammie lanzándose hacia nosotros. Mete las piernas con fuerza en el agua y las olas azotan los puentes. La puerta de la cabeza de su robot se abre violentamente y Hammie sale despedida con movimientos difusos. De un salto volador, queda suspendida bajo la lluvia y luego alza un poder de color verde brillante, que había tomado antes. A continuación, se lo arroja a Shahira.

Una explosión enciende el extremo del brazo de mi robot, muy cerca de donde Shahira está corriendo. Se detiene en seco, pero el estallido la hace trastabillar y sale volando por el aire. En el otro lado, el robot de Franco arremete contra nosotras por el agua, inclinado ante los vientos cada vez más fuertes.

–¡Hammie! –grito, pero es demasiado tarde. Franco la sujeta con un brazo mecánico, cierra el puño y la arroja por el aire. Ella sale volando y aterriza con una salpicadura en el agitado mar abierto, del otro lado del muro. Con la otra mano, Franco sujeta a Shahira y la salva de la caída.

Ahora el robot de Asher se está moviendo con rapidez, el puño levantado hacia Franco. Dejo de correr por unos segundos para agacharme. Arriba de mí, veo a Asher volando muy alto, el ojo de su máquina es un punto distante y escarlata en lo alto del cielo. Se estampa con fuerza en el costado de Franco y el impacto me hace caer de rodillas. El agua me azota cuando las olas del aterrizaje de Asher chocan contra el brazo estropeado de mi robot. Me seco el agua de los ojos y miro hacia arriba. Franco embiste otra vez a Asher, cada golpe es un ensordecedor crujido metálico. En medio de todo, encuentro a Shahira, que está subiendo a toda carrera por el brazo de Franco hacia Asher. Corro hacia ella.

–¿Puedo llevarte a algún lado? –la voz de Roshan surge por el intercomunicador. Me vuelvo el tiempo suficiente como para ver su mano surgiendo de la nada, levantándome y cerrándose alrededor de mí. Su robot vuela, las filosas alas de metal baten con tanta fuerza que forman un remolino en el agua del lago. Planeo por el aire hacia donde Franco y Asher están trabados en una pelea mortal.

No muy lejos, la máquina de Ivo se acerca a toda velocidad hacia nosotros, apuntando directamente hacia Roshan. Ya estamos muy cerca.

–¡Suéltame! –le grito, golpeando el puño contra la palma de su mano.

Hace lo que le pido y me deja caer. Aterrizo sobre los hombros de Asher. Al mismo tiempo, Shahira llega al hombro opuesto. Ambas trepamos. La lluvia me azota el cuerpo, amenazando con arrojarme al agua. Franco arroja otro golpe duro contra el pecho de Asher y yo salgo volando violentamente hacia un costado y quedo colgando solo por el brazo. Me balanceo con esfuerzo. *No te detengas*.

Alcanzo la cima de la cabeza del robot justo cuando Shahira se pone de pie y corre hacia la tapa de la cabeza. Si consigue abrirla y ve el Emblema de Asher, puede usar el poder sobre él, y perderemos. Aprieto la mandíbula y me obligo a levantarme. Luego corro como el rayo hacia ella. Todo parece suceder en cámara lenta.

Shahira abre la tapa de la cabeza.

Levanta la mano para usar el poder.

Me precipito sobre ella con toda la fuerza que me queda.

Mis manos se cierran alrededor del poder. Se lo arrebato de la mano –la mano de Zero– justo cuando está a punto de usarlo. *Hazlo, ahora.* Desvío el foco de mi visión hacia el Emblema de Shahira y, antes de que pueda detenerme, apunto el poder hacia ella y lo arrojo. Sus ojos se abren desmesuradamente.

El poder estalla en una bola de humo negro, que nos envuelve a ambas. A través de la oscuridad, el Emblema color rubí de Shahira aparece en mi mano. Cierro los dedos alrededor de él al tiempo que activo mi hackeo de desactivación. Chisporrotea de manera infernal, rayos de electricidad brotan de mí hacia todos lados, como látigos. Luego, una décima de segundo más tarde, se vuelve negro.

Mío. Final del juego.

A nuestro alrededor, el público estalla en un ruido caótico. El sonido es ensordecedor, ahoga todo lo demás.

–¡Se terminó *todo*! –la voz del presentador grita por arriba del ruido, invadido por la confusión–. Aguarden un poco, amigos, ¿qué pasó hoy en el estadio? ¡Esto fue un hackeo *sin precedentes* de la final del torneo! Estamos esperando más...

¡Se terminó todo! Aprieto el Emblema como si mi vida dependiera de él. *Eso es todo. ¿Es realmente así?* Una risa

ahogada brota de mí y toda la energía escapa de mi pecho. La voz de Asher me llega por el audífono y está gritando algo en estado de euforia, pero no puedo entender lo que dice. No puedo concentrarme en nada más que en el hecho de que el juego llegó a su fin.

Luego, sucede algo extraño.

Una descarga eléctrica chisporrotea a través de mí, como un golpe de estática. Doy un salto. Un grito ahogado se extiende por la audiencia, como si todos lo hubieran sentido exactamente al mismo tiempo. Números y data destellan por un breve instante sobre cada uno de los jugadores y luego desaparecen.

¿Qué fue eso? Me quedo en el lugar, parpadeando durante un instante, sin saber qué sucedió realmente. Me invade una sensación de terror.

Delante de mí, el avatar de Shahira se desvanece y es reemplazado por Zero, su armadura oscura y su casco opaco se ven negros bajo el cielo tormentoso. Me observa fijamente.

–Tú lo activaste –dice. Su voz es grave, furiosa.

–¿Qué activé? ¡Estás acabado! –le grito–. Tú y tu plan.

Algo en mis palabras parece sorprenderlo.

–No sabes nada.

¿No sé nada? ¿Qué es lo que no sé?

Se endereza.

–Mi plan –dice– era detener a *Hideo*.

TREINTA

¿Qué?

Sacudo la cabeza, sin entender. Pero antes de que pueda responder, Zero desaparece mientras el mundo de "Technika" que nos rodea se congela y se funde a negro. Cuando parpadeo otra vez, estoy de vuelta en la habitación del hotel y los juegos terminaron. Me siento un momento, asombrada ante el silencio. Todo terminó de manera tan repentina. Lo había hecho… Y, aun cuando todavía no descubrí quién es Zero, sé que desbaraté sus planes, fueran lo que fueran.

No sabes nada. Mi plan era detener a Hideo.

¿Qué rayos se supone que quiere decir eso? ¿Qué es lo que

no sé? Algo me hace cosquillas en el fondo de la mente: una pequeña e inquietante preocupación.

Y como si estuviera planeado de antemano, brota un mensaje en mi visión. Es de Asher. Lo acepto, y su rostro familiar aparece como si se hallara conmigo en la habitación, la expresión exultante.

–¡Emi! –exclama–. ¡Lo lograste! ¡Ganamos!

Consigo esbozar una sonrisa y mascullo algo a modo de respuesta, pero las palabras de Zero continúan rondando en el fondo de mi mente.

¿Dónde estás?

Es un mensaje de Hideo.

–Te llamo enseguida, Ash –le digo, y finalizo la llamada. Luego le escribo a Hideo, en medio de la confusión. Si consigo verlo en persona, seguramente podrá explicarme lo que dijo Zero. Le contaré todo y él sabrá a qué se estaba refiriendo.

Apenas una media hora después, la puerta se abre y, al levantar la vista, veo a Hideo entrar en mi habitación, flanqueado por sus guardaespaldas. Les hace un gesto con la cabeza y, de inmediato, se detienen todos al mismo tiempo, obedeciendo tan rápidamente que parece que estuvieran programados para hacerlo. Luego se dan vuelta, salen de la habitación y nos dejan solos. No he visto a Hideo en varios días, no en persona, y mi corazón salta de inmediato como reacción a su presencia. Me pongo de pie de un salto. *Él puede explicar lo que está sucediendo.*

Se detiene a unos treinta centímetros de mí y frunce el ceño de manera extraña y solemne.

–Te dije que te marcharas.

Algo en su mirada hace que me detenga. Las palabras de Zero regresan otra vez a mí y quedan suspendidas entre nosotros.

–Zero estaba en el juego –digo–. Había manipulado los Emblemas y colocado un virus. Me dijo algo antes de desaparecer, que estaba aquí para detener *tus* planes –frunzo el ceño–. No entiendo a qué se refiere.

Hideo permanece en silencio.

–Lo que quiero decir –prosigo, temiendo quedarme callada– es que yo pensaba que sus planes eran activar la destrucción del NeuroLink, tal vez herir a todos los que estaban conectados a él, pero no sabía *por qué* quería hacerlo –observo con atención a Hideo, súbitamente temerosa de su respuesta–. ¿Tú lo sabes?

Inclina la cabeza. Tiene el ceño fruncido y todo en su postura habla a gritos de su renuencia a contestar.

Zero no puede estar en lo cierto, ¿verdad? ¿Qué es lo que no sé?

–¿De qué está hablando? –pregunto, la voz más calma.

Finalmente, Hideo me mira otra vez. Es una expresión atormentada, el niño curioso y juguetón está ahora escondido detrás de un velo. Es la misma seriedad que siempre veo en su rostro, pero esta es la primera vez que tengo un mal presentimiento, como si fuera algo más que solo la expresión de un silencioso creador. Después de un rato, suspira y desliza la mano por su cabello. Una conocida pantalla aparece entre nosotros.

¿Conectar con Hideo?

–Déjame mostrarte algo –dice.

Vacilo y luego toco la pantalla para aceptar la invitación.

Las emociones de Hideo se filtran gradualmente hacia mí al establecerse nuestro Link. Se muestra cauteloso, agobiado por algo. Pero también optimista. ¿Optimista acerca de qué?

–Siempre estamos buscando la manera de mejorar nuestra vida con máquinas –dice–. Con data. Hace un tiempo que vengo trabajando en el desarrollo de la inteligencia artificial perfecta, un algoritmo que, al implementarse a través del NeuroLink, pueda arreglar nuestros defectos mejor que ninguna fuerza policial humana.

Frunzo el ceño.

–¿Arreglar nuestros defectos? ¿A qué te refieres?

Con un sutil movimiento de la mano, Hideo abre una nueva pantalla entre nosotros. Parece un óvalo de colores, verdes y azules, amarillos y violetas, en constante movimiento.

–Estás viendo el interior de la mente de un usuario de NeuroLink –explica. Luego agita otra vez la mano y el óvalo es reemplazado por otro, con sus propios y cambiantes colores–. Y de otro usuario –agita una vez más–. Y de otro.

Observo con incredulidad.

–¿Estas son todas las mentes de los usuarios? ¿Puedes ver sus pensamientos? ¿Sus *cerebros*?

–Puedo hacer más que *ver*. El NeuroLink siempre ha interactuado con el cerebro humano –continúa–. Es lo que hace que su realidad virtual sea tan eficiente y realista. Es lo que hace que los lentes sean especiales. Tú lo sabías. Hasta ahora, usé esa interacción como un sistema de información de sentido único. El código solo creaba y exhibía lo que tu cerebro deseaba. Tú mueves el brazo; el código mueve tu brazo virtual. Tu cerebro es quien controla todo –me lanza una mirada punzante–. Pero la información viaja en ambos sentidos.

Me esfuerzo por comprender la verdad de lo que está diciendo. *El invento de Hideo utiliza el mejor generador del mundo de efectos 3D –tu propia mente– para crearte la más increíble ilusión de realidad que haya existido*.

El mejor cerebro del mundo: la interfaz de computadora.

Meneo la cabeza, pues no quiero creer sus palabras.

–¿Qué estás intentando decir?

Me mira durante un momento prolongado antes de responder.

–El final del juego –explica– activó la capacidad del NeuroLink de controlar las mentes de los usuarios.

El NeuroLink puede controlar a los usuarios.

El descubrimiento me golpea con tanta violencia que me resulta difícil respirar. Se supone que los usuarios son capaces de controlar el NeuroLink con sus mentes. Pero eso también puede utilizarse en el otro sentido: tipear una orden y utilizarla para decirle al cerebro qué hacer. Tipear suficientes órdenes y el cerebro puede estar controlado permanentemente. Y, para hacerlo, Hideo creó un algoritmo completo.

Retrocedo un paso y me afirmo contra la mesa auxiliar.

–¿Estás controlando cómo piensa la gente –señalo–... con un *código*?

–Los lentes de Warcross eran gratis –me recuerda Hideo–. Fueron enviados a casi todas las personas que hay en el mundo, en casi todos los rincones del planeta.

Las historias de los canales de noticias sobre las largas filas, sobre cargamentos de lentes robados. Ahora entiendo por qué Hideo no estaba preocupado por el robo de los cargamentos. Cuantos más se distribuyeran, mejor.

Sube otra imagen del interior de la mente de un usuario. Esta vez, los colores del óvalo se ven de color violeta y rojo intenso.

–El NeuroLink puede distinguir cuando las emociones de un usuario se desplazan hacia la ira –dice–. Puede distinguir cuando alguien está tramando algo violento, y lo sabe con asombrosa precisión –cambia la visión a la verdadera persona que está detrás de esa mente específica. Se trata de alguien que forcejea para extraer un arma de su abrigo, la frente salpicada de sudor mientras se prepara para asaltar un mercado.

–¿Esto está sucediendo ahora? –logro preguntar.

Hideo asiente una vez.

–En el centro de Los Ángeles.

Justo cuando la persona llega a la entrada del mercado, el óvalo rojo intenso, que representa su mente, resplandece súbitamente lanzando destellos brillantes. Mientras observo, el nuevo algoritmo del NeuroLink resetea los colores. El escarlata intenso se transforma en una suave mezcla de azules, verdes y amarillo. En la visión en vivo, el hombre se queda congelado, deja de extraer el arma. Hay una extraña blancura en su rostro, que me estremece. Luego, mientras su expresión se calma, se recupera con un parpadeo, sale y continúa caminando por la calle, el mercado quedó en el olvido.

Hideo me muestra otros videos de hechos que suceden simultáneamente alrededor del mundo. Los mapas coloridos de miles de millones de mentes, todas controladas por un algoritmo.

–Con el transcurso del tiempo –prosigue–, el código se adaptará a la mente de cada persona. Se ajustará a sí mismo, se *mejorará* a sí mismo, agregando a sus respuestas automatizadas cada detalle específico de lo que es probable que haga una persona. Se convertirá a sí mismo en un sistema de seguridad perfecto.

A juzgar por los videos, la gente ni siquiera sabe lo que le ha pasado y aun si lo supiera, ahora el código impedirá que piense en ello.

–¿Y qué pasa si la gente no quiere esto? ¿Si deja de utilizar el NeuroLink y los lentes?

–¿Recuerdas lo que te conté la primera vez que te di un par de lentes?

Me acuerdo de sus palabras en el mismo instante en que me hace esa pregunta. *Los lentes dejan una película inofensiva en la superficie del ojo, que tiene tan solo el grosor de un átomo. Esa película actúa como conducto entre los lentes y tu cuerpo.*

Esa película, que permanece en los ojos, mantendrá a las personas conectadas al NeuroLink, aun cuando se quiten los lentes.

Yo había entendido los planes de Zero totalmente mal. Él había querido destruir esto con el virus que se encontraba en esos Emblemas manipulados. Había querido asesinar a Hideo para impedir que siguiera adelante. Había bombardeado nuestra residencia en un intento de mantenerme fuera de los juegos e impedir que yo llevara a cabo el objetivo final de Hideo. Y tal vez *esa* sea la razón por la cual él no había detenido el juego final cuando vio que las cosas estaban saliendo mal. Había querido que yo detuviera a Zero para que así lograra activar *sus* planes.

Está haciendo todo esto por Sasuke. Creó todo esto para que nadie tuviera que sufrir nunca más el mismo destino que su hermano, que ninguna familia tuviera que atravesar lo que atravesó la suya. De inmediato, vuelvo a recordar nuestra conversación. *Creaste Warcross por él*, le había dicho. Y él me había respondido: *Todo lo que hago es por él.*

¿Kenn está enterado de este plan? ¿Acaso todos siempre estuvieron al tanto?

–No puedes hacerlo –digo finalmente, la voz ronca.

Mi cuestionamiento no lo conmueve.

–¿Por qué no? –pregunta.

–No puedes estar hablando en serio –lanzo una risa grave y desesperada–. ¿Quieres ser un… *dictador*? ¿Quieres controlar a todos los habitantes del mundo?

–Yo no –me observa con la misma mirada penetrante que recuerdo de nuestro primer encuentro–. ¿Qué pasaría si el dictador fuera un algoritmo? ¿Un código? ¿Y si ese código pudiera obligar al mundo a ser un lugar mejor, pudiera evitar las guerras con un simple mensaje de texto, pudiera salvar vidas con un sistema automatizado? El algoritmo no tiene ego. No anhela el poder. Está programado únicamente para hacer lo correcto, para ser justo. Es igual que las leyes que gobiernan nuestra sociedad, excepto que también puede hacer cumplir esas leyes de inmediato, en todos lados, todo el tiempo.

–Pero tú controlas ese algoritmo.

Sus ojos se entrecierran ligeramente.

–Así es.

–Nadie te eligió –exclamo bruscamente.

–¿Y acaso la gente fue muy buena eligiendo a sus líderes? –replica con la misma brusquedad.

–Pero ¡no puedes hacer eso! ¡Estás quitando algo que nos hace fundamentalmente humanos!

Hideo se acerca más a mí.

–¿Y qué es, *exactamente*, lo que nos hace humanos?

¿La opción de matar y violar? ¿Armar guerras, bombardear y destruir? ¿Secuestrar chicos? ¿Acribillar a balazos a los inocentes? ¿*Esa* es la parte de humanidad que no debería quitarse? ¿Acaso la *democracia* ha sido capaz de impedir algo de esto? Ya intentamos defendernos con leyes, pero los que hacen cumplir las leyes no pueden estar en todos lados al mismo tiempo. No pueden ver todo. ¿Y qué pasa si yo *sí* puedo? Yo podría haber detenido a la persona que robó a Sasuke... El NeuroLink ahora tiene la capacidad de detener a cualquiera que pudiera llegar a hacerle lo mismo a otro niño. Yo puedo hacer que el noventa por ciento de la población no cometa delitos, permitiendo así que los que hacen cumplir la ley se concentren solamente en el restante diez por ciento.

–¿Quieres decir que *controlarás* al noventa por ciento de la población?

–La gente igual puede seguir adelante con su vida, concretar sus sueños, disfrutar sus mundos de fantasía, hacer todo lo que siempre soñaron hacer. Yo no estoy interponiéndome en nada de eso. Pueden hacer todo lo que quieran, siempre que no sea un delito, un crimen. Toda su vida sigue igual, salvo esto. Así que, *¿por qué no?*

Las palabras de Hideo me resultan contradictorias, y siento que estoy parada en el medio, sin saber qué creer. Pienso en mi propia ciudad, en que tengo un trabajo como cazadora de recompensas porque la policía ya no puede controlar el aumento constante del delito en las calles de Nueva York.

Pienso en que lo mismo viene ocurriendo en todos lados. *Pueden hacer todo lo que quieran, siempre que no sea un delito, un crimen. Toda su vida sigue igual, salvo esto.*

Salvo renunciar a tu libertad. Salvo aquello que cambia todo.

–El NeuroLink es una parte esencial de la vida cotidiana –dice Hideo–. La gente trabaja dentro de él y además desarrolla negocios. Y están fascinados con el entretenimiento que les ofrece. *Quieren* usarlo.

Y, como no podía ser de otra manera, me doy cuenta de que tiene razón. ¿Por qué alguien habría de renunciar a la perfecta realidad de fantasía solo porque tiene que renunciar a la libertad? ¿Qué sentido tiene la libertad si estás viviendo en una realidad miserable? Sería como decirles a todos que dejen de usar Internet. Y aunque se me erice la piel al saber que usé los lentes de NeuroLink *–aún* los estoy usando–, siento una aguda puntada ante la idea de no volver a conectarme nunca más al Link, una reticencia a abandonarlos.

Aun sin esta película en los ojos, las personas nunca dejarían de usarlo. Probablemente, ni siquiera creerían lo que les está haciendo. E incluso si comenzaran a discutir unos con otros acerca de las implicaciones de la manipulación del NeuroLink, sus vidas ahora giran alrededor de él. Aquellos que no estén conectados a NeuroLink en este momento pronto lo usarán, activando este algoritmo apenas eso suceda. Tarde o temprano, todos lo tendrán instalado en su mente y eso le otorgará a Hideo el control sobre cada uno de ellos.

Tal vez a nadie le importe.

–¿Y qué pasará con los que protesten? –insisto–. ¿Qué pasará con aquellos que quieran luchar por lo que es correcto o por permitirse cometer equivocaciones, o incluso con el respeto por aquellos que no estén de acuerdo contigo? ¿Logrará impedir que se emitan leyes que sean injustas? ¿Qué leyes implementará exactamente? –aprieto los puños–. ¿Por qué consideras que tu inteligencia artificial es capaz de juzgar a todos los habitantes del mundo y de entender *por qué* hacen lo que hacen? ¿Cómo sabes que no llegarás demasiado lejos? No vas a lograr la paz del mundo solo por ti mismo.

–Todos disertan acerca de la paz mundial –dice Hideo–. La usan como una bonita respuesta a preguntas sin sentido, para sonar bien –sus ojos me atraviesan hasta lo más profundo de mi ser–. Estoy cansado del horror que existe en el mundo. De modo que haré que se acabe a la *fuerza*.

Me pongo a pensar en las veces en que, después de la muerte de mi padre, yo había iniciado peleas en la escuela o gritado cosas de las cuales más tarde me arrepentí. Pienso en lo que hice para defender a Annie Pattridge. El código de Hideo me habría detenido. ¿Eso sería bueno? ¿Por qué al descubrir que *esta* es la razón por la cual me hizo venir a Tokio siento como si tuviera un cuchillo retorciéndome el pecho? *Todas esas advertencias para que me marchara.*

–Me mentiste– digo con voz firme.

–No fui yo quien te atacó –los ojos de Hideo tienen un brillo suave e inalterable–. Yo no fui quien destruyó lo que era tan preciado para ti. Existe el mal en el mundo, y no soy yo.

Zero había destruido las cosas que más me importaban: mis fragmentos del pasado, mi adorno navideño y la pintura de mi padre. *Mis recuerdos*. Hideo es quien me dio una forma de almacenar esos recuerdos, el que me salvó de quedar en la calle, el que llora la pérdida de su hermano, ama a su familia y crea cosas hermosas.

Zero utiliza la violencia para impulsar su causa. Hideo impulsa su causa previniendo la violencia. Una parte de mí, una parte loca y tranquila, le ve sentido a su plan, aun mientras retrocedo con repugnancia. Hideo suspira y aparta la vista.

–Al principio, cuando te contraté, lo único que quería hacer era detener a un hacker que yo sabía que estaba intentando detenerme a *mí*. No sabía que... –vacila, y luego abandona la frase–. No quise que continuaras trabajando para mí sin entender verdaderamente el peso de lo que estabas haciendo.

–Sí, bueno, en realidad sí continué trabajando para ti. Y me dejaste hacerlo, sin decirme por qué.

Las veces que había vacilado en mi presencia, reacio a llevar más adelante nuestra relación. El momento en el que había decidido que dejara de trabajar. Mi retiro del equipo de los Jinetes de Fénix. Había tratado, a su manera, de continuar solo con sus planes. Los lentes que llevo puestos me parecen fríos, como si fueran algo ajeno y hostil. Pienso en la versión ilegal de Warcross que yo uso. ¿Estaré segura?

Hideo se inclina hacia mí lo suficiente como para que nuestros labios se toquen. La parte de mí que está hecha de instintos viscerales se mueve, deseando con desesperación cerrar la distancia que nos separa. Sus ojos están tan oscuros, casi negros, la expresión atormentada. *Todos los problemas tienen una solución, ¿no es cierto? Quiero probarte que mis planes tienen sentido.* Frunce el entrecejo. *Puedo enseñarte lo bueno de todo esto, si me dejas. Por favor.*

Y a través del Link, puedo sentir su franqueza, su ardiente e imperiosa ambición de hacer el bien, su deseo de demostrármelo. Cuando estudio su mirada, reconozco a ese hombre curioso, apasionado e inteligente que había visto por primera vez en su oficina, mostrándome su más reciente creación. Es la misma persona. *¿Cómo* puede ser la misma persona? Su expresión se mantiene incierta, insegura.

No te marches, Emika, dice.

Trago saliva con fuerza. Cuando respondo, lo hago con mi voz real, que ahora es calma, incluso fría.

–No puedo apoyarte en esto.

Casi puedo sentir cómo se le rompe el corazón, como si le clavara un puñal justo en la parte que se había arriesgado a abrirme, donde me había permitido ver la agobiante herida del interior. Había confiado en mí, pensando que quizá yo sería la persona que se pondría de su parte. ¿Por qué no habría de hacerlo?, debió haber pensado. Yo comprendía su pérdida y él había comprendido la mía. Nos habíamos comprendido mutuamente… o eso creímos. De pronto, parece sentirse solo, vulnerable incluso en su determinación.

–Emika –dice, en un último intento de convencerme.

Respiro profundamente y luego corto el Link que nos une. El flujo sutil de sus emociones se interrumpe de forma abrupta.

–Voy a detenerte, Hideo.

Sus ojos se vuelven distantes, esas paredes tan familiares se elevan hasta que me mira de la misma manera en que lo hizo durante nuestro primer encuentro. Se aparta de mí y estudia mi rostro, como asimilándolo por última vez.

–No quiero ser tu enemigo –dice en voz baja–. Pero voy a hacer esto contigo o sin ti.

Puedo sentir cómo se rompe mi corazón, pero me mantengo firme. Él no cede y yo tampoco, de modo que continuamos ubicados en lados opuestos de un desfiladero.

–Entonces, tendrás que hacerlo solo.

TREINTA Y UNO

Las calles de Tokio continúan tan vacías como nunca las vi. Recorro velozmente la calle en mi patineta, el cabello volando detrás de mí, el viento mojándome los ojos.

Todo se ha vuelto tan complicado. Hace no mucho tiempo, estaba deslizándome por el bullicioso centro de la ciudad de Nueva York, deseando únicamente ganar el dinero suficiente para no tener que vivir en la calle. En ese entonces, Hideo había sido la cubierta de una revista: un vistazo fugaz en un artículo del canal de noticias, una foto en una transmisión de televisión, un titular de la prensa sensacionalista. Ahora es alguien a quien estoy luchando por comprender, alguien con mil versiones diferentes de sí mismo, que trato de armar como un rompecabezas.

A mi alrededor, los únicos titulares llamativos parecen ser acusaciones de que los resultados de la final del campeonato fueron injustos, que el juego había peligrado por el uso de poderes ilegales. Los fans están pidiendo que el partido se vuelva a jugar. En todas las comunidades de seguidores, ya brotaron las teorías conspirativas afirmando que un empleado había puesto los poderes a modo de broma, o que Henka Games había querido aumentar el *rating*, o que los jugadores se habían tropezado, de alguna manera, con secretos ocultos en el mundo final. Si había algo de verdad en todo eso, nadie sería capaz de distinguir la diferencia.

El resto de la gente sigue con su vida sin siquiera darse cuenta del sutil y significativo cambio ocurrido en el NeuroLink, que ahora puede controlar su vida. ¿Y realmente ha cambiado algo? ¿Acaso no llevamos todos años conectados, con una adicción total a este mundo más allá de la realidad? ¿Estamos realmente dispuestos a renunciar a él? Me obligo a apartar la mirada al pasar junto a un auto de policía. ¿Puede Hideo acallarme ahora con solo decirle a la policía que me arreste? ¿Me haría eso? ¿Cuándo se le agotará la paciencia? ¿Cuándo se volverá en mi contra por completo?

Tengo que buscar la manera de detenerlo a él primero. Antes de que él me detenga a mí.

Tengo mi viejo y destruido teléfono en la mano: mi hackeo me permite localizar a los otros Jinetes de Fénix sin quedar sujeta al nuevo algoritmo de NeuroLink. Se refugiaron en un apartamento en las afueras de la ciudad, que no puedo menos que suponer que pertenece a Asher.

Entra un mensaje. Es de alguna fuente cifrada y desconocida. De Hideo, seguramente. Me esfuerzo por ignorarlo, y mis ojos húmedos parpadean mientras acelero la patineta a su máxima velocidad a través de un trecho vacío de autopista.

Mientras el sol comienza a ponerse, bañando la ciudad de diversas tonalidades doradas, me detengo en un tranquilo cruce de caminos en las afueras de Tokio, donde la ciudad da paso a colinas y calles dispersas. Me encuentro frente a una casa de tres plantas adosada a otras, decorada sencillamente con madera blanca y oscura.

Asher me saluda en la puerta y me hace entrar rápidamente. Luego me conduce a la sala, donde Hammie y Roshan ya están reunidos. Se ponen de pie al verme, y Hammie me abraza. Un segundo después, distingo a otros más en el sofá, de otros equipos. Ziggy Frost, Abeni Lea, de los Caballeros de las Nubes. Tremaine también se encuentra aquí, sentado notoriamente lejos de Roshan, aunque ambos están mirándose, como si hubieran estado conversando un momento antes. La tensión que siempre había sentido entre ellos ahora parece haberse suavizado, si es que no ha desaparecido por completo.

–¿Qué hacemos a partir de ahora? –pregunta Hammie mientras nos instalamos. Su pregunta se topa con un silencio prolongado.

–Yo utilicé una versión hackeada de Warcross –respondo, sentándome–. No creo estar afectada de la misma manera. Tal vez pueda descubrir una forma para que ustedes también la tengan.

Les cuento lo que sucedió desde el principio, que Hideo me contrató después de mi primera intrusión en el juego, de mis frecuentes encuentros con él, de darme cuenta después de lo que realmente había sucedido cuando Zero apareció en el juego final. Hablo hasta que afuera ya se han encendido los faroles de la calle y Asher tiene que encender las luces de la sala.

–De manera imprevista, apareció en el domo –concluyo–, durante el momento final, cuando todos sentimos ese golpe de estática. Era la primera vez que veía alguna información sobre él.

Tremaine me mira.

–¿Tú también viste a Zero? ¿No fui solo yo?

Los demás intervienen en la conversación.

–Yo lo vi –agrega Asher–. Tenía puesto un casco oscuro y un cartel que decía [null] arriba de la cabeza. Y una armadura negra.

Hammie repite lo mismo, al igual que Roshan.

Todos habían visto a Zero en ese instante. Eso significa que había quedado expuesto fuera de mi hackeo, que en ese momento toda su data había quedado expuesta. Frunzo el ceño. *Toda su data había quedado expuesta*.

De repente, me enderezo y comienzo a tipear. Abro mi

cuenta de Warcross y luego mis Mundos del Recuerdo. Ahora hay un archivo allí dentro, mi recuerdo del juego final.

–Tengo que mirar algo –mascullo mientras todos se reúnen a mi alrededor. Accedo al recuerdo y lo comparto con los demás, para que ellos vean lo mismo que yo. Momentáneamente, el mundo se desvanece y aparezco adentro de lo que había grabado. Veo el inicio del juego y luego los puentes, los robots que emergen de sus hángares, la batalla que vino a continuación. Adelanto toda esa parte hasta llegar al final. Luego la dejo correr hasta el instante de la descarga eléctrica, cuando Zero, súbitamente, apareció frente a mí. Aprieto pausa.

La data de Zero. La grabé.

Puedo ver su cuenta propiamente dicha.

–Ems –dice Asher mientras observa el recuerdo a mi lado–. ¿Puedes averiguar quién es?

Con dedos temblorosos, recorro la cuenta personal de Zero.

Y, como era de esperar, ahí está. La descarga lo había expuesto, aunque solo fuera por una fracción de segundo, pero era el tiempo que yo necesitaba. Me quedo mirando como atontada la información de la cuenta que ahora se despliega ante nosotros, flotando en el centro de la sala.

Hay un nombre, un nombre *real*, flotando junto a una foto del usuario Zero en la vida real. Ni siquiera necesito leer el nombre para saber quién es. Lo único que atino a hacer es observar la foto. El que me mira es alguien que parece una versión más joven de Hideo, un chico que se asemeja al aspecto que Hideo tenía varios años atrás. Un chico de mi edad. Mis ojos retornan al nombre, incapaces de creer lo que ven.

Sasuke Tanaka

}{

Más tarde esa misma noche, salgo al jardín del frente del apartamento. Necesito un poco de aire. Los faroles de la calle, frente a la casa de Asher, proyectan un enrejado de luz en las aceras, y decido observarlo, obligándome a despejar la mente y encontrar un momento de paz. Alzo la cabeza instintivamente, como buscando las estrellas. Solo se ven unas pocas desde aquí, puntos desperdigados que representan el resto de la Vía Láctea, invisible sin un agregado virtual. No me importa. Por una vez, es reconfortante estar viendo el mundo real como verdaderamente es, en lugar de la versión mejorada a través de NeuroLink.

Sasuke. *Sasuke*.

Infinitas preguntas se arremolinan en mi mente. Es imposible que Hideo sepa acerca de esto. Si supiera, me lo habría mencionado… hasta podría haber impedido que llevara adelante sus planes. Pero ¿cómo puede ser posible? Sasuke había desaparecido tantos años atrás, se lo había llevado un secuestrador anónimo. ¿Por qué había reaparecido como un hacker, tratando de detener a Hideo? ¿Por qué no se le había presentado a Hideo *en persona*, para revelarle quién es realmente? ¿Recordará su vida pasada? ¿Sabe que Hideo es su hermano? ¿Quién lo controla? ¿Para quién trabaja? ¿Y por qué mantiene su identidad en secreto?

Hasta me pregunto si será real.

Me siento en el borde de la acera y llevo las rodillas hasta el mentón. ¿Qué le sucederá a Hideo una vez que lo descubra? *¿Se detendría si lo supiera?* Incluso me pregunto, ¿realmente quiero que se detenga? ¿Qué es peor: un mundo en donde Hideo lucha *contra* la violencia o un mundo en donde Zero lucha *utilizando* la violencia?

Me pregunto qué estará pasando por la mente de Hideo en este instante, y tengo que hacer uso de toda mi voluntad para no buscar el Link y conectarme con él, sentir lo que está sintiendo, enviarle un mensaje para poder oír su voz.

Un mensaje. Miro el teléfono al recordar la nota cifrada que había recibido más temprano. Una vocecita dentro de mi cabeza todavía me ruega que no lo abra, que no preste atención a lo que Hideo seguramente está tratando de decirme. Pero mi dedo continúa rondando sobre el mensaje y, después de un largo rato, decido abrirlo.

No es de Hideo: es de Zero.

Mi oferta sigue en pie.

Se escucha un leve *ring*, alertándome que acaba de ingresar algo en mi cuenta. Frunzo el ceño mientras me fijo qué puede ser. Mi dedo se queda paralizado sobre los archivos nuevos.

Son mis Recuerdos. *Mis Mundos del Recuerdo.* Emito un gritito ahogado al ver titilar uno tras otro los Recuerdos de mi padre que Zero me había robado, que vuelven a aparecer como si nunca se hubieran ido.

Me los devolvió.

Mi mano comienza a temblar. Luego cierro los ojos y me abrazo con fuerza las rodillas, como si me hubieran devuelto la vida. Cuando abro los ojos, están húmedos.

Mi oferta sigue en pie.

Su oferta. ¿Por qué me está devolviendo lo que inicialmente me había quitado? Recuerdo su figura oscura en esa caverna roja, su voz grave y calma inclinándose hacia mí. Recuerdo las placas de la armadura negra encerrando mis brazos, mi cuerpo, mis piernas, convirtiéndome en otra persona.

–Hola.

Mis pensamientos se dispersan ante el saludo. Me seco rápidamente los ojos y volteo la cabeza lo suficiente como para ver a Tremaine, que se encuentra a mi lado.

–Hola –balbuceo mientras escondo el teléfono. Tremaine nota el movimiento, pero aun cuando me lanza una breve mirada de soslayo, no hace ningún comentario. Hoy se revelaron suficientes secretos.

–Me contactó otro cazador de recompensas –dice finalmente, estirando los brazos encima de la cabeza. Los faroles de la calle proyectan luz sobre su pálida piel.

Lo miro a los ojos.

–¿Uno de los de Hideo?

Asiente.

–Creo que me crucé con él cuando estaba "abajo". Estaba sentado con los avatares observando la lotería de asesinatos. Si trabajamos juntos, es probable que podamos localizarlo, y él pueda ayudarnos. Nosotros dos somos de las pocas personas en todo el mundo que comprendemos los manejos internos de Warcross y que trabajamos para Hideo al mismo tiempo.

El mensaje de Zero resuena en mis pensamientos. Aparto otra vez la mirada y asiento.

–Entonces, iremos al Dark World. Buscaremos la manera de contactarlo. Podemos encontrar una solución a todo esto.

–¿Para detener a Hideo? –pregunta Tremaine–. ¿O a Zero?

Pienso en la mirada intensa de Hideo, en su genialidad y en su determinación. Pienso en cómo había inclinado la cabeza débilmente contra mí y susurrado mi nombre. Pienso en la forma en que alzó la cabeza hacia las estrellas, buscando una manera de dejar el pasado atrás. Pienso en las últimas palabras que habíamos intercambiado. Después, pienso en la voz sorprendida de Zero, su ira mientras me enfrentaba en el juego final, la forma en que había robado mis Recuerdos. La forma en que acababa de devolvérmelos.

Todos tienen un precio, había dicho. *Dime el tuyo*.

Tremaine me ofrece su mano y, después de un momento, la tomo y dejo que me ayude a levantarme. Luego nos quedamos allí, inmóviles, observando el resplandor eléctrico de Tokio.

Mis botas apuntan hacia fuera de la casa y hacia la ciudad mientras mi corazón está suspendido en algún lugar entre ambas opciones, sin saber bien a dónde ir a continuación.

AGRADECIMIENTOS

Todos mis libros tienen algo de mí, pero *Warcross*, particularmente, tiene mucho de mí. (O sea, uno de mis corgis aparece en la novela. Su trasero gordo caminando por los pasillos de Hideo. Te amo, Koa. Sin embargo, nunca habría podido escribir esta historia sin la ayuda de las mejores mentes que conozco.

A mi reina, mi agente Kristin Nelson: gracias por tu entusiasmo por *Warcross* desde el día uno, por tus brillantes descripciones, ideas y feedback, y por todo tu increíble trabajo defendiendo esta novela como las anteriores. Realmente, no sé qué haría sin ti.

A mis inigualables y brillantes editores: Jen Besser y Kate Meltzer, por presionarme con cada nueva ronda de edición y por asegurarse de que este libro sea lo mejor que podría ser. Gracias a Anne Heausler, una correctora genial, gracias por todo.

Este es mi séptimo libro con el maravilloso equipo de Putnam, Puffin y Penguin For Young Readers, y cada vez estoy más asombrada por todo lo que hacen: Marisa Russel, Paul Chichton, Theresa Evangelista, Eileen Savage, Katherine Perkins, Rachel Cone-Gorham, Anna Jarzab, Laura Flavin, Carmela Iaria, Venessa Carson, Alexis B. Watts, Chelsea Fought, Eileen Kreit, Dana Leydig, Shanta Newlin, Elyse Marshall, Emily Romero, Erin Berger, Brianna Lockhart y Kara Brammer. ¿Cómo es que tengo tanta suerte de trabajar con ustedes? Aún no lo sé, pero lo agradezco cada día. Una especial nota de gratitud a Wes (Cream Design) por el espectacular arte de tapa en 3D de Warcross.

A Kassie Evashevski, mi extraordinaria agente cinematográfica, significa mucho para mí que este libro esté contigo. Estoy infinitamente agradecida. Además, gracias a Addison Duffy: ¡qué lindo conocerte en persona! Gracias por ser siempre tan eficiente e increíble.

A mi queridas, estimadas y feroces Amie Kaufman, Leigh Bardugo, Sabaa Tahir y Kami Garcia: gracias por escucharme hablar sobre *Warcross* desde el comienzo; por ayudarme a darle forma a la historia; por sus lindas palabras sobre el libro, que siempre me hacen sonreír; y por su amistad y corazones *badass*.

A mis maravillosos amigos que me dieron un feedback

invaluable: JJ (S. Jae-Jones), una de las primeras personas que leyeron *Warcross*; Tahereh Mafi, por responder generosamente todas mis preguntas (todo lo *fashion* de este libro está inspirado en ti); Julie Zhuo, por tu gran conocimiento de tecnología y por tu amistad (veintiocho años y contando); Yulin y Yuki Zhuang, por mostrarnos, a Amie y a mí, Tokio y por saber literalmente todo sobre la ciudad; y por ser dos de las personas más lindas que he tenido la fortuna de conocer; Mike Sellers, por tu infinito conocimiento sobre las cosas y por tu generosa ayuda; Sum-ya Ng y David Baser, por hacer *brainstorming* conmigo bien entrada la noche en la calle y por ofrecerme consejos tan útiles; Adam Silvera, por todo tu conocimiento de Nueva York y por ser un *badass* total. Un *gracias* muy especial a Ryh-Ming Poon por contarme sobre la industria (¡y muy buena comida!).

El "Think Tank", el octavo grupo interno al que pertenecía cuando era una *newbie* trabajando con videojuegos, se merece una mención: esos seis meses siguen siendo uno de mis recuerdos favoritos. Prácticamente todo lo que se sobre juegos, lo aprendí de ustedes, chicos. (Nota: Esa ronda de Mario Kart que menciono en el libro, con la épica concha azul que lanzan en la línea final fue una partida que jugamos en la vida real. Salvaje).

A mi esposo, excompañero de Think Tank, mejor ser humano, Primo Gallanosa: gracias por leer las 120.582.015 versiones de *Warcross*, por todas tus ideas divertidas sobre videojuegos y por siempre saber cómo hacerme reír.

A mi mamá, que no se parece absolutamente en nada a la mamá de la protagonista: la resiliencia de Emika, su fuego y su cerebro están totalmente inspirados en ti. Eres la persona más capaz, altruista e inspiradora que conozco. (Obviamente, las habilidades de Hideo en la cocina también están inspiradas en ti).

A los bibliotecarios, maestros, libreros, lectores y campeones de los libros alrededor del mundo: gracias, gracias, gracias por todo lo que hacen. Compartir mis historias con ustedes es el honor más grande que tengo.

Finalmente, a todas las chicas *gamers*. Ustedes inspiraron esta historia.

¡QUEREMOS SABER QUÉ TE PARECIÓ LA NOVELA!

Nos puedes escribir a vrya@vreditoras.com

con el título de esta novela en el asunto.

Encuéntranos en

facebook.com/VRYA México

twitter.com/vreditorasya

instagram.com/vreditorasya

COMPARTE
tu experiencia con
este libro con el hashtag